河出文庫

アメリカーナ 上

チママンダ・ンゴズィ・アディーチェ
くぼたのぞみ 訳

河出書房新社

アメリカーナ（上）　目次

下巻

アメリカーナ　上

この本はわれわれの次世代のためのものです（ンディ・ナ・アビア・ン・イル）――トクス、チゾム、アマカ、チネドゥム、カムシヨンナ、そしてアリンゼ。

八十歳になる父へ。

そして、いつものように、イヴァラへ。

第一部

1

プリンストンは夏でも臭(にお)いがなかった。イフェメルは青々と茂る樹木の落ち着きや、清潔な通りと風格のある家々、微妙に高めの値札をつけた店、そして静かな、定評のある優雅さをもった雰囲気が好きだったけれど、なんといっても最大の魅力はこの臭いのなさで、それはたぶん、彼女がよく知っているほかのアメリカの都市はどこも際立った臭いがしたからだ。フィラデルフィアは黴臭(かびくさ)い歴史の臭いがした。ニューヘヴンは無視の臭い。ボルチモアは塩水の臭い、ブルックリンは陽の光で温まった生ゴミの臭いがした。でもプリンストンには臭いがなかった。イフェメルはここで深呼吸するのが好きだった。住人たちが適切すぎるほど礼儀正しい運転作法で最新型車をナッソー通りのオーガニックストアの外や、寿司レストランや、五十種類もならんだフレイバーにはレッドペッパーなんてものまであるアイスクリーム店や、職員が飛び出してきて入口で大げさに出迎える郵便局の外に駐車するのを見ているのが好きだった。キャンパスも好きだった。知識の眠る墓所、壁に蔦の絡まるゴシック建築の建物、そして夕闇の薄い光のなかで、なにもかもおぼろげな情景に変わっていくのが好きだった。なかでもいちばんのお気に入りは、気楽さがあふれるこの場所でなら、だれかほかの人間になったふりができること、神聖なるアメリカンクラブへの入会を特別に許可された者に、確かさに身を包んだ者に、なったふりができることだった。

でも、髪を編むためにトレントンまで行かなければならないのは好きではなかった。プリンストンのヘアサロンで髪を編んでもらうのは無理な話で――ここの住人で何人か見かけた黒人は、みんな肌の色がとても薄くて細い髪をしていたから、髪をブレーズに編むとは思えなかった――それでも、焼けつくように暑い午後、プリンストン駅で列車を待ちながら、どうして髪を編んでもらえる場所がないのだろうとイフェメルは考えた。ハンドバッグのなかでチョコバーが溶けていた。プラットホームで待っている人はほんの一握り、全員が白人で痩身、短くて薄い服を着ている。いちばん近いところに立っている男がアイスクリームコーンを食べている。アイスクリームコーンをアメリカ人の大の男が食べているのを見るといつも責任能力をちょっと疑う。アイスクリームコーンをアメリカ人の大の男が公衆の面前で食べているときは、とりわけそうだ。列車がキーキーと音をたててやっと入ってきたとき、その男がこっちを向いて、公共サービスに落胆した乗客たちが共感し合う気安さから「まあ時間通りかな」といった。彼女はにっこり笑ってみせた。後頭部の白髪交じりの髪が前方に撫でつけられている。禿げた頭を隠すための滑稽な髪型だ。きっと学者だ、でも人文学ではなさそう。人文学ならもう少し自意識があるはずだ。化学とかお堅い理系なんだろう。以前の彼女なら「アイ・ノウ（そうですね）」といったかもしれない。知っているというより相槌（あいづち）を打つときのアメリカ英語特有の表現で。そんなふうに会話を始めて、その人がブログで使えることをいうかどうか探ろうとしたかもしれない。人は自分のことを訊ねられるとたいてい嬉しそうだったし、話し終えても彼女が無言でいると、さらにことばを継いだ。沈黙は埋めるものとされているのだ。職業を訊かれたときは、適当に「ライフスタイルのブログを書いています」と答えていた。「『レイスティース（人種の歯）（一八六五年六月、テキサス州で奴隷制廃止が宣言された記念日ジューンティースのもじり）、あるいは非アメリカ黒人によるアメリカ黒人（以前はニグロとして知られた人たち）についてのさまざまな考察』という匿名のブログを書いています」なんていうと、気まずい雰囲気になりそうだったから。それでも何度かそういったことがある。一度は列車内で隣に座ったドレッドヘアの白人男性に。古い撚（よ）り紐（ひも）みたいな髪の毛先がブロンドの綿毛になっていて、着古したシャツのほつれ具合は社会派闘士かと敬意を抱かせるほどで、これは恰好のゲスト・ブロガーになるかもと思ったのだ。「人種ってのは今日日（きょうび）まったくもって騒がれすぎだよ、黒人は自分で乗り越えなくちゃな、問題はいまや階級、もてる者ともたざる者なんだから」という彼の口調は冷静だった。そこでイフェメルはそれをブログの書き出しに使い、「ドレッドヘアのアメリカ白人男性がすべてダメなわけじゃない」というタイトルをつけた。もうひとりはオハイオからきた男性で、飛行機内で彼女の隣の狭い席に押し込まれていた人だ。中間管理職だ、間違いない、堅苦しいスーツとは対照的な色のシャツの襟（えり）でそう思った。彼が「ライフスタイルのブログ」の意味を知りたいというので、相手がおとなしくなるか、それで会話が終りになるのを期待して「人種で唯一問題なのは人類ね」みたいなあたりさわりのないことをいった。ところが彼は「養子について書いたことある？　この国ではだれも黒人の赤ん坊を欲しがらないよ、異人種間（バイレイシャル）のことじゃなくて、黒人（ブラック）のことね。黒人の家庭でさえ欲しがらない」といったのだ。

　彼とその妻が黒人の子供を養子にすると、近所の人たちはまるで、彼らが胡散臭（うさんくさ）い理由から殉教者になることを選んだような目で見るのだという。その人について書いたブログ、「オハイオからきたひどい服装の中間管理職が見かけ通りとはかぎらない」はその月のコメント数がいちばん多かった。でも、彼、これを読んだかしら、とイフェメルは考えた。読んでほしかった。イフェメルはよくカフェや空港、鉄道駅で、腰をおろして見知らぬ人たちを観察し、彼らの生活を想像しながら、彼女のブログを読んだことのありそうな人はいるかなと思った。すでに過去のブログだ。最後のブログを書いたのはほんの数日前で、それに対するコメントがすでに二百七十四にもなっていた。月を追うごとに増えたブログの読者はリンクをはり、クロスポストをして、彼女よりもずっと知識が豊富だった。読者にはいつも、どきっとさせられたり元気をもらったりしてきた。常連のなかでいちばん頻繁（ひんぱん）にコメントをくれる「サフィックデリダ」がこう書いてきた

――「僕はちょっと自分でもびっくりするほど、このことをひどく個人的に考えている。名づけられない『人生の変化』をあなたが追求することには幸運を祈るけれど、すぐまたブログの世界に戻ってきてほしいな。あなたは常識にとらわれない、威張るようだけど可笑しくて、それでいて考えを引き出すような声を使って、重要なテーマをリアルな会話にする空間を作り出してきたんだから」サフィックデリダみたいな読者たちはさらりと統計を持ち出して「抽象概念を具体化する」なんてことばをコメントに使う。これにはイフェメルもぴりぴりし、なんとしても斬新でありたい、印象的でありたいと思うあまり、自分が利用できるものはないかと他人の物語の死骸をハッキングする禿鷹になっているような気がした。ときには人種に脆弱な関連をつけたり。ときには自分が信じられなかったり。書けば書くほど自信がなくなった。投稿するたびにさらに自分の殻が一枚とれて、とうとう自分がまる裸になって、これはちがうと感じるようになってしまったのだ。

アイスクリームを食べている男が列車内で隣の席に座ったので、会話を避けるために足元の茶色の汚れを――こぼれ落ちた凍ったフラペチーノを――じっとにらんでいるうちに列車はトレントンに着いた。ホームには黒人たちがあふれていた。その多くが太っていて、短くて薄い服を着ている。いまだに彼女をどきっとさせるのは、ほんの数分の列車の旅でこんなにちがうことだ。アメリカへやってきた最初の一年、ニュージャージー・トランジットに乗ってペンシルヴェニア駅まで行き、そこから地下鉄でフラットランズのウジュおばさんを訪ねるとき、スリムな白人はたいがいマンハッタンの駅で降りてしまうことに強い印象を受けた。列車がブルックリンに入るころには車内に残っている人はたいがい黒人で太っていた。でもイフェメルはその人たちを「ファット（太っている）」とは思わなかった。「ビッグ」だと思ったのは、友達のギニカがまず彼女に教えたことのひとつがそれだったからだ——アメリカでは「ファット」は悪いことばで、「ステューピッド（馬鹿）」や「バスタード（私生児）」とおなじように道徳的判断が絡んでくるの、背が「低い」とか「高い」って表現とはわけがちがうからね。そこでイフェメルは自分の語彙（ごい）から「ファット」を削除した。でも「ファット」が去年の冬から戻ってきたのだ。ほとんど十三年ぶりに。スーパーで列にならんだ彼女の後ろで、男が「ファットな人間がこんなモノ食う必要なんかないだろうに」と低い声でつぶやいたのは、彼女がトルティーヤチップスの大袋の代金を払おうとしているときだった。その男にちらりと目をやり、びっくりして、ちょっとむかつき、これはブログの恰好のネタになると思った。どうしてこの見知らぬ男が彼女を太っていると決めつけたか。投稿には「人種、ジェンダー、ボディサイズ」というタグをつけてアップしようと思った。でも家に帰って鏡に映る真実と向き合うと、自分があまりに長いあいだ無視してきたことに気づいてしまった。服はきちきちになり、内股にはつまめるほどの贅肉（ぜいにく）がつき、動くとまるく柔らかな部分がゆさゆさ揺れるのだ。彼女は太っていた。

ゆっくりと「ファット」という語を、意識を集中して何度も口にしながら、アメリカでいってはいけないと学んだいろんなことを考えた。彼女は太っていた。曲線美とか骨太というのではない。太っている、それが真実をあらわす唯一のことばだと感じた。イフェメルが無視してきたものはほかにもあった。心の奥にある固い塊。ブログは上手くいっていたし、月に何千という重複なしの閲覧者がいて、悪くない額の講演料を稼ぎ、プリンストン大学のフェローシップを受けてブレインとつきあっていた——「きみは僕の人生で決定的な恋人だ」と彼は前回のバースデーカードに書いてくれた——なのに彼女の心のなかには固い塊があった。しばらく前からそこにあった。早朝に感じる疲労感、暗い希望のなさ、境界のなさ。それが漠然とした憧れや、形の定まらない欲望、さらには、ひょっとしたら自分は別の人生を生きていたかもしれないという幻視までもたらし、それが数カ月のうちに混じり合い胸を刺すホームシックになっていた。片っ端からナイジェリアのウェブサイト、フェイスブックのナイジェリア人のプロフィール、ナイジェリア人のブログを漁った。どれをクリックしても行きあたるのは、アメリカやイギリスの学位を身につけて最近帰国し、投資会社や音楽プロダクションや、ファッション・ブランド、雑誌、ファーストフードのフランチャイズを立ちあげたばかりの若い人の話だった。そんな男や女の写真を見ると、握った自分の手が無理にこじあけられて、なにかを奪われたような鈍い喪失感を覚えた。彼らが彼女の人生を生きていた。ナイジェリアこそ彼女がいるべき場所だった。自分の根を埋めることのできそうな唯一の場所、そこにいればあわてて根を引き抜いて泥を振り落とさなければと思わずにすむ場所。もちろんオビンゼもいた。初恋、初恋の人、自分をいちいち説明する必要を感じなかった唯一の相手。彼はいまや結婚して、一児の父親だ。ここ数年ずっと連絡を取り合っていなかったけれど、彼が自分のホームシックの一部ではないというふりはできなかった。彼のことを頻繁に考えながらふたりの過去をあれこれ篩（ふるい）にかけて、自分でも名づけられないものの予兆を探し求めたりしなかったなんて、ごまかすことはできなかった。

スーパーマーケットの無礼な客は——彼がどんな問題と格闘しているかなど知ったことではないが、やつれた、唇の薄い人だった——わざと彼女をむかつかせたのに、その一撃はかえって彼女の覚醒を促すことになったのだ。

イフェメルはラゴスで仕事を探す計画を夢想しはじめた。ブレインには最初いわなかった。プリンストンでのフェローシップの仕事を仕あげたかったからだけれど、それが終ってもまだいわなかった。自分で確信がもてるまで時間が欲しかった。ところが数週間たっても確信などもてないとわかった。だから帰郷すると告げて、「そうしなければならないの」と言い足すことばのなかに、彼が、もう終りだということを聞き取るだろうと思った。

「なぜ？」ほとんど自動的にブレインは訊いた。彼女のことばに唖然としたのだ。ふたりはニューヘヴンの彼のリビングルームにいて、部屋にはソフトなジャズが流れ、陽光があふれていた。イフェメルは彼を、この善良な、困り果てている男を見つめて、その日が長く記憶に残る悲しい日になると感じた。もう三年もいっしょに暮らしてきたのだ。

波風ひとつ立たない三年間、しっかりアイロンをかけたシーツみたいに滑らかな時間。喧嘩（けんか）したのはたった一度、あれは数カ月前のことで、そのときブレインは凍りつくような非難の眼差しを浮かべて彼女と話をすることを拒んだ。それでも彼らはその喧嘩をバラク・オバマのおかげでなんとか乗り越えた。共有する情熱で新たな結束を固めたのだ。選挙の夜は、ブレインは彼女がキスしないうちから顔を涙で濡らして、オバマの勝利はふたりの個人的勝利だというかのように彼女をきつく抱き締めた。そしていま、終りだと彼女が告げていた。「なぜ?」と彼が訊ねた。授業では考え方のニュアンスや複雑さを教える彼がいま、ひとつの理由を、その動機を訊ねていた。でも彼女に大胆なひらめきがあったわけではなく、そもそも動機などなかったのだ。ただ彼女のなかで何層にも降り積もった不満が大きな塊となって、いま彼女を突き動かしていた。そのことはいわなかった。長いことそんなふうに感じてきたことを彼が知ったら、彼との関係が家のなかで満たされながらもいつも窓辺に座って外を見ているような感じだったと知ったら、傷つくだろうと思ったからだ。

「鉢植えを持っていって」最後の日にブレインがいった。彼のフラットに置いていた衣類を荷造りしていたときだ。彼は負け犬のように肩を落としてキッチンに立っていた。それは彼の観葉植物だった。三本の竹のような茎から希望に満ちた緑の葉が伸びている。その鉢植えを彼女が持ちあげた瞬間、いきなり全身を孤独感が切り裂くように走り抜けて、それが何週間も消えなかった。いまでもときどき感じた。もう欲しくないものを恋しく思うなんて、そんなことがあるのだろうか？　ブレインは彼女があたえられないものを必要とし、彼女は彼があたえられないものを必要としていた。彼女にはそれが、ありえたかもしれなかったことの喪失が、悲しかった。

というわけでイフェメルはいま、夏の豪華さに満たされた日に、帰郷するため髪を結いにいくところなのだ。トレントン駅のホームには身体が彼女の三倍ほどある人たちが何人もいて、なかのひとりで短いスカートの女性を彼女はほれぼれと見つめた。ミニスカートから出たすらりとした脚はどうということもなかったが――世間が是認する脚を見せびらかすのはどのみち安全で簡単なのだ――でも、その太った女性がしていることは自分だけとわかち合える静かな確信であり、他人にはうかがい知れない正しさの感覚だった。国に帰ろうという彼女の決心も似たようなものだった。疑念に苛まれるときはいつも、自分が勇ましくもたったひとりで、ほとんどヒロイックに立っていると思い、そうやって疑念を粉砕してきたのだ。その太った女性は十六、七歳くらいに見える若者のグループを先導していた。若者たちは押し合いへし合いしながら、胸や背にサマープログラムの表示のついた黄色いTシャツを着て笑いさざめいている。彼らはいとこのダイクを思い出させた。なかのひとりが、色が黒くて背が高く、アスリートのように細身でしなやかな筋肉をした男の子が、ダイクにそっくりだった。ダイクがあんなエスパドリーユみたいな靴を履くわけがなかったけれど。軟弱キックス、彼ならそう呼びそうだ。ほんの数日前にウジュおばさんといっしょに買い物に出かけたとき、ダイクが初めて使ったことばだ。「ママがダサい靴を買ってくれるってさ。マジかよ、だろ、あんな軟弱キックスなんか履けねえよ！」

イフェメルは駅を出てタクシー乗り場にならんだ。乗り込むタクシーの運転手がナイジェリア人ではないことを祈った。ナイジェリア人の運転手なら、彼女のなまりを聞くと喧嘩でも吹っかけるみたいに、自分は修士号取得者でタクシーはあくまで副業、娘がラトガース大学で学部長から表彰を受けたといいたがるだろう。あるいはむっつりと不機嫌に車を走らせて、おつりを手渡しながら彼女の「ありがとう」を無視する。そうやって同国人の看護師か経理士か医者か知らないが、こんな小娘に見下される屈辱をなだめるのだ。アメリカにいるナイジェリア人のタクシー運転手は全員、自分は本当はタクシーの運転手ではないと思い込んでいた。彼女の番がくる。やってきたタクシーの運転手は中年の黒人だ。ドアを開けて運転席の背中をちらりと見た。「マーヴィン・スミス」とある。ナイジェリア人の名ではないが安心はできない。ナイジェリア人はここではありとあらゆる名前を使う。彼女だってかつては他人になりすましていたことがあったのだ。

「調子はどう？」と男は訊いた。

すぐにピンときた。よかった、カリブ海出身者のなまりだ。

「とってもいいわ。ありがとう」彼女は運転手に〈マリアマ・アフリカン・ヘアサロン〉の番地を告げた。このサロンは初めてだった——行きつけの店はオーナーが結婚するためコートジボワールに帰国して閉店した――でもアフリカン・ヘアを結ってくれるヘアサロンの外観はたいていどこも似たようなものだ。壁に落書きのある湿っぽいビルがならぶ、白人のいない市街地にあって、〈アイシャとファティマのアフリカン・ヘアサロン〉などと鮮やかな色の看板が出ていて、冬は熱すぎるラジエーター、夏はちっとも効かないエアコンがあって、フランス語圏西アフリカ出身の髪結いであふれ、そのうちのひとりがオーナーで、いちばんまともな英語をしゃべり、電話の応対をし、他の者たちを従えているのだ。よく赤ん坊が布切れでだれかの背中にくくりつけられていることもあった。よちよち歩きの幼児がほつれたソファに広げられたラッパー（腰に巻く布）の上で眠っていたり。やや年長の子供がふらりと立ち寄ったり。会話は大声ですばやかった。フランス語かウォロフ語かマリンケ語だ。客に英語で話すときはおかしな片言英語になり、この言語にはまだ馴染(なじ)めないという感じで、そのうち俗語だらけのアメリカ語法に突入する。一語一語がしり切れとんぼ。一度、フィラデルフィアでギニア人の髪結いが「アマ・ライク、オオ、ガッド、アズ・ソメー」といったのを、イフェメルは何度も聞き直してようやく理解した。「アイム・ライク、オオ・ゴッド、アイ・ワズ・ソー・マッド（なんか、あたし、すっごく頭、来たの）」といっていたのだ。

マーヴィン・スミスは陽気でおしゃべりだった。車を走らせながら、ひどく暑いとか、きっと計画停電になるとか、しゃべっていた。

「この暑さじゃ年寄りには命取りだな。エアコンがなきゃ、モールへ行かなきゃならんだろ。モールのエアコンはただだ。でも連れてってくれるもんがいないこともあるしな。年寄りの面倒はちゃんと見なきゃ」という楽しげなようすは、イフェメルの沈黙にもひるむことがなかった。

「さあ、着いたよ！」といって彼はみすぼらしい建物の正面に車を停めた。ヘアサロンは中華料理店〈ハッピー・ジョイ〉と宝くじを売るコンビニにはさまれていた。店内は放ったらかしの気配が濃厚で、ペンキは剝がれ、壁にはべたべたと編み込みヘアの大きなポスターと「即刻税金還付」という小さめの紙が貼ってあった。Tシャツに膝丈の短パン姿の女性が三人、椅子に座った客の髪を結っていた。隅の壁に嵌め込まれた小型テレビでは、ちょっと大きすぎる音量でナイジェリア映画をやっていた。男が妻を殴り、その妻が身をすくめて叫んでいる。品質の悪い音響装置に雑音が混じった。

「こんにちは！」とイフェメルはいった。

全員が彼女のほうを振り返ったが、「いらっしゃい」といったのはひとりだけで、これがきっと店の名にあるマリアマだ。

「髪を編んでほしいんだけど」

「どんな編み方がいいの？」

ミディアム・キンキー・ツイストにしてもらいたいが値段はいくらか、とイフェメルは訊いた。

「二百」とマリアマ。

「先月わたしが払ったのは百六十よ」最後に髪を編んだのは三カ月前だ。マリアマはしばらく無言だった。視線は編みかけの髪に戻したままだ。

「だから百六十でどうかしら？」イフェメルが訊いた。

マリアマが肩をすくめて笑った。「オーケー、でも次もまた来なきゃだめよ。座って。アイシャを待ってて。もうすぐ手が空くから」マリアマはいちばん背の低い編み手を指差した。皮膚に問題を抱えているらしく、腕と首筋にピンクっぽいクリーム色の渦巻きが浮かんでいる。厄介な感染症だろうか。

「ハーイ、アイシャ」とイフェメルはいった。

アイシャはちらっとイフェメルを見て申し訳のように会釈したが、顔は無表情、その表情のなさときたらほとんど近寄りがたい感じだ。どこか奇妙なところがあった。

ドアの近くにイフェメルは座った。縁の欠けたテーブルの上で扇風機が強になってまわっていたけれど、部屋の息苦しさは少しも変わらない。扇風機の隣に櫛、ヘアピースの箱、ページのゆるんだ大判の雑誌が置かれ、カラフルなＤＶＤが積みあげられている。部屋の隅には箒が一本立てかけられていて、そばにキャンディの自動販売機と、長いあいだ使われていない錆びたヘアドライヤーがある。テレビの画面では父親がふたりの子供を叩いていた。不器用なこぶしが子供たちの頭上で空まわりしている。

「ダメ！　悪い父親！　悪い男だ！」もうひとりの編み手がそういって、テレビをにらみながら身をすくませた。

「ナイジェリアの出身?」マリアママが訊いた。

「ええ」とイフェメルはいった。「あなたはどこ?」

「わたしと、妹のハリマはマリ出身。アイシャはセネガル」とマリアマ。

アイシャは目をあげなかったが、ハリマはイフェメルににっこり笑いかけた。温かいわけ知り顔の微笑みは、ようこそ、仲間のアフリカ人、といっていた。アメリカ人にはそんな微笑みは見せないのだろう。かなりきつい斜視で、瞳孔が反対方向を向いているため、イフェメルはどっちの目が自分に注がれているのかよくわからなくて平衡感覚がくらっとした。

イフェメルは雑誌をうちわ代わりにして自分を扇いだ。「すごく暑いわね」といった。少なくともこの女(ひと)たちなら「暑いの? でもアフリカからきたんでしょ!」なんていわないはずだ。

「この熱波はほんとにひどい。ごめんなさいね、エアコンが昨日壊れちゃって」とマリアマがいった。

エアコンが壊れたのは昨日ではない、イフェメルにはわかった、もっと前から壊れていたのだ。ひょっとするとずっと壊れっぱなしなのかもしれない。それでも彼女はうなずき、使いすぎて故障したのかしらといった。電話が鳴った。受話器を取ったマリアマが、ちょっと間を置いてから「すぐにどうぞ」といった。イフェメルがアフリカン・ヘアサロンに予約するのはもうやめようと思ったことばだ。すぐにどうぞ——決まり文句。

そういわれて行ってみるとふたりの客が極細のブレーズを編むために待たされていて、それでもオーナーは決まって「待ってて、すぐに妹が手伝いにくるから」というのだ。また電話が鳴った。マリアマがフランス語でしゃべっている。声が大きくなって髪を編む手が止まり、その手を振りながら受話器に向かって叫んでいる。それからウェスタンユニオン通信会社の黄色い紙をポケットから取り出して広げ、番号を読みあげた。

「3（トロワ）！　5（サンク）！　ノン、ノン、5（サンク）！」

　細い、見るからに痛そうなコーンロウをマリアマに編んでもらっていた女性がきつい口調で「いいかげんにして！　まる一日ここにいるつもりはないのよ！」といった。

「ごめんなさい、ごめんなさい」といいながらマリアマはウェスタンユニオンの番号をくり返し、それから髪を編む作業に戻った。受話器は彼女の肩と耳のあいだにはさまったままだ。

　イフェメルは持ってきた小説、ジーン・トゥーマーの『砂糖きび』を開き、数ページ目を通した。このところ自分がその本を読もうと思ってきたのは、ブレインが好きな本じゃないからだろうかとふと思った。高貴なるパフォーマンス、とブレインが呼んだ本。小説について話し合うとき彼が使うあの穏やかにも寛大であろうとする調子で。彼女も、もう少し時間をあたえられてもう少し知恵がつけば、彼が好きな小説のほうが優れていることを認めるようになるだろうと思い込んでいるみたいに。彼の好きな小説とは、若い男か、まだ若い男が書いた、これでもかとモノが詰め込まれた魅惑的かつ困惑させる、ブランドや音楽や漫画やアイコンの蓄積物で、感情はかすめるだけ、どの文もスタイリッシュであることをスタイリッシュなまでに自認するような小説だ。その手の小説をずいぶん読んだのは彼が薦めたからだったけれど、どれも綿あめみたいに舌の上であっけなく姿を消して記憶に残らなかった。

彼女は小説を閉じた。暑すぎて集中できない。溶けたチョコレートを少し食べて、ダイクにバスケットボールの練習が終ったら電話してとメールを送り、雑誌で自分を扇(あお)いだ。反対側の壁の貼り紙を読んだ――編んだ髪の一週間すぎてからのお直しはお断り。小切手不可。払い戻し不可――でも注意深く部屋の隅に目をやるのは避けた。そこで黴臭い新聞紙が埃のこびりついた配管の下に押し込まれ、朽ち果てているのがわかっていたからだ。

やっと、客の髪を仕あげたアイシャが、何色のヘアピースがいいかとイフェメルに訊ねた。

「4番」

「いい色でないよ」即座にアイシャは答えた。

「わたしが使っているのはそれ」

「汚く見える。1番はどう?」

「1番は黒すぎる、偽物っぽいもの」といいながらイフェメルは自分の髪を包んでいた布を外した。「ときどき2番を使うけれど、でも[illegible]番がわたしの髪の地色にいちばん近いから」

　アイシャは肩をすくめた。横柄なすくめ方だ。まるで客が良い趣味をもっているかどうかなんて自分の知ったことかといわんばかり。戸棚に手を伸ばしてヘアピースの箱をふたつ取り出し、それがおなじ色かどうか確かめた。

　アイシャがイフェメルの髪に手を触れた。「なんでリラクサー使わないの？」

「神様が作ってくれた通りにしておきたいから」

「でも、どうやって櫛を入れるの？　櫛が通らないよ」

　イフェメルは自分の櫛を取り出した。自分の髪にそっと櫛を入れていくと、密生した、柔らかな、きりっと巻いた頭髪が光輪のように大きく広がった。「水分を適切に含ませれば櫛を入れるのは難しくないわ」という口調にイフェメルは、ほかの黒人女性に対してナチュラルヘアにしておくのがどれほどいいかを説得するときに使う、なだめすかす布教者のような調子を忍び込ませた。アイシャはふんと鼻を鳴らした。ナチュラルヘアに櫛を入れる苦労をあえて選ぶなんて理解できない、リラクサーでまっすぐにしたほうがずっといいと思っているのは明らかだった。イフェメルの髪を区分けしながら、テーブル上の小山のなかから小さなヘアピースをつまんで、器用にねじりはじめた。

「きつすぎる。きつくしないで」とイフェメルがいった。それでもアイシャがねじりつづけようとしたので、イフェメルはひょっとしたら自分のいったことが理解できなかったのかもしれないと思って、不快に感じる髪の部分に手を触れて、「きつい、きつい」

といった。

アイシャは彼女の手を払いのけた。「ダメ、ダメ。そのまま。それでいい」

「きついのよ！　ゆるめてちょうだい」とイフェメルがいった。

マリアマがじっと見ていた。彼女の口からフランス語がぱらぱらと飛んだ。アイシャが髪をゆるめた。

「すみません」とマリアマがいった。「彼女は英語がよく理解できなくて」

でもアイシャの顔つきから、ちゃんと理解していることはイフェメルにもわかった。要するにアイシャは本物の市場の女で、美容室での微妙なアメリカ風カスタマーサービスなどには無頓着(むとんちゃく)なだけなのだ。イフェメルは彼女がダカールの市場で働いているところを想像した。ラゴスの髪結いのように手で鼻をかんでそれをラッパーで拭き、客の頭の位置を自分のやり易いように手荒にぐいと直し、髪の毛が多すぎるとか固すぎるとか短すぎるとか不平をこぼしながら、通りかかった女たちに大声で叫ぶ。話し声はいつも大きすぎ、編み込む髪はきつすぎるのだ。

「彼女、知ってる?」アイシャがテレビ画面をちらりと観ながら訊いた。

「えっ?」

アイシャはまたおなじことをいって、画面の女優を指差した。

「知らない」とイフェメル。

「でも、お客さん、ナイジェリア人」

「ええ、でもあの人のことは知らない」

アイシャはテーブルに積みあげられたDVDを身振りで示した。「前はヴードゥーばっかり。ひどかった。いまはナイジェリア映画、いい。大っきくてすてきな家！」

イフェメルは、わざとらしい演技やありえないプロットのノリウッド映画を見下していたけれど、見知らぬこのセネガル女性の口からこぼれたとはいえ、「ナイジェリア」と「いい」がひとつの文のなかに含まれているのを耳にするのは贅沢なことだと思って、同意の意味でうなずいてみせた。イフェメルはそこに自分の帰郷への吉兆を見ることにしたのだ。

国に帰ると告げた相手はだれもがびっくりしたようすで説明を求めた。そうしたいからだというと、理解に苦しむように額に皺を寄せた。

「ブログを閉じてマンションを売り、ラゴスに戻って給料がたいしてよくない雑誌社で働こうっていうのね」ウジュおばさんはくどくどと何度もいった。イフェメルの途方もない愚かさに気づかせようとするかのように。ラゴスに住む旧友ラニイヌドだけは、国に帰るのは別に変なことじゃないと思わせてくれた。「ラゴスはいまアメリカからの帰国者でいっぱいだから、帰ってきてその仲間に入ればいいよ。毎日みんな水の入ったボトルを持ち歩いて、一分おきに水を飲まなきゃ暑くて死んじゃうみたいにしてる」とラニイヌドはいった。ラニイヌドとはずっと連絡を取り合っていた。最初はごくたまにしか手紙を書かなかったけれど、サイバーカフェができて、携帯電話が普及し、フェイスブックが盛んになると、もっと頻繁にやりとりするようになった。数年前、オビンゼが結婚することを彼女に知らせたのはラニイヌドだ。「とにかく、もう、いまじゃすごいお金持ちよ。大物を逃しちゃったねえ！」とラニイヌドはいった。イフェメルはそんなニュースには興味ないというふりをした。オビンゼに連絡をしなくなったのは結局、彼女のほうだったし、時間もずいぶん経って、ブレインとも新たにつきあいはじめて共同生活にもすんなり溶け込んでいた。なのに電話を切ってからイフェメルは際限なくオビンゼのことを考えた。彼の結婚式のようすを想像すると悲哀のような感情が残った。色褪せた悲哀。でも彼にとって喜ばしいことなのだ、とイフェメルは自分に言い聞かせた。彼にとって喜ばしいと思っていることを自分に証明するためメールを書くことにした。古いアドレスをまだ使っているかどうか確信はなかったけれど、とにかくeメールを送った。返事はこないかもと半信半疑だったけれど彼から返事がきた。イフェメルがそれに返事を書かなかったのは、そのときもまだ自分のなかでかすかに灯っている光に気づいたからだ。いまは触れないほうがいい。昨年の十二月、ラニイヌドがパームズモールで幼い娘を連れた彼にばったり会ったと話していたとき（イフェメルにはまだ、ラゴスに広がりつつあるこの真新しいモダンなモールが思い浮かばず、せいぜい思い出せるのは手狭なメガプラザくらいだったが）――「彼はすっごくクリーンに見えて、娘のほうはすっごく元気そうだった」とラニイヌドはいった――イフェメルはオビンゼの人生に起きた変化のすべてに激烈な痛みを感じた。

「ナイジェリアの映画、すごくいい、いま」アイシャがまたいった。

「そうよ」イフェメルのことばに熱がこもった。彼女は吉兆を探す者になっていた。ナイジェリア映画はいい、したがって彼女の帰郷もまた吉なのだ。

「ナイジェリアのヨルバ人？」とアイシャ。

「いいえ。イボ人よ」

「イボ人？」初めてアイシャの顔に笑みが浮かび、その笑顔には小さな歯と暗色の歯茎も見えた。「ヨルバ人かと思った、だってヨルバ人は色が黒くてイボ人は色が白いから。あたしいまイボ人の男ふたりとつきあってるの。すごくいい。イボ人の男って女の扱い、すごくうまい」

　ほとんどささやくような声で、暗にセックスを匂わせる口調になり、鏡に映る腕と首の脱色部分がぞっとするような腫(は)れ物(もの)に見えた。いくつかが破裂して液が滲(にじ)み出し、残りは皮膚が剝(は)がれるようすが思い浮かんだ。イフェメルは目をそらした。

「イボ人の男って女の扱い、すごくうまい」アイシャはくり返した。「結婚したい。あたしのこと愛してるっていいながら、家族がイボ人の女と結婚させたがるんだっていう。イボ人はふつうイボ人と結婚するもんだからって」

　イフェメルは笑いたいのをこらえた。「両方の男と結婚したいの？」

「ちがう」とアイシャは焦れるようなジェスチャーをした。「結婚したいのはひとり。でもそれ、本当？　イボ人はいつもイボ人と結婚するって？」

「イボ人はいろんな人と結婚してるわよ。わたしのいとこの夫はヨルバ人。おじさんの奥さんはスコットランド出身」

アイシャは髪をねじりながらちょっと黙り、鏡のなかのイフェメルを見つめて、彼女のことばを信じていいのか決めかねているようだった。

「妹が本当だっていう。イボ人はいつもイボ人と結婚するって」

「どうして妹さんにわかるの？」

「アフリカにいるイボ人をたくさん知ってる。布を売ってるから」

「どこにいるの？」

「アフリカ」

「どこ？　セネガル？」

「ベナン」

「なぜ、国の名じゃなくてアフリカっていったの？」とイフェメルは訊いた。

アイシャが舌打ちした。「あんたアメリカのことがわかってない。セネガルっていったら、それどこ？　ってアメリカ人はいうでしょ。ブルキナファソからきた友達に、それラテンアメリカの国？　って訊くよ、あの人たち」髪をねじる作業を再開したアイシャの顔に悪戯っぽい笑みが浮かんだ。まるでここがどうなっているのか、イフェメルには理解できないのかというように訊いてきた。「アメリカにあんたどれくらい？」

イフェメルはそのときアイシャのことを好きにならないと心に決めた。もう会話を切りあげたかった。髪を編んでもらうために必要な六時間のあいだ必要なことだけいえばいい。だから聞こえなかったふりをするため携帯を取り出した。ダイクからはまだ返事のメールが届いていなかった。いつもなら数分もすれば返事が来るのに。まだバスケットの練習中なのかな、それとも友達といっしょにYouTubeでアホなビデオでも観てるのかな。イフェメルは電話をかけて長いメッセージを残した。大声で長々と、バスケットボールの練習のこと、マサチューセッツは暑いか、いまでもペイジといっしょに映画を観にいってるのか。それから無謀にもオビンゼにメールを書いて、あえて読み返さないまま送信した。ナイジェリアへ帰るところですと書くと、自分を待っている仕事があるのに、自分の車がすでにラゴス行きの船に乗っているのに、突然それが本当なのだと初めて実感できた。ついい最近、ナイジェリアに戻ろうと決心しました。

アイシャは遠慮がなかった。イフェメルが電話から目をあげるや、また質問した。

「アメリカにあんたどれくらい？」

イフェメルはバッグに携帯を戻しながら時間をかせいだ。何年も前におなじような質問を受けたことがある。ウジュおばさんの友達の結婚式で。そのとき彼女は二年と答えた。事実だった。ところがナイジェリア人たちの顔に浮かんだ嘲り（あざけ）の色から、アメリカにいるナイジェリア人に、アメリカにいるアフリカ人に、そしてはっきりいってアメリカにいる移民に、まともに取り合ってもらう栄光にあずかるには、滞米年数を上乗せしなければならないことを学んだのだ。そこで三年半になったとき六年といいはじめ、五年になったとき八年といった。いまでは十三年になって、嘘をいう必要はなさそうなのに、とにかく彼女はさばを読んだ。

「十五年」

「十五年？　長いねえ」アイシャの目のなかに新たに尊敬の念が忍び込んだ。「このトレントンに住んでる？」

「住んでるのはプリンストン」

「プリンストン」といってちょっと黙り「学生さん？」とアイシャは訊いた。

「フェローシップを終えたところ」フェローシップがなんなのかこの人には理解できないのがわかっていながらそういうと、アイシャがついに怖じ気づいたようすを見せた。その瞬間イフェメルはへそ曲がりな喜びを感じた。そう、プリンストン。そう、アイシャにはただ想像するだけの場所、「即刻税金還付」の貼り紙などありえない場所。プリンストンの住人は即刻税金を還付してもらう必要はなかった。

「でも、ナイジェリアに帰国するの」イフェメルは急に良心の呵責を覚えて付け足した。「出発は来週」

「家族に会いにだね」

「いいえ。国に戻るの。ナイジェリアに住むの」

「なんで？」

「なんで？　ってどういう意味？　いけない？」

「お金、あっちへ送るほうがいい。お父さんがビッグマンじゃないかぎり、でしょ？コネ、ある？」

「仕事なら見つけたわ」とイフェメル。

「アメリカに十五年もいて、国に帰って働く？」アイシャの顔に得意げな笑みが浮かんだ。「続くかねえ？」

アイシャのことばで思い出したのは、イフェメルが本気で帰国する気だとウジュおばさんがようやく認めたときにいったことばだった――上手くやっていけると思う？——彼女がアメリカによって後戻りできないほど変化したことを暗に語るそのことばが、大きな棘となって彼女の肌を刺した。両親もイフェメルはナイジェリアと「上手くやっていく」のは無理かもしれないと思っているようだった。「とにかくおまえはいまはアメリカ市民なんだから、いつでもアメリカに戻れる」と父親はいった。ブレインはいっしょに来るのか、と両親は口をそろえて訊いた。期待がずっしりと込められた質問だ。いままではブレインのことをしょっちゅう訊いてくるのだ。娘にアメリカ黒人のボーイフレンドがいるという考えと折り合いをつけるのに時間がかかったことを思うと可笑しかった。口には出さないが、両親は娘の結婚式のプランを温めているのかもしれない。母親はケイタリングサービスや式の色遣いに思いをめぐらせ、父親は支援者になってくれそうな著名な友達のことを考えているのだろう。両親の期待を裏切る気になれなくて、期待させておくのは手間もかからないし、むしろハッピーな気持ちでいられるならと、イフェメルは「まずわたしが先に帰ってブレインは数週間あとよ、ふたりでそう決めたの」と父親にいってしまった。

「すばらしい」と父親がいったので、事態がすばらしいままであるならそれに越したことはないと、イフェメルはそれ以上なにもいわなかった。

アイシャが髪をぐいと引っ張った。「アメリカに十五年って長いわ」ずっとあれこれ考えていたような口ぶりだ。「ボーイフレンドはいるの？　結婚は？」

「ナイジェリアに帰国するのは、マイ・マン（いい人）に会うためでもあるのよ」といってからイフェメルは自分でも驚いた。「マイ・マン」知らない人に嘘をつくのは、なんて簡単なんだろう。知らない人相手に自分の想像してきた人生をでっちあげるのは。

「ああ！　そうか！」アイシャは興奮していた。ついに彼女にも理解できる帰国理由を耳にしたのだ。「結婚するの？」

「たぶん。まあそのうち」

「あらあ！」アイシャは髪をねじる手を止めて、鏡のなかのイフェメルをじっと見た。にらんでいる。イフェメルは一瞬、この女には千里眼があって、嘘を見抜けるかもしれないと怖くなった。

「あたしの男たちに会わせたい。電話する。やってきたら会えるよ。まずチジオケに電話しよう。タクシー運転手。それからエメカ。警備会社で働いてる。ふたりに会って」

「わたしに会わせるためにわざわざ電話しなくてもいいわよ」

「いや、電話する。あんたなら、イボ人がイボ人じゃない人とも結婚できるって教えられる。あんたのいうことなら聞く、あの人たち」

「だめ、そんなことできない」

アイシャは耳に入らなかったようにしゃべりつづけた。「あんたが教える。あんたのいうことなら耳を貸す、だってイボ人どうしなんだから。どっちでもオーケー。あたし、結婚したい」

イフェメルはアイシャを見た。背の低い、ぱっとしない顔つきの、斑の皮膚をしたセネガル女にイボ人のボーイフレンドがふたりもいるなんて、なんだか嘘くさい。でもその女がいまイフェメルにその男たちに会って彼女と結婚するよう勧めろとしきりにいっているのだ。ブログに書くにはもってこいのネタになりそうだ。「非アメリカ黒人の特殊なケース、あるいは、いかに移民生活のプレッシャーが異常な行動を引き起こすか」

2

彼女からのメールを初めて見たとき、オビンゼはレンジ・ローヴァーの後部座席に座っていた。ラゴスの交通渋滞に巻き込まれて、車は動く気配がない。フロントシートの背もたれに引っ掛けたジャケット、窓に張りつく錆色の髪をした物乞いの子供、反対側の窓には物売りがぺたっと圧しつけたカラフルなCD、ラジオからワゾビアFMのピジン英語ニュースが低く流れ、あたりはいまにも降り出しそうな雨の気配にどんよりと包まれていた。ブラックベリーを凝視する彼の身体に緊張が走った。まずメールを最後までざっと見ながら、長いメールであってくれと直感的に思った。「シーリング、ケドゥ？（元気？）仕事や家族のこと、すべてが上手く行っていますように。ラニイヌドが、しばらく前にあなたと出くわしたっていってました。いまじゃ子供もいるそうね！誇らしきパパなんだ。おめでとう。つい最近、わたしはナイジェリアに帰ることに決めました。一週間ほどでラゴスに戻ります。連絡を取り合いたいな。お元気で。イフェメル」

もう一度ゆっくり読むと、なにかを撫でつけて滑らかにしたい衝動に駆られた。ズボンとか、剃りあげた自分のスキンヘッドとか。彼女は以前、彼のことをシーリングと呼んでいたのだ。彼が結婚する直前、最後にもらったメールではオビンゼと呼び、何年も連絡しなかったことを詫び、お幸せに、とやけに明るい調子で書いてきた。いっしょに住んでいるブラック・アメリカンのことまで書いてあった。お上品なメールだった。むかついた。無茶苦茶むかついたので、そのブラック・アメリカンのことをグーグルで検索した――だってググれってことだろ、でなければなんでそいつのことをフルネームで書いてくる？――イェール大学で教えているやつだ。ブログで友達のことを「キャッツ」なんて呼ぶような、そんな男と彼女がいっしょに住んでいるのを知って、はらわたが煮えくり返ったが、さらに彼の激怒の炎をあおり、冷たい返事を書かせたのは、クラッシュ・ジーンズに黒ぶちの眼鏡をかけ、知的なクールさを滲ませるそのブラック・アメリカンの写真だった。「温かいことばに感謝します、わが人生においてこれほど幸せなことはありません」と書いて送った。嘲るような調子で彼女が返事をくれるのを期待したが——全然彼女らしくないな、あの最初のメールには辛辣さのかけらもなかった——彼女からはそれっきりで、ハネムーンに出かけたモロッコから帰って、もう一度、連絡を取り合ってたまには話をしたい、と出したメールにも返事はなかった。

車が流れはじめた。細かな雨が降っていた。子供の物乞いが車といっしょに走っている。くりくりとした目に大げさな表情を作り、必死の身振り手振りで、何度も何度も、指先をぎゅっとすぼめて口にもっていくのだ。オビンゼは窓をさげて百ナイラ札を一枚突き出した。運転手のゲイブリエルがそれを咎めるように、バックミラーからにらんでいた。

「オガ（旦那さん）に神の祝福を！」と物乞いの子供がいった。

「ああいう乞食に金などやらんでください、サー」とゲイブリエルがいった。「みんな金持ちなんですよ。このラゴスで大金を作るために、わざと物乞いしてるんですから。イケジャに六つもフラットの入った建物を建てたやつもいるそうですよ」

「じゃあ、おまえはなんで物乞いをしないで、運転手なんかしてるんだい、ゲイブリエル？」そう訊ねてオビンゼは声をあげて笑ったが、笑い方がちょっと大げさすぎた。大学以来のガールフレンドからメールがきたところなんだ、とゲイブリエルに教えてやりたかった。大学以来でしかも、本当はハイスクール時代からのガールフレンド。初めてブラを取らせてくれたとき、彼女は仰向けになり、両手を彼の頭にそえて低く唸り、それから「目を開けていたのに、天井(シーリング)が見えなかったわ。こんなの初めて」といった。ほかの女の子ならそれまで男の子に触らせたことなんか一度もないふりをしそうなのに、彼女はそうしなかった、全然ちがった。まぶしいほど正直だった。そのときからふたりしていっしょにすることを彼らは「シーリング」と呼びはじめた。彼の母親が外出しているあいだ、彼のベッドの上で、下着だけになってもつれあう温もりを。触れ合い、キスをして、舐(な)めたり吸ったり、腰を動かすシミュレーションを。一度など講義の最中に、「わたしはシーリングが待ち遠しい」と彼の地理のノートの裏に書きつけてよこしたことさえあった。それ以来、長いあいだそのノートを見るたびに必ず、ぞくっと身震いが起きて秘かに欲情した。大学に入ってふたりがついにシミュレーションを止めたとき、彼女は彼のことを「シーリング」と呼びはじめた。戯れるように、誘うように――でも、喧嘩をしたり、彼女がふさぎ込んでいるときは、オビンゼと呼んだ。友達全員が呼ぶように「ザ・ゼッド」と呼ぶことはなかった。彼の友達のオクウディバが彼女に「ところで、なんでシーリングって呼ぶのさ?」と訊いたことがある。前期試験が終って、みんな脱力していたころだ。彼女はオビンゼの友達連中に加わり、キャンパス外のビールパーラーで、汚いプラスチックのテーブルを囲んでいた。マルティナのボトルをぐいっとあおり、その麦芽飲料を飲み込んでから、ちらりと彼に目をやって彼女はいった。「だって、彼ってすっごく背が高くて天井に頭がとどくからよ、でしょ？」わざとゆっくりとしゃべる口調、口元にかすかに広がる笑み、彼をシーリングと呼ぶ本当の理由はそんなことじゃない、と知らせたがっているのは明々白々。それに彼は背が高くない。テーブルの下で彼女が蹴ってきたので、彼のほうも、笑っている友達をじっと見ながら蹴り返した。みんな、ちょっとだけ彼女を怖がり、ちょっとだけ彼女に恋していた。ブラック・アメリカンとやったとき、彼女は天井が見えたかな？　ほかの男のとき、彼女は「シーリング」を使ったのかな？　使ったかもしれないと思うと心がかき乱された。電話が鳴って一瞬、期待と混乱で、イフェメルがアメリカからかけてきたのかと思った。「ダーリン、ケドゥ・エベ・イ・ノ？（どこにいるの？）」妻のコシだ。彼女からの電話はいつもこのことばで始まる。彼が妻にかけるとき、どこにいるかと訊くことはないが、どのみち彼女のほうが「いまサロンに着くところ」とか「第三メインランド橋よ」と口にした。いっしょにいないときは、彼らの具体的なモノによるつながりを再確認しなければいられないみたいに。コシは甲高い、少女のような声をしていた。パーティのために七時半には首長（チーフ）の家に到着することになっていて、時計はすでに六時をまわっている。

　渋滞に巻き込まれていると彼は告げた。「でも動きはじめた。オズンバ・ムバディウェ通りに入ったところだ。すぐに着くよ」

　レッキ高速道路に入ると、車は雨脚の衰えるなかをスムーズに流れはじめ、すぐに彼の家の高くて黒い門の前でゲイブリエルが警笛を鳴らすことになった。薄汚れた白いカフタン姿の、針金みたいに細身の門衛ムハンマドが大きく門を開け、挨拶（あいさつ）代わりに片手をあげた。オビンゼは黄褐色の列柱のならぶ家に目をやった。家のなかにはイタリアから輸入した家具があり、妻と、二歳になる娘のブチと、ナニーのクリスティアナと、大学の講師がまたストライキをしているので自宅待機せざるをえない、妻のいとこのチオマがいる。それに新しいハウスガールのマリーもいる。ナイジェリア人はハウスガールには不向きだと妻が決めて、ベナン共和国から連れてこさせたのだ。部屋は涼しく、エアコンの通風口が音をたてずに揺れている。台所にはカレーやタイムの匂いが立ち込め、一階のテレビはCNNに、二階は「アニメネットワーク」にチャンネルを合わせていて、あたりには豊かで幸せな雰囲気が満ちている。彼は車から降りた。踏み出す脚がなんとも重たく、持ちあげるのに一苦労だ。ここ数カ月、これまでに獲得したものすべてが不相応に膨張しすぎたと感じるようになっていた——家族、家、イコイやアブジャに買った地所、何台もの車、ドバイとロンドンの銀行口座——なにもかも、鋭いピンでちくりと刺して、ぺしゃんこにしてしまいたい衝動に駆られた。自由になりたかった。自分の人生はこれでいいと本当に思っているからこれでいいのか、当然これでいいと思われているからこれでいいのか、もう確信がもてなかった。確信なんか本当は一度ももったことがなかったのだ。

「ダーリン」といいながらコシが、彼が玄関に着く前にドアを開けた。化粧はすっかり終って、顔がつやつやと輝いている。彼は思った、しょっちゅう思った。じつに美しい女だ、完璧なアーモンド形の目がその容貌に鮮やかな対称を形づくっていた。クラッシュシルクのドレスのウエストをベルトでぴしっと締めて、まるで砂時計のようだった。妻をハグしながら唇を注意深く避けた。ピンクに塗った唇がさらに濃いラインで囲まれていた。

「夜だというのに太陽みたいだな。アシャ！　ウゴ！（アシャはハタオリドリ、ウゴはワシ、いずれも女性を鳥にたとえる褒めことば）」と彼はいった。「君が到着すれば、首長はパーティの照明をつける必要がなくなるぞ」

彼女は笑った。みんなから「お母さんは白人？　ヨーロッパ人との混血？」と訊かれると、あからさまに嬉しそうにするいつもの笑みだ。色がとても白いのを混血に間違えられると彼女は喜ぶ、そのことに彼はいつも気持ちが萎えた。

「ダディ、ダディ！」といいながら、ブチがよちよち歩きのおぼつかない足取りで駆け寄ってきた。お風呂に入れてもらったばかりで、花柄のパジャマを着た子供はベビーローションのあまい匂いがした。彼は「ブチ、ブチ！　ダディのブチだ！」と勢いよく抱きあげてキスをして、首筋をくすぐり、床に彼女を投げ下ろす真似をした。そうすると必ず笑い出すのだ。

「お風呂にする、それとも着替えだけ？」コシはそう訊いて、彼の後ろから二階へあがってきた。ベッドの上に青いカフタンが広げられていた。できたらドレスシャツとかシンプルなカフタンにしたかった。これはごてごてと大げさな刺繡(ししゅう)がしてある。コシがアイランドに新たに店を出した見栄っ張りのファッションデザイナーから法外な値段で買い求めたものだった。でも、コシを喜ばせるために彼はそれを着ようと思った。

「着替えるだけにする」

「お仕事はどうでした?」とコシが訊いた。いつもの、漫然とした朗らかな調子で。彼は、パークビューに完成させたばかりのフラットの入った建物のことを考えているといった。シェルが借りてくれるといいんだが、石油会社はいつだって最良の賃借人だから、突然の家賃値あげにも不平をいわないし、支払いは米ドルだから変動的なナイラで取引する必要がなくて楽だし。

「心配いらないわ。きっとシェルが借りてくれるわよ。だいじょうぶよ、ダーリン」とコシはいって彼の肩に触った。

じつは、フラットはすでにある石油会社が借り受けてくれていたのだが、彼はときどきこんな意味のない嘘をついた。彼のどこかが、彼女がなにか質問するといいのに、異を唱えるといいのに、と思っていたからだ。でも、それはない、わかっている。コシの望んでいるのは彼らの生活が間違いなく、いつもおなじ状態であることで、そのための方法は彼にまる投げしていたからだ。

首長のパーティはいつものように退屈だろうが、首長のパーティにはすべて行くことにしていた。だから出かけた。首長の広大な家の敷地の正面に車を停めるたびに、ここへ初めてやってきたときのことを思い出した。いとこのンネオマといっしょだった。オビンゼはイギリスから帰ったばかりで、ラゴスに着いてまだ一週間だったが、ンネオマは、自分のフラットで寝そべって本を読むか、ふさぎ込んでいるいとこに対して不満を漏らしはじめていた。

「ああ、もう！　オ・ギニ？（なに？）　この問題を抱えるのはあんたが初めてだっていうの？　立って立って、ほら、がんばらなくちゃ。みんながんばってるんだから。ラゴスはがんばるところなんだから」とンネオマはいった。彼女はごつい手をした有能な辣腕(らつわん)家で、手広くビジネスを仕切っていた。ドバイへ飛んで金製品を買い付け、中国へ行って婦人服を買い付け、つい最近も冷凍チキンの配送会社を立ちあげたばかりだ。「わたしのところへ来て、仕事を手伝ってほしいっていったけど、あんたはヤワすぎるし、英語をしゃべりすぎだよ。わたしが欲しいのはガッツのある人」と彼女はいった。

オビンゼはまだイギリスで起きた事件の動揺から立ち直っていなかった。何層もの自己憐憫(じこれんびん)のなかにいまも閉じこもり、ンネオマから素っ気なく「この問題を抱えるのはあんたが初めてだっていうの？」と訊かれて心が掻(か)き乱された。彼女には見当もつかなかったのだ。村で育ったこのいとこは、赤裸々で鈍感な目で世界を見ていた。だがゆっくりと、彼女のいうことが正しいと彼も気づいた。自分が最初でも最後でもないのだ。新聞の求人欄を見て応募しはじめたが、面接に来いと電話をかけてくる会社はなかった。

いまでは銀行や携帯会社で働いている学校時代の友達も彼を避けはじめた。履歴書を彼らの手に押しつけてくるのではないかと不安になったのだ。

　ある日、ンネオマがいった。「この大金持ちの首長なら知ってる。わたしをしつこく追いかけてた人で、でもわたしは断った。女たちと面倒な問題を抱えている人で、エイズをうつされるかもしれないし。でもこういう男のこと、わかるでしょ、ノーといわれた女のことは忘れないのよ。だからときどき、わたしのところに電話してきて、わたしも挨拶に行くことがあるの。去年あの悪魔の子供たちがわたしのお金を盗んだあと、彼はわたしが事業を始める資金のことで援助さえしてくれた。そのうちいつか、わたしが彼の申し出を受け入れると思ってるのよ。はっ、オ・ディ・エグウ？（ありえない？）あんたを彼のところへ連れていく。機嫌のいいときはすごく気が大きくなるの。この国の人間のことはわかってるよね。ひょっとしたら、どこかの部長級の仕事を紹介してくれるかも」

　執事が彼らをなかに入れた。首長は玉座のように金箔を塗った椅子に腰をおろして、客に取り囲まれてコニャックをちびちびやっていたが、急に立ちあがった。背の低い男だったが、意気軒昂、活気にあふれている。「ンネオマ！　おまえさんか？　今日はわしのことを覚えていたのか！」といって彼はンネオマをハグし、後ろに身を引いて図々しくも、ぴったりフィットしたスカートでアウトラインがくっきり浮き出た彼女の腰をじろりと見た。長いヘアピースが彼女の肩にかかっている。「おまえさん、わしに心臓発作でも起こさせる気か？」

「わたしが首長に心臓発作を起こさせるですって？　首長がいなくなったら、どうすればいいんですか？」ンネオマは冗談めかしていった。

「どうすればいいか、わかってるだろうが」と首長がいうと客たちがどっと笑った。ばか笑いをする、わけ知り顔の三人の男たち。

「首長、わたしのいとこのオビンゼです。母親がわたしの父の妹で、大学教授です」とンネオマ。「その叔母がわたしの大学の授業料を最初から最後まで払ってくれたんです。叔母がいなかったら、わたしは今日こうしてここにいることはなかったはずです」

「すばらしい、すばらしい！」首長はそういって、オビンゼを見た。どういうわけか、その寛容さが彼のおかげだというように。

「初めまして、サー」とオビンゼがいった。首長が身のまわりをこまごまと飾り立てる、いわゆる、めかし屋であることに彼は驚いた。爪はマニキュアでぴかぴか、足には黒いベルベットの室内履き、首のまわりにはダイヤモンドの十字架。もっと大柄でごつい外見を想像していたのだ。

「座りなさい。なにを飲むかな？」

ビッグマンとビッグウーマンは下々の者とは会話などしないのだと、それからオビンゼは学ぶことになった。一方的にどんどんしゃべるのだ。その夜、首長が次から次へと偉そうに政治のことをしゃべるあいだ、客たちは寄り集まって「その通り！　まさに！

感謝します！」と応じたのだ。客たちの服装はラゴスの若手富裕層のユニフォームだ――革の室内履き、ジーンズにオープンネックのぴっちりしたシャツ、どれも見慣れたデザイナーズ・ロゴ入りだ――しかしその態度には、困窮した男たちの苦渋に満ちた真剣さがあった。

客が帰ったあと、首長がンネオマのほうを振り向いた。「明日のことはだれにもわからない、って歌を知ってるか？」そして子供じみた調子でその歌を歌い出した。「明日のことはだれにもわからない！　明日のことは！　明日のことはだれにもわからない！」もう一杯、気前よくコニャックが彼のグラスに注がれた。「これこそがこの国が基本とする原理だ。主要な原理。明日のことはだれにもわからない。アバチャが政権を握っていた時代に大金持ちだった銀行家たちを覚えているか？　あいつらはこの国を所有していると思っていた。その次にやつらが知ったのは、自分が監獄にいることだ。それまで家賃すら払えなかった貧乏人がババンギダから油田をもらって、おかげでいまでは自家用ジェット機を所有している！」首長が得意げに披露するのは、偉大な発見としてもたらされたごく世俗的な所見だったが、ンネオマは耳を傾け、微笑み、同意した。彼女の快活さはひどく大げさで、しっかり微笑み、できるだけすばやく笑い声をあげて、自尊心を磨きあげてやればやるほど、首長が確実に彼らに援助してくれるとでもいうようだった。あまりに露骨であけすけにお世辞をいう彼女が、オビンゼには面白かった。しかし首長は彼らに土産に赤ワインを一箱くれて、オビンゼにそれとなく「来週、また来い」といった。

オビンゼは翌週も、その次の週も首長を訪ねた。首長がなにかしてくれるまでは彼のまわりでぶらぶらしていなさい、とンネオマに命じられたのだ。首長の執事はいつもとびきりの魚のペペスープを出した。スープに沈んだ、いい香りに味付けされた魚の切り身に、オビンゼは鼻水が出てきて頭がすっきり、どういうわけか将来に対する行き詰まり感がすっと抜けて、希望でいっぱいになった。彼はあまんじて腰をおろし、首長や客たちの話に耳を傾けた。彼らはオビンゼを魅了した。もう少しで富裕層になれそうな者が富裕層のいる席で、そして富裕層がさらに富裕な者がいる席で見せる、無粋にも萎縮した態度。金をもつということは金によって消耗させられるということらしかった。オビンゼは強い嫌悪と焦燥を感じた。彼らを哀れに思ったが、同時に自分が彼らのようになったところをも想像した。ある日、首長がいつもよりコニャックを多めに飲んで脈絡もなく、ずる賢く裏切るやつら、小物のくせにいちもつだけはでかいやつら、突然自分が頭が切れると思う恩知らずの阿呆ども、としゃべりまくった。オビンゼはいったいなにが起きたのか正確にはわからなかったが、だれかが首長を動揺させ、その動揺がひどく大きかったのだ。ふたりきりになると、すかさずオビンゼは「首長、もしも僕になにかできることがあればいってください。力になりますから」といった。そんなことをいうなんてわれながら驚いた。彼は自分の殻から歩み出ていた。ペペスープで意気が高揚していたのだ。がんばるというのはこのことか。彼はラゴスにいて、がんばっていた。

首長は彼を長いあいだ、まじまじと見ていた。「この国にはおまえのような人間がもっと必要だ。良い一族の出身で、きちんとしつけられた人間が。おまえは紳士だな。目を見ればわかるぞ。おまえの母親は大学教授だ。おいそれとなれるもんじゃない」

この奇妙な褒(ほ)めことばを面と向かっていわれたオビンゼは、慎み深く見えるように軽く微笑んだ。

「おまえは腹をすかせているが正直だ、この国ではすごくめずらしいことだ。ちがうか？」と首長は訊いた。

「はい」自分にそんな性質があると認めていいのかどうか、その性質がまれなのかどうか確信がもてなかったが、とにかくオビンゼはそう答えた。でもそんなことはどうでもよかったのだ。首長は確信しているようすだったのだから。

「この国ではだれもが腹をすかせている。金持ち連中まで腹をすかせている。だがだれも正直ではない」

オビンゼがうなずくと首長はもう一度、長いあいだ彼をじっと見た。それから黙ってコニャックのほうに目をやった。次に訪ねたとき、首長はいつもの饒舌な調子に戻っていた。

「俺はババンギダ（一九八五年のクーデタで実権を握った軍人政治家）の友達だった。アバチャ（一九九三年に軍政下で実質的大統領になったが九八年に急死）とも友達だった。軍政がなくなったいまじゃ、オバサンジョ（一九九九年、十六年ぶりの民政復帰後初の大統領、二〇〇七年まで在職）が友達だ。なぜかわかるか？　俺が馬鹿だからか？」

「もちろんちがいます、首長」とオビンゼ。

「国立農場支援法人が破綻して民営化されるそうだ。おまえ、このことを知っているか？　知らんだろ。どうして俺が知っているか？　理由は俺には友達がいるからだ。おまえがそれに通じるところには、俺は地位を得て裁定取引で利を得ることになる。それがわれわれの自由市場だ！」といって首長は大きな声で笑った。「あの法人は一九六〇年代に設立されて、いたるところに不動産を所有している。建物はすべて老朽化して、白蟻が屋根を食い荒らしている。だが、彼らはそれを売ろうとしている。俺はそれを一軒につき五百万で、七軒買うつもりだ。彼らの見積もりがどれくらいか、おまえ知ってるか？　百万だ。本当の資産価値はいくらかわかるか？　五億だ」首長はここでことばを切って、鳴っている携帯電話のひとつを凝視し──四つの携帯が彼の近くのテーブルに置いてあった──それを無視して、どっかとソファに身体を沈めた。「この取引に取り組む人間が俺には必要だ」

「はい、サー。僕がやります」とオビンゼはいった。

　あとからンネオマが自分のベッドに腰掛け、その話に興奮して、彼にアドヴァイスをあたえながら頭をときどきパシッと叩いた。それがへアピースの下の頭皮がかゆいとき、引っ掻く代わりにできる最良の方法だったのだ。

「すごいチャンスよ、ザ・ゼッド。しゃっきりして現実を見るっ！　それこそ、みんながビッグな呼び方でいう、査定コンサルティングってやつなんだから。でも難しくはないの。資産を低く見積もって、確実に、適正な手続きに従っているように見せる。その半分を売却して購入代金をまかなう、そうすればいっぱしの企業家よ！　それから自分の会社を正式に登録する。お次はレッキに自分の家を建てて、車を何台か買って、故郷の町に頼んでなにか称号をもらい、友達にお祝いのメッセージを新聞に出してもらえば、自分でも知らないうちに、即座に銀行が貸し付けローンを組みたいって話を持ち込んでくるわよ。だって、あんたはもうお金が必要じゃないと彼らは考えるからね！　それで自分の会社を登録したあとは、だれか白人を見つける。イギリスにいる白人の友達をひとり見つけなさい。彼が自分の統括マネージャーだってみんなに触れてまわる。オインボ（白人）が統括マネージャーだってことで、あんたのために扉がぱっと開くようになるのがわかるから。首長だって必要なときは、見せかけのために引っ張り出す白人男を抱えているよ。それがこの国の仕組み。間違いないから」

そして、確かにそういう仕組みで、いまもオビンゼにとってことはそのように動いていた。その容易さが彼の目を眩ませた。初めて銀行にオファーの手紙をもっていったとき、わかりきったことをあえていう必要はないので「百万」を省略しながら、ただ「五十」とか「五十五」といっている自分にシュールな感覚さえ覚えた。ほかにも多くのことがあっけなく成立し、見せかけにすぎない富があっけなく彼の行く手を滑らかにした、そのことに彼は驚愕した。BMWで門に乗り付けさえすれば、門衛が挨拶をして、質問もせずに門を開けた。アメリカ大使館さえ態度を変えた。数年前、彼が大学を卒業したばかりでアメリカ的野心にすっかりやられていたときはヴィザを拒否されたのに、彼の新規銀行口座の収支報告書を出すとヴィザは簡単におりた。初めての旅行のときも、アトランタ空港の入国審査官はおしゃべりで温かく、彼にこう訊いた。「それで現金はいくら持っていますか?」オビンゼがあまり持っていないというと、その男はびっくりしたようすだった。「あなたのようなナイジェリア人はいつだって何十万ドルも申告するのに」

彼はいまやそういう存在なのだ。空港で多額の現金を申告するナイジェリア人。それが彼に方向感覚をなくす奇妙な感覚をもたらした。心のほうは人生とおなじペースで変わっていなかったのだ。彼は自分自身と、いま自分がそう思われている人物像のあいだに、むなしい空隙を感じていた。

首長がなぜ、彼を助けて利用することにしたのか、驚くべき副次的利益を見越してそれを奨励したのか、いまだに彼には理解できなかった。首長の家には、ひれ伏すような訪問客が後を絶たなかった。親類や友達がほかの親類や友達を連れてやってくる。彼らのポケットは嘆願や請願でいっぱいだ。そのうちある日、首長が腹をすかせた正直者の若者を出世させてやったという理由で、彼になにか頼んでくるのではないかと思ったりもした。もっとメロドラマチックな瞬間など、暗殺計画を統括しろといわれているところまで想像した。

首長のパーティに到着するとすぐに、コシが先に部屋に入り、ほとんど会ったこともない男も女もハグしてまわり、大げさな敬意を込めて年配者を「マー」とか「サー」とか呼んで、自分の顔が注目されることを大いに楽しみながらも、その美しさが脅威とならないよう、自分の個性は抑え込んで外に出さないようにしていた。ある女性の髪を褒め、別の女性のドレスを褒め、また男性のネクタイを褒めてまわった。「神様に感謝を」としょっちゅう口にした。ある女性が「顔にはどのクリームを使ってらっしゃるの？　どうすればそんな完璧なお肌になれるのかしら？」と相手を咎めるような口調で訊いてきたときは、上品に笑ってその女性に自分の毎日のスキンケアについてメールで知らせると約束した。

いつもオビンゼが衝撃を受けるのは、あくまで愛想のいい人間でいること、シャープで尖ったところのないこと、それを彼女がどれほど大切だと思っているかだった。日曜には親戚を招いて、搗いたヤムイモとオヌグブ・スープを振る舞い、だれもが心ゆくまで満腹したか確かめるために気を配った。「おじさん、もっと食べてくださいね！　台所にまだお肉がありますから！　ギネスをもう一本お持ちしますわ！」スッカにある彼の母親の家を初めて訪ねたとき、結婚する直前のことだったが、さっと立って食事を出す手伝いをし、食後、彼の母親が後片づけをしようとすると、立ちあがって、とんでもないというように「おかあさん、わたしがここにいるのに、片づけものをさせるわけにはいきませんわ」といったのだ。おじたちと話すときは最後に必ず「サー」をつけた。

いとこの娘たちの髪にリボンを結んでやった。そのしとやかさにはどこかしとやかならざるものがあった。しとやかさが自己主張していたのだ。

　いま彼女はミセス・アキン゠コールに軽く膝を曲げてお辞儀をしていた。それは有名な一族出身の有名な老婦人で、眉を吊りあげて横柄な表情をする人、敬意を受けることに慣れ切った人だった。オビンゼはよく彼女がシャンパンの泡でゲップをしているところを想像した。

「子供は元気？　学校は始まったの？」とミセス・アキン゠コールが訊いた。「フランス式の学校へやらなくちゃだめよ。あそこはとっても良くて、とっても厳格。もちろんフランス語で教えるけれど、子供がまた別の文明的な言語を学ぶのは悪いことじゃないでしょ、お家ではすでに英語を学んでいるんだし」

「ええ、マー。フランス式の学校ですね、調べてみます」とコシがいった。

「フランス式の学校も悪くないけど、わたしはシドコット・ホールのほうが好きだわ。あそこは完璧に英国式カリキュラムよ」と別の女性がいった。オビンゼには名前が思い出せなかった。アバチャ将軍の軍政時代にたんまり金をもうけた女性だ。売春宿の女将だったとかで、軍将校に女を斡旋してその見返りに水増しした供給契約をもらったという話だ。ぴっちりしたスパンコールのドレスを着ているために下腹のふくらみがはっきり見てとれるその女性は、いまではあるカテゴリーにおさまる中年ラゴス・ウーマンになっていた。落胆のために心は枯れ果て、辛い体験で痛々しいまでに衰えて、額の吹き出物を濃いファンデーションでならしている。

「ああ、そうですね、シドコット・ホール」とコシ。「そこはわたしのリストに真っ先にあがっています。だって英国式カリキュラムで教えるのですものね」

いつもならオビンゼはなにもいわずに、ただじっと見たり聞いたりしているだけだったが、今日はどういうわけか口をはさんでしまった。「われわれはみんなナイジェリアのカリキュラムで教える小学校へ行ったんじゃなかった?」

女たちが彼を見た。狐につままれたような顔つきが、暗に、本気でいっているわけではないでしょと告げていた。いくつかの意味で本気ではなかった。もちろん彼も、娘にとっての最良を望んではいたのだ。でも、ときどきいまのように、自分を新しいサークルへの侵入者みたいに感じることがあった。彼女たちは最新の学校、最新のカリキュラムが子供たちに完璧さを保証すると信じている。そんな確信は彼にはなかった。彼は、こうだったかもしれないのにと嘆き、どうすればいいかを問うことにあまりに多くの時間を費やしていたのだ。

若いころは、たっぷりお金をかけて子供を教育したり、外国人のしゃべり方を身につけさせたりすることがすばらしいと思っていたが、そう思う人のなかの声にならない切実な思いを彼は嗅ぎ取ってしまった。それは自分たちが得られなかったものを求める切ない思いだった。良い教育を受けて自信喪失に陥る子供にはしたくなかった。ブチはフランス式学校へなど行くことはないだろう、確信はもてないが。

「自分の子供を生半可なナイジェリア人教師のいる学校なんかへやることにしたら、ひどい自責の念に駆られることになるだけよ」とミセス・アキン＝コールはいった。英国風とアメリカ風とさらにもろもろを混ぜた、場所の特定できない外国なまりでしゃべっている。自分がどれほど世事にたけているかを世間から忘れられたくない裕福なナイジェリア人のなまり、ブリティッシュ・エアウェイズのエグゼクティヴクラス専用カードにマイルをあふれんばかりに溜めた者のなまりだ。

「本土（富裕層の住むヴィクトリア・アイランドに対して使われている）の学校へ息子を通わせている友達がいるんだけれど、なんと、その学校には五台しかコンピュータがなかったんですって。全校でたったの五台！」と別の女性がいった。そのときオビンゼは彼女の名前を思い出した。アダンマだ。

ミセス・アキン＝コールが「事情は変わったわ」といった。

「同感です」とコシ。「でもオビンゼがいっていることもわかります」

彼女は両方の意見に同時に賛成していた。すべての人を喜ばせたくて。彼女はいつだって真実よりも平穏を選んだ。いつだって調和させることに熱心だった。いまミセス・アキン＝コールに話しかけているコシを見ながら、まぶたに入れた金色のシャドウがきらきら光るのを見ながら、彼は自分の考えに後ろめたさを感じた。とても献身的な女性なんだ、とても善良で献身的な女性なんだ。彼は手を伸ばして彼女の手を取った。

「私たち、シドコット・ホールとフランス式の学校に行ってみて、それからクラウン・デイのようなナイジェリアの学校も見学してみます」とコシはいって、お願い、という視線で彼を見た。

「ああ」とオビンゼはいって、彼女の手を強く握った。それで謝っていることが彼女にもわかるだろう。あとから、ちゃんと謝るつもりだった。口を閉じているべきだった、彼女の会話を波立たせたりすべきではなかった。コシは友達がうらやましがっているわ、とよくいった。彼が外国人の夫みたいに品行方正で、社会的催しにはすべて彼女を同伴し、日曜日は彼女のために朝食を作り、毎晩、家にいるなんて。彼女の目に宿る誇らしさに、彼は自分自身の輝かしい分身を、より良い分身を見ていた。彼がミセス・アキン＝コールになにか、たいした意味のない、なだめるようなことをいおうとしたとき、後ろから首長の大きな声が聞こえてきた。「しかし、いま話したようにオイルは違法パイプを通って流れ、コトヌーで瓶（びん）に入れられて売られてるのは知ってるだろ！　そうさ！　そうだろ！」

首長がそこにいた。

「わが美しきプリンセス！」首長はそういってコシを抱き寄せてハグした。オビンゼは、過去に首長が彼女を口説いたことがあったのだろうかと考えた。あったとしても驚かなかった。以前、ガールフレンドを連れて訪ねてきた男に首長が、女性がトイレに立ったすきに「あの娘が気に入った。俺にくれないか、そうすればおまえにイケジャのいい区画をやる」と持ちかけているのを聞いたことがあったからだ。

「とてもお元気そうですね、首長。いつまでもお若い！」とコシ。

「ああ、そう願いたいねえ」と首長は冗談っぽく、袖口と襟に銀糸刺繍をした黒い上着をぐいっと引っ張った。確かに首長は元気そうだし、贅肉も少なく、姿勢もよかった。同年配に多い、妊娠したような姿の男たちとはちがった。

「おお、おまえか！」と首長がオビンゼに声をかけた。

「こんばんは、首長」オビンゼは両手で首長の手を取って、軽くお辞儀をした。彼は、ほかの男たちもまたパーティ式のお辞儀をして、首長のまわりに群がり、首長がなにかジョークを飛ばすと競い合うように大笑いするのを見ていた。

パーティ客がさらに増えていた。オビンゼが目をあげると、フェルディナンドが見えた。首長の知人で、先の選挙で知事に立候補したずんぐりした男だ。落選して、落選した政治家すべてがやるように、その結果に裁判所で異議申し立てをしていた。フェルディナンドは決然とした、道徳観念とは無縁の顔つきをしている。もしもだれかが彼の手を調べたら、敵の血がその爪にこびりついているのを発見したかもしれない。フェルディナンドと目が合った。オビンゼは目をそらした。フェルディナンドがこっちへやってきて、以前ばったり会ったときにオビンゼが口にした、後ろ暗い土地取引について話しはじめるのではないかと心配になったのだ。彼はトイレに行くとささやいてそのグループから離れた。

ビュッフェのテーブルで、スライスした冷製肉とパスタにがっかりしたのか、悲しげな表情をしている若者を見かけた。彼の不器用さにオビンゼは引きつけられた。若者が着ている衣服、立っている姿、そこには自分では隠したくても隠し切れないアウトサイダーの雰囲気があった。

「ナイジェリア料理はあっちのテーブルだよ」とオビンゼがいうと、若者は彼を見て嬉しそうに笑った。イェミという名の新聞記者だった。驚くことはない、首長のパーティの写真はいつだって週末の新聞紙面をにぎわしていたのだから。

イェミは大学で英文学を学んでいた。どんな本が好きかとオビンゼが訊ねた。とにかく、なにか面白いことを話したくてたまらなかったのだが、すぐに気づいたのが、イェミにとっては一冊の本に長々しい語と理解不能の文章がなければ必ずしも文学とはいえないということだった。

「問題は小説がシンプルすぎることです。人物が難解なことばを使うこともない」とイェミはいった。

イェミはひどい教育を受けて、ひどい教育を受けたことをイェミ自身が知らないのだ、オビンゼはそれが悲しかった。いっそ自分が教師になってやりたいとさえ思った。イェミのような学生でいっぱいの教室で、前に立って教えている自分を想像した。そのほうが自分には似合っていただろう、教師という人生、彼の母親にそれが似合っていたように。自分がなっていたかもしれないもの、あるいはまだできそうなことを彼はよく想像した。大学で教える、新聞を編集する、プロの卓球コーチになる。

「どんなお仕事をしているのか知りませんが、サー、僕はいつでもより良い仕事を探しています。いま修士課程にいます」とイェミがいった。本物のラゴス人の物腰だ。常にがんばり、より華やかでより良いものにぱっと飛びつけるよう、絶えず、油断なく目を光らせている。コシを探しに戻る前にオビンゼはその男に名刺を渡した。

「どこへ行ってしまったのかと思ったわ」

「ごめん。ばったり人と出くわして」とオビンゼ。ポケットに手を入れて、ブラックベリーに触れた。コシが、もっとなにか食べる物が欲しいかと訊いていた。欲しくなかった。家に帰りたかった。矢も盾もたまらず、すぐに書斎にこもって、イフェメルのメールに返事を書きたかった。自分でも気づかないまま心のなかで組み立ててきたことを書いて送りたかった。もしも彼女がナイジェリアに戻ることを考えているなら、それはもうブラック・アメリカンといっしょじゃないということだ。いや、いっしょに連れてくるかもしれない。とにかく彼女は、男をもといた環境からあっけなく引き抜いてしまう女だ。彼女自身がこれから起きることに自信がもてないがゆえに、ある種の確実さをどういうわけか可能にしてしまう女。キャンパスで手を取り合っていたあのころ、彼女はふたりの手のひらが汗ばむほどぎゅっと握ったもので、その都度からかうように「手を握り合うなら、これが最後になったときのために、しっかり握ろうね。オートバイや車の事故で私たちが死んじゃうかもしれないし、道を歩いてるとわたしが理想の男性に出会ってあなたをふっちゃうかもしれないし、あなたのほうが理想の女性に出会ってわたしをふるかもしれないでしょ」といった。たぶん、ブラック・アメリカンも彼女にくっついて、いっしょにナイジェリアに帰ってくるのだろう。それでも、メールには彼女がシングルだと感じさせるなにかがあった。彼はブラックベリーを取り出し、そのメールが送られたときのアメリカ時間を計算した。午後の早い時刻だ。文章がなんとなくせかせかしている。書いているとき、なにをしていたんだろう。ラニイヌドは彼についてほかになにをいったんだろう。

パームズモールでラニイヌドにばったり出くわしたのは十二月の土曜日だった。片腕でブチを抱え、出口付近でゲイブリエルが車をまわしてくるのを待っていた。もう一方の手にブチのビスケットの入ったバッグを持っていた。「ザ・ゼッド！」ラニイヌドが叫んだ。中等学校のころは陽気なわんぱく娘で、とても背が高く、痩せていて、単刀直入、女子が正体を隠す謎めいた鎧（よろい）はいっさいなかった。男子は全員彼女のことが好きだったけれど、追いかける者はいなかった。たわいもなく彼女のことを「そっとしといてちゃん」と呼んでいたのだ。というのは、ラニイヌドはそのめずらしい名前のことを訊かれるたびに「そう、イボ語の名前よ、そっとしといてって意味なんだから、そっとしといてよ！」といったからだ。いま彼女がすごくシックに見えることにオビンゼは驚いた。こんなに変わるなんて、スパイキーヘア（突っ立った短髪）にタイトなジーンズ、その肢体は成熟してふくよかな曲線を描いていた。

「ザ・ゼッド！――ザ・ゼッド！　久しぶり！　ちっとも私たちのこと気にかけてくれないじゃない。それ、娘さん？　おお、すごい！　この前、友達のデレといっしょだったんだけど。デレのこと知ってるよね、ヘイル銀行の。彼、あなたがバナナ島のエース社のそばにビルをもってるっていってた。おめでとう。すごい出世だよね。それにデレの話じゃ、あなたがちっとも偉ぶってないって」

居心地が悪かった。大げさすぎることば遣い、毛穴からじわりと染み出るへつらい。彼女の目に映る自分は、もう中等学校時代のザ・ゼッドではないんだ。彼の富をめぐる物語によって、彼がありえないほど大きく変わったと決めてかかっている。人からよく、ぜんぜん偉ぶらないといわれるが、それは本当の謙遜のことをいっているのではなくて、たんに彼が裕福な人たちのクラブ員であることをひけらかさないこと、彼が得た権利を──無礼に振る舞う、細やかな配慮を欠く、挨拶せずに挨拶されるのを当然とする──行使しないということにすぎず、彼のような人間のじつに多くがその権利を行使するゆえに、彼の選択が謙遜と解釈されるだけなのだ。彼は自慢しなかった。自分が所有しているもののことも話さなかった。そこでみんなは彼が実際よりもっと多くのものを所有していると思い込んだ。いちばんの親友オクウディバまでがしょっちゅう、彼のことを偉ぶらないやつだといった。これにはさすがにちょっと苛々した。オクウディバには、彼のことを偉ぶらないと呼ぶことが無礼を当然とみなすことになる、と気づいてほしかったのだ。それに謙遜とは彼にはいつだってもっともらしさのように思えた。他人が快適であるために作り出されたもの。謙遜を褒められるのは、相手に自分には欠けているものはないと感じさせられなかったからだ。彼が大切にしていたのは誠実さだ。いつも本当に誠実でありたいと思っていた。自分が誠実ではなくなったのではないかといつも不安だった。

首長のパーティから家に帰る車のなかでコシが訊いた。「ダーリン、お腹がすいてるでしょ。食べたのは春巻きだけじゃない?」

「スヤも食べたさ」

「もっと食べなきゃ。マリーに料理を頼んでおいてよかったわ」といって、くすくす笑いながら「わたし、遠慮してあのカタツムリには手を出さなければよかったかしら。十個も食べてしまったわ!　スパイスがきいててとっても美味しかったの」といった。

オビンゼは声をあげて笑った。なんだかうんざりしたが、彼女が幸せなんだから自分も幸せだった。

マリーは細身だった。オビンゼには彼女がはたして臆病なのかどうか、よくわからなかった。たどたどしい英語がそう見せているだけかもしれない。ひと月前にやってきたばかりなのだ。前のハウスガールはゲイブリエルの親戚が連れてきたずんぐりした娘で、ダッフルバッグを引っさげてやってきた。コシがバッグを調べたとき彼はその場に居合わせなかったが——コシがいつも決まって家事手伝いにそうしたのは、自分の家に持ち込まれるものを知りたかったからで——コシの叫び声を聞いて部屋から出ていくと、コシが苛ついた辛辣な態度で叫んでいた。家事手伝いに命令したり、不敬をぴしゃりとやるときに身にまとう態度だ。床に娘のバッグが放り出されて口を広げられ、衣類がはみ出していた。そばに立ったコシが指先で端をつまんで掲げていたのはコンドームの包みだ。

「これはなんのため？　ええっ？　おまえは売春婦になるためにわたしの家に来たの？」

最初、娘は黙ってうつむいていた。それからコシの顔をまっすぐ見て静かに「こないだまで働いてた家で、奥さんの旦那さんがいつも無理強いしたんです」といった。

コシの目がみるみる大きくなった。一瞬ぐいと前へ身を乗り出して、まるで娘を殴りそうな気配だったが、途中で動きは止まった。

「バッグを持って、いますぐ出てってちょうだい」

女はちょっとびっくりしたようすで、バッグを持ちあげてそそくさとドアへ向かった。

彼女が去ったあとでコシがいった。「こんなばかげたこと、信じられる？　コンドームなんか持ってきて、口をきくなり、あんなくだらないことをいって。信じられる、ダーリン？」

「前の雇い主が彼女をレイプしたんで、今回は自分を守ろうと決心したんだよ」とオビンゼがいった。

コシはまじまじと彼を見た。「あの娘を気の毒がってるのね。あなたにはハウスガールのことがわかってないわ。どうして気の毒に思ったりできるの？」

「どうしてきみは気の毒に思わないの？」と彼は訊きたかった。でも彼女の目のなかの、ためらいがちな不安を見て、黙った。あまりに大きく、あまりにありふれたその不安感が彼を沈黙させた。彼が誘惑することなど思いもよらないハウスガールのことで彼女は不安になったのだ。ラゴスは若くて裕福な男と結婚した女をこんなふうに変えてしまう。じつにあっけなくハウスガールをめぐる、秘書をめぐる、ラゴス・ガールをめぐるパラノイアに陥るのだ。そのことは彼も知っていた。あの洗練された性的魅力たっぷりの怪物たちが、夫をまるごと、ずるずると頭から、宝石で飾ったその喉に呑み込んでしまうという妄想。でも、コシにはそんな不安をもうちょっと捨ててほしかった、従順さをもうちょっと捨ててほしかった。

数年前、新規口座開設の勧誘のためにオフィスにやってきた魅力的な銀行員のことをコシに話したことがあった。その若い女性はぴったりとフィットしたブラウスのボタンを一個余計にはずしながらも、どれほど必死かを表情に出さないようにしていた。「ダーリン、あなたの秘書はそんな銀行勧誘員の女をあなたのオフィスに入れるべきじゃないわ！」とコシはそのときいった。どうやらコシはもう彼をオビンゼとしては見ないで、そこに、輪郭のぼやけた人物たち、典型的なタイプを見ているようだった——裕福な男、預金額のノルマを課された女性銀行員、安易な取引。コシは彼が浮気をするものと思って、彼がやるかもしれない可能性を最小限に抑えることにひたすら関心を向けた。「コシ、なにも起きないよ、僕がしたいと思わないかぎり。そんなことをするつもりはないし」と彼はいったが、そこには安堵させる気持ちと同時に腹立たしさも混じっていた。
彼女は、結婚して以来、度を越してシングル女性を嫌うようになり、度を越して神を愛するようになった。結婚するまでは週に一度の日曜ミサのためにザ・マリーナにある聖公会の教会へ出かけていた。チェックマークを入れるような定番の日曜行事、日曜はそうするものと育てられたからだといって。ところが結婚すると「ダヴィデの家」に鞍替えした。聖書を信じる教会だからだそうだ。しばらくして「ダヴィデの家」が「夫を留めおく」ための特別な祈りをしていると知ってオビンゼは不穏な気持ちになった。それは彼女の大学時代からの親友エロホルがちっとも訪ねてこないな、と彼がいったときと似ていた。コシはそのとき「まだシングルだから」と、自明の理だといわんばかりにいったのだ。

マリーが書斎のドアをノックして、ライスと揚げたプランテーンのお盆を持って入ってきた。彼はゆっくり食べた。フェラのCDをかけ、コンピュータに向かってメールを書いた。ブラックベリーのキーボードでは指だけでなく心まで縮こまってしまいそうだ。大学でフェラのことをイフェメルに教えたのは彼だ。彼女はそれまでフェラのことを、下着姿でコンサートに登場するいかれたマリファナ吸いだと思っていた。でも、アフロビートのサウンドが大好きになったあとで、スッカでふたりしてマットレスに横になってそれを聴いていると、彼女が急に跳びあがって、ラン・ラン・ラン・ランのコーラスに合わせて、すばやい、ちょっと卑猥な腰の動きをした。覚えているかな、彼女。海外からいとこがテープをあれこれ送ってくれたこと、それを彼女のために終日大音量で音楽を流している市場の有名な電器店でコピーしたこと、覚えているかな。店を出てからも耳のなかで鳴り響いていたなあ。彼は自分の持っている曲を彼女にもあげたかった。彼女はビギーとかウォーレン・Gとかドクター・ドレとかスヌープ・ドッグには興味を示さなかったけれど、フェラはちがった。フェラについては意見が一致したのだ。

　彼は何度もメールを書き直した。妻のことには触れずに、一人称複数は使わないで、真剣さと可笑しさのバランスを取ろうとした。相手を遠ざけたくなかった。今度こそ返事をもらいたかった。送信ボタンをクリックして、数分後に返事がきていないかとチェックした。疲れていたのだ。身体的な疲れではなかった——定期的にジムに通い、ここ数年来ないほど調子はよかった——しかし無気力が精神の周辺部を麻痺させていた。彼は立ちあがってベランダに出た。いきなり熱風に襲われた。隣家の発電機のうなり、ディーゼルの排気ガスの臭気、頭がくらくらした。電球のまわりで狂ったように羽ばたく虫たち。遠く、蒸し暑い暗闇に目をやると、自分が浮きあがれそうな気がした。必要なのは、力を抜くことだけのような気がした。

第二部

3

マリアマは客の髪を仕あげて艶出しスプレーをかけ、客が帰ったあと「中華料理を買ってくる」といった。

アイシャとハリマが食べたい料理の名をあげた――ツォ将軍の激辛チキン、チキン・ウィング、オレンジ・チキン――すらすらと、毎日いっている感じの口調だ。

「なにか食べる?」とマリアマがイフェメルに訊く。

「いいえ、結構」とイフェメル。

「あんたの髪、時間かかるよ。食べなきゃ」とアイシャがいった。

「だいじょうぶ。グラノーラのバーがあるから」とイフェメル。ジップロックにはベビーキャロットも入っていたけれど、かじったのは溶けたチョコレートだけだ。

「どんなバー?」とアイシャが訊いた。

イフェメルはバーを見せた。オーガニック一〇〇パーセントの全粒粉でできた果実入りバーだ。

「そんなの食べ物じゃないよ！」ハリマがテレビから視線をそらして、ばかにしたように いった。

「ハリマ、この人、ここに十五年だよ」とアイシャがいった。アメリカ滞在の長さで、イフェメルがグラノーラのバーを食べることの説明がつくみたいに。

「十五年？ 長いね」とハリマ。

アイシャはマリアマが出ていくのを待って、ポケットから携帯を引っ張り出した。

「すみません、ささっと電話する」と外へ出ていった。帰ってきたとき顔が紅潮していた。笑みも浮かんでいる。電話をかけたことで美しさが引き出されたみたいだ。それまでイフェメルが気づかなかった美しさだ。

「エメカは今日、残業。だからチジオケだけ会いにくる。この髪が終らないうちに」まるでアイシャとイフェメルがいっしょにこの計画を立てたような口調だ。

「そんな、わざわざ来いなんて頼まなくてもいいのに。わたし、なんていっていいかわからないし」とイフェメル。

「チジオケにいってね、イボ人はイボ人じゃない人とも結婚できるって」

「アイシャ、彼にあなたと結婚しろなんていえないわ。彼がそうしたければそうするはずだから」

「あの人たち、あたしと結婚したい。でもあたしイボ人じゃない！」アイシャの目はぎらぎらしていた。この女は精神的にちょっと危ないみたいだ。

「あなたにそういったの？」とイフェメルは訊いた。

「エメカがいう、もしもアメリカ人と結婚したら母親が自殺するって」とアイシャ。

「それはまずいわね」

「でも、あたしは、アフリカ人だよ」

「ということはあなたと結婚しても自殺することはないかもね」

アイシャがぽかんとして彼女を見た。「あんたのボーイフレンドのお母さん、あんたと結婚させたがってる？」

イフェメルの念頭にまずブレインが浮かんできたが、すぐに、そうか、アイシャがいっているのは自分がでっちあげたボーイフレンドのことだと気づいた。

「ええ。いつになったら結婚するのかって、ずっといいつづけてるわ」イフェメルはすらすらとことばが出てくる自分にわれながら驚いた。なんだか、十三年も時間がたって白黴だらけになった記憶を糧に生きているわけじゃないのだ、と自分に納得させているようにも聞こえた。でもそれは本当だったかもしれない、オビンゼの母親はあんなに彼女を気に入っていたのだから。

「ああ！」アイシャの声には悪意のない羨望が混じっていた。

乾いた灰色の肌に白髪のもじゃもじゃ頭の男が入ってきた。プラスチックのトレーに薬草類を載せて売り歩いているのだ。

「ダメ、ダメ」といいながらアイシャは手のひらを振って彼を追い払うような仕草をした。男は出ていった。イフェメルは着古したダシキの空腹そうなその姿を気の毒に思った。いったいどれくらいの売りあげになるのだろう。なにか買ってあげればよかった。

「チジオケにイボ語で話して。彼、あんたのいうこと聞く」とアイシャはいった。「イボ語、話せる？」

「もちろんよ」といいながらイフェメルは身構えた。アイシャがまた、暗にアメリカが彼女を変えたといっているのかと勘ぐってしまったのだ。「力を抜いて！」とアイシャがたたみかけた。細かい目の櫛で彼女の髪の一画を梳かしていた。

「この髪、固い」とアイシャ。

「固くないわ」きっぱりとイフェメルはいって「合わない櫛を使うからよ」とアイシャの手からその櫛を取りあげてテーブルの上に置いた。


イフェメルは母親の髪の影のなかで成長した。母親のたっぷりした漆黒の髪はヘアサロンでまっすぐにするためにリラクサーが二箱も必要だった。あまり量が多いので、何時間もドライヤーのフードの下に入っていなければならなかったし、終ってピンクのプラスチックのローラーをはずしたときはぼわっとふくらんで、背中で波打ちながら祝祭のように流れ落ちた。父親はそれを栄光の冠と呼んだ。「これはあなたの本物の髪？」「ジャ知らない人はそう訊くと、おもむろに手を伸ばして崇めるように触ったものだ。

マイカの出身?」という人までいた。こめかみのところでも薄くならないあふれんばかりの髪は、外国人の血が入らなければ説明がつかないとでもいうように。イフェメルは子供のころはずっと、鏡をのぞき込んでは自分の髪の毛を引っ張り、縮れ毛を分けて、母親の髪のようにしようとやってみたけれど、剛毛はそのままで、編む人はナイフみたいに切れそうといった。

イフェメルが十歳になったある日、帰宅した母親のようすがおかしかった。服はいつもとおなじウエストをベルトで締める茶色のドレスだったけれど、顔が紅潮して目も焦点が定まらない。「大鋏(おおばさみ)はどこ?」というのでイフェメルが持っていくと、母親はそれを自分の頭にあてて、一房一房、髪の毛をすべて切ってしまったのだ。イフェメルは呆(あっ)気(け)にとられて見ていた。髪が床に枯れ草のように散らばった。「大きめの袋を持ってきて」と母親がいった。イフェメルはすなおに従ったものの茫然自失で、なにが起きているのかまったく理解できなかった。母親が家のなかを歩きまわり、カトリックにまつわる物をすべて集めるのをじっと見ていた。壁にかかった十字架、抽き出しにしまってあったロザリオ、書棚に差してあった祈禱書(きとうしょ)。それをすべてビニールの袋に入れて、急ぎ足で裏庭へ持ち出した。どこか遠くを見るような視線は決然としていた。そばのゴミの山に火をつけた。使用済みのナプキンを燃やすのとおなじ場所だ。そこへまず古新聞にくるんだ髪の毛を放り込み、それから信仰にまつわる物を一つひとつ燃やしていった。黒っぽい灰色の煙が輪になって立ちのぼった。ベランダから見ていたイフェメルは泣き出した。なにかが起きたことをさとったのだ。火のそばに立っている女は、火が弱まるとさらに灯油を振りかけ、炎があがると後ずさった。この髪のない無表情な女は母親ではない、母親であるはずがなかった。

　母親が家のなかに戻ってきたときイフェメルはひるんだが、母親は彼女をしっかり抱き締めた。

「これで救われた」と母親はいった。「今日の午後、ミセス・オジョが子供たちの休み時間にわたしを改宗させてくれて、そのときわたしはキリストを受け入れたの。古い物は去って、なにもかもが新しくなった。神を讃えよ。日曜日には新たに『リバイバル聖者』教会へ行くわよ。そこは聖書を信じる教会、生きている教会で、聖ドミニコ会とはちがう」母親のことばが母親のものとは思えなかった。ひどく厳格な、だれかほかの人のような物腰だ。いつもは高くてやわらかな声がいまでは低くて硬い。その午後、イフェメルは母親の霊的存在が飛び去ったのを見た。それまでの母親はときどきロザリオの祈りを唱え、食事の前に十字を切り、首のまわりに聖者の美しい像をかけてラテン語の歌を歌い、イフェメルの父親が発音のひどさをからかうと声をあげて笑った。彼が「俺は宗教を不可知論者的に尊ぶ人間だ」というといつも母親は声をあげて笑い、わたしと結婚したのは幸運だったわね、だって、結婚式とお葬式のときしか教会に行かないのに、わたしの信仰の翼にのってあなたは天国へ行けるんだからといった。ところがその午後から母親の神は変わってしまった。厳格になったのだ。薬で髪をまっすぐにすることは神の怒りをかうことになった。踊ることもだめ。母親は神と取引をした。富と引き換えに、職場での昇進のために、健康であるために、断食を始めたのだ。骨と皮になるまで断食をした。週末は水も食べ物も断ち、平日は夜になるまで水しか飲まなかった。父親が心配そうにそれを見ていて、もう少し食べる量を増やして、もう少し断つものを減らすようにいったけれど、いつも慎重にことばを選んだ。母親から悪魔の使いと呼ばれて無視されないように。家に寝泊まりしていたいとこに母親はそうしたのだ。母親はイフェメルに「おまえの父親が改宗するまで断食する」としょっちゅういった。何カ月も、家のなかの雰囲気は砕いたガラスのようだった。だれもが母親のまわりを爪先立ちで歩いた。母親は見知らぬ人になり、やせ細り、ごつごつ骨張って近寄りがたくなっていた。そのうち母親がぽきんと折れて死んでしまうのではないかとイフェメルは不安でたまらなかった。

そしてイースターの土曜日、陰気な一日、イフェメルの人生で初めての静かなイースターの土曜日に、母親が台所から走り出てきてこういった。「天使を見たわ！」以前なら台所で賑やかに料理をしていたはずだった。台所にはふんだんに料理を作る鍋がならび、家のなかには大勢の親戚がいて、イフェメルと母親は夜のミサに出かけて、キャンドルを灯して高く掲げ、揺らめく炎の海のなかで歌っていたはずだった。それから家に帰ってイースターのビッグランチの料理に戻るのだ。でもいまは静まり返っていた。親類は近づかなかったし、ランチはいつものライスとシチューだ。父親と居間にいたイフエメルは、母親が「天使を見たわ！」といったとき、父親の目のなかに烈しい憤怒を認めたけれど、ほんの一瞬のことですぐに消えてしまった。

「どうした？」と父親が訊ねた。子供に使う、なだめるような口調、まるで調子を合わせているほうが妻の熱狂は早く消えるとでもいうような口調だった。

母親が見たというそのヴィジョンとは、光り輝く姿がガスコンロのそばにあらわれ、天使が赤い糸で縁かがりをした本を手に、「リバイバル聖者」教会をやめなさい、あの牧師は夜ごと海底の悪魔の集会に出かける魔法使いだといったというものだった。

「その天使のいうことを聞くべきだな」と父親はいった。

そこで母親はその教会へ行くのをやめて、また髪を伸ばすようになった。でもネックレスやイヤリングは身につけなかった。なぜなら「奇跡の泉」教会の牧師によれば、宝飾品は罪深く、女性の美徳としてふさわしくなかったからだ。それからすぐに、クーデタが不発に終ったその日、階下に住む商人たちが、あのクーデタがナイジェリアを救ったはずなのに、市場の女たちだって閣僚の地位がもらえたはずなのに、といって泣いているあいだに、母親はまた別のヴィジョンを見た。今度は天使が寝室の洋服ダンスの上にあらわれて、「奇跡の泉」教会を立ち去り「導きの会議」教会に加わりなさいといったのだ。母親といっしょに参加した最初の礼拝が半分終ったころ、大理石を床に敷いたホールで、香水をつけた人たちや朗々と響きわたる声に囲まれて、イフェメルが母親を見ると、彼女は泣きながら笑っていた。足を踏み鳴らして手を叩き、希望がこみあげてくるこの教会に、イフェメルが頭上でおびただしい数の天使が輪を描くのを夢想したこの場所に、母親のスピリットは居場所を見つけたのだ。そこは新興富裕層であふれる教会だった。駐車場に停めた母親の小型車は塗装もくすみ、傷だらけで、いちばん古い車だった。お金持ちの人といっしょに祈れば、神様は彼女を祝福してくれるだろう、彼らを祝福したように、と母親はいった。母親はまた宝飾品を身につけ、ギネススタウトを飲みはじめた。断食は週に一度だけにして、しきりに「わたしの神の教えによれば」とか「わたしの聖書がいうには」と口にした。まるでほかの人たちの神は少しちがうだけでなく、誤った方向に導かれているというように。「おはようございます」「こんにちは」と挨拶されると朗らかに「神の祝福がありますように！」と応じた。母親の神は気だてがよくなり、命令されても気にしなかった。毎朝、母親は家中の者たちをお祈りのために起こし、みんなで居間のちくちくするカーペットに跪いて、歌い、手を叩き、その日をイエスの血で被い、そして母親のことばが暁の静けさを突き抜けて響いた。「神よ、天にましますわが父よ、わたしはあなたに命じます！　この日を祝福で満たし、あなたが神である証しをわたしに示すことを。主よ、わたしはわが繁栄のためにあなたに仕えます！　邪悪な者を勝たせてはなりません、わたしの敵を勝利させてはなりません！」イフェメルの父親は一度、あの祈りは想像上の中傷者との妄想内バトルだなといったけれど、イフェメルには常に早起きしてお祈りをするようにいった。「そうすればおまえの母親は喜ぶから」と。

教会では、告白の時間になると母親は真っ先に祭壇に向かった。「今朝わたしは鼻水が出て困りました」と母親は始めたものだ。「でも、ギデオン牧師がお祈りを始めるとすっきりしました。いまはもう出ていません。神を讃えよ！」そこで会衆は「アレルヤ！」と叫んで、ほかの人の告白が続いた。「病気だったので勉強しなかったのに、みごとな成績で試験に受かりました！」「マラリアに罹っていたのにお祈りをしたら治りました！」「牧師さんがお祈りを始めたらわたしの咳が止まりました！」でも、いつも必ず彼女の母親がいちばん乗りで、するりと前に出ていってにっこり微笑み、救済の光に包まれるのだった。礼拝の最後のほうで、ぴしっと肩の張ったスーツに先の尖った靴を履いたギデオン牧師が跳びあがるようにして「われらの神は貧しい神ではありませんね、アーメン？　繁栄はわれわれの分け前ですね、アーメン？」という。イフェメルの母親は腕を天に向かって高々と挙げて「アーメン、父なる主よ、アーメン」というのだった。

イフェメルには神がギデオン牧師に大きな家や車を何台もあたえたとは思えなかった。もちろん礼拝のたびに三度も集める献金のお金で買ったのだ。それに神がギデオン牧師にしたことを、すべての人におなじようにするとは思わなかった。だってそんなことは不可能だ。でも母親がいまではきちんと食事をするようになったのはよかった。母親の目のなかに温かさが戻ってきて、あらたに嬉しそうな態度も加わり、食後にはまた父親といっしょにダイニングテーブルに残るようになって、お風呂に入りながら大声で歌も歌った。新しい教会が母親をすっぽり取り込んでしまったけれど、彼女を破壊することはなかった。予想可能になって嘘がつきやすくなった。イフェメルにとって十代のあいだは、「聖書の勉強に行ってくる」とか「仲間の集まりに行ってくる」というのが、問いただされずに外出するいちばん簡単な方法だった。教会に興味はなかったし、宗教活動をすることにも関心はなかった。たぶん母親がたっぷりやっていたからだろう。それでも母親の信仰心は心地よかった。心のなかでは、彼女が動くたびにその上を恵み深い白い雲が動いていた。彼らの生活に「将軍」が入り込んでくるまでは。

　毎朝、イフェメルの母親は将軍のためにお祈りをした。いつも「天にまします神よ、わたしはあなたにウジュの恩師（メンター）を祝福するよう命じます。彼の敵が決して勝利しませんように！」といったものだ。あるいは「われわれはウジュの恩師をイエスの尊い血で被います」といった。そこでイフェメルは「アーメン」という代わりに、なにか意味のないことをつぶやく。母親は「恩師」というとき、挑戦的に、声に重々しさを加える。そう口にすればその力が本当に将軍を恩師に変えられるというように。そしてこの世界を作り変えて、若い医師たちがウジュおばさんの持っているマツダの新車が買えるようになるとでもいうように。あの緑色の、光沢のある、威嚇するような流線形の車を。

　上階に住むチェタチが「あんたのお母さんがいってたけど、ウジュおばさんに恩師が車のローンを融資してくれたんだって？」とイフェメルに訊いた。

「そうよ」

「ひええ！　ウジュおばさんってラッキーだねっ！」とチェタチはいった。

その顔にわけ知り顔のにやにや笑いが浮かんだのをイフェメルは見逃さなかった。チェタチはその母親とすでにその車のことをさんざんゴシップの種にしているにちがいない。うらやましいのだ。他人がもっているものを見て、新しい家具や電化製品を値踏みするだけのために訪ねてきて、ぺちゃくちゃおしゃべりする人たち。

「神様はその男(ひと)を祝福すべきだよね、ね。あたしも大学出たら恩師とやらに出会いたいわ」とチェタチはいった。煽(あお)ってくるような物言いのチェタチにイフェメルは腹が立った。でもそれは母親のせいだ。あんなに熱心に、近所の人に恩師の話をしたからだ。そんなことすべきではなかった。ウジュおばさんがなにをしようと、他人には関係ないんだから。裏庭で母親がだれかに「あのね、将軍は若いころ医者になりたかった、だからいま若い医者を援助してるの、神様は本当に彼を使って人びとの人生を助けているのよ」といっているのを耳にしたことがあった。その口調は真剣で、朗らかで、確信にあふれていた。自分のことばを信じ切っていた。イフェメルには母親のこの能力が、自分の現実とは似ても似つかない現実を自分に語る能力が、理解できなかった。ウジュおばさんが初めて新しい仕事の話をしたとき――「病院には医師職の空きがなかったけれど、将軍がわたしのためにひとつ新設してくれたの」というのがおばさんの説明だったのに――イフェメルの母親は即座に「これは奇跡よ！」といったのだ。

ウジュおばさんは微笑んだ。口をつぐんだまま静かに微笑んでいた。もちろん、奇跡だなんて思っていなかったけれどそうはいわなかった。あるいはたぶんヴィクトリア・アイランドにある陸軍病院のコンサルタントという新しい仕事には、そしてドルフィン・エステートの新居には奇跡のようなものがあったのだろう。そこは斬新な外国風の重層型アパート（デュープレックス）が集まる地域で、ピンクや温かい空色のペンキを塗った建物があって、それを取り囲む公園には青々とした芝生が新品のカーペットみたいに広がり、腰をおろせるベンチまであった——アイランドでさえこれはめずらしかった。彼女はほんの数週間前に大学を卒業したばかりで、クラスメイトはみんなしきりと海外へ出てアメリカやイギリスで医師試験を受ける話をしていた。残る選択肢は、職なしという乾ききった不毛の地に転がり込むだけだ。この国は希望に飢えていた。給油のために車が何日も汗みずくになって長い列を作り、年金受給者は支給を要求するしょぼくれたプラカードを掲げ、大学の講師たちが集会でまたしてもストライキを宣言していた。でもウジュおばさんは国を出たがらなかった。ウジュおばさんはその夢をしっかり胸に抱き締めていたのだ。イフェメルが覚えているかぎり、自分のクリニックを開設するのが夢で、ウジュおばさんはその夢をしっかり胸に抱き締めていたのだ。

「ナイジェリアは永遠にこのままじゃないわ。パートタイムの仕事なら必ず見つかると思うし、そうね、もちろんきついだろうけど、でも、いつかは自分のクリニックを開くの。あのアイランドに！」ウジュおばさんはイフェメルにそういった。そして友達の結婚式に出かけていった。花嫁の父が空軍少将で、国家元首が出席するかもしれないという噂が流れ、ウジュおばさんは冗談めかして、それじゃ元首にアソ・ロック（首都アブジャ郊外に露出する巨岩）の軍医の仕事をまわしてくれって頼もうかなあ、なんていっていたのだ。元首は出席しなかったけれど将軍たちがたくさんやってきて、そのひとりが配下の空軍司令官に、ウジュおばさんを呼んでこい、レセプションのあと駐車場に停めてある彼の車まで来てくれと伝えろと命じたのだ。それでおばさんがフロントガラスに小旗をはためかせた黒っぽいプジョーのところへ行って、後部座席の男に「こんにちは、サー」というと、彼が「おまえさんが気に入った。面倒をみたい」といったのだ。たぶん、おまえさんが気に入った、面倒をみたいということばには、ある種の奇跡があったのかもしれないとイフェメルは思ったけれど、でもそれは母親がその日、信仰心に目をうるませて「奇跡よ！　神は誠実です！」といったのとはちょっと意味がちがった。

　母親はまたそれと似たような口調で「悪魔は嘘つきです。すぐに私たちの祝福を邪魔したがるけれど、そう上手くはいくもんですか」ともいった。イフェメルの父親が連邦政府機関の職を失ったときだ。新しい上司をマミーと呼ぶのを拒んだためにクビになったのだ。いつもより早く家に帰ってきた父親は、信じがたい思いにうちひしがれて、解雇通知を手に、大人の男が大人の女をマミーと呼ぶなんて愚かしい、それが彼女に敬意を表する最良の方法であると勝手に決めたからとはまた、と愚痴をこぼした。「十二年も汗水たらして働いてきたんだぞ。べらぼうじゃないか」と父親はいった。母親は彼の背中を軽く叩きながら、神様が他の仕事を見つけてくださるわ、それまでは自分の副校長の給料だけでなんとかやりくりしますから、といった。毎朝、父親は口をきっと引き結び、ネクタイをしっかり結んで職探しに出かけた。会社から会社をただ運試しに訪ねたのではないかとイフェメルは思ったが、やがて家にいるようになり、ステレオのそばの古ぼけたソファでラッパーとランニングシャツ姿でごろごろしはじめた。「朝、顔も洗わなかったの？」ある午後のこと、疲れたようすで胸元にファイルを抱えて、腋の下に汗を滲ませながら仕事から帰ってきた母親が訊いた。それから苛立たしげに「給料をもらうためにだれかをマミーと呼ばなければならないなら、そうすべきだったのよ！」といった。

　父親はなにもいわなかった。一瞬、いかにも自信なげに見えた。萎縮（いしゅく）して自信なげだった。可哀想にとイフェメルは思った。膝の上に伏せた本のことを訊いてみた。以前読んでいたのを見たことのあるお馴染みの本だ。父親が、以前話してくれた中国の歴史とか、なにかそんな長い話でもしてくれたらいいのに、そうすればいつものように話半分に聞きながら彼を元気づけられるのにと思った。でも父親は話をする気分ではなさそうだ。見たいならその本を自分で見ればいいとばかりに肩をすくめたのだ。母親のことばがすぐに彼を傷つけた。母親の態度にぴりぴりしていた父親の耳はいつも彼女の声を拾いあげ、目はいつも彼女を追いかけていた。つい最近、解雇される前のことだが、「昇進したら、おまえの母親に本当の記念になるようなものを買ってやるんだ」といっていたのだ。イフェメルが、なにを、と訊くと、父親は謎めいた調子で「そのうちわかるさ」といってにやりと笑った。

なにもいえずにソファに座っている父親を見ながらイフェメルは、かつての父親はどれくらい残っているだろうと考えた。大いなる熱望も色褪せて、自分の人生はこんなはずじゃなかったと思っている中流の知的な公務員、もっと教育を受けたかったがそれが不可能だった男。どうして大学へ行けなかったのか、弟や妹の面倒を見るためになんで職に就かなければならなかったか、中等学校で自分より頭の良くなかった者たちがいまや博士号をもっていることを父親はよく話題にした。彼が話すのはフォーマルで高尚な英語だった。家事を手伝う者たちはほとんど理解できなかったが、それでもひどく感心した。以前働いていたジェシンタなど、台所へやってきて静かに手を叩きはじめ、イフェメルにこういったのだ。「いまお父さんがいったすごいことば、聞こえましたよね！　オ・ディ・エグウ！（信じられない！）」ときどきイフェメルは父が一九五〇年代の教室にいるのを想像した。身体に合わない安物の木綿の制服を着た熱心すぎる植民地被統治者が、宣教師の教師たちに良い印象をあたえようと競い合っているところを思い浮かべた。手書き文字さえ作法通り。曲線や撥ねや太さ細さもすべて美しく、優雅なまでにきちんとそろい、まるで印刷したように見えた。イフェメルは子供のころ、御しがたい、不服従、非妥協的、といって父にしかられた。少しも効き目のなかったそれらのことばはいまや叙事詩の域に達し、ほとんど自慢してもいいくらいだ。しかし成長するにつれて父親の気取った英語が彼女にはわずらわしくなった。なぜならそれは父親のコスチュームだったから、彼の自信のなさを被い隠す盾だったからだ。父親は自分の手に入らなかったものが念頭から離れなかった——大学院の学位、アッパーミドル階級の生活——だから彼の見栄っ張りのことばは鎧(よろい)になっていたのだ。イボ語を話す父親のほうが好きだった。父親が自分の不安を意識していないと感じられる唯一のときだったからだ。

仕事を失ったことが父親をさらに寡黙にし、父親と世界とのあいだに薄い壁ができた。NTA(ナイジェリア・テレビ公社)が夜のニュースを流しはじめても、父親はもう「手に負えないへつらいの国」とつぶやくこともなく、ババンギダ政府はナイジェリア人を軽率な愚か者にしてしまったと長い独り言をいうこともなく、母親をからかうこともなかった。なかでも大きな変化は、父親まで朝のお祈りに参加するようになったことだ。それまでは一度も参加したことがなかったのに。母親が一度、強く促したことがあった。故郷の町を訪ねるために出発する直前だった。「お祈りをしてこれから行く道をイエスの血で被いましょう」と母親がいうと、道路は血で被われないほうが安全だ、滑りにくいだろうから、と父親が応じたのだ。それで母親は顔をしかめ、イフェメルは吹き出したのだった。

父親はそれでもまだ教会に行かなかった。教会からイフェメルが母親と帰ってくると、以前なら父親が居間の床に座って、LPの山をあれこれ選り分けながら、ステレオにかかっている曲に合わせて歌を歌っていたものだった。いつも気分が変わり、元気になっているように見えた。好きな音楽をひとりで聴くことで満ち足りた気持ちになれるらしかった。でも職を失ってからはほとんど音楽をかけなくなった。家に帰ると、父親がダイニングテーブルに向かって紙を前に屈み込み、新聞や雑誌に手紙を書いていた。もう一度やりなおせたら、父親は上司をマミーと呼ぶつもりでいることがイフェメルにはわかった。

日曜日のまだ早い時刻だった。だれかが玄関のドアをどんどん叩いていた。日曜の朝はゆっくりと時間が過ぎるのが、イフェメルは好きだった。教会へ行くための服を着てから、母親が身支度をするあいだ、居間でいつも父親といっしょに座っていた。父親とは話をすることもあったし、なにも話さず黙って座り、満たされた沈黙のなかにいることもあった。その朝もそんなふうだった。台所で冷蔵庫の唸る音だけが響いている。そのときドアを叩く音が聞こえた。ぶしつけな割り込みだ。イフェメルがドアを開けると、そこに家主が立っていた。大きな赤い目をぎょろつかせた小太りの男、噂によるとグラス一杯のきついジンをあおってその日を始めるらしい。男はイフェメルの背後の父親へ向かって叫んだ。「もう二カ月になるぞ！　家賃をずっと待ってるんだ！」それはしょっちゅう耳にする耳ざわりな声で、いつもは隣のフラットかどこかで叫んでいるのが聞こえてきたが、いま男はこのフラットに来ていて、突然の騒ぎに動揺しているのはイフェメルだった。家主が彼らのドアのところで叫んでいて、父親が一言もいわずに硬い表情で家主を見ているのだ。これまで家賃を滞納したことはなかった。彼女は生まれてからずっとこのフラットに住んできた。狭苦しくて台所の壁が灯油の煙で黒ずみ、学校の友達が遊びにきたときはきまりの悪い思いをしたけれど、それでも家賃を滞納したことはなかった。

「がさつものめが」家主が立ち去ると父親はそういったきり口をつぐんだ。ほかにいうことがなかったのだ。家賃を滞納していたのだから。

香水をたっぷりつけた母親が歌を歌いながらあらわれた。その顔はパウダーでさらっと艶やか、片側がやや明るすぎた。彼女が手首をイフェメルの父親のほうへ伸ばした。細い金のブレスレットが留め金からはずれている。

「教会のあとウジュがドルフィン・エステートの家を見せるために私たちを連れにくるけど、いっしょに来る？」と母親はいった。

「いや」と父親はぶっきらぼうにいった。ウジュおばさんの新生活はあまり見たくないらしかった。

「あなたも来ればいいのに」と母親はいったけれど、父親は応じなかった。注意深く母親の手首のブレスレットをカチッと留めて、車の水をチェックしておいたぞ、といった。

「神様は誠実よ。ウジュを見て。アイランドの家に住めるようになったんだから！」母親はご機嫌だった。

「ママ、でも知ってるでしょ、ウジュおばさんはあそこに住むのにお金はぜんぜん払ってないよ」とイフェメル。

　母親はちらりと娘を見た。「そのドレス、アイロンかけたの？」

「アイロンなんてかけなくていいもん」

「皺がよってる。ングワ（ほらっ）、アイロンかけてらっしゃい。とにかく電気は来てるんだから。でなければ、ほかの服に着替えてらっしゃい」

　イフェメルはしぶしぶ立ちあがった。「このドレス、皺なんかよってないよ」

「いいからアイロンかけてきなさい。私たちの暮らしが厳しいことを世間に知らせる必要はないでしょ。これが最悪というわけでもないし。今日はシスター・イビナボといっしょに日曜の作業をする日だわ、だから早く着替えて出かけましょ」


　シスター・イビナボはパワフルだった。そのパワーを軽く身につけているように見せていたため、いっそうパワフルだった。彼女が頼めば牧師はなんでもやるという噂だった。理由ははっきりしないけれど、いっしょに教会を始めたからだという人がいたり、牧師の恐るべき過去を知っているからだという人がいたり、スピリチャルなパワーが牧師より強いのに女だから牧師になれないのだという人がいたりした。シスターにはその気になれば牧師が結婚を承認するのを妨げることもできた。だれでも、なんでも知っていて、同時にあらゆるところに出現できるらしく、風雨にさらされて陽焼けした姿は長いあいだ人生にもまれつづけてきたことを物語っていた。年齢はよくわからない、五十歳か六十歳くらいで、身体は細いけれど強靭、顔は貝のように閉ざされていた。決して笑い声をたてず、たいがいは篤信者のかすかな笑みを浮かべていた。母親たちは彼女に対して畏敬の念を感じて、ささやかな贈り物を持参し、娘たちを日曜の仕事のために託したがった。シスター・イビナボは若い娘たちの救済者とされ、厄介事を抱える娘や、厄介事を引き起こした娘と話してほしいと依頼された。なかには自分の娘を教会の裏手にあるシスターの部屋にいっしょに住まわせてくれと頼む母親までいた。でもイフェメルはシスター・イビナボの内部に、若い娘たちへの根深い敵対心がふつふつとわいているのをいつも感じていた。シスター・イビナボは娘たちが好きではなくて、監視して注意するだけなのだ。娘たちの内部で活き活きとしているものが、彼女の内部ではとっくに干あがってしまったのがしゃくでたまらないらしかった。

「土曜日にあなたはぴったりしたズボンをはいていましたね」シスター・イビナボはクリスティという娘にいかにも大仰にささやいた。ささやき声を装いながら、だれもが聞き取れるようにいったのだ。「すべては許されますがすべてがおのれの利益になるわけではありません。ぴったりしたズボンをはく娘は誘惑の罪を犯したがっています。それは避けるのが最善です」

クリスティはうなずき、慎ましく、礼儀正しく、みずからの恥を認めた。

教会の裏の部屋は小窓がふたつあるけれど光があまり射し込まないため、昼日中でもいつも電球が点いていた。資金を募る手紙がテーブルの上に積みあげられて、その隣に重ねられた色付きのティッシュペーパーはすぐ破れそうな布のようだ。少女たちは自分たちで仕事の分担を決めていった。すぐに、だれかが封筒の表書きを始めると、ほかの者たちがティッシュを切ってまるめ、糊付けをして花を作り、それをつないでふわふわの鎖状の花飾りにしていった。その花飾りは、次の日曜日に感謝祭の特別礼拝でオメンカ首長の太い首とその家族の細い首にかけられるのだ。首長は教会に新しいヴァンを二台も寄付したのだから。

「あのグループに加わって、イフェメル」とシスター・イビナボがいった。

イフェメルは腕組みをした。いわないほうがいいとわかっていることをいおうとするとよくそうなるように、喉元（のどもと）にことばがこみあげてきて止まらなかった。「盗人のためにどうして飾りなんか作らなければいけないんですか？」

仰天したシスター・イビナボがにらみつけた。沈黙が流れた。ほかの少女たちが、どうなることかとじっと見ていた。

「なんていったの？」シスター・イビナボが静かに訊いた。イフェメルに、謝罪していまいったことを取り消す機会をあたえたのだ。ところが自分でも抑制不能になったイフェメルは心臓をどきどきさせながら、一気に突き進んでしまった。

「オメンカ首長が４１９（インターネット詐欺者、ナイジェリアの刑法第４１９条違反）なのはだれもが知っています。この教会は４１９の人でいっぱいです。どうして、このホールが汚れたお金で建てられたことを知らないふりをしなければいけないんですか？」

「それは神の御業です」とシスター・イビナボは静かにいった。「神の御業に従えないなら、出て行くべきです。出て行きなさい」

イフェメルはさっさと部屋から出ると、門を抜けてバス停へ向かった。話はすぐに教会本館にいる母親に伝わるのはわかっていた。自分は一日を台無しにしてしまったのだ。ウジュおばさんの家を見にいって、すてきなランチを食べるはずだったのに。いまごろ母親はかんかんに怒っているだろう。なにもいわなければよかった。どうせこれまでだって419の男たちのために花飾りを作る作業には参加してきたんだから。最前列の特別席に座る男たちのために、チューインガムを配るような安易さで車を寄付した男たちのために。自分だって喜んでその歓迎会に出席して、ライスや肉やコールスローなど詐欺行為で汚れた食べ物を食べてきたのだ。それを知っていながら食べ、喉を詰まらせることもなく、詰まらせることなど考えもしなかった。それでも、今日はなにかがちがった。シスター・イビナボがクリスティに、宗教的な導きだと称して底意地の悪さを滲ませながら話しているとき、イフェメルはそれを見て突然、自分の母親のことがわかったのだ。母親はずっと優しくて単純な人だったけれど、それでもシスター・イビナボのように母親もまた、ものごとをありのままには見ない人だった。自分のちゃちな欲望に宗教という偽装をほどこさずにはいられない人なのだ。突然、イフェメルは薄暗いあの小部屋にはもう絶対に行くもんかと思った。これまでは母親の信仰には悪意がなくて、すべて神の恩寵に浸されたものと思えたのに、突然そうではなくなっていた。束の間イフエメルはあの母親が自分の母親でなければいいと思った。そのとき感じたのは自責の念とか悲しみではなく、自責と悲しみがひとつに入り混じった感情だった。

バス停は人気がなくて気味が悪かった。ここに大勢いた人たちはみんな教会にいて歌を歌い、お祈りをしているんだ。彼女はバスを待ちながら、家に帰ろうか、それともしばらくどこかで待っていようかと思い悩んだ。家に帰るのがいちばんだ。向き合わなければならないことには向き合おう。

母親はイフェメルの耳を引っ張った。あまり痛い思いはさせたくないのだといいたげな、穏やかな引っ張り方だ。子供のころからいつもこれだ。イフェメルがなにか悪いことをすると、「叩きますよ！」と口ではいいながら実際に叩くことはなくて、耳をちょっと引っ張るだけなのだ。今回、母親は二度引っ張った。まず一度、さらに「悪魔がおまえを利用している」と大げさな物言いでもう一度。「おまえはこのことでお祈りをしなければいけないよ。判断してはだめ。判断は神様にまかせなさい！」

父親が「イフェメル、おまえは根っからの挑発癖を自制しなければならないぞ。おまえは学校でひとりだけ目立って従順さが足りないと指摘されたが、そのときわたしは、それがおまえの比類なき学歴の汚点になってしまったといっただろ。おなじことを教会でやる必要はないんだ」といった。

「はい、お父さん」

ウジュおばさんがやってくると、母親がことの成り行きを話して聞かせた。「イフェメルを叱ってやって。あの娘が耳を貸すのはあんただけなんだから。あんなことを教会でやってわたしを困らせたいなんて、いったいわたしはあの娘になにをしたっていうの？　あの娘ったらシスター・イビナボを侮辱したのよ！　それって牧師さんを侮辱するようなものでしょ！　なんでこの娘は厄介なことばかり起こすの？　ずっといってきたんだけれど、この娘が男の子だったら本当によかったのに、こんな振る舞いをして」

「おねえさん、あの娘の困ったところは、口を閉じるべきときをあまりわきまえていないことね。心配しないで、わたしが話してみるから」ウジュおばさんはそういって調停役を引き受けながら、なだめた。ウジュおばさんはイフェメルの母親とはうまくやってきた。ふたりの気の置けない関係は突っ込んだ会話を注意深く避けてきたために成り立っていた。ひょっとするとウジュおばさんは、イフェメルの母親がおばさんをそっくり受け入れ、親戚のなかでも特別の同居人として認めてくれたことに感謝していたのかもしれない。成長期にイフェメルが自分をひとりっ子だと思わなかったのは、いとこ、おばさん、おじさんがいつもいっしょに住んでいたからだ。フラットにはいつもスーツケースやバッグが置いてあった。親戚がひとりかふたり、何週間も居間の床に寝ていることもあった。たいてい父親の親戚で、ラゴスで商売の仕方を覚えるため、学校に行くため、職を探すために連れられてきた人たちだった。そうすれば故郷の村人たちが、ひとりしか子供のいない兄がほかの子の養育を援助したがらないと噂することもないだろう。

父親は親戚たちに義務を感じていたのだ。午後八時にはだれもが帰宅しているよう強く主張し、食べ物がみんなに行き渡るよう確認しながらも、自分の寝室にはトイレに行くときまで鍵をかけた。だれかがふらりと入ってなにかを盗まないようにするためだった。でもウジュおばさんはちがった。あんな田舎でむざむざ人生を無駄にするには頭が良すぎる、と父親はいった。ウジュおばさんは弟の子だったけれど父親は自分のいちばん年下の妹と呼んで、だれよりも手厚く保護して、よそよそしさもあまりなかった。イフェメルとウジュおばさんがベッドのなかで身をまるくして話し込んでいるのを見かけると、父親は情愛を込めて「おふたりさん」といったものだ。ウジュおばさんがイバダンの大学へ通うために家を出たあとはイフェメルに、ほとんど物思いに沈むように「ウジュはおまえに穏やかな心をもたせる役割をしたな」といった。どうやら、ふたりの親密さのなかに、自分は良い選択をしたという証しを見ているらしく、あたかも自分はよくわかっていて家族に贈り物をしたのだ、妻と娘のあいだに緩衝器をもたらしたのだといっているようだった。

そんなわけで、寝室でウジュおばさんはイフェメルに「花飾りを作ればよかったのよ。なにもかも口にする必要はないっていったじゃない。学ばなきゃね。なにもかも口にする必要はないの」といった。

「どうして母さんは、ウジュおばさんが将軍からもらったものをすなおに喜べないんだろ？　神からの授かりものだなんて言い張らないで」

「神からの授かりものじゃないって、だれがいった？」といってウジュおばさんが、引き結んだ口の両端をさげてしかめっ面をしたので、イフェメルは吹き出した。

家族の言い伝えによると、イフェメルは気難しい三歳児で、知らない人が近づくと泣きわめいたものだったが、十三歳のニキビ顔のウジュおばさんには初めて会ったときからなついて、自分から歩いていってその膝に乗ったのだという。それが実際に起きたのか、それとも何度もくり返し語り聞かされたために本当のことになってしまったのか判然としないものの、それはふたりの親密さの始まりを示す魅力的な物語だった。イフェメルの子供服を縫ってくれたのはウジュおばさんだったし、イフェメルが成長するあいだ、ふたりしてファッション雑誌の上に屈み込んで、どのスタイルにするかを選んだものだった。アヴォカドを潰して顔に塗ることや、熱湯にロブ軟膏を溶かしてその湯気を顔にあてることや、歯磨きペーストでニキビを乾かす方法を教えてくれたのはウジュおばさんだ。ウジュおばさんはジェームズ・ハドリー・チェイスの小説に新聞紙でカバーをかけて、ほとんど裸の女たちを隠して持ってきてくれたし、近所でシラミを移されたイフェメルの髪に熱した鏝をあててくれて、初潮がやってきたときはあれこれ話をしてくれ、母親の言い足りないところを補ってくれた。母親の話ときたら美徳をめぐる聖書からの引用ばかりで、生理痛とかナプキンとか実用的な細部がぜんぜんなかった。イフェメルがオビンゼに出会ったとき、生涯の恋人と出会ったとウジュおばさんに報告すると、キスや触るのはいいけれど、あれを中に入れさせちゃダメよとウジュおばさんはいったのだ。

4

天上の神々は、ふわふわとあたりを飛び交ってティーンエイジャーの恋をあやつり、オビンゼとギニカを交際させることにした。転入生のオビンゼは背は低いけれどイケメンだった。スッカ大学付属中等学校から転校してきて、そのわずか数日後には彼の母親をめぐる噂が渦を巻くように広がり、だれも知らない者はなかった。男と喧嘩したそうで、それもスッカ大学の別の教授と殴ったり叩いたりの本物の喧嘩をやって、おまけに彼女が勝って、相手の服を引き裂いたもんだから二年の停職を喰らって、復職するまでラゴスにいることになったとか。尋常な話ではなかった。市場の女たちは喧嘩をするし、怒り狂った女たちも喧嘩をするが、女性の大学教授にそれはないだろう。穏やかで内省的な雰囲気をただよわせるオビンゼが、それに拍車をかけて注目を集めた。肩で風を切って歩く、無鉄砲でクールな男子組ビッグ・ガイズに、彼は即座に仲間入りを許された。その男子たちといっしょに廊下をぶらつき、集会のあいだはホールの後ろに立ったのだ。彼らはシャツの端をズボンに入れるようなことは絶対にしないために、いつも教師たちと悶着を引き起こし、それがまた派手な悶着だったのだけれど、オビンゼが毎日シャツをきちんとズボンにたくし込んで登校すると、そのうちビッグ・ガイズの連中も全員そうするようになって、クールさでは群を抜くカヨーデ・ダ゠シルヴァまで見習うありさまだった。

カヨーデは学期休みがくるとイギリスにある両親の家ですごした。イフェメルが見た写真では、すごく大きく、人を寄せ付けない感じの家に見えた。彼のガールフレンドのイインカもまた彼のように、しょっちゅうイギリスへ出かけたし、イコイ地区に住んで英国なまりでしゃべった。イインカは学年でいちばん人気のある少女だった。スクールバッグはモノグラムをエンボスした厚手の革製、サンダルはいつもほかの少女とはちがうものを履いていた。人気二番手が、イフェメルの親友ギニカだった。ギニカはそれほど頻繁に海外へ出かけることはなかったので、イインカみたいにお高く止まった感じはなかったけれど、肌がキャラメル色で波打つ髪をしていて、ほどくと首のまわりにふわりと垂れて、アフロみたいに突っ立つことはなかった。毎年、投票では学年でいちばん美人の少女に選ばれて、そのたびに必ずしかめっ面を作り「わたしが混血だからでしょ。わたしがザイナブよりきれいなわけないじゃない」といった。

だから、神々がオビンゼとギニカを引き合わせたのは、ことの成り行きとしてはごく自然なことだった。カヨーデは両親がロンドンへ行っていないとき、自分の家の客間を使ってお気軽なパーティを開いた。彼がギニカに「おまえをパーティであのザ・ゼッドに紹介するからな」といったのだ。

「彼、いけてるよね」といってギニカはにっこり笑った。

「母親の喧嘩っぱやいところが遺伝してなきゃいいけどねっ」とイフェメルがからかった。ギニカが男の子に関心を持つのはいいことだ。学校内のビッグ・ガイズのほとんど全員が彼女とつきあおうとしたけれど、長くは続かなかった。オビンゼなら、もの静かだし、うまく行くかも。

イフェメルとギニカがいっしょに出かけていくと、パーティはまだ宵の口で、ダンスフロアはほとんどがらがら、男子たちがカセットテープを持って走りまわっていて、羞恥心と臆病さがまだほぐれていなかった。カヨーデの家に来るたびに、イフェメルはここに住むのってどんな感じかなあ、イコイ地区の、優雅な、玉砂利を敷いた敷地内で、白い服を着た召使いのいる暮らしって、と思った。

「ほら、カヨーデが新しい子といっしょにいる」とイフェメル。

「見たくない」とギニカはいった。「こっちに来る?」

「うん」

「靴がめちゃめちゃきつくて」

「きつい靴でも踊れるよ」イフェメルはいった。

男の子たちが目の前に来ていた。オビンゼはやたら恰好つけて分厚いコーデュロイのジャケットを着ているが、カヨーデのほうはTシャツにジーンズだ。

「やあ、ベイビーたち!」とカヨーデ。背が高くて手足がひょろ長く、くだけた態度がいかにもといった感じだ。「ギニカ、俺の友達のオビンゼだ。ザ・ゼッド、これがギニカ。おまえさえその気になれば、彼女はおまえの女神だ！」早々と一杯ひっかけて、きざな笑いを浮かべながら、ゴールデン・ボーイがゴールデン・ペアを組み合わせていた。

「ハーイ！」オビンゼがギニカに声をかけた。

「こっちがイフェメル」カヨーデがいった。「またの名をイフェムスコ。ギニカの腹心の友だ。不作法なことをしたら、彼女に叩きのめされるぞ」

そこで爆笑。

「ハーイ」とオビンゼがいった。彼の目がイフェメルの目とばっちり合って、そのままずっと注がれつづけた。

カヨーデがオビンゼに軽く耳打ちして、ギニカの両親もまた大学教授だと教えた。「ということはふたりはそろって書物人間か」とカヨーデ。次はオビンゼが引き受けてギニカになにかいう番だ。カヨーデはその場を離れ、イフェメルもそれについていくはずで、神々の意志はそれで満たされるはずだった。ところがオビンゼはほとんど無言、会話をまかされたカヨーデの声が浮ついてきて、オビンゼに話をしろよというようにちらりちらりと目くばせした。いつそれが起きたのかイフェメルにはよくわからなかったけれど、そのとき、カヨーデが話をしているあいだになにか不思議なことが、自分のなかでぴんと閃くようななにかが起きた。オビンゼとおなじ空気を吸っていたい、そう思っていることに気づいたのだ。カセットプレイヤーからは、トニ・ブラクストンが「速くても遅くても、放してくれない、いっそわたしを揺さぶって」と歌う声が聞こえ、カヨーデの父親が飲むブランデーの香りがいつのまにか母屋から流れ込んできて、ぴっちりした白いシャツブラウスが腋の下でこすれている、いまを、この瞬間を、自分がひりひり感じているのがわかった。ウジュおばさんがそうしろというので、ボウタイの端がおへその辺りにくるようゆるく結んだけれど、本当にそれがスタイリッシュだったのか、ばかみたいに見えているのではないか、とイフェメルは思った。

音楽が突然やんだ。カヨーデが「俺、ちょっと行って見てくるわ」といって、ようすを調べにいってしまい、また沈黙が流れて、ギニカは手首にはめた金属の腕輪をしきりと指でいじっていた。

オビンゼの目がまたイフェメルの目と合った。

「その上着、暑くない？」とイフェメルが訊いた。自分で抑制するまえにことばが口からこぼれてしまった。とんがったことば遣いにして、男子の目に怯えが走るのを待ち構えるのはお手の物だ。ところがオビンゼは笑っていた。面白がっているようだ。彼女を怖がってはいなかった。

「すごく暑いよ。でも僕は田舎っぺだし、これは都会で初めてのパーティだから大目に見てほしいな」といって彼がゆっくりと肘あてのついた緑色の上着を脱ぐと、その下は長袖のシャツだ。「上着を持って歩かなきゃならないな」

「代わりに持っていてあげる」とギニカが申し出た。「イフェムのいったことは気にしないで、その上着、いい感じね」

「ありがとう、でもだいじょうぶ。自分で持つよ、こんなものを着てきた罰として」といってイフェメルを見る彼の目はきらきらしていた。

「そんなつもりじゃなかったんだけど」とイフェメルはいった。「この部屋、ひどく暑いじゃない、だから上着がヘビーに見えたのよ」

「きみの声、好きだな」イフェメルのことばをほとんど遮るようにオビンゼがいった。

舞いあがることなど絶対にないイフェメルが、一瞬、喉を詰まらせて、しわがれ声になった。「わたしの声？」

「そう」

音楽が始まった。「踊らない？」とオビンゼ。

こっくりと彼女はうなずいた。

オビンゼはイフェメルの手を取って、それからギニカに、役割を終えた良き介添人にするように微笑みかけた。イフェメルはかねがねミルズ・アンド・ブーン社のロマンスものなんてあほらしいと思っていて、友達とときどきその物語の物真似をすることがあった。イフェメルかラニイヌドが男役をやり、ギニカかプライエが女役をやる——男が女を引っつかむと女は弱々しく抗うが、やがて甲高い叫び声をあげながら男の前にくずおれる——そこでみんなで爆笑する、それがいつものパターンだった。でもカヨーデのパーティの、人が大勢いるダンスフロアで、イフェメルはそのロマンスのささやかな真実に衝撃を受けた。異性のせいで本当に胃の辺りがきゅっと緊張して緩まなくなることがあるんだ、関節がはずれたみたいになって、手や足が音楽に乗ってスムーズに動かなくなって、苦もなくできたことが突然ひどく難しくなってしまうことがあるんだと思った。ぎこちなくステップを踏みながら目の隅でちらりとギニカを見ると、彼らを見つめるギニカは狐につままれたように、口を少し開いて、いま起きたことが信じられないといった顔をしていた。

「さっき田舎っぺっていったでしょ」とイフェメルは音楽の音に負けじと大声をあげた。

「ええっ？　なに？」

「田舎っぺなんて言い方、だれもしないよ。本のなかで読んだことばでしょ」

「それじゃ、きみが読んだ本を教えてくれなきゃ」とオビンゼ。

彼女をからかっていた。イフェメルは冗談の意味がよくわからなかったけれど、とにかく笑っておいた。あとでイフェメルは、ダンスをしながら言い合ったことばを残らず記憶しておけばよかったと思った。でも思い出せるのは、リードされて夢見ごこちになった感じだけだった。照明が暗くなってブルースを踊るときになり、隅の暗いところで彼の腕のなかにいたいと思っていたのに、「外へ出て話をしようよ」と彼がいった。

ふたりはゲストハウスの裏手のセメントブロックの上に座った。そこは狭い小屋のような一画で、どうやら門衛のトイレの隣らしく、風が吹くと臭かった。ふたりは相手のことを知りたくて語りに語った。彼は、七歳のときに父親が死んだこと、キャンパス内にある家の近くの並木道で父親に三輪車の乗り方を教えてもらったのははっきり覚えていても、ときどき父親の顔が思い出せなくてパニックになり、そんなときはなにか悪いことをしたような気がして、急いで居間の壁にかかった額入りの写真で確かめたものだと語った。

「お母さん、再婚したいと思わなかったの？」

「したくてもしなかったんだと思う。僕がいるから。母には幸せでいてほしいけど、再婚はしてほしくない」

「わたしもそう思うだろうな。お母さん、本当にほかの教授と喧嘩したの？」

「そうか、その話、もう聞いてるんだ」

「噂じゃ、そのせいでスッカ大学を離れたんだって」

「ちがうよ、喧嘩したわけじゃない。母は委員会に出ていて、その教授が資金を流用していたことが判明したんで、母がおおやけの場で彼を問責した、すると彼が怒って母をひっぱたき、女からそんな口の利き方をされるなんて我慢ならないといったんだ。だから母は立ちあがって会議室に鍵をかけ、その鍵をブラのなかに入れた。あなたのほうが腕力では強いから殴り返したりはできないけれど、あなたはおおやけの場で、あなたがわたしを殴ったのを見たすべての人の前で、わたしに謝罪しなければいけないといったんだ。そこで彼は謝罪した。でも本心からじゃない、それは母にもわかっていた。『オーケー、悪かったよ、それが聞きたいんだろ、さあ鍵を出せ』って感じだった。その日、母はものすごく腹を立てて家に帰ってきて、しゃべりっぱなしだったよ。どうしてこんなことになったのか、今日日、人が人をひっぱたけるってどういうことだって。それについて母が学内回覧の記事を書いたんで、学生自治会が関わってきた。おお、なぜ母をひっぱたいたりしたんだろう、未亡人なのに、ってみんながいったもんだから、それで母はもっと気分を害した。母は、ひっぱたかれたりすべきではないのは、あくまで自分が全人格的人間であるからであって、自分のために発言する夫がいないからではないっていいたかったんだな。そこでTシャツに『全人格的人間』ってプリントする女子学生まであらわれた。母はあれで有名になってしまったのかも。ふだんはすごくもの静かな人なんだけど、友達もそんなにいないし」

「それでラゴスに来たの？」

「ちがう。だいぶ前からサバティカルでそうすることにしていたからさ。確か、最初の話では、サバティカルは二年もあるのでどこか遠くへ行こうって、それで僕もわくわくしてたんだ、だってアメリカかもって思ったからね、友達のお父さんがアメリカに行ったばかりだったし、するとラゴスだっていうじゃない。ラゴスなんか行ってどうするの？　それじゃスッカにいるほうがましだろって僕は訊いたんだ」

　イフェメルは声をあげて笑った。「でもラゴスに来るために飛行機には乗れるよね」

「ああ、でも道路を走ってきた」といってオビンゼは笑った。「でも、ラゴスでよかったよ、でなきゃこうしてきみに会えなかった」

「っていうか、ギニカにね」と彼女はからかった。

「やめろよ」

「男の子たちに殺されるかもね。彼女を追いかけることになってたんだもん」

「きみを追いかける」

イフェメルはこの瞬間のことを、「きみを追いかける」ということばを、いつも思い出すことになるのだ。

「きみのことはしばらく前から学校で見てたんだ。カヨーデにきみのことを訊いたこともある」

「マジで?」

「ジェームズ・ハドリー・チェイスを抱えていたよね。だから、ああ、正解だ、希望がある。彼女は本を読むって」

「あれ、ぜんぶ読んだよ」

「僕もさ。いちばん好きなのはどれ?」

「『ミス・シャムウェイが魔法の杖を振る』」

「僕は『生きていたい?』だ。一晩、徹夜して読み切った」

「あ、あれも好き」

「ほかの本は? 古典じゃなにが好き?」

「古典って、クワ?(ひえっ?) わたしは犯罪ものとスリラーが好きよ。シェルダン、ラドラム、アーチャー」

「でもちゃんとした本も読まなくちゃ」

イフェメルはまじまじと彼を見た。その真剣さが面白かった。「おぼっちゃん（アジェ＝バター）！　大学育ち！　大学教授のお母さんからそう教え込まれたんだ」

「いや、まじめにいってるんだ」ここでちょっと間を置いて「貸してあげるから読んでみて。僕はアメリカの本が好きだな」と彼はいった。

「ちゃんとした本も読まなくちゃ」とオビンゼの口調を真似てイフェメルがからかった。

「詩はどう？」

「授業でこないだやった『老水夫行』って、なにあれ？　めっちゃ退屈」

オビンゼが笑ったので、イフェメルは詩のことをそれ以上話す気になれずに質問に切り替えた。「それでカヨーデはわたしのこと、なんていってた？」

「悪くはいってなかったよ。彼、きみのこと好きだから」

「なんていったか、いいたくないのね」

「カヨーデは『イフェメルは魅力的な娘（こ）だけど厄介すぎる。議論ができる。話も上手い。絶対にすぐ同意しない。でもギニカはただのかわいこちゃんさ』って」ここでオビンゼはちょっと黙ってから言い足した。「あいつは僕が聞きたかったことをちゃんと理解してなかった。優しすぎる女の子には興味ないんだ」

「あら、そう！　わたしをばかにしてるな？」彼女は怒ったふりをして、肘で彼を突いた。彼女はこの、厄介すぎる、ほかの子とちがう、という自分のイメージがずっと好きだった。ときにはそれが身を守る甲羅に思えることもあった。

「ばかにしてるわけじゃないよ、わかってるだろ」といって彼はイフェメルの肩に手をまわして、そっと引き寄せた。ふたりが身体をしっかり寄せ合ったのはそれが初めて、彼女は自分の身体が緊張しているのがわかった。「きみはすごくすてきだと思うけれど、それだけじゃない。なにかやるときは自分がやりたいからで、みんながそうするからじゃないっていうタイプだよね」

イフェメルは頭を彼の頭にもたせかけて、初めて、ある感覚を意識した。それは彼に対してそれ以後何度も感じることになる感覚、自分を大事にしていいという感覚だった。自分自身を好きになっていいのだと彼は思わせた。彼といるとくつろげた。無理をしないでいいと肌が感じた。彼女は思いのたけを語った。神は存在してほしいが、でも存在しないのではないかと不安なこと、自分がこれからなにをしたいのか知っていなければいけないのに大学でなにを学んだらいいかさえわからないこと。彼にあれこれ話をするのはすごく自然な感じがした。そんなことを人に話したことはなかった。信頼感をこんなに突然、こんなに完璧に、それも親密さまでいっしょに感じるなんて怖いくらいだ。数時間前までは相手のことなどなにも知らなかったのに。でもダンスをする前のあの瞬間、ふたりいっしょに感じたものが確かにあったのだ。だからいまは彼に話したいこと、彼といっしょにやりたいことをひたすら考えることができた。ふたりの生い立ちに共通しているものが吉兆となった。どちらもひとりっ子で、誕生日が二日しかちがわず、故郷の町がアナンブラ州にある。彼はアッバで、彼女はウムンナチ、ふたつの町はほんの数分の距離だ。

「へえ！　僕のおじさんはしょっちゅうきみの村へ行ってるよ！　何度かいっしょに行ったことがある。きみの親戚の人たちの村の道路ときたらひどいよね！」

「アッバなら知ってる。あそこの道路はもっとひどいじゃない」

「村へはどれくらいの頻度で行く？」

「クリスマスになると毎年」

「年にたった一度か！　僕のほうがよく帰るな、母といっしょに少なくとも年に五回は帰るよ」

「でもわたしのイボ語のほうが絶対にあなたより上手い」

「ありえない」といって彼はイボ語に切り替えた。「アマ・ム・アトゥ・イヌ。ほら諺も知ってる」

「へえ。そんなのだれもが知ってる基本のキ。昼さがりに蛙が飛び跳ねるにはわけがあるってことよね」

「いや。深刻なのも知ってる。アコタ・イフェ・カ・ウビ、エ・レー・オバ（もしも農場よりも大きなものが掘り出されたら、穀倉を売ることになる）」

「あら、わたしを試したいの？」笑いながら彼女は訊いた。「アチョ・アフ・アディ・

アコ・ンアクパ・ディビア（呪術師の鞄にはあらゆるものが入っている）」

「悪くないな」と彼。「じゃこれは？　エ・グブオ・ンオグ・ウノ、エ・ルオ・ナ・オグ・アグ、エ・ロテ・ヤ（地元の戦いで戦士を殺したら、敵と戦うときに彼を思い出すことになる）」

ふたりは諺くらべをした。彼女がさらに言い足せたのはふたつだけですぐに降参したのに、彼のほうはまだまだ続けられそうだった。

「そんなの全部どこで覚えたの？」感心して彼女は訊いた。「イボ語を話せない人だって多いのに、諺まで知ってる人はもっと少ないよね」

「おじさんたちが話すのを聞いてるだけさ。父も好きだったと思うんだ」

沈黙が流れた。ゲストハウスの入口から煙草の煙がふわりと漂ってきた。入口に男子が数人集まっていた。賑やかなパーティの音があたりに響いていた。大音響の音楽、張りあげる声、男子も女子もかまわずあげる大きな笑い声だ。みんな解放されて自由な気分、明日からはこうはいかない。

「キス、しないの？」と彼女。

びっくりしたのは彼のほうだ。「どっからそんな？」

「訊いてるだけよ。もう長いあいだこうして座ってるから」

「それだけが僕の欲しいものだと思われたくない」

「わたしが欲しいものはどう？」

「きみはなにが欲しいの？」

「なにが欲しいと思う？」

「僕の上着？」

彼女は吹き出した。「そう、かの名高き上着ね」

「きみは僕をシャイにするよな」

「マジで？　だってあなたがわたしをシャイにしてるじゃない」

「きみをシャイにするものがあるなんて信じられない」

ふたりはキスをして、おでこをくっつけあい、手を握り合った。彼のキスは楽しめて、ほとんどくらくらする。前のボーイフレンドのとは大ちがい。モフェのキスは唾（つば）でべたべたと思ったものだ。

数週間後にこのことを彼女がオビンゼに話したとき――「どこでキスの仕方を覚えたの？　だって、前のボーイフレンドの唾でべとべとの不器用なのと全然ちがうんだもん」というと――彼は爆笑して「唾でべとべとの不器用なの、か！」といってから、それはさ、テクニックじゃなくて気持ちの問題さ、といった。することは前のボーイフレンドとおなじでも、この場合ちがうのは愛なんだと。

「初めて会ったときから愛だってわかったよね、僕たちふたりにとって」

「ふたりにとって？　それって無理やり？　なぜわたしを代弁するの？」

「事実をいってるだけさ。喧嘩はやめようよ」

　ふたりは無人に近い教室で、後ろのほうの机にならんで座っていた。休み時間の終りを告げるベルが鳴り出した。やかましい耳ざわりな音だ。

「そう、それは事実よ」と彼女がいった。

「なにが？」

「わたしがあなたを愛してること」ことばはいとも簡単に出てきた、それも、なんて大きな声で。はっきり彼に聞こえてほしかったたし、正面に座っている眼鏡をかけたガリ勉男子にも聞こえてほしかったし、外の廊下に集まっている女子にも聞こえてほしかった。

「事実ね」オビンゼはにやりと笑ってそういった。

　彼女のせいで、オビンゼは討論クラブに入り、彼女が話したあとはいちばん大きく、いちばん長く拍手して、彼女の友達が「オビンゼ、お願い、もう十分」というまでやめなかった。彼のせいで、イフェメルはスポーツクラブに入り、サイドラインに腰をおろして水の入った彼のボトルを握り、彼がサッカーをするのを見学した。でもオビンゼが本気で好きなのは卓球で、汗だくになって叫びながらプレーして、エネルギッシュに小さな白いボールをスマッシュした。イフェメルは彼の巧みさに目を見張った。卓球台からあんなに離れて立っているように見えるのに、ボールを思うままに打てるなんてすごいと思った。彼は学校ではすでに向かうところ敵なしのチャンピオンだ。前の学校でもそうだった、と彼はいった。いっしょにやってみると、彼は笑いながら「怒って球を打っても勝てないぜっ！」といった。彼女のせいで、オビンゼの友達は彼のことを「女の腰巻き」と呼んだ。一度、彼が友達と放課後サッカーをやる相談をしていたとき、だれかが「イフェメルから許可もらったか？」と訊いた。するとオビンゼはすかさず「ああ、でも一時間だけだってさ」と答えた。彼がふたりの関係をそこまで大胆に、まるで極彩色のカラーシャツみたいに身につけているのが、イフェメルは気に入った。ときどき幸せすぎるのではないかと心配になるくらいだった。よくふさぎ込んで、オビンゼにぴしゃりと反応したり、素っ気なくあたったりした。そんなときは自分の喜びが不安の種になった。羽をはばたかせて、出口をもとめて飛び立ってしまいそうで気が気ではなかったのだ。

5

カヨーデのパーティのあとギニカの態度がぎこちなくなり、ふたりのあいだに気まずいよそよそしさができてしまった。

「あんなふうになるなんて思わなかったから」とイフェメルはギニカにいった。ギニカは「イフェム、彼って最初からあんたのこと見てたし」といってから、自分はぜんぜんかまわないと伝えるためにイフェメルをからかった――たくらみもしないで他人の彼氏を取っちゃうんだもん。それは無理に快活さを装う感じがありありで、イフェメルはずっしり重い罪悪感と、なんとしてもそれを補いたい思いに駆られた。なんだかまずい成り行きだ。美人で、快活で、人気者の親友ギニカが、これまで一度も喧嘩したことのなかったギニカが、気にしてないから、というそぶりをあえて見せながら、オビンゼのことを語るときは諦め切れない感じがその声にいつも響いた。「イフェム、今日は私たちのために時間とれる？　それとも全部オビンゼ用？」と訊いてくるのだ。

だからある朝、登校してきたギニカが赤い目の下に隈をつくって「パパが、来月みんなでアメリカに行くって」とイフェメルに告げたとき、イフェメルは内心ほっとした。友達がいなくなるのは淋しいけれど、ギニカが遠くへ行けば、ふたりは否応なくこの友情をいったん棚あげにして湿気を取り除き、新たな気持ちで以前の状態に戻さざるをえなくなる。ギニカの両親は前から大学を辞めてアメリカで再出発することを話し合っていた。以前イフェメルが遊びにいったとき、ギニカの父親が「われわれは羊じゃない。この体制はわれわれを羊みたいに扱う、だからわれわれはまるで羊のように振る舞いはじめている。ここ数年、わたしはまともな研究さえできずにいるんだ、理由は連日、ストライキを組織したり、未払いの給料について話し合ったりしているからで、教室にはチョークさえ満足にない」といっていたのを聞いたことがあった。小柄な肌の黒い人で、灰色の髪をした大柄なギニカの母親のそばにいると余計背が低く、肌の色も黒っぽく、どことなく優柔不断な感じの、あれかこれかいつも決めかねている人のように見えた。イフェメルが両親に、ギニカの家族がこの国を出ていくことを話すと、父親はため息をついて「彼らにはとにもかくにも選択肢があるんだから幸運だな」といい、母親は「祝福されたのよ」といった。

　でもギニカは不満たらたらで、見知らぬアメリカで友達のいない悲しい暮らしをすることになるといって泣いた。「両親が行ってるあいだ、みんなといっしょに暮らしたいよ」とイフェメルにいった。ギニカの家に、イフェメル、ラニイヌド、プライエ、トチが全員集まって、ギニカが置いていくという服を彼女の寝室であれこれ品定めしていたときだ。

「帰ってきてからも、いままでみたいに私たちと話してね、きっとだよ」とプライエがいった。

　ラニイヌドは「帰ってきたら、めっちゃアメリカーナになってるよねえ、ビシみたいに」といった。

「アメリカーナ」ということばにみんな大爆笑、きゃあきゃあ言い合いながら四番目の音節を引き伸ばして発音した。みんなの頭にあったのは一学年下のビシのことだ。ビシは短いアメリカ旅行から帰ってきてから妙に気取った態度をとるようになった。もうヨルバ語なんかわからないといったふりをしたり、口にする英単語にいちいち不明瞭なr音をくっつけたりした。

「でも、ギニカ、マジでわたし、いますぐあんたになれたら、なんにもいらないって思うよ」とプライエ。「行きたくないなんて、信じられない。いつでも帰ってこれるじゃない」

　学校では友達がギニカのまわりを取り囲んだ。だれもが学校近くのお菓子屋さんに連れていきたがり、放課後に会いたがった。もうすぐいなくなってしまうことがギニカをこれまで以上に魅力的にしてしまったようだ。休み時間にイフェメルとギニカが廊下をぶらぶら歩いていると、ビッグ・ガイズの連中がやってきた。カヨーデ、オビンゼ、アハメド、エメニケ、それにオサホンだ。

「ギニカ、アメリカのどこへ行くのさ？」とエメニケが訊いた。彼は海外へ行った人をとにかく畏怖した。カヨーデが両親といっしょにスイス旅行から帰ってきたときは跪いて「靴に触らせて。雪に触ってきたんだもんなあ」といってカヨーデの靴を撫でまわしたほどだ。

「ミズーリ州」とギニカ。「パパがそこで教えることになったから」

「あんたの母さんはアメリカ人だよな、アビ？（だろ？）ってことは、あんたはアメリカのパスポートもってんの？」とエメニケが訊いた。

「うん。でも最後に行ったの、小学三年のときだから」

「アメリカのパスポートってサイコーにクールだよな」とカヨーデがいった。「イギリスのパスポートと交換したいぜ、明日にでも」

「わたしも」とイインカ。

「僕だってむかしはもってたんだよ」とオビンゼがいった。「両親に連れられてアメリカに行ったときはまだ八カ月だった。母さんにもう少し早く行って、あそこで僕を産めばよかったのにって、ずっといってるんだ」

「おまえ、運が悪かったよな」とカヨーデ。

「僕はパスポートもってないよ。最後の旅行のときは母さんのパスポートで行ったから」とアハメドがいった。

「小学三年までは僕も母さんのパスポートだったけど、それから父さんが、僕たちは自分のパスポートが必要だって」とオサホン。

「海外へ行ったことはないけど、父さんが大学は海外へ行かせてくれるって約束してくれてんだ。いますぐヴィザ申請できたらいいのになあ、卒業するのを待ってないで」とエメニケがいうと、もうだれもなにもいわなかった。

「いますぐ私たちを置いていかないで、卒業してからにしてね」イインカがついに沈黙を破り、カヨーデとふたりして吹き出した。みんなも笑った。エメニケ本人まで。でもその笑い声の背後にはちくちくするような痛みがあった。エメニケが嘘をついているのはみんなわかっていたのだ。お金持ちの両親の話をでっちあげるエメニケには、そんな両親なんかいないことも、彼が矢も盾もたまらずに作り話をしたこともわかっていた。その話題はだんだん尻すぼみになって、連立方程式の解き方を知らない数学教師のことになった。オビンゼがイフェメルの手を取り、ふたりはいつの間にか姿を消した。ふたりはこれをよくやった。友達からゆっくり離れて、図書館の隅に腰をおろしたり、実験室の裏の緑地を歩いたりしたのだ。歩きながらイフェメルはオビンゼに、「母親のパスポートで」ってどういう意味かわからない、それに自分の母親はパスポートをもっていない、と伝えたかった。でも、なにもいわずに黙ってオビンゼのそばを歩いた。彼はこの学校に溶け込んでいた。自分よりずっと上手く。イフェメルは人気があって、パーティのリストには必ず名前がのり、全校集会ではいつもクラスの「成績優秀者上位三名」として名前があがったけれど、自分はみんなとちがうという半透明の靄のようなものにうっすらと包まれている感じがしたのだ。もしも入学試験であれほど良い成績を取らなければ、もしも父親が「性格もキャリアも身につく学校」へ娘をやると一大決心をしていなければ、いまごろ彼女はここにはいなかっただろう。彼女が通った小学校はここととは全然ちがって、自分のような少女がたくさんいた。両親は教師や公務員で、バスを使い、専用の運転手などいない人たちだった。オビンゼが驚いたことが忘れられなかった。彼はさっと隠したけれど、「きみの電話番号は?」とオビンゼに訊かれて「電話はないの」と答えると、彼は驚いたのだ。

つないでいるイフェメルの手をオビンゼがぎゅっと握り締めた。彼女の率直さと、ほかの子とはちがうことに感心はしていても、その下にあるものまで彼が理解しているようには思えなかった。彼がこうして海外経験のある人たちのなかにいるのはごく自然なことだった。外国の事情に精通していて、とりわけアメリカのことに強かった。だれもがアメリカ映画を観て、印刷が薄れたアメリカの雑誌を融通し合っていたけれど、彼はアメリカの大統領について百年前のことまで詳しく知っていた。みんなアメリカのテレビ番組を観ていたけれど、彼ときたらリサ・ボネが「コズビー・ショー」から抜けて「エンゼル・ハート」に出演することや、ウィル・スミスが「ベルエアのフレッシュ・プリンス」に出演する契約にサインする前に巨額の借金を抱えていたことまで知っていた。「きみはブラック・アメリカンみたいに見える」というのが彼の究極の褒めことばだった。絶賛の的はマンハッタンだ。「これはマンハッタンみたいだとはいえないな」とか「マンハッタンへ行けばどういうことかわかるよ」が口癖だった。貸してくれた『ハックルベリー・フィンの冒険』をぱらぱらめくると、ページには折り目がついていた。イフェメルは学校帰りのバスのなかで読み出したものの、数章読んでやめた。次の朝、その本をためらうことなく彼の机の上にバシッと置いて「ナンセンス、読めたものじゃないわ」といった。

「ちょっとちがうアメリカの方言で書いてあるからね」とオビンゼ。

「だからなに？　ぜんぜんわからない」

「我慢強くなければいけないな、イフェム。作品に入り込みさえすれば、すっごく面白いし、読むのをやめられなくなるから」

「もう読むのはやめてる。あなたのちゃんとした本とやらはしまっておいて、わたしが自分の好きな本を読むのを放っておいて。それにほら、スクラブル（単語作成で得点を競うボードゲーム）をやるときはまだわたしが勝つよね、ミスター〈ちゃんとした本を読む人〉さん」

　教室に戻りながら、いま、イフェメルは彼の手から自分の手をそっと引き抜いた。こんなふうに感じるときはいつも、ほんの些細なことでも、パニックが彼女を千切りにして、どうでもいいようなことが運命の裁定者となった。今回はギニカが引き金だった。彼女は階段のそばに立っていた。イフェメルは急に、バックパックを肩にかけた彼女の顔に、陽の光が金色の縞模様を作っていた。ギニカとオビンゼには共通のものがとても多いと思った。ラゴス大学にあるギニカの家は静かな一戸建ての平屋で、庭はブーゲンビリアの生け垣に囲まれ、それはたぶんスッカにあるオビンゼの家に似ているかもしれない。オビンゼが、自分にふさわしいのはギニカのほうだ、と気づいたところを想像すると、ふたりのあいだにちらちら揺れるこの喜びが、この脆い光が、消えてしまいそうだった。


　ある朝、全校集会のあとでオビンゼがいった。母親がイフェメルに家に来てもらえって。

「お母さんが？」イフェメルは呆気にとられた。

「未来の義理の娘に会いたいんじゃないかな」

「オビンゼったら、冗談いわないで！」

「六年生のときだったかなあ、女の子を連れて送別会に行くとき、ママが車で送ってくれて、その女の子にハンカチをあげたんだ。ママったら『レディはいつもハンカチを持っているものよ』だって。ちょっと変わってるかもね、僕の母は。きみにもハンカチあげたがるかも」

「オビンゼ・マドゥエウェシ！」

「母がこんなことというのは初めてでさ、ってことは、僕にはこれまで本気になったガールフレンドがいなかったってこと。きみにただ会いたいだけだよ。ランチに来ないかってさ」

イフェメルはまじまじと彼を見た。息子のガールフレンドに訪ねてこないかと正気でいう母親っていったい？　変だ。「ランチに来ないか」という表現も、なんか本のなかに出てくるような言い方だし。「ボーイフレンド」と「ガールフレンド」だったとしても、相手の家を訪ね合ったりしないものだ。課外授業やフランス語クラブや、とにかくそういうものに登録して、学校の外で落ち合えるようにするものだ。彼女の両親はもちろんオビンゼのことは知らなかった。オビンゼの母親からの招待は怖かったけれど、わくわくした。何日も、なにを着ていこうかと悩んだ。

「ありのままでいいのよ」というウジュおばさんに「ありのままでなんていられないよ。それにありのままってどういうこと？」イフェメルは言い返した。

訪ねる日の午後、フラットのドアベルを押す前に、ドアの前でちょっと立ち止まって、唐突に、痛切に、みんな消えてしまえばいいと思った。オビンゼがドアを開けた。

「ハーイ。ちょうどママが仕事から帰ってきたところ」

居間は広々としていて、壁に写真はなく、かかっているのはターバンを巻いた長い首の女性を描いたターコイズ色の絵だけだった。

「僕たちの所有物はあれだけ。ほかは全部フラットの備え付け」とオビンゼがいった。

「すてき」と彼女はつぶやいた。

「緊張しないで。来てほしいっていったのは母のほうなんだから」とオビンゼがささやくと、その直後に母親があらわれた。オニェカ・オンウェルそっくり、びっくりするほどよく似ている。大きな鼻と大きな唇の美人で、まるい顔を短めのアフロヘアが包み、完璧な体型で肌は深いココアブラウン。オニェカ・オンウェルの音楽はイフェメルの子供時代の楽しみのひとつで、子供時代が終っても色褪せることがなかった。父親がアルバム「朝日のなかで」を持って帰宅した日のことはいまでも覚えている。アルバム・ジャケットのオニェカ・オンウェルの顔はひとつの啓示で、長いあいだ指でその顔をなぞったものだ。父親が曲をかけるたびに家中がお祭り気分になって、父親が女っぽさにとっぷり浸る曲に合わせて歌い、くだけた人間に変貌するのを見て、イフェメルは罪悪感に駆られながらも、父親が母親ではなくオニェカ・オンウェルと結婚しているところを夢想した。「こんにちは、マー」とオビンゼの母親に挨拶したときは、ほとんどオニェカ・オンウェルの、あの比類なき歌声が返ってくるのではないかと思ったくらいだ。でも彼女は低い、ささやくような声の持主だった。

「とってもすてきな名前だわ。イフェメルナンマ」

　イフェメルは立ちあがったけれど舌が数秒、動かなかった。「ありがとうございます、マー」

「翻訳して」

「翻訳？」

「そう、あなたの名前を翻訳するとどうなるの？　わたしが翻訳をすること、オビンゼがいわなかった？　フランス語からね。文学を教えているの、英文学ではなくて英語文学よ、忘れないでね、わたしがやる翻訳は趣味としてやるようなもの。あなたの名前をイボ語から英語に翻訳すると、たぶん、良い時代に創られた、とか、美しく創られた、という意味かしら、あなたの考えは？」

　イフェメルには考えることができなかった。その女性にはなにか知的なことをいいたいと思わせるものがあったけれど、まったくなにも思いつかなかった。

「母さん、挨拶に来たんだぜ、自分の名前を翻訳するためじゃなくって」とオビンゼは、わざと悪戯っぽくいった。

「お客さまに出す飲み物はある？　冷蔵庫からスープは出しておいた？　キッチンへ行きましょう」と母親。それから手を伸ばして息子の髪から糸くずを取り、その頭を軽く叩いた。滑らかで、冷やかすようなふたりの関係に、イフェメルは落ち着かなかった。遠慮がなくて、悪い結果を心配しなくていい関係だ。親とそんな関係でいるのはふつうとはほど遠かった。いっしょに料理をし、母親がスープをかきまわして、オビンゼがガリを作った。そのあいだイフェメルはそばに立ってコークを飲んでいた。手伝わせてほしいといってみたけれど、母親に「いえいえ、いいのよ、また次ね」といわれてしまった。まるで自分のキッチンではだれにも手伝わせないといっているみたいだ。楽しげで、率直で、温かくもあったけれど、彼女には自分だけの世界があって、全世界に自分をさらけ出すつもりはないのだ。オビンゼとおなじ資質だった。彼女が息子に、たとえ大勢の人のなかにいても、なんとか自分の内面を心地よく保つ能力を教えたのだ。

「あなたの好きな小説はなに、イフェメルナンマ?」と母親が訊いた。「オビンゼったらアメリカの本しか読まないでしょ。あなたまでそんなおばかさんじゃないといいけれど」

「母さんは、僕にこの本を好きになれって無理強いするんだぜ」といってオビンゼはキッチンテーブルの上の本を示した。グレアム・グリーンの『事件の核心』だ。「母さんはこの本を年に二度は読むんだ。なんでか知らないけど」と彼はイフェメルにいった。

「博識な本よ。本当に大切なことを扱う人間の物語には耐久性があるの。あなたが読んでるアメリカの本は軽すぎるわね」といって母親はイフェメルのほうを見た。「この子はもうアメリカにぞっこんで」

「僕がアメリカの本を読むのは、アメリカが未来だからさ、母さん。あなたの夫はそこで教育を受けたんだろ」

「鈍い人間だけがアメリカの学校へ行った時代だった。あのころはアメリカの大学がイギリスのセカンダリースクールと同レベルだと思われてたし。結婚してからあの人をたっぷりと磨きあげたのは、このわたしよ」

「自分の持ち物をあいつのフラットに残してきたのは、あいつのガールフレンドたちを追い払うため？」

「いったでしょ、おじさんのでっちあげた話なんか真に受けちゃだめだって」

イフェメルは催眠術にでもかかったようにその場に突っ立っていた。美しい顔、洗練された雰囲気、キッチンで白いエプロンをしたオビンゼの母親は、イフェメルが知っているどんな母親ともちがった。ここに自分の父親がいたら、あの不必要なほど大仰なことば遣いが粗野に聞こえ、母親は田舎臭く取るに足りない人間に見えただろう。

「手は流しで洗えるわ」とオビンゼの母親がイフェメルにいった。「まだ水は出てると思うから」

ダイニングテーブルについて、みんなでガリとスープを食べながら、イフェメルは必死でウジュおばさんがいう「自分自身」であろうとしたけれど、もう「自分自身」がなんなのかよくわからなかった。自分には分不相応だ、オビンゼやその母親のもつ雰囲気にともに浸ることなどできはしないと感じた。

「スープ、とても美味しいですね、マー」礼儀正しくイフェメルはいった。

「あら、それはオビンゼが作ったのよ。この子が料理するって、聞いてない？」

「聞いてますけど、スープが作れるとは思いませんでした」

オビンゼがにやにやした。

「お家では料理をするの？」と母親に訊ねられた。

イフェメルは嘘をついて、料理をするし、大好きですといいたかった。でも、ウジュおばさんのいったことを思い出して「いいえ、マー」と答えた。「料理は好きじゃないんです。インドミーのインスタント・ヌードルなら昼も夜も食べますけど」

母親はその正直さに魅せられたように、声をあげて笑った。その笑顔は柔らかな表情を見せるときのオビンゼにそっくりだった。イフェメルはゆっくりと食べながら、ずっとこうしていたい、このふたりにうっとりしながら、と強く思った。


彼らのフラットは週末になるとヴァニラの香りがした。オビンゼの母親がケーキを焼いたからだ。パイの上でマンゴーのスライスがきらきら輝き、レーズン入りの小さな茶色いケーキがふくらんだ。イフェメルはバターをかきまわして果物の皮を剝いた。彼女の母親はお菓子を焼いたりしなかったので、オーヴンはゴキブリの巣になっていた。

「オビンゼったら『トランク』っていうんですよ、マー。それは車のトランクのなかだよとか（米語はtrunkで英語はboot）」とイフェメルがいった。アメリカ式かイギリス式かの論争になると、彼女はいつも母親の側についた。

「トランクというのは木の幹のことで、車の一部じゃないのよ、息子さん」と母親がいう。オビンゼが「schedule」を「セジュール」ではなく「スケジュール」と発音すると、母親は「イフェメルナンマ、お願い、わたしはアメリカ語は話さないんだっていってやって。あの子ったら、その語をちゃんと英語でいえるのかしら?」

週末はビデオで映画を観た。居間に腰をおろして、画面をじっと見ていると、母親がときどき場面のもっともらしさや、これから起きそうなことや、俳優がカツラをつけているかどうかなど、コメントしようとした。するとオビンゼがすかさず「母さん、チェル(待って)、まず聞こうよ」といった。ある日曜のこと、彼女が映画の途中で「今日は早く閉店するのを忘れていたわ」といって、アレルギーの薬を買うため薬局へ出かけていった。車の鈍いエンジン音がかかるとすぐに、イフェメルとオビンゼは彼の寝室へ直行し、ベッドに沈み込んで、キスをして触り合い、服をめくりあげて横にずらし、半分ほど引きさげた。触れ合う肌が温かかった。ドアを開けっ放しにして、ルーバーも閉めなかった。母親の車の音にふたりがすぐ気づくように。聞こえたらすかさず服を着て、居間に戻り、ビデオの再生ボタンを押した。

オビンゼの母親が入ってきてテレビ画面をちらりと見た。「この場面、わたしが出て行くとき観てたじゃないの」口調は静かだった。凍りつくような沈黙が流れ、画面の音さえ消えた。そこへ窓から歌うような豆売りの声が流れてきた。

「イフェメルナンマ、こっちへ来てちょうだい」と母親はいって奥へ向かった。

オビンゼが立ちあがると、イフェメルはそれを制止した。「呼んでいるのはわたしよ」

母親はイフェメルを彼女の寝室に招き入れ、ベッドの端に座るようにいった。

「もしあなたとオビンゼのあいだになにかが起きたら、責任はあなたがたふたりにあります。でも自然は女性に不公平ね。ふたりの人間によってある行為がなされても、その結果は、ひとりの人間だけが負うことになる。わたしのいってること、わかる?」

「はい」イフェメルはオビンゼの母親から目をそらしたまま、床の白と黒のリノリウムにじっと目を凝らしていた。

「オビンゼとなにか重大なことをした?」

「いいえ」

「わたしもかつては若かった。若いときに愛することがどんなものかはわかってるの。あなたに忠告しておきたくて。最終的にはあなたが自分のやりたいことをするのは承知しています。わたしからの忠告は、待つこと。セックスをしなくても愛し合うことはできます。自分の感情を見せるのは美しいことだけれど、それには責任が、大きな責任がついてまわる。急ぐことはないのよ。わたしからの忠告は、少なくとも大学に進むまで待ちなさいということ、もう少し自分のことを自分で引き受けられるようになるまで。わかる?」

「はい」といったものの「もう少し自分のことを自分で引き受けられる」がどういう意味か、イフェメルには見当もつかなかった。

「あなたは自分が頭のいい娘だと思っているわね。女は男よりも分別がある、あなたも分別のある人間にならなくちゃね。あの子を説得しなさい。強いられるのではなく、同意のうえでふたりして待つことにすればいい」

　オビンゼの母親がそこでことばを切ったので、それで終りかとイフェメルは思った。沈黙が頭のなかでじんじんと響いた。

「ありがとうございます、マー」とイフェメル。

「それに、始めたいと思ったときは、わたしに会いにきてちょうだい。あなたが責任を取れる状態かどうか知りたいから」

　イフェメルはうなずいた。オビンゼの母親のベッドに腰をおろし、その母親の寝室にいて、その女性の息子とセックスを始めるときは知らせる、とうなずいて同意したのだ。でもイフェメルに恥ずかしいという気持ちはなかった。ひょっとするとそれはオビンゼの母親の口調のせいだったかもしれない。その均一さ、ふだん通り、といった口調のせいだったのかもしれない。

「ありがとうございます、マー」イフェメルはもう一度そういって、オビンゼの母親の顔を見ると、その顔は開けっぴろげで、いつもと少しも変わらなかった。

「そうします」

　イフェメルは居間に戻った。オビンゼは苛々しながら、中央のテーブルの端に尻をのっけていた。「申し訳ない。これについては、きみが帰ってから母と話をする。だれかと話をしたいというなら、それは僕であるべきだ」

「お母さん、わたしに二度とここに来ないほうがいいって。わたしが息子をあらぬ方角へ迷わせるからって」

オビンゼは目をぱちくりさせた。「ええっ？」

イフェメルは爆笑した。あとから彼の母親がなんといったか伝えると、オビンゼはしきりに首を横に振った。「僕たちが始めるときは知らせなければいけない？　なんだそれ？　ばかばかしい。僕たちのためにコンドームを買いたいって？　あの女、どうかしちゃったんじゃないのか？」

「でも、なんであれ私たちがそのうち始めるつもりだって、だれがあなたにいったのよ？」

6

平日はそそくさと帰宅してシャワーを浴び、将軍を待っているウジュおばさんも、週末はナイトガウンに着替えて気ままに読書や料理をしたり、テレビを観たりした。週末は将軍が奥さんや子供たちとアブジャですごすからだ。直射日光を避けて、おしゃれな瓶入りのクリームを塗り、生まれつき十分薄い褐色の肌をもっと薄く、もっと明るくして、艶も出るよう心がけた。ウジュおばさんが運転手のソラや、庭師のバーバ・フラワーや、ふたりのメイド――掃除担当のイニャングと料理担当のチコディィリ――にあれこれ指示を出すのを見ていて、イフェメルはときどき、何年も前にラゴスに連れられてきた田舎娘のおばさんのことを思い出した。母親がやんわりとこぼした――ずっと壁に触っているなんて、ひどく田舎臭いじゃない、なんなの、ああいう村の人って、伸ばした手のひらを壁にこすりつけたりせずに自分の足で立ってられないのかしら？　イフェメルはウジュおばさんがいまの自分を、むかしそうだった少女の目で見ることがあるだろうかと考えてみた。おそらく、ない。ウジュおばさんはさらりと新生活に身を落ち着けて、新たな富よりむしろ将軍自身に心を奪われていた。

初めてドルフィン・エステートにあるウジュおばさんの家を見たとき、イフェメルはそこを離れたくなかった。バスルームには心底うっとりした。熱いお湯の出る蛇口、勢いよく流れ出るシャワー、ピンクのタイル。寝室のカーテンはスパンシルクを使ってある。「あらあ、こんな布地をカーテンにするなんてもったいない！　ドレスにしたらいいのに」とイフェメルはおばさんにいった。居間にはガラス張りのスライド式ドアがあって、音もたてずに開いて音も立てずに閉じた。キッチンにまでエアコンがついている。イフェメルはここに住みたかった。みんなものすごく感心するだろうな、友人たちが居間に隣接した、テレビ室とウジュおばさんが呼ぶ小部屋に座って衛星放送を観ているところを想像した。そこでイフェメルは両親に、平日はウジュおばさんのところに泊まっていいかと訊いた。「学校も近くなって、バスを乗り換えなくてもすむし。月曜に行って金曜に帰ってくるから。ウジュおばさんの家の手伝いもできるよ」

「ウジュの家では手は十分に足りていると思う」と父親はいった。

「いい考えじゃないの」と母親は夫にいった。「あそこなら勉強がよくできる。少なくとも毎日電気が使えるもの。灯油ランプで勉強しなくてもすむわ」

「ウジュのところは放課後と週末に行けるじゃないか。住むことはない」

父親の頑固さに母親は、えっと息を呑むように黙った。それから「わかりました」といってイフェメルに、お手あげね、という感じの目くばせをした。

それから数日、イフェメルはむくれていた。父親はイフェメルの気まぐれをたびたび大目に見てきたし、欲しいとねだられると最後は折れた。だが今回は彼女のふくれっ面も、夕食時にだんまりを決め込むのも無視した。ウジュおばさんが新しいテレビを家に運び込んだときも知らんぷりだ。使い古した自分のソファにどっかりと腰をおろして、読み古した本を読んでいた。ウジュおばさんの運転手が「ソニー」と書かれた茶色の段ボール箱を下に置くと、イフェメルの母親が賛美歌を歌いはじめた――「主がわたしに勝利を運んでくださった、わたしは主をより高く崇めます」――寄付を募るときの歌だ。

「将軍ったら、わたしが家で使いきれないほど買ってくるのよ。これ、置く場所がないから」おばさんはだれにともなくそういった。お礼のことばをあらかじめ封じるためだ。

イフェメルの母親が箱を開けて、発泡スチロールの外装を丁寧にはずした。

「私たちの古いテレビはもうなんにも映らない」と母親はいったけれど、まだちゃんと映ることはみんな知っていた。

「なんて薄いんでしょ!」と母親がいった。「ほら見て!」

　本から目をあげた父親は「ああ、薄いな」といって、また視線を落とした。


　家主がまたやってきた。イフェメルを押しのけるようにしてフラットへ入り、台所へ行って電気のメーターに手を伸ばすと、ぐいっとヒューズを引き抜いて、彼らが使っていたささやかな電源を切った。

　家主が出ていったあと、イフェメルの父親が「なんたる醜行。二年分の家賃を払えとは。一年分を払ったばかりじゃないか」といった。

「でもその一年分は、ずっと払ってなかった分ですから」と母親がいったが、その口調にはほんのわずかな非難の匂いが込められていた。

「アクンネに借金のことを話してきたところだ」というものの、父親はアクンネが好きではなかった。いとこ同然の同郷の金持ちで、だれもが面倒事を持ち込む相手だ。父親はアクンネを忌まわしい無学者、「金をばらまく成りあがり者(マネー・ミス・ロード)」と呼んだ。

「なんていってたの?」

「次の金曜日にまた来いとさ」父親はせわしなく指を動かして、感情を顔に出すまいと腐心しているようだ。イフェメルはすばやく目をそらして、自分が父親を見ていたことに気づかれなければいいがと思いながら、宿題のわからないところを教えて、と父親に頼んだ。父親がなにかに没頭できるように、ふたたび日常の暮らしに戻れるように。

父親はウジュおばさんに助けをもとめたりはしないだろうが、ウジュおばさんがお金を出すといえば断らないはずだ。そのほうがアクンネに借金するよりはずっとましだ。イフェメルはウジュおばさんに、家主がドアをどんどん叩いて、隣家の人たちへのあてつけに不必要なほど大きな声で父親を侮辱したことを伝えた。「あんた、それでも男か。貸してる金を払えよ。来週までに未払いの家賃を払わなければ、このフラットから出てってもらうぞ！」

イフェメルが家主の口調を真似ると、ウジュおばさんの顔が悲しそうにさっと青ざめた。「あんな役立たずの家主が兄さんにそんな恥ずかしい思いをさせるなんて。オガにお金を出してもらうよう頼んでみる」

イフェメルは遮る（さえぎ）ようにいった。「お金、ないの？」

「わたしの口座はからっぽ同然。でもオガがお金をくれるから。仕事を始めてからずっと給料が支払われてないの、知ってるでしょ？　毎日、経理から新しい言い訳がくるのよ。厄介なのはそもそもわたしのポストが公式に存在しないこと、毎日、患者を診察してるのに」

「でも、お医者さんたち、ストライキ中だよね」とイフェメル。

「軍の病院はいまもちゃんと払ってる。わたしの給料じゃ家賃分までまかなえないけどね」

「お金、ないの？」とイフェメルはもう一度、ゆっくりと訊いた。はっきりと確認するために。「あらあ、おばさん、でもお金がないって、どうして？」

「まとまったお金をオガは絶対にくれないのよ。請求書には全部彼が自分で払うし、欲しいものがあればなんでもいえって。そういう男たちもいるからね」

イフェメルはまじまじと見た。屋根から衛星放送用の大きな円盤が花のように広がる大きなピンクの家に住み、発電機にはディーゼル燃料があふれ、冷蔵庫には冷凍肉が詰まっているのに、ウジュおばさんは自分の銀行口座にお金がないのだ。

「イフェム、そんな、だれかが死んだような顔しないで！」ウジュおばさんは大きな声で笑った。歪んだ笑いだ。いきなりおばさんが小さくなって、新生活のがらくたのなかで途方に暮れているように見えた。化粧台の上の黄褐色の宝石入れ、ベッドに投げ出されたシルクのバスローブ。イフェメルはウジュおばさんのことが急に心配になってきた。

「頼んだよりたくさんくれたの」次の週末、ウジュおばさんはちょっと笑いながらイフェメルにそういって、将軍のしたことを面白がっているみたいだ。「サロンから家に直行すれば、わたしが兄さんにじかにお金を渡せるから」

イフェメルが仰天したのは、ウジュおばさんの行きつけのヘアサロンでは、リラクサーで手直しするのにべらぼうな代金を請求することだった。高慢ちきなヘアドレッサーが客を頭のてっぺんから爪先までじろりと一瞥して、すかさずその客がどれくらい丁重に扱う価値があるかを品定めした。ウジュおばさんには寄ってたかってひれ伏すように深々と膝を曲げて挨拶し、ハンドバッグや靴をやたら褒めちぎった。イフェメルは呆然とそれを見ていた。権威をもつ女性のランクのちがいを理解するなら、ここラゴスのヘアサロンがベストだ。

「あの女たち、いまにもおばさんに両手を差し出して、拝むためのうんこをそこにどうぞっていい出しそうだったね」とサロンを出ながらイフェメルがいった。

ウジュおばさんは吹き出して、肩にかかったシルクのヘアエクステンションを軽く叩いた。中国製のウィーヴだ、最新スタイル、シャイニーで最高にまっすぐ。絶対にもつれない。

「いい、私たちはごますり経済のなかで生きてるの。この国の最大の問題は腐敗じゃないわね。問題は、多くの有能な人がごまをすらないために、本来いるべきではない場所にいることよ。あるいはだれにごまをすればいいかわからないか、ごまのすり方を知らないためにね。わたしはラッキーなことに正しいやつにごまをすってる」彼女はにやりと笑った。「ただの運よ。オガが、わたしは育ちがいいって、出会った最初の夜にすぐに寝て次の朝に買ってほしい物のリストを渡すラゴス・ガールとはちがうって。わたしも最初の夜にすぐに彼と寝たけど、でもなにもねだらなかった。いま考えたら、これってばかよね。でも、彼と寝たのはなにかが欲しかったからじゃない。ああ、この権力っていうやつ。あんなドラキュラみたいな歯をしてるのに魅力的に見えたんだから。わたしは彼の権力に惹かれたの」

ウジュおばさんは将軍のことを話の種にするのが好きだった。おなじ物語を脚色したバージョンにして何度も語った。ウジュおばさんの運転手の話によれば――おばさんは運転手の妻の妊婦検診と赤ん坊の免疫検査の便宜をはかってあげることで、彼の将軍に対する忠誠心を弱めたのだ――ウジュおばさんがどこへ行ったか、どれくらいそこにいたか、将軍はちくいち訊ねるのだという。イフェメルにその話をするたびにおばさんは最後をため息で締めくくった。「わたしがほかの男と会いたいと思っても、会ったら全部ばれるんだぞって考えてるのかな？　会いたいなんて思わないのに」

マツダ車の寒い車内だった。運転手がサロンの敷地から車をバックさせて門を通り抜けるあいだに、ウジュおばさんは門番に手を振り、窓ガラスをさげてお金を渡した。

「ありがとうございます、奥様！」といって門番は敬礼した。

おばさんはサロンの従業員全員にナイラ札を渡したのだ。外の警備員や、道の交差点に立つ警官にまで。

「たったひとりの子供の学費も払えないような給料しかもらってないんだから」とおばさんはいった。

「おばさんが渡したささやかなお金が学費の足しになるとは思えないな」とイフェメル。

「でも、彼がいつもとちがうなにかを買えれば、ちょっと気分が良くなって、今夜は女房を殴らないかもしれない」ウジュおばさんは窓の外を見ながら「スピードを落として、ソラ」といった。オズボーン通りの事故をよく見るためだった。バスが車にぶつかり、バスの正面と車の後部がいまやずたずたの金属の塊と化していた。両方のドライヴァーが顔をつき合わせて叫び合い、まわりに人だかりができている。「どこから来るんだろ？事故が起きるたびに姿を見せるこの人たちって？」ウジュおばさんは座席の背に身を沈めた。「バスに乗るってどんな感じだったか、もう忘れてしまったわ、わかる？　こういうのって、なんでもあっけなく慣れてしまうわね」

「ファロモへ行って、バスに乗ってみればいいじゃない」とイフェメル。

「でも、もうおなじじゃないわ。他に選択肢があると、おなじじゃなくなるのよ」といってウジュおばさんはイフェメルを見た。「イフェム、わたしのことは心配しなくていいからね」

「心配なんかしてないよ」

「口座のことをいってから、ずっと心配してるじゃない」

「もしだれかがこれとおなじことをしていたら、彼女のこと、おばさんはばかだっていうかもね」

「わたしがやっていることをあんたに勧めたりしないよ」ウジュおばさんは窓にまた目をやった。「彼は変わる。わたしが変えてみせる。ゆっくりやる必要があるだけよ」

フラットで、ウジュおばさんはイフェメルの父親に現金でふくらんだビニール袋を手渡した。「二年分の家賃よ、兄さん」おばさんはばつの悪そうなさりげなさを装いながら、彼のランニングシャツにあいた穴を茶化した。話をするとき父親の顔をまっすぐ見ることはなかったし、父親もありがとうといいながらおばさんの顔を見ることはなかった。

将軍の目は黄色かった。それを見てイフェメルは栄養失調の子供を思い出した。頑丈なずんぐりした身体が、みずから仕掛けた戦いに勝ったことを物語り、両唇にはさまれてがばっと開く出っ歯が彼をどことなく危険な人物に見せていた。その上機嫌な大雑把さにはイフェメルもびっくりした。「俺は田舎者だ！」とはしゃぐようにいうのは、食事中にスープをシャツやテーブルにこぼして、食べ終ると大きなゲップをする言い訳らしい。将軍は夜、緑色の制服姿で手にゴシップ雑誌を一、二冊持ってやってきた。その後ろから副官が、おもねるような足取りでつき従い、抱えてきたブリーフケースをダイニングテーブルの上に置いた。将軍がゴシップ雑誌を持ち帰ることはめったになかったので、ウジュおばさんの家のなかには「ヴィンテージ・ピープル」「プライム・ピープル」「ラゴス・ライフ」といった、ぼやけた写真に派手な見出しの雑誌が散らかることになった。

「この人たちのやってることをわたしにいわせればさ」とウジュおばさんはフランスのマニキュアを塗った爪で雑誌の写真をぽんぽんと叩きながら、イフェメルにいったもののだ。「彼らの本当の話は雑誌になんか載らないってこと。オガはことの核心を把握してるわ」それからオイルの利権を手に入れるために偉い将軍と寝た男の話、自分の子供の父親がじつはほかの男だと知った軍事官僚の話、国家元首のために毎週飛行機でやってくる外国人売春婦の話をした。抜け目なく卑猥なゴシップを漁ることは、まるで将軍のチャーミングで大目に見ていい道楽だと思っているみたいに、おばさんはその手の話を親しみを込めて嬉しそうにくり返した。「知ってる？　あの人は注射が怖いのよ。陸海空全軍の総司令官が、針を見てびびるなんて！」とおなじ口調でウジュおばさんはいった。彼女にとって、それは愛すべき細部だった。イフェメルは将軍のことを愛すべきなんて思えなかった。ばかでかい声、がさつな態度、二階へあがっていくときにウジュおばさんのお尻に手を伸ばして「これは全部俺のものか？　全部俺のものか？」とぴしゃりとやるやり方、そして延々と切れ目なく、自分の話が終るまでは絶対に割り込ませない話しぶり。夕食後にスタービールを飲みながら彼がイフェメルにしょっちゅう語るのが、ウジュおばさんは他の女とはちがうという話だった。そのちがいが自分のセンスの良さを反映しているといわんばかりに自画自賛するのだ。「初めて、これからロンドンへ行くが土産はなにが欲しいかって訊いたとき、あいつからリストを渡された。それを見ないうちから、俺にはあいつの欲しいものがわかるっていってやった。香水でも靴でもバッグでも時計でも服でもないな？　ラゴス・ガールのことはわかってる。だが、リストになにがあったか、おまえならわかるな？　香水がひとつ、それに本が四冊だ！

チャイ（驚いた）。ピカデリーのあの本屋に俺はゆうに一時間はいたぞ。二十冊買ってきた！　本を買ってきてくれなんていうラゴス・ガールがいるか？」

　ウジュおばさんはここでいつも声をあげて笑った。突然、少女っぽく、ぶりっこ風に。イフェメルは律儀に微笑んだ。この歳を食った既婚男がおばさんのことをあれこれいうなんて品位に欠けるし無責任だと思った。汚れた下着を見せつけられているみたいだ。イフェメルはウジュおばさんの目から、この男を驚異的な男として、世俗的欲望を刺激する男として見ようとしたけれど、とても無理だった。平日のおばさんが軽やかで、とても楽しげにしていることにイフェメルは気づいていた。放課後オビンゼと会うのを楽しみにしている自分とおなじだ。でも、ウジュおばさんが将軍にそんなふうに感じるなんてなんだか間違っている、無駄だもの。前のボーイフレンドのオルジミはあんなじゃなかった。ハンサムで声も上品だった。いぶし銀みたいな艶があった。学生時代ほとんどいっしょだったふたりを見ると、なぜいっしょにいるか理解できた。「わたし、彼より先に大人になっちゃったから」とウジュおばさんはいった。

「先に大人になったから、もっと上等なのに鞍替えするわけ？」とイフェメルが訊いた。本物の冗談のようにウジュおばさんは笑った。

　クーデタが起きた日、将軍の親しい友人がウジュおばさんに電話してきて、将軍といっしょかと訊いた。緊張が走った。すでに逮捕された軍将校もいるという。ウジュおばさんは将軍といっしょではなかったし、彼がどこにいるか知らなかった。階段を昇ったり降りたり。不安になって、あちこち電話をかけたが埒があかない。そのうちおばさんは胸苦しさで息ができなくなった。パニックが喘息の発作を引き起こしたのだ。ぜいぜい喘ぎ、ぶるぶる震え、自分で腕に針を刺して薬を注射しようとすると、ぽたぽたと血が落ちてベッドカバーを汚した。イフェメルは通りを走って、近所の、お姉さんが医者だという人の家のドアをばんばん叩いた。ついに将軍から自分は無事だと電話があった。クーデタは失敗した、国家元首もなにもかもだいじょうぶだ、と伝えられてウジュおばさんの震えが止まった。

イスラム教の祝日に、二日あるその祝日サラーはラゴスの非イスラム教徒がイスラム教徒とおぼしき人に、だれかれかまわず——といってもたいていは北部からきた門番に——「ハッピー・サラー」という日で、国営放送が次から次へ子羊を屠る男たちの映像を流すその日に、将軍が訪ねてくると約束した。将軍がウジュおばさんといっしょに祝日をすごすのはそれが初めてだった。おばさんは朝からずっとキッチンに立ち詰めでチコディリに指示をあたえ、ときおり大きな声で歌を歌った。チコディリにしてみれば、またいつものあれかとちょっと食傷気味、いっしょに笑うタイミングもちょっと早すぎた。ついに料理ができあがり、家中にスパイスとソースの匂いが立ち込めた。ウジュおばさんはシャワーをあびに二階へ行った。

「イフェム、お願い、この陰毛をトリムするの手伝って。オガが邪魔だっていうの！」

笑いながらウジュおばさんはそういうと、古いゴシップ雑誌を下に敷いて仰向けになり、両脚を開いて高く持ちあげた。そのあいだにイフェメルがシェイビング・スティックを使った。イフェメルが剃り終えて、ウジュおばさんが顔にパックを塗っているとき、将軍から今日は行けないと電話があった。ウジュおばさんは、目のまわりだけ残して顔全体に白いペーストを塗った鬼のような顔で、電話を切るなりキッチンへ直行し、料理をプラスチック容器にがんがん入れてフリーザーへ放り込んだ。チコディリが困ったようにそれを見ていた。おばさんは憑かれたように、冷凍室のドアをガバッと開け、カップボードの戸をバシッと閉め、ジョロフライスの鍋を押し戻したとき、ガスレンジからエグシ・スープの鍋が落ちた。黄色っぽい緑色のソースがキッチンの床に広がっていくのを、ウジュおばさんは、こんなことが起きるなんて思わなかったというように凝視していた。それからチコディリのほうに顔を向けると金切り声をあげた。「なんでムムー（まぬけ）みたいに突っ立ってるの？　さっさときれいに片づけなさい！」

キッチンの入口からイフェメルはずっと見ていた。「おばさん、叫ぶんなら相手は将軍でしょ」

ウジュおばさんの動きが止まった。両目が大きく見開かれて怒りに燃えていた。「わたしにそんな口のきき方をするの？　わたしがおまえと同い年とでも？」

ウジュおばさんは矛先をイフェメルに向けた。イフェメルはまさかウジュおばさんが手をあげるとは思わなかったが、平手打ちが横っ面に飛んでも音はどこか遠くから聞こえたようで、頬に指の跡がじんじん浮かんできても驚かなかった。ふたりはじっとにらみ合った。ウジュおばさんはなにかいいかけたが、口を閉じて向こうを向き、二階へ行ってしまった。ふたりとも、関係がもうこれまで通りにはいかないことに気づいていた。おばさんは彼女たちをアデスワとウチェが訪ねてきた夕方まで、階下へ下りてこなかった。おばさんは彼女たちを「括弧付きの友人」と呼んでいた。「括弧付きの友人たちといっしょにサロンに行ってくる」と目に弱々しい笑いを浮かべながらいったものだ。そのふたりが友人なのは自分が将軍の情人だからだとわかっていたのだ。でも面白がってもいた。彼女たちはしつこく訪ねてきて、買い物や旅行の印象を語り合い、いっしょにパーティに行こうと誘うのだ。ウジュおばさんが、あの人たちのことで自分が知っていることと知らないことがあって、それが変なの、といったことがある。アデスワがアブジャに所有している土地は国家元首とつきあっていたときにもらったこと、スルレーレにあるウチェのブティックはある有名なお金持ちのハウサ人が買ってくれたこと、そういうことは知っていても、彼女たちに何人子供がいるのか、両親はどこに住んでいるのか、大学に行ったのか、といったことは知らなかった。

チコディリがふたりをなかに入れた。刺繍をしたカフタン姿にきつい香水をぷんぷんさせて、背中に中国製のウィーヴを垂らし、会話は徹頭徹尾、世俗的なことに終始して、短く嘲るように笑う。「彼にいったのよ、わたしの名義でそれを買えってね。ああ、病人が出たっていわないかぎり、彼がお金を持ってこないのはわかってたわねえ。いまはちがうわよ、わたしが自分の口座を開いたのを彼は知らないの」ふたりはヴィクトリア・アイランドで開かれるサラー・パーティに行くところで、ウジュおばさんを誘いにきたのだ。

「いまは出かける気分じゃないの」とウジュおばさんがいっているあいだに、チコディリがトレーにオレンジジュースのカートンとグラスを二個のせて入ってきた。

「あらあ。なんで?」とウチェが訊いた。

「かなりのビッグマンたちが来るわよ」とアデスワ。「行けば、だれかすてきな人と会えるかもしれないのに」

「だれとも会いたくないの」とウジュおばさんがいうと、しんとなった。みんな息を詰めていなければいけないみたいに。ウジュおばさんのことばが突風となって彼女たちの当然の想定を吹き払ってしまった。おばさんは男たちと出会いたいもの、油断せずに目を凝らしていたいもの、将軍はもっと良い後釜が見つかるまでのオプション、と考えることになっていたのだ。ようやく口を開いたのはアデスワだったかウチェだったか。

「このオレンジジュースは安物ブランドだわねっ! ジャストのジュースなんかもう買っちゃだめよね?」さえないジョークだったけれど、その場の雰囲気をほぐすためにみんな声をあげて笑った。

客が帰ったあと、ウジュおばさんがダイニングテーブルのところへやってきた。イフエメルがそこで本を読んでいたのだ。

「イフェム、わたし、どうしちゃったんだろ、わからなくなった。ンド（ごめん）」彼女はイフェメルの手首をつかみ、考え込むようにして、シドニィ・シェルダンの小説のエンボスされたタイトル部分に指を走らせた。「わたし、たぶん頭がおかしいわ。ビール腹でドラキュラみたいな歯をして、女房に子供がいて、おまけに年寄りだってのに」

イフェメルは初めて自分がウジュおばさんより年上になったような、ウジュおばさんより賢くて強くなったような気がした。だから、ウジュおばさんを力ずくでもぎ取ってきて、揺さぶって、洞察力のあるおばさんに戻してあげたい、あんな将軍に希望を託して奴隷のようにかしずいて、陰毛を剃ったり、いつもいつも彼の欠点をごまかそうとするのはやめさせたいと思った。そんなの、おかしいよ。あとからウジュおばさんが受話器に向かって「ばかばかしい！　最初からアブジャに行くってのはわかっていたんでしょ、だったらなんでわたしに、準備のために時間を無駄遣いさせたりするのよ！」と叫んでいるのを聞いて、イフェメルはささやかな満足感を覚えた。

翌朝、運転手が運んできた、青いフロスティングで「ごめんよ、マイ・ラブ」と書かれたケーキは苦い後味を残したのに、ウジュおばさんはそれを何カ月もフリーザーにしまっておいた。

ウジュおばさんが妊娠したという知らせは、寝静まった夜をつんざく物音のようにやってきた。スパンコールのついたブーブーを着てフラットを訪ねてきたおばさんは、光を反射してきらきら流れる神々しい姿で、イフェメルの両親にゴシップを耳にする前に知らせておきたかったといった。「アディ・ム・イメ（子供ができた）」という彼女のことばは素っ気なかった。

イフェメルの母親はわっと泣き出し、おいおいと大げさに泣き叫んだ。自分自身の物語が粉砕されて散らばっているのが見えるみたいに、あたりを見まわした。「神様、どうしてわたしをお見捨てになったのですか？」

「そのつもりはなかったの、そうなってしまって」とウジュおばさんはいった。「大学時代、オルジミの子供ができたときは中絶したけれど、あれをもう一度やるつもりはないから」ぶっきらぼうな「中絶」という語が室内の空気を刺々しくした。というのも、イフェメルの母親が口にしなかったのが、なんとかする方法はきっとある、だったのはみんなわかっていたからだ。イフェメルの父親が本をいったん下に置き、またそれを手に取った。咳払いをして、妻をなだめた。

「あの男がなにを考えているかをわたしが訊くわけにいかない」父親がついにウジュおばさんにいった。「だから、おまえさんの考えを訊こうか」

「赤ちゃんを産みます」

彼はさらにことばを待ったが、ウジュおばさんはそれ以上なにもいわなかったので、父親は座り直した。がっくりしていた。「おまえは大人だ。わたしはこんなことになることを望んでいたわけではないが、オビアヌジュ、おまえは大人だ」

ウジュおばさんが近づいていき、彼が座っているソファの肘掛けに腰をのせた。相手を落ち着かせようとする低い声で語った。フォーマルにしては奇妙ながら、真面目な表情で誠意を伝えようとした。「兄さん、わたしもこんなことを望んだわけじゃないけれど、こうなってしまったんです。がっかりさせてごめんなさい、わたしのためにあんなにいろいろしてくれた結果がこんなことになって、許してください。でも、この苦境をなんとか乗り越えるつもりです。将軍は責任感の強い人だから。自分の子供の面倒は見るでしょう」

イフェメルの父親は肩をすくめただけで、なにもいわなかった。ウジュおばさんは父親の身体に腕をまわした。まるで慰めを必要としているのは父親だといわんばかりに。

あとから考えると、あの妊娠は象徴的だったとイフェメルは思った。あれが終りの始まりを予兆して、なにもかもあれよあれよと進んだように思えるのだ。数カ月がまたたく間に過ぎて、時間が堰(せき)を切ったように流れた。ウジュおばさんはといえば活力にあふれて、つやつやと顔が輝き、お腹が突き出してくるにしたがい、あれやこれやの計画に気をとられていた。数日ごとに、赤ん坊のために新しい女の子の名前を思いついた。「オガはご機嫌よ」とおばさんはいった。「あの年齢になってもまだゴールを決められるって喜んでる、あんな老人が！」将軍はこれまでより頻繁にやってくるようになった。週末にさえ、湯たんぽや、ハーブ錠剤など、妊婦に良いと聞き込んだものを持ってきた。

将軍は「もちろん海外で産むんだろ」といって、アメリカとイギリス、どっちがいいかと訊いた。彼がイギリスを望んだのは、そこならいっしょに行けるからだ。アメリカ人たちは軍事政権の高官を入国させなかった。でもウジュおばさんはアメリカを選んだ。理由はそこなら赤ん坊が自動的に市民権を取得できるからだ。計画が練られ、病院が選ばれ、アトランタに家具付きコンドが借りられた。「ねえ、コンドってなに？」とイフェメルが訊いた。するとウジュおばさんは肩をすくめて「アメリカ人のいうことなんて知らないわよ。オビンゼに訊いてみたら、彼なら知ってるかも。住む場所ってことは確か。あっちでわたしを助けてくれる人をオガが手配するって」といった。ウジュおばさんが落ち込んだのは、将軍の妻が妊娠のことを聞きつけて怒り狂っている、と運転手から聞いたときだけだった。将軍の一族と妻の一族が集まり、緊迫した話し合いをしたらしい。将軍が妻のことを口にすることはほとんどなかったけれど、ウジュおばさんはよく知っていた。アブジャで四人の子供を育てるために仕事を諦めた弁護士。新聞に載った写真ではでっぷりとした朗らかな感じの女性だ。「どう思ってるのかしら」とおばさんは悲しげに、悪戯（いたずら）っぽくいった。おばさんがアメリカにいるあいだ、将軍は寝室をひとつ真っ白に塗り替えさせた。買い込んだベビーベッドは、脚が繊細なキャンドルみたいだった。ぬいぐるみやテディベアを山のように買った。それをイニャングがベビーベッドに寄せかけ、棚にならべ、ひょっとしてだれも気づかないと思ったのか、テディベアをひとつ裏の自分の部屋に持ち込んだりした。生まれたのは男の子だった。電話から得意げに興奮するおばさんの声が聞こえてきた。「イフェム、髪がたっぷりあるのよ！　想像できる？　なんて無駄な！」

おばさんは赤ん坊を彼女の父親の名にちなんでダイクと呼び、自分の姓をつけたので、イフェメルの母親は心乱されて不機嫌になった。

「赤ん坊は父親の姓を名乗るべきです、それともあの人は自分の子供を認めないつもり？」とイフェメルの母親が訊いたのは、居間にみんなが座っているときで、赤ん坊が生まれたのを知って間もないころのことだ。

「ウジュおばさんの話では自分の名前を名乗らせるほうが簡単なんだって」とイフェメルがいった。「それにあの人、自分の子供に責任をもたないような人なの？　おばさんの話では、婚資を払いにくるようなことをいってるみたいよ」

「道理に反します！」母親がほとんど吐き出さんばかりにいった。イフェメルは、母親がウジュおばさんの恩師のために熱心にやってきたお祈りのことを思った。母親はおばさんが帰国するとドルフィン・エステートにしばらく泊まり込んで、すべすべの肌をした赤ん坊をお風呂に入れ、ミルクをやり、あやしはしたけれど、将軍には冷淡な差し出がましい態度で接した。返事も単語ひとつですませた。まるで将軍が、彼女の暗黙の了解を破って彼女を裏切ったといわんばかりに。ウジュおばさんとの関係はまあいい、でも、その関係を示す破廉恥な証拠は受け入れがたかったのだ。家にはベビーパウダーの匂いがして、ウジュおばさんは幸せだった。将軍はダイクを抱きあげてばかり、またおっぱいが欲しいんじゃないのか、首のところの湿疹は医者に診てもらったほうがいいぞとか、しょっちゅう口を出した。

ダイクの一歳の誕生日に、将軍は生バンドを連れてきた。前庭の発電機小屋の近くにセッティングした彼らは、最後の客が帰るまで居残り、全員ゆっくりとたらふく食べて、食べ物をホイルに包んで持ち帰った。ウジュおばさんの友達がやってきて、将軍の友達もやってきたが、みんないかなる事態になろうが友人の子は友人の子だという決然たる表情をしていた。歩きはじめたばかりのダイクが、スーツに赤いボウタイ姿でよちよちと歩きまわった。ウジュおばさんがそれを追いかけ、カメラマンが写真を撮るほんのしばらくのあいだ、彼を静かにさせようと必死になった。疲れたダイクがとうとうボウタイを引っ張りながら泣き出すと、将軍が抱きあげて連れまわった。それが長くイフェメルの心に焼きつくことになった将軍の姿だった。将軍が首にダイクの腕を絡ませ、顔を紅潮させて、前歯を剝き出しにして笑いながらいった。「俺にそっくりだろ、ほら、だが、ありがたいことに歯は母親似だな」

将軍は翌週、死んだ。軍用機の墜落事故で。「あの日に、カメラマンがダイクの誕生日の写真を持ってきたあの日に」ウジュおばさんはこの話をもちだすとよくそういったものだ。それに特別重要な意味があるかのように。

土曜の午後のことで、オビンゼとイフェメルはテレビ室に、イニャングはダイクと二階にいて、ウジュおばさんはチコディィリとキッチンにいたときに電話が鳴った。イフェメルが取りあげた。それは将軍の副官からで、音声はぽつぽつと切れたけれど、それでも詳細はしっかり伝わってきた。墜落事故が起きた、ジョス郊外から数マイルのところで、死体は黒こげになった、国家元首が工作したのではないか、軍人たちがクーデタを計画しているらしいと不安になって排除したという噂がすでに流れている。イフェメルは受話器を固く握り締め、呆然とした。オビンゼがいっしょにキッチンへついてきて、イフェメルが副官のことばをくり返すあいだウジュおばさんのそばに立っていた。

「嘘でしょ」ウジュおばさんはいった。「嘘よ」

電話まで勢い込んで歩いていくおばさんは、受話器に挑みかからんばかりだったけれど、そこで背骨を抜き取られたみたいに、へなへなと床に崩れ落ちて泣き出した。イフェメルが抱きかかえて揺すったけれど、だれもがどうしていいかわからず、泣きじゃくる声と声のあいまの沈黙は深まるばかりだった。イニャングがダイクを連れて二階から下りてきた。

「ママ？」ダイクは狐につままれたような顔になった。

「ダイクを上に連れていって」オビンゼがイニャングにいった。

門をけたたましく叩く音がした。男が二人、女が三人、将軍の親戚たちがアダムーに門を無理やり開けさせて、玄関のドアのところまで来て叫んでいた。「ウジュ！　荷物を詰めてさっさと出ていけ！　車のキーをよこせ！」女のひとりはがりがりに痩せていて、興奮しきった血走った目をして、「下等の淫売が！　あたしたちの兄弟の財産には絶対に手を触れさせないからね！　売春婦め！　金輪際このラゴスではおちおち暮らせないようにしてやる！」と叫びながら、頭からヘッドスカーフを引きむしり、いざ喧嘩も辞さないと腰のまわりにぎゅっと結んだ。最初ウジュおばさんは彼らをにらみつけたまま、無言でじっと玄関口に立っていた。それから、涙でかすれた声で出ていってくれといったが、親戚たちの叫び声は高まるばかり。ついにおばさんは家に入るために向きを変えた。そして「いいわ、帰らなくても、そこにいなさい。軍の宿舎まで行ってわたしの配下の者を呼んでくるあいだ、そこにいればいい」といった。

それでようやく彼らは立ち去ったけれど、帰りしなに「俺たちも自分の手下を連れてまたくるからな」と吐き捨てていった。ウジュおばさんがまた泣き出したのはそのときだった。「わたしにはなにもない。全部彼の名義だから。これから息子をどこに連れていけばいいの？」

おばさんは受話器を持ちあげて、じっとそれを見ていたが、だれにかけたらいいかわからなかった。

「ウチェとアデスワに電話して」とイフェメル。彼女たちならどうすればいいか知っているはず。

ウジュおばさんが電話をかけた。スピーカーボタンを押して、壁に寄りかかった。

「すぐに出なさい。家のなかをからっぽにして、全部持ち出すの」とウチェがいった。

「急いで急いでやるの、彼の親戚が戻ってこないうちに。牽引車付きヴァンを手配して発電機を積みなさい。忘れないで発電機を持っていくこと」

「ヴァンなんてどこ探せばいいの」とウジュおばさんはつぶやいた。彼女らしくもない無能さだ。

「大至急、一台調達してあげる。発電機を積まなきゃだめよ。態勢を立て直すまでの命綱になるんだから。しばらくどこかに身を隠しなさい、彼らがあなたに面倒をしかけなくなるまで。ロンドンとかアメリカとか。アメリカのヴィザはある?」

「ええ」

イフェメルがぼんやりと思い出すことになるのは、アダムーが門のところに「シティ・ピープル」の記者が来ていますと伝え、イフェメルとチコディリがスーツケースに衣類を詰め、オビンゼがヴァンに荷物を積み込むあいだ、ダイクが歓声をあげながらちょこまかと歩きまわっていた場面だ。二階の部屋はすでに耐えられないほど暑かった。エアコンがいきなり止まったのだ。まるで機械までが歩調を合わせて、終幕を追悼すると決めたようだった。

7

　オビンゼはある詩のためにイバダン大学へ行きたいと思っていた。J・P・クラークの「イバダン」という詩をイフェメルに朗読してくれて、「錆と金の飛び散るしぶき」という詩句にこだわっていた。

「マジで？」とイフェメルは訊ねた。「この詩のために？」

「すごく美しい」

　イフェメルは信じられない、とからかうように大げさに首を振った。でもイフェメルもまたイバダンに行きたいと思っていた。ウジュおばさんの卒業した大学だったからだ。ふたりがいっしょにダイニングテーブルについてJAMB（大学入学審査委員会）に出す願書に書き込んでいるあいだ、オビンゼの母親が近くにいてあれこれ口を出した。「ちゃんとした鉛筆で書いてる？　チェック欄に全部印をつけた？　ありえないようなミスがあるって聞いたことがあって、あなたがたは信じないだろうけど」

　オビンゼが「母さん、話しかけないでくれたほうが間違えずにちゃんと書き込めそうだよ」といった。

「せめてスッカを第二希望にすべきね」と母親はいった。でもオビンゼはスッカへは行きたくなかった。これまでの生活から逃げ出したかったし、イフェメルには、スッカは遠すぎてひどく埃っぽい感じがした。だからふたりでラゴス大学を第二希望にすることにした。

翌日、オビンゼの母親が図書館で倒れた。頭に小さなこぶを作り、布切れのように床に倒れているのを学生が見つけたのだ。オビンゼがイフェメルにいった。「JAMBへ願書を提出する前でよかったよ」

「どういう意味？」

「母さん、いまの学期が終るとスッカへ戻るんだ。近くにいてあげなくちゃ。医者がいうには、今回みたいな症状はこれから何度も起きるだろうって」彼はここでちょっと言い淀んだ。「僕たち、長めの週末には会えるさ。僕がイバダンまで行って、きみはスッカへくればいい」

「冗談でしょ」と彼女はいった。「ビコ（ねえ）、わたしもスッカに変えるわよ」

その変更はイフェメルの父親を喜ばせた。イボランドの大学へ行くのは喜ばしいことだ、おまえは生まれてからずっと西部で暮らしてきたからな、といったのだ。母親はがっくりしていた。イバダンはわずか一時間だが、スッカはバスで一日がかりだったからだ。

「一日もかからないよ、ママ、たった七時間」とイフェメル。

「一日がかりとどうちがうの？」と母親は訊いた。

イフェメルは家から離れることが楽しみだった。自分ひとりで自由に時間を使えること、なにをするか全部自分で決められること、ラニイヌドとトチもまたスッカに行くことにしていたので安心だった。エメニケもスッカで、オビンゼの家のボーイズクオーター（庭先に召使い用に建てられた小屋）に間借りさせてくれないかと持ちかけていた。オビンゼは、いいよと答えた。やめればいいのに、とイフェメルは思った。「エメニケってなんとなく胡散臭いじゃない。でも、とにかく、彼が出かけてるあいだは、私たち、シーリングにいそしめる」

あとからオビンゼが半分本気で、彼の母親が気を失ったのはわざとだったのかな、息子を身近に置いておくために、とイフェメルに訊くことになった。長いあいだ、オビンゼはイバダンのことをどこか諦め切れずに語りつづけたが、それも卓球のトーナメントでイバダン大学のキャンパスを訪ねるまでのことだった。帰ってくるなりおずおずと「イバダンってスッカそっくりだった」といったのだ。

スッカへ行くことはついにオビンゼの家を目にすることだった。花の咲き乱れた敷地に立つ平屋。オビンゼはここで大きくなったのか、と思いながら、自転車で通りのゆるい坂道を下って、彼が鞄と水筒を持って小学校から帰ってくるところを想像した。でもスッカは彼女をまごつかせた。ものすごいスローペースで、土埃が真っ赤で、住民は自分たちの世界の狭さに満足しきっていたのだ。最初はためらいながらもイフェメルはそこが好きになれそうだった。ふたり用のスペースに四つのベッドが押し込まれた寄宿舎の部屋の窓から、ベロ・ホールの入口が見えた。高いグメリアの樹が風に大きく揺れて、その木陰で物売りがバナナやピーナッツの皿をならべ、寄りかたまるように駐車したオカダ（バイクタクシー）の運転手たちが大声で笑いながら話しているかと思うと、客が来るとさっと動く。イフェメルは自分のコーナーに鮮やかな青い壁紙を貼った。ルームメイトとのいざこざについて聞いていたので——最終学年の学生が「生意気だ」といって一年生の抽き出しに灯油をまいたとか——自分はルームメイトには恵まれたと思った。肩の凝らない気楽さで、やがて、すぐに切れてしまう歯磨き、粉ミルク、インスタント・ヌードル、ヘアクリームをシェアしたり借りたりするようになった。朝はたいてい廊下から聞こえる呟きで目が覚めた。カトリック教徒の学生たちがロザリオの祈りを唱えていた。そこで彼女はトイレへ急ぎ、蛇口の水が止まる前に自分のバケツに汲んで、耐えがたいほど詰まる前に便器にまたがった。出遅れてしまったときなどトイレに蛆がわいているときもあって、そんなときはオビンゼの家へ行って、彼がいなくてもメイドのオーガスティナが玄関のドアを開けるや、「ティナティナ、げんき？　トイレ借りるね」というのだった。

　お昼ご飯はよくオビンゼの家で食べた。いっしょに町へ出るときもあって、オニエカオズールーという仄暗いレストランで、木のベンチに座って、琺瑯（ほうろう）びきの皿から、最高に柔らかい肉と、とびきり美味しいシチューを食べた。オビンゼの家のボーイズクオーターですごす夜もあり、そんなときは床に敷いたマットレスで寝転んで音楽を聴いた。

下着のまま踊り出して腰を振っていると、オビンゼが彼女の小さなお尻のことを「尻をシェイクしろっていおうと思ったけど、シェイクするものが全然ないよなあ」とからかったりした。

大学構内はかなり広くて余分な空間も多く、隠れる場所がたっぷりあった。自分がそこに属していないような気分にならなかったのは、帰属の仕方に選択肢がいくつもあったからだ。もう人気者になってる、とオビンゼがからかった。新入生狩りで彼女の部屋は大賑わい、幸運を手にする野心を抱いた最終学年の男子学生たちが、イフェメルの枕の上にオビンゼの大きな写真がかかっているにもかかわらず、彼女の部屋にやってきた。そんな男子学生を彼女は面白がった。やってきて彼女のベッドに腰をおろし、真剣な面持ちで「キャンパスを案内するよ」というのだ。隣の部屋の新入生にもおなじ口調でおなじことをいうのだろうと彼女は思った。でもひとりだけ毛色の変わった学生がいた。名前はオディン。彼女の部屋にやってきて、新入生狩りではなく、彼女やルームメイトたちに学生自治会のことを語ったのだ。そのあとはぶらりと彼女を訪ねてきて、元気かいと声をかけ、ときには油の滲んだ新聞紙に熱々でピリ辛のスヤを包んで持ってきたりした。イフェメルは彼の行動力に驚きながら感心もした。学生自治会の執行部としてはちょっと洗練されすぎていて、クールすぎるように思えたのだ。オディンは分厚い、完璧に整った唇をしていた。上唇と下唇がおなじ大きさ、両方とも思慮深く官能的で、「学生が団結しなければ、だれもわれわれのいうことに耳を貸さない」と論じるのを聞きながら、イフェメルは彼にキスしたらどんな感じかなと思った。ある意味それは、自分では絶対にしないことをやっている自分を想像することでもあった。デモに加わったのも、オビンゼにも参加するよう説得したのも、彼のせいだ。「灯りがない！　水もない！」「副学長は悪魔だ！」と声を合わせて叫んでいるうちに、怒号をあげる群衆にもまれて副学長の家の前にたどりついた。瓶が割られて車に火が付けられると副学長が出てきた。警備の男たちに両脇をしっかり固められた小さな男が、もの柔らかな口調で話をした。

あとからオビンゼの母親がいった。「学生の不満は理解できるけれど、私たちは敵ではないの。敵は軍よ。何カ月も給料を払わないんだから。食事も満足にできないとしたら、どうやって教えろっていうの？」しばらくしてからキャンパス中に、講師がストライキに入ったというニュースが広まり、学生たちは寄宿舎の玄関に集まり、ああでもないこうでもないと言い合って苛々をつのらせた。本当だった。寄宿舎の代表がニュースを確認すると、みんなため息をついて、この突然の望みもしない休みをどうしようと考えながら、部屋に帰って荷物を詰めた。寄宿舎が翌日から閉鎖されることになったのだ。すぐ隣にいる女学生が「家に帰るのに十コボしかない」というのが聞こえた。

ストライキはひどく長引いた。のろのろと数週間が過ぎた。イフェメルは気が気ではなかったし不安だった。毎日ニュースをチェックして、ストライキ中止の報を待った。

オビンゼは彼女と話すときラニイヌドの家に電話してきた。電話がくるはずの数分前にラニイヌドの家に到着し、灰色のダイヤル式電話機の前に座ってベルが鳴るのを待った。彼から切り離されている、それぞれ別世界に暮らして息をしていると感じた。彼はスッカでうんざりして元気がなく、彼女はラゴスでうんざりして元気がなく、すべてが嗜眠性の凝固状態に陥っていた。人生が大げさな、中断された映画になってしまった。母親が、娘になにかすることをあたえたくて、教会の裁縫クラスに加わらないかとさそってきた。父親は、この終りなき大学のストライキこそ、若い連中が武装強盗になる理由だといった。ストライキは全国に広がり、友人はみんな家に帰っていた。カヨーデまで家にいた。アメリカの大学から休暇で帰っていたのだ。イフェメルは友人たちを訪ね、パーティへ出かけ、オビンゼがラゴスに住んでいればいいのにと思った。ときどき車を持っているオデインが彼女を乗せて、目的地まで連れていってくれた。「きみのボーイフレンドはラッキーだよな」とオデインがいったので、イフェメルは笑いながらちょっと意味深な会話を楽しんだ。またしても自分がオデインにキスするところを想像した。切れ長の黒い目と厚い唇をしたオデイン。

　ある週末のこと、オビンゼがやってきてカヨーデの家に泊まった。

「そのオデインとやらと、どうなってんの？」とオビンゼが訊いた。

「えっ？」

「カヨーデがいうには、やつがきみをオサホンのパーティのあと家まで送っていったって。僕に教えてくれなかったじゃないか」

「忘れちゃった」

「忘れたのか」

「このあいだ彼が車に乗せてくれた話はしたじゃない？」

「イフェム、いったいどうなってるの？」

彼女はため息をついた。「シーリング、なんでもないの。ちょっと彼のことが面白いって思っただけよ。なにも起きたりしないから。興味があるだけ。あなただってほかの女の子に興味をもつこと、あるでしょ？」

オビンゼはまじまじと彼女を見た。目が不安でいっぱいだった。「いや」オビンゼは冷やかにいった。「僕はそんなことはない」

「自分に正直になって」

「正直になってるさ。問題はきみがだれでも自分とおなじだと考えるところだ。自分が標準だと思ってる、でも、それはちがうな」

「どういう意味？」

「なんでもない。忘れていいよ」

オビンゼはそれ以上話したがらなかったけれど、ふたりのあいだが気まずくなって、何日もあとを引き、オビンゼが家に帰ってからも続いたために、ストライキが終って（「講師たちが中止を宣言した！　ああよかった！」とチェタチがある朝、上階のフラットから叫んで）イフェメルがスッカへ戻ったとき、最初の数日はたがいに探るようにおずおずと会話をし、ハグも省いた。

スッカをどれほど恋しく思っていたか、イフェメルは自分でも驚いた。急かされない日課、部屋に集まってきて真夜中過ぎまでいる友人たち、ああでもないこうでもないと言い合う取るに足りないゴシップ、すっきりしない寝覚めのようにゆっくり昇り降りする階段、吹きつけるハルマッタンで毎日真っ白になる朝。ラゴスのハルマッタンは霞のヴェールにすぎないけれど、スッカでは怒り狂い、つかみどころがなくなるのだ。朝のうちは快晴でも、午後には暑熱で白茶けた灰色になり、夜のことはわからない。土埃がはるか遠くで舞いあがり、遠くから見ているかぎりとてもきれいなのに、やがて渦を巻く風があらゆるものの表面を茶色になるまで被いつくす。睫毛までも。すべての場所から、湿気という湿気を情け容赦なく吸いつくすのだ。テーブルの上のラミネートが剝がれてまるまり、ノートはひび割れ、衣服は吊るした途端にばりばりに乾き、唇は干割れて出血する。だからロブとメンソレータムの軟膏はいつも手近に、ポケットやハンドバッグに入れておく。肌はワセリンで光り、塗り忘れた指と指のあいだや肘の部分は、くすんだ灰色になってかさつく。樹木は枝から葉が落ちてまる裸になり、どこか誇らしげな荒廃感を帯びる。教会のバザーでは大勢でやる料理のせいで、煙混じりの強烈な匂いが立ち込める。暑熱がタオルみたいに分厚い夜もある。冷たい烈風が吹きすさぶ夜もあり、そんなときイフェメルは寄宿舎の部屋を抜け出し、オビンゼのマットレスの隣に潜り込んで、屋外で松の木が唸る音に耳を澄ます。突然もろく壊れやすくなった世界のなかで。


オビンゼが筋肉痛になった。うつ伏せになった彼にまたがったイフェメルは、指、握りこぶし、肘を使って、彼の背中、首、腿をマッサージしていった。凝り固まった身体が痛々しい。彼の上に立ちあがり、片足で腿の裏側を恐る恐る踏みつけ、さらにもう一方の腿も踏んだ。「ここ、やってもだいじょうぶ?」

「ああ」痛さの入り混じった快感に彼は低く唸った。イフェメルはゆっくりと圧した。足裏に皮膚の温もりが感じられた。緊張した筋肉がほぐれていく。片手を壁にあててバランスをとり、踵を深く沈めて、少しずつ位置をずらしていくと、彼がうめき声をあげた。「ああ!　イフェム、そう、そこだ。ああ!」

「卓球をやったあとはストレッチをやるべきね、熟練さん」といってイフェメルは彼の背中に被いかぶさり、腋の下をくすぐり、首筋にキスした。

「もっと効果的なマッサージがあるんだけどな」とオビンゼがいった。彼女の服を脱がせるとき彼はいつものようにパンティのところで手を止めなかった。彼が押しさげるのを彼女も脚を浮かせて助けた。

「シーリング」イフェメルにはためらいがあった。手を止めてほしくはなかったけれど、これとはちがったふうにと考えてきたのだ。注意深くふたりで計画した儀式にするつもりだったのだ。

「外へ出すから」と彼はいった。

「上手くいくとはかぎらないでしょ」

「上手くいかなかったらそのときはジュニアを歓迎するさ」

「やめて」

彼が顔をあげた。「でもイフェム、いずれ僕たちは結婚するんだろ」

「なにそれ。わたしがもっとリッチでハンサムな男と出会ってあなたを捨てるかもしれないじゃない」

「ありえない。卒業したらいっしょにアメリカに行って元気な子供を育てるぞ」

「どうとでもいえるよね、脳があなたの股間にあるあいだは」

「でも僕の脳はいつだってそこにあるんだ！」

そろって爆笑したものの、やがて笑いがおさまると、新たに、奇妙な真剣さがすっと入り込んできた。イフェメルにはそれが、ぼやけたコピーのような、こんな感じかなと想像していたものの冴えないイミテーションのように思えた。引き抜いたあとオビンゼはがくっと動いて、喘ぐように息をつき、じっとしていた。不快感が彼女を苛んだ。それのあいだずっと緊張感が取れず、リラックスできなかったのだ。彼の母親が見ているという思いが消えなかった。そのイメージが有無をいわさず浮かんできて、さらに奇妙なことに、それが彼の母親とオニェカ・オンウェルのダブルイメージになって、まばたきもせずにじっと見ていたのだ。起きたことをオビンゼの母親にいうなんてありえない、あのときはそうすると約束したけれど、自分でもそうするつもりでいたけれど。いまとなっては、どういっていいかわからない。なんていえばいい？　どんなことばを使って？　オビンゼの母親は細かく聞きたがるだろうか？　オビンゼといっしょにもっとちゃんと計画しておくべきだった。そうすれば、彼の母親にいう方法もわかったはずだ。ひどく無計画だったことにイフェメルはちょっと動揺し、ちょっとがっかりした。結局、そんなに急ぐ価値などなかったような気がしたのだ。

一週間ほどたってイフェメルは痛みで目が覚めた。脇腹が差し込むように痛み、ひどい吐き気に襲われてパニックになった。吐き戻すと、パニックがさらに大きくなった。「やっちゃったよ」と彼女はオビンゼにいった。「妊娠した」ふたりはいつものように午前中の講義のあと、エクポ食堂の正面で落ち合った。学生たちがあたりを行き交っていた。そばで男子学生の一団が煙草を吸いながら大きな笑い声をあげている。一瞬その笑いが彼女に向けられているような気がした。

オビンゼが顔をしかめた。イフェメルのいっていることが理解できなかったらしい。

「でも、イフェム、ありえない。早すぎる。それに僕は外へ出しただろ」

「だから、上手くいくとはかぎらないっていったじゃない！」オビンゼが突然幼く見えた。うろたえた小さな少年がどうしたらいいかわからずに彼女を見ていた。パニックがさらに大きくなった。彼女は衝動的に、通りかかったオカダを呼び止めて後部座席に飛び乗ると、運転手に、町へやって、と告げた。

「イフェム、どうするの?」とオビンゼ。「どこへ行くの?」

「ウジュおばさんに電話する」

オビンゼは次にやってきたオカダに乗ると彼女のあとを全速力で追いかけ、大学の門を抜けてNITEL（ナイジェリア最大の電話会社）のオフィスに向かった。オフィスではイフェメルが表面の剝げたカウンターの向こうにいる男性に、ウジュおばさんのアメリカの電話番号を書いた紙を渡していた。電話では暗号を使うようにして話し、いいたいことをなんとか伝えた。まわりには大勢の人がいて、電話をかける順番を待っているにしろ、ただぶらぶらしているにしろ、みんな臆面もなくあからさまな好奇心で、他人の会話に聞き耳を立てていたからだ。

「おばさん、ダイクが来る前に起きたことがわたしにも起きたみたい」とイフェメルがいった。「一週間前に私たち、それを食べたの」

「先週?　何回?」

「一回」

「イフェム、落ち着いて。妊娠しているとは思えないけど。でもテストは受ける必要があるわね。大学の医療センターに行っちゃだめよ。町に行きなさい、だれも知らないところへ。でも、まず落ち着いて。だいじょうぶだから、イヌゴ?（聞こえた?）」

しばらくして、イフェメルはラボの待合室のぐらつく椅子に腰掛けていた。オビンゼを無視したまま、石のように黙り込んでいた。彼に腹を立てていたのだ。アンフェアなのはわかっていたけれど、それでも彼に腹が立った。ラボの女の人から渡された小さな容器を持って汚いトイレに入ろうとすると、すでに立ちあがっていたオビンゼが「いっしょに行こうか？」と訊いた。「いっしょに来てどうするの？」とイフェメルはぴしゃりと返した。ラボの女をひっぱたきたかった。最初に「妊娠テストを」とイフェメルがいったとき、こんな不道徳な患者にまた出くわすなんて信じられない、というように冷笑して首を振った黄色い顔の、のっぽの女。いまはふたりを観察しながら、薄ら笑いを浮かべて、無頓着にハミングしている。

「結果が出ました」と、しばらくしてから女がいった。封入されてもいない紙を手に、がっかりした顔をしているのは陰性だったからだ。最初イフェメルは呆気にとられて、ほっとする余裕もなかった。それからまた尿意を感じた。

「人は自分を大切にして、キリスト教徒らしく厄介事を避けて生きなければ」と帰りがけにラボの女がいった。

その夜イフェメルはまた吐いた。オビンゼの部屋にいて、横になって本を読みながら、彼にまだ冷たい態度を取りつづけていた。口中に塩辛い唾がこみあげてきたので跳びあがってトイレに駆け込んだ。

「食べたもののせいよ、きっとそう。ママ・オウェレのところで買ったあのヤムイモのポタージュだ」

オビンゼが母屋に行って戻ってきて、母親が医者のところへ連れていくといっていると伝えた。夜も遅かった。医療センターの電話口に出た夜勤の若い医者のことが気に入らなかった母親は、アチュフジ医師の自宅へ車を走らせた。小学校の刈り込まれたモクマオウの生け垣を通り過ぎながら、イフェメルはいきなり、自分は本当は妊娠しているのではないか、あの薄汚いラボでは使用期限の切れた試験薬を使ったのではないか、という不安に襲われた。そして出し抜けに「私たちセックスしたんです。一回だけ」といってしまった。オビンゼが緊張するのがわかった。バックミラーに映ったイフェメルを母親がじっと見ていた。「まず医師に診てもらいましょう」アチュフジ医師は理解のあるおじさんみたいな朗らかな人で、イフェメルの脇腹を圧して診断を下した。「虫垂だね、すごく腫れている。すぐに切開しなければ」彼はオビンゼの母親に向かって「明日の午後に予約できますが」といった。

「どうもありがとうございます、ドクター」とオビンゼの母親がいった。

車に戻ると「手術は受けたことがないんです」とイフェメルはいった。

「どうってことはないから」とオビンゼの母親は素っ気なかった。「ここの医師たちはとても優秀。ご両親に連絡して心配しないようにおっしゃい。私たちが世話をするって。退院したあと、体力がつくまでうちにいればいい」

イフェメルは母親の同僚のブンミさんに電話をかけて、メッセージとオビンゼの家の電話番号を母親に伝えてもらった。その夜、母親から電話がかかってきた。息を切らしている。「神様におまかせしなさいね、おまえ」と母親はいった。「お友達に恵まれたことを、神様に感謝して。彼女とそのお母様にお恵みがありますように」

「彼よ、男の子」

「おお」といって母親は黙った。「どうぞその方たちに感謝して。その方たちに神様のお恵みがありますように。明日の朝いちばんのバスでスッカに向かうから」

イフェメルは看護師が嬉しそうに彼女の陰毛を剃ったことを覚えていた。剃刀の刃がぞりぞりあたる音と、消毒薬の臭い。それからは空白、意識は消えて、気がつくと、朦朧となりながら記憶のへりを行ったり来たりしているところへ、両親とオビンゼの母親の話し声が聞こえてきた。母親が彼女の手を握っていた。あとでオビンゼの母親が両親に、ホテル代に無駄使いしても仕方がないから自分の家に泊まれというのだろう。「イフェメルは娘みたいなものですから」といって。

ラゴスに戻る前に父親が、高い教育を受けた人に見せる例のおどおどした調子で「彼女はロンドンの一流大学の学士号をもっているんだな」といい、母親は「とても礼儀をわきまえた男の子ね、あのオビンゼは。躾が行き届いている。それに故郷が私たちとあまり遠くないし」といった。


オビンゼの母親が数日待ったのは、たぶんイフェメルが体力を取り戻すのを待ってのことだろう。ふたりを呼んで、テレビを消してここに座りなさいといった。

—オビンゼとイフェメル、人は間違いをするものだけれど、避けられる間違いはあるの」

オビンゼは黙ったままだ。イフェメルが「はい、おばさま」といった。

「必ずコンドームを使いなさい。無責任なことをしたいなら、わたしの世話にならずにすむようになってからにしてちょうだい」強い口調で、手厳しかった。「セックスの面で活発になる選択をするなら、自分を守る選択をしなさい。オビンゼ、あなたは自分のお小遣いでコンドームを買うこと。イフェメル、あなたもよ。あなたが困ったことになってもわたしは関知しませんよ。薬局へ行って、自分で買うべきです。自分の身を守る責任を相手の男の子に押しつけたりしては絶対にだめ。彼がそれを使いたくないといったら、それはあなたのことをちゃんと気遣っていないということだから、その場を離れなさい。オビンゼ、あなたは妊娠させる男なんかになっちゃいけない。でも、もしそうなったら人生は激変よ、自分がやったことを取り消すことはできないの。だからお願い、ふたりとも、そのことはしっかり守って。病気はいたるところにある。エイズは絵空事じゃないのよ」

彼らはなにもいわなかった。

「わたしのいうことがわかった？」オビンゼの母親が訊いた。

「はい、おばさま」とイフェメル。

「オビンゼは？」と母親。

「ママ、わかったよ」というとオビンゼは激しい口調で言い足した。「もうガキじゃないんだから！」そういうなり立ちあがり、怒ったように大股で部屋から出ていった。

8

ストライキはいまではめずらしくなかった。新聞で大学講師たちが、合意事項をさんざん踏みにじっている当の政府要人が自分の子供たちは海外の学校へ留学させている、と苦情を訴えていた。キャンパスはがらんとなって教室から人影が消えた。学生たちがせめてストライキは短期で終わればいいと思っていたのは、完全になくなるのは望み薄だったからだ。みんな国外へ出る話をしていた。エメニケでさえイギリスへ行ってしまった。どうやって彼がヴィザを手に入れたか、だれも知らなかった。「ということは、あなたにもいわなかったわけ？」とイフェメルが訊くとオビンゼは「エメニケってどんなやつか知ってるだろ」といった。ラニイヌドは、アメリカにいとこがいるのに、ヴィザを申請すると大使館のアメリカ黒人に却下された。ラニイヌドによればその男は風邪を引いていて、彼女の書類を見るより鼻をかむのに忙しかったという。シスター・イビナボは金曜日ごとの「学生ヴィザの奇跡の祈り」を開始した。若者たち向けの集会で、差し出されたヴィザ申請書入りの封筒にシスター・イビナボが手をのせて祝福するのだ。

イフェ大学ですでに最終学年まで進んだある少女は、初めての申請でアメリカのヴィザを入手したことを、教会で涙を浮かべながら夢中で証言した。「アメリカでたとえ最初からやり直さなければならないとしても、卒業する時期だけはわかってますから」

ある日ウジュおばさんから電話があった。もうそれほど頻繁にかかってこなくなっていたけれど、以前はイフェメルがラゴスにいるときはラニイヌドの家に、学期中はオビンゼの家にかけてきたものだった。でもおばさんからの電話はすっかり間遠くなっていた。三つの仕事を掛け持ちしていて、アメリカで医師として働く資格をまだ取得できていなかった。受けなければいけない試験のことや、どの段階がなにを意味するかを細かく話してくれたが、イフェメルにはさっぱりわからなかった。イフェメルの母親が、ウジュおばさんになにか——総合ビタミン剤とか靴とか——アメリカから送れと頼んでくれというと、いつもイフェメルの父親が、だめだ、ウジュにはまず足場を固めさせなければいけない、といったので、母親は意味ありげな笑みを浮かべて、四年間は足場固めには十分な長さだと思うけど、というのだった。

「イフェム、ケドゥ？（元気？）」ウジュおばさんが訊いた。「スッカにいると思ってたんで、オビンゼの家に電話したんだよ」

「ストライキ中なの」

「あ、そうか！　ストライキがまだ続いてるの？」

「ううん、前回のは終って、学校へ戻ったら、また新しいストが始まった」

「まったくどういうことなの？」とウジュおばさんがいった。「正直いって、こっちへ来て勉強したほうがいいよ、あなたなら奨学金はすぐに取れると思う。ダイクの世話を手伝ってもらえるしね。だってほら、わたしが稼いだ小金は全部ベビーシッター代に消えちゃうんだから。ありがたいことに、あなたが来るまでには、試験に全部受かって研修医の仕事を始めてると思うし」ウジュおばさんの話は、熱意は伝わってきても漠然としていた。

イフェメルはそのまま放っておいたかもしれない。オビンゼが「やるべきだよ、イフェム」といわなければ、ぼんやり浮かんできたアイデアなどそのまま沈んでいくにまかせていたかもしれない。「失うものなんかないじゃないか。ＳＡＴ（スカラシップ適性試験）を受けて奨学金を申し込んでみたらいい。入学申請の手続きはギニカが助けてくれるよ。ウジュおばさんがいるんだから、少なくともきみには出発のための足場がある。僕もおなじことができたらいいなあ、でも僕の場合はやればいいってもんじゃないから。学部が終ってからアメリカの大学院へ行くのがいいと思うんだ。大学院なら留学生用の学資援助や奨学金が受けられる」

イフェメルはそれがどういうことなのかすべて把握したわけではなかったけれど、それが正しいと思えたのは、アメリカのエキスパートであるオビンゼの意見だったからだ。彼は大学院のことを「ポストグラジュエット・スクール」といわずにアメリカ式に「グラジュエット・スクール」とさらりと口にする。だから彼女も夢想しはじめ、「コズビー・ショー」に出てくるような家に自分がいるところや、驚くほど皺や折り目のないノートを抱える学生たちといっしょに学校に通う自分を思い描いた。適性試験を受けたラゴス・センターは、そこに詰め込まれた数千人の人間の思い思いのアメリカに対する野心でむんむんしていた。カレッジを卒業したばかりのギニカが彼女のために学校に申請書を出してくれて、電話で「いっておくけど、フィラデルフィア近郊にしぼってるからね、わたしが行ったところだから」と、まるでイフェメルがフィラデルフィアがどこにあるか知っているみたいにいった。イフェメルにはアメリカはアメリカだった。

ストライキが終った。彼女はスッカに戻り、すぐにキャンパスライフに溶け込んだ。ときどきアメリカのことを夢想した。ウジュおばさんが電話で、合格通知が来て奨学金を申し込んだといったとき、夢想することをやめた。希望を抱くのが恐ろしすぎた、いまやそれが可能に思えてきたのだから。

「髪は長持ちするように、うんと短くしておいでね、ここで髪を結うのはものすごくお金がかかるから」とウジュおばさんにいわれた。

「おばさん、まずヴィザを手に入れなきゃ！」とイフェメル。

ヴィザを申請しながら、どうせ無礼なアメリカ人は彼女の申請を却下するに決まっていると思った。頻繁にそういうことが起きていたからだ。ところが襟の折り返しに聖ヴァンサン・ドゥ・ポールのピンを留めた白髪の女性が、微笑みながら「二日後にヴィザを取りにきて。好成績でよかったわね」といったのだ。

第二ページに薄い色のヴィザがついたパスポートを取りにいった午後、イフェメルはみんなを集めて、海外での新生活開始を示す例の誇らしい儀式をやった。友人たちに自分の持ち物を分配するのだ。ラニイヌド、プライエ、トチが彼女の寝室に集まってコークを飲んでいた。ベッドにイフェメルの服が積みあげられると、みんないっせいに手を伸ばしたのがオレンジ色のドレスだった。ウジュおばさんからプレゼントされた、彼女のお気に入りのドレスだ。Aラインのフレアと首から裾まで伸びたジッパーが、いつも彼女を魅惑的で危なげな感じにしてきたドレス。これはやりやすい、といってオビンゼはいつも、おもむろにジッパーをさげはじめたものだった。そのドレスはとっておきたかったけれど、ラニイヌドが「イフェム、アメリカに行けばどんなドレスも思いのままだよ、次にみんなで会うときは、がちがちのアメリカーナになってるよね、あんた」といった。

母親は、イエス様が夢に出てきて、イフェメルはアメリカで成功するとお告げをくださったといった。父親が細長い封筒を彼女の手に押し込みながら「もっとあればいいんだが」といったとき、父親はきっと借金したんだとわかって気持ちが沈んだ。まわりの人たちの興奮を目にして、イフェメルは急に気持ちがくじけて怖じ気づいた。

「たぶんここにいて卒業したほうがいいかも」とオビンゼにいってみた。

「イフェム、だめ、きみは行くべきだ。それに地質学なんて好きじゃないだろ。アメリカではほかのものが学べるじゃないか」

「でも奨学金はごく一部だし。残りのお金をどうやって払えばいいの？　学生ヴィザじゃ働けないんだよ」

「学校で労働就学（ワーク・スタディ）だってできる。道は開けるさ。学費の七五パーセント免除ってのはすごい特典なんだから」

イフェメルはうなずき、彼の信念の煽りにのっかることにした。出発の挨拶をするため彼の母親を訪ねた。

「ナイジェリアは最良の人材を追い払おうとしているわね」オビンゼの母親は諦めるようにいって彼女をハグした。

「おばさま、会えなくて淋しくなります。なにもかも本当にどうもありがとうございました」

「元気でね、がんばって。私たちに手紙を書いてね。必ず連絡してね」

イフェメルは涙ぐみながらうなずいた。立ち去るとき、正面ドアのカーテンをすでに開けながら、オビンゼの母親がいった。「それに必ず、あらかじめ計画を立てるのよ、あなたとオビンゼで。計画を立ててね」そのことばはあまりにも唐突で、あまりにも正しく、イフェメルを奮い立たせた。ふたりの計画とはこうだ――彼は卒業したらすぐにアメリカに行く。ヴィザはなんとか入手できるだろう。ひょっとしたらそれまでに、彼女が彼のヴィザ取得を助けることができるようになっているかもしれない。

それから数年間、彼と連絡を取らなくなってからでさえ、イフェメルは彼の母親の、

「必ず、あらかじめ計画を立てるのよ、あなたとオビンゼで」ということばをときどき思い出しては心を慰めることになったのだ。

9

マリアマが中華料理店から油の染みた茶色い紙袋を持って帰ってきた。息苦しいサロンに油脂と香辛料の匂いが漂った。

「映画、終った？」なにも映っていないテレビ画面をちらりと見てから、彼女はＤＶＤの山をかきまわして別のものを選び出した。

「失礼、食べますから」とアイシャがイフェメルにいった。後ろの椅子に尻を乗せると、指でフライドチキンの手羽肉をつまんで食べながら、テレビ画面に目をやった。新しい映画のトレイラーが始まっていて、大雑把にカットされたシーンが眩しいフラッシュになって続いた。どのシーンも最後がナイジェリア男性の芝居がかった「迷わずゲット！」という大声で終った。立ったまま食べていたマリアマが、ハリマに向かってなにかいった。

「仕あげてから食べる」とハリマは英語で答えた。

「先に食べてもかまわないわよ、そうしたければ」とハリマの客がいった。高い声をした感じのいい若い女性だ。

「いえ、仕あげます。もうちょっとだし」とハリマ。客の頭には前髪が一房、逆立った動物の毛のように残っているだけで、残りはすべてきちんと処理され、極細のブレーズになって首筋に垂れていた。

「あと一時間、そしたら娘たちを迎えにいかなきゃならないの」と客はいった。

「何人いるの？」とハリマが訊いた。

「ふたり」と答える客は十七歳くらいに見える。「美しい女の子、ふたり」

　新しい映画が始まっていた。中年女優のにんまり顔がテレビ画面いっぱいに映し出された。

「おお、おお、そう！　この女優、わたし好き！」とハリマがいった。「あらあ！　この女（ひと）、そんなばかなこと相手にしないネ！」

「あの女（ひと）、知ってる？」マリアマがイフェメルにテレビ画面を指差しながら訊いた。

「いえ」とイフェメル。なんでノリウッド女優のことを知っているかなんてしつこく訊かれるんだろう？　部屋中に食べ物の強烈な匂いが充満した。それでなくてもむっとした空気がさらに息苦しくなったけれど、そのせいでイフェメルもかすかな空腹を感じてきた。ベビーキャロットを少し食べた。ハリマの客は鏡の前で頭部をいろんな角度から検分して「どうもありがとう、すごくカッコイイ！」といった。

　客が帰るとマリアマが「あんな小さな女の子がふたりの子持ちとはねえ」といった。

「おお、おお、おお、ここの人たちはさ」とハリマ。「十三歳にもなると女の子は体位をぜんぶ知ってる。アフリックじゃありえない、ありえない！」

「ありえない！」マリアマが同意した。

ふたりが同意を求めてイフェメルを見た、賛成してほしいのだ。アフリカ人であることを分かち合うこの室内で、彼女たちはそれを求めていたけれど、イフェメルはなにもいわずに、読んでいる小説のページをめくった。このふたり、自分が帰ったあときっと話題にするんだろうな。あのナイジェリア女ってプリンストンのせいで自分はやたら偉いと思い込んでるよね。あの棒みたいな食べ物ときたら、もう本物の食べ物は口にしないんだ。そういって嘲笑するのだろう。でも軽い嘲笑、なぜなら、ちょっと変わり者でも、自分たちアフリカ人の仲間（シスター）だから。ハリマが自分のプラスチック容器を開けると、またしても油っこい匂いが部屋に立ち込めた。彼女は食べながらテレビ画面に向かってしゃべりつづけた。「あらら、あほな男！　あの女、あんたの金を巻きあげるよ！」

イフェメルは首筋のべたつく髪を手で払いのけた。室内に熱がこもり切っていた。

「ドアを開けておかない？」と訊いてみた。

マリアマがドアを開けて、それを押さえるために椅子を置いた。「この熱波は本当にひどいわ」

熱波が来るたびにイフェメルは最初の、到着したときの夏を思い出した。いまではあれがアメリカの夏だと知っていたけれど、それまでは「海外」といえばウールのコートと雪の寒い場所だと思い込んでいた。アメリカは「海外」なんだからと、強すぎる思い込みを理性では払拭できずに、テジュオショ市場で売っているいちばん分厚いセーターを旅行用に買い込んだ。それを着て出発したイフェメルは、機内のブーンと唸る音のなかでもジッパーはずっとあげたまま、ジッパーを下ろしたのはウジュおばさんと空港のビルを出るときだった。うだるような暑さにびっくりしたのだ。ウジュおばさんの古いトヨタのハッチバックにも驚いた。車体の側面に錆が浮いて、シートの一部がめくれあがっていた。まじまじと見入るビル、車、看板、すべてがくすんでいた。がっかりするほどくすんでいた。彼女が思い描いていた光景では、ごくありふれたものがアメリカではぴかぴかと光り輝いていたのに。いちばんびっくりしたのは、野球帽を被った十代の少年が煉瓦塀の近くに立って、うつむいて前屈みになり、手を股間にあてていたことだった。もう一度見るために振り向いたほどだ。

「あの男の子！　知らなかった、アメリカで人があんなことするなんて」

「アメリカで人がおしっこをするの、知らなかった？」というウジュおばさんの視線はちらりと少年に注がれると、すぐにまた交通信号のほうへ戻った。

「あらあ、おばさん！　わたしがいったのは家の外でするってこと。あんなふうに」

「しないわよ。だれもがそうする故郷とはちがう。あれじゃ逮捕されるかも、でもまあこの辺は上品な住宅街じゃないし」とウジュおばさんは素っ気ない。おばさんの感じが前とはなんだかちがうのだ。それは空港ですぐに気づいた。無造作に編んだ髪、イヤリングのない耳、何年も会わなかったわけじゃないでしょ、ほんの数週間じゃない、といった感じのさらりとすばやいハグ。

「勉強しなきゃならないの」ウジュおばさんが道路を凝視しながらいった。「もうすぐ試験だから、知ってるでしょ」

イフェメルは知らなかった。まだ試験が残っているなんて。ウジュおばさんは結果を待っているのだと思っていた。でも「ええ、知ってるわ」といった。

沈黙がぎしぎしと痛かった。イフェメルは申し訳ないような気持ちになったけれど、なんで申し訳ないのかよくわからなかった。ひょっとするとウジュおばさんはイフェメルが来てしまったことを後悔しているのだろうか、こうしてここに、ウジュおばさんのゼーゼーあえぐ車のなかにいるのを後悔しているのだろうか。

ウジュおばさんの携帯電話が鳴った。「はい、ユジュです」おばさんは「ウジュ」ではなく「ユジュ」と発音していた。

「名前、いまはそんなふうに発音してるの?」電話が終ったのでイフェメルは訊いた。

「みんながそう呼ぶから」

イフェメルは「あら、それっておばさんの名前じゃないよね」ということばを呑み込んで、代わりにイボ語で「ここがこんなに暑いと思わなかった」といった。

「熱波が来てるからね、この夏最初の」ウジュおばさんの口調はイフェメルが当然「熱波」を理解しているものといった感じだ。イフェメルは暑熱がこれほど暑いと感じたことはなかった。びっしりと包囲する、情け容赦ない暑さだ。寝室が一部屋しかないウジュおばさんの家に着いたとき、ドアの取っ手を温かく感じたほどだ。ダイクがカーペット敷きの居間のフロアから跳んできてイフェメルに抱きついた。まるで覚えているみたいに。居間は玩具の車とフィギュアが散らかり放題。「アルマ、僕のいとこだよ！」ダイクがベビーシッターに向かっていった。肌の色の薄い、くたびれた顔の、黒髪を油っぽいポニーテイルにした女性だ。もしもラゴスで会っていたら、イフェメルは彼女のことを白人だと思っただろう。でもアルマはヒスパニックだとあとで教えられた。エスニシティと人種の両方を示すアメリカ的カテゴリーだそうで、頭が混乱しそうだった。数年後、ブログに「非アメリカ黒人にとってのアメリカ理解――ヒスパニックとはどんな意味か」を書いているときイフェメルはアルマのことを思い出すことになった。

ヒスパニックとは貧困ランキングではアメリカ黒人と同族を意味することが多く、ヒスパニックとはアメリカの人種階層ではアメリカ黒人よりほんの少し上位を意味し、ヒスパニックとはペルー生まれのチョコレート色の肌をした女性を意味し、ヒスパニックとはメキシコ先住民を意味する。ヒスパニックとはドミニカ共和国出身の二人種間の混血に見える人たちを意味する。ヒスパニックとはプエルトリコ出身で肌の色の薄い人たちを意味する。ヒスパニックはまた、アルゼンチン出身の金髪碧眼の人を意味することもある。必要なのはスペイン語を話すけれどスペイン出身ではないこと、そこでほら、あなたはヒスパニックと呼ばれる人種だ。

　でもその日の午後、イフェメルはアルマにはほとんど気がまわらなかったし、居間にはカウチとテレビしかないことも、隅に自転車が置いてあることも気づかなかった。ダイクにすっかり気を取られていたのだ。最後にダイクに会ったのはウジュおばさんが慌ただしくラゴスを離れたときで、一歳になったばかりのダイクは、自分の人生が激変していくことが勘でわかるみたいに空港で泣きっぱなしだった。そしていま、ダイクはこうして淀みないアメリカ英語を話す一年生となって嬉しそうに興奮しきっている。いっときもじっとしていない、悲しげな感じなど微塵もなさそうな子供になっていた。
「なんでセーター着てるの？　セーターなんて暑すぎるよ！」大得意にいうダイクはハグした続きのままイフェメルにぶらさがっていた。イフェメルは笑った。こんなに小さくて、こんなに無邪気で、それでいてどこかませたところがあったけれど、それは陽気な早熟さだった。まだ世の大人たちに対して秘かな暗い思いを抱いてはいなかった。その夜、彼とウジュおばさんがベッドに入り、イフェメルが床に毛布を敷いて横になると、ダイクは「なんでイフェメルは床に寝なきゃいけないの、ママ？　みんなで寝られるのに」と、まるでイフェメルの心を見通すようにいった。そうすることが間違っているわけではない——祖母を村に訪ねたときは、どのみちマットの上に寝たんだし——でもここはついにやってきたアメリカであり、まさに栄光のアメリカであり、床をベッドにするとは彼女も思わなかったのだ。

「わたしはだいじょうぶ、ダイク」

ダイクは起きあがって自分の枕を持ってきた。「ほら。柔らかくて気持ちいいよ」

ウジュおばさんは「ダイク、こっちへ来て寝なさい。そっと寝かせてあげなさい」といった。

イフェメルは真新しさに神経が高ぶって眠れなかった。ウジュおばさんのいびきが聞こえてくるのを待って、部屋から抜け出してキッチンの灯りを点けた。でっかいゴキブリが食器棚のそばの壁に張りついて、荒い息でもしているみたいに、上下にかすかに動いている。ラゴスの台所なら箒(ほうき)を見つけてやっつけるところだけれど、アメリカのゴキブリには手を出さずに居間へ移って、窓のそばに立った。フラットランズ、ブルックリンのこの地区はそう呼ばれているとウジュおばさんはいった。下の通りの街灯は暗く、境界となるのは樹木の茂みではなく、ぎっしり駐車した車の列で、「コズビー・ショー」に出てくるこぎれいな通りとは似ても似つかなかった。イフェメルは長いあいだそこに立っていた。真新しさの感覚に圧倒されて、身体そのものがざわついていた。でも同時に、期待感に震えるような、アメリカを発見したいと熱望する思いも感じていた。

「夏のあいだダイクの世話をしてくれればベビーシッター代が節約できるし、あなたの仕事探しはフィラデルフィアへ行ってから始めればいいよね」次の朝、ウジュおばさんはそういった。イフェメルを起こすと、ダイクのことで簡単な指示をあたえ、仕事の帰りに図書館で勉強してくるとおばさんはいった。ものすごい早口だった。もう少しゆっくり話してくれるといいのにとイフェメルは思った。

「学生ヴィザじゃ働けないし、労働就学なんてゴミよ、無報酬なんだから、家賃と学費の不足分は自分で負担できるようにならなければね。わたしは見ての通り。三つの仕事をかけもちしても楽じゃないの。友達に話をつけたから、ほらンゴズィ・オコンクウォ、覚えてないかな？　いまじゃアメリカ市民で、新しいビジネスを始めるために、しばらくナイジェリアに帰ってる。頼み込んで彼女の社会保障カードであなたが働けるように話をつけておいた」

「どういうこと？　彼女の名前をわたしが使うの？」とイフェメルは訊いた。

「もちろん彼女の名前を使うのよ」ウジュおばさんは眉毛を吊りあげながら、もう少しで、イフェメル、あんた、ばかじゃないのといいそうになるのをこらえているようだった。白いフェイスクリームがおばさんの髪に付着していた。一本のブレーズの根元のところだ。イフェメルはおばさんに拭ったほうがいいといおうとしたけれど気が変わって、なにもいわずに、ウジュおばさんがドアのほうへ急ぐのを見ていた。ウジュおばさんの叱責がじりじりと胸にこたえた。まるでふたりの関係が、むかしながらの親しさが、突然崩壊したみたいだ。ウジュおばさんの苛つきが、初めて見るその刺々しさが、当然知っているはずのことを知らないのは自分の個人的な落ち度だとイフェメルに感じさせた。

「コンビーフがあるからお昼はサンドイッチを作って」ウジュおばさんはしごく当然といった調子で、アメリカ人がランチにパンをどんなふうに食べるか、いちいちユーモラスな前口上など不要といわんばかり。ところがダイクはサンドイッチは食べたくないという。ダイクに玩具を全部見せられて、ふたりで「トムとジェリー」を観て、ダイクは大笑いして興奮したけれどイフェメルはナイジェリアで全部観ていたので次になにが起きるか先走って教えたりして、そのあとで、ダイクが冷蔵庫を開けて、作ってほしい物を指差したのだ。「ホットドッグ」というその奇妙な長いソーセージを検分してから、イフェメルはカップボードを開けて植物油を探した。

「ママがイフェメルおばさんって呼ばなきゃいけないって。でもおばさんじゃないよ。いとこ（カズン）だよね」

「じゃあ、いとこ（カズン）って呼べば」

「オーケー、カズ」とダイクはいって笑った。彼の笑い声はとても温かくて、とても開けっぴろげだ。植物油が見つかった。

「油なんか要らないよ」とダイク。「お湯で茹でればいい」

「お湯？　なんでソーセージを茹でるの？」

「ホットドッグだよ、ソーセージじゃない」

「ホットドッグ」なんてばかばかしい名前で呼ぼうがどうしようが、もちろんそれはソーセージだった。だからナイジェリアでサティスのソーセージでいつもやっていたように、イフェメルは二本だけ少量の油で炒めた。ダイクがこわごわのぞき込んだ。イフェメルがコンロの火を消した。ダイクは後ずさりして「おえっ」といった。ロールパンとぴちぴち油のはねる二本のホットドッグの皿をあいだにして、ふたりは立ったままにらみ合った。そのときイフェメルはダイクのいうことに耳を貸せばよかったと気づいた。

「ねえ、ピーナッツバターとジェリーのサンドイッチがいいなあ」とダイクがねだった。彼の教えにしたがってサンドイッチ用のパンの耳を切り落とし、まずピーナッツバターを塗る、それをダイクがすぐそばで、サンドイッチを油で炒めるんじゃないかと不安そうに観察している。イフェメルは吹き出しそうになった。

その夜、ホットドッグ騒ぎのことをウジュおばさんに話すと、おばさんは期待に反して全然面白がらずに「ソーセージじゃなくてホットドッグよ」といった。

「それってビキニはパンティとはちがうっていうのに似てるね。宇宙からやってきた者にそんなちがいがわかる?」

ウジュおばさんは肩をすくめた。彼女はダイニングテーブルの上に医学書を開いて座り、くしゃくしゃの紙袋からハンバーガーを食べていた。乾いた肌、目には隈(くま)、精力が抜き取られたみたいだ。読むというより、なんだか本をにらんでいるようだった。

グロサリーストアでウジュおばさんは、必要だから買うということは絶対にしなかった。特価品を買って、無理にそれが必要だということにした。キーフードの入口でカラフルなちらしを手に取り、特価品を探して陳列棚の通路をまわるあいだ、イフェメルがカートを押してダイクがついてくる。

「ママ、僕、それ嫌い。青いのがいい」とダイクが、ウジュおばさんがシリアルの箱をカートに入れるときにいった。

「これは一個買うと一個おまけがつくの」とウジュおばさん。

「それおいしくないもん」

「いつも食べてるシリアルと似たような味よ、ダイク」

「ちがう」ダイクはそういうなり青い箱を棚から取ってレジカウンターへ走っていった。

「いらっしゃい、小さなお客さん！」レジ係は大柄な、朗らかそうな人で、頬の皮膚が陽焼けで赤くなり剝けかけていた。「お母さんのお手伝い？」

「ダイク、戻しなさい」ウジュおばさんは「プット・イット・バック」ではなく、鼻にかかった、音と音をスライドさせて「プー・リート・バック」といった。おばさんがアメリカ白人に話すときのなまり、まわりにアメリカ白人がいたり、アメリカ白人が聞いているときに使うしゃべり方だ。その話し方からは申し訳なさそうな、卑下するような、新たなペルソナが顔を見せた。レジ係に謝る態度がどう見ても熱心すぎた。「すみません、すみません」といっておばさんは財布からデビットカードを取り出した。レジ係が見ているので、おばさんはダイクに箱を持たせたままにしていたけれど、車に戻ると彼の左耳をつかんで思い切りねじった。

「いったでしょ、スーパーでは勝手に取っちゃだめだって！　わかった？　それともひっぱたかれなきゃわからない？」

ダイクは手のひらを耳にあてた。

ウジュおばさんがイフェメルのほうを向いた。「こんなふうにこの国では子供が行儀の悪いことをしたがる。ジェインの話じゃ、彼女が娘を叩くと警察を呼ぶって脅すんだって。すごいでしょ。その子を責めてるんじゃないのよ、その子がアメリカに来て警察を呼ぶことを覚えただけだから」

イフェメルがダイクの膝を撫でた。ダイクは彼女を見なかった。ウジュおばさんはちょっとスピードを出しすぎていた。


ダイクがバスルームから大声で呼んでいた。寝る前の歯磨きをしてこいといわれたのだ。

「ダイク、イ・メチャゴ？（おわったの？）」とイフェメルが訊いた。

「お願い、あの子にイボ語を使わないで」とウジュおばさんがいった。「二言語は混乱を招くから」

「なにいってるの、おばさん。私たちはふたつのことばを話しながら大きくなったじゃない」

「ここはアメリカよ。事情がちがう」

イフェメルは口をつぐんだ。ウジュおばさんは医学書を閉じると、じっと空をにらんだ。テレビはついていなかったので、浴室から水の流れる音が聞こえてきた。

「おばさん、なんなの？　いったいどうしたの？」

「どういう意味よ？　別にどうもしないわよ」ウジュおばさんはため息をついた。「最後の試験に通らなかったの。結果を受け取ったのはあなたが来る直前だった」

「おお」イフェメルは彼女をじっと見ていた。

「これまで試験に受からなかったことなんかなかった。でも、試されたのは知識そのものではなくて、実際の医学的な知識とはまったく無関係の、巧妙な、多項選択式の質問に対する回答能力だった」といっておばさんは立ちあがり、キッチンへ行った。「疲れた。すごく疲れた。いまごろまでには自分もダイクも、もっとうまく行っているはずだった。だれかをあてにしていたわけじゃないけど、こんなに早くお金がなくなるとは思わなかった。勉強しながら三つも仕事をこなしたのよ。ショッピングモールで売場を担当して、調査の手伝いをして、バーガーキングでパートまでやってきた」

「うまく行くようになるわよ」困り果てたイフェメルがいった。自分の声がひどくすなしく聞こえた。なにもかもが初めてだった。ウジュおばさんを慰めることができなかった、慰め方がわからなかったのだ。ウジュおばさんより一足早くアメリカへ来て試験に受かっていた友人たちのことをおばさんが話したとき――メリーランドのンケチはダイニングセットを送ってくれて、インディアナのケミはベッドを買ってくれて、オザヴィサは陶磁器や衣類をハートフォードから送ってくれた――イフェメルは「神の祝福を」といったものの、口にした途端に大げさで役に立たないことばのように感じた。

故郷でウジュおばさんの電話を聞いていたときは、事態はそれほど悪くないと決めてかかっていたのだ。でも、いま思うと確かに、ウジュおばさんの話はいつだって漠然としていて、「仕事」とか「試験」というときも詳しいことはいわなかった。あるいは、自分が詳しく質問しなかったからかもしれない、質問しても自分には細かなことは理解できないと思ったからかもしれない。おばさんを見ながら、むかしのウジュおばさんなら、こんなむさくるしい髪のままでいることなんて絶対なかったのにと思った。あごの皮膚に食い込んだレーズンみたいな毛をそのままにしておくなんて、両脚のあいだでぶかぶかとたるむズボンをはくなんて、とても我慢できなかったはずなのに。アメリカが彼女を制圧したのだ。

10

最初の夏はイフェメルにとってひたすら待っている夏だった。本物のアメリカはすぐ次の角を曲がればあるんだと思った。一日また一日と滑るようにすぎていく日々さえ、もの憂く透明で、夜遅くなって沈む太陽までが待っているようだった。イフェメルの生活はいろんなものが削ぎ落とされ、両親、友達、家などイフェメルがそれまでなれ親しみ、それで自分を確認してきたものがなくなって、過酷といっていいほど簡素なものになっていた。だから待った。長い手紙をオビンゼに書いてあれこれ知らせ、ときどき電話もかけたけれど、テレホンカードを無駄使いしないようウジュおばさんからいわれていたので、電話はいつも手短に切りあげて、ダイクといっしょにすごした。ほんの子供ではあったけれど、いっしょにいると友情に近い親しさを感じた。いっしょにダイクの好きなアニメ番組「ラグラッツ」や「フランクリン」を観たり、本を読んだり、ジェインの子供たちと遊ばせるため外へ連れ出したりした。ジェインは隣のアパートに住んでいた。夫のマーロンともどもグレナダ出身で、話しぶりがそのまま歌になりそうなリリカルさだ。ウジュおばさんは「私たちそっくりよね。彼はいい仕事に就いているし野心もあって、子供たちにはぴしゃりとお仕置きをする」と満足そうにいった。

イフェメルとジェインは、グレナダとナイジェリアですごしたそれぞれの子供時代が似ていることを知って笑い合った。イーニッド・ブライトンの本、BBCワールドサービスを崇拝する英語かぶれの教師や神父たち。ジェインはイフェメルよりほんの少し年上なだけだった。「とても若いうちに結婚したから。マーロンは引く手あまただったの、いやなんていえないでしょ?」と彼女は冗談めかしていった。ふたりしてビルの正面階段に腰をおろして、ダイクとジェインの子供たち、エリザベスとジュニアが自転車に乗って通りの端まで行っては引き返してくるのを見ていた。イフェメルはダイクに、それ以上遠くへ行っちゃダメよ、としょっちゅう声をかけ、子供たちはきゃあきゃあ叫んで、コンクリートの舗道は熱い太陽にきらきら光り、ときおり通りかかる車からはいきなり轟くような音楽が鳴り響いては遠ざかっていって、気怠い夏は過ぎていった。

「まだいろんなことに馴染めないでしょ、きっと」とジェインがいった。

　イフェメルは「ええ」といってうなずいた。

　アイスクリーム売りのヴァンが通りに入ってきて、ちりんちりんと楽しげなメロディを流していた。

「ここに来て十年目だけど、まだ落ち着いたって感じがしないわ」とジェイン。「いちばん難しいのが子育てよ。ほらエリザベスを見て、あの子にはもう要注意。この国じゃ、よくよく注意してないと、子供たちがわけのわからないものになっていくから。子供をしっかり見張っていられる故郷とは大ちがい。ここじゃ無理」十人並みの顔に肉感的な腕をして、一見あたりさわりのない雰囲気を装うジェインには、にこやかな笑顔の下に冷たい用心深さがあった。

「何歳なの？　十歳？」とイフェメルが訊いた。

「九歳よ、それでもうドラマのクイーン気取り。高い授業料を払って私立学校へやってるのは、ここの公立校は使い物にならないからよ。マーロンは、もっといい学校へ通わせるためにいずれ郊外へ引っ越すっていってる。でないと、あの子、ここのアメリカ黒人みたいなことをやり始めるだろうからって」

「どういう意味？」

「気にしないで、そのうちわかるわよ」ジェインはそういうなり立ちあがって、子供たちにアイスクリームを買うお金を取りにいった。

イフェメルはジェインといっしょに戸外に腰をおろすのを楽しみにしていたのに、それもある夕方、仕事から帰ってきたマーロンが、ジェインが子供たちのためにレモネードを取りに家に入ったあと、イフェメルに急いでささやくように「きみのことずっと思ってるんだ。話がしたいな」というまでのことだった。ジェインにはいわなかった。どんなことが起きてもジェインは自分のマーロンに、肌の色が薄くてハシバミ色の目をした、引く手あまたのマーロンに責任を負わせたりしないだろう。だからイフェメルはふたりを避けるようになり、ダイクと屋内で遊べるよう凝ったボードゲームを考案した。

夏前に学校でどんなことを学んだのかとダイクに質問すると、「サークル」という答えが返ってきた。フロアにまるくなって座り、気に入ったものをシェアするのだという。

イフェメルはびっくりした。「割り算はできる？」

ダイクが怪訝（けげん）な顔でイフェメルを見た。「僕はまだ一年生だよ、カズ」

「きみの年齢のときわたしは簡単な割り算はできたよ」

アメリカの子供たちは小学校でなにも学んでいないという確信がずっと頭から離れなかった。先生がときどき宿題にクーポンを割りあてるとダイクがいったとき、その確信はさらに強くなった。宿題クーポンをもらったら、一日分の宿題を飛ばしていいのだという。サークル、宿題クーポン、次はいったいどんなばかげたことを聞くことになるんだろう。そこでイフェメルはダイクに数学を教えはじめた——彼女は数学(マスマティックス)を英語風に複数形で「マスス（maths）」と呼び、ダイクは米語風に単数形で「マス（math）」と呼んだため、短縮しない取り決めをした。イフェメルはいまやあの夏のことを割り算の筆算抜きでは考えることができなかった。ダイニングテーブルを前に肩をならべて座り、ダイクは理解できずに眉をしかめ、イフェメルはなだめすかしたり大声をあげたりしたあの夏。ほら、もう一度やってごらん、それができたらアイスクリームね。全部正解になるまで遊びに行けないよ。あとからダイクが大きくなって、数学なんて簡単だと思えるのはイフェメルにしごかれた(トーチャー)あの夏のおかげだな、というと、イフェメルは「指導された(チューター)あの夏のことかな」と返して、それが荒れた心を慰める食べ物のように、相手に投げかけるお馴染みのジョークになったのだ。

それはまた、イフェメルにとって食べる夏でもあった。初めての味覚を楽しんだのだ。ピリ辛ピクルスをかりかり食べるマクドナルドのハンバーガー、ある日は好きだと思っても次の日は嫌いになった新しい味、ウジュおばさんが家に持ち帰る舌を刺すドレッシングで濡れた包み、そして口内に塩の膜を残すボローニャやペパローニのソーセージ。しっかりした旨みのない果物も初めて食べた。オレンジやバナナに「自然の神」が最後の味付けをするのを忘れたみたいだったけれど、果物を見るのも触るのも好きだった。

だってバナナはすごく大きくて、全体がむらなく黄色かったので、味のなさは許してあげることにしたのだ。ダイクが「なんでそうするの？　バナナをピーナッツといっしょに食べるの？」といったことがあった。

「ナイジェリアではそうするんだよ。やってみる？」

「いやだ」きっぱりした口調だった。「ナイジェリアは好きじゃないもん」

アイスクリームは幸いなことに味は変わらなかった。冷凍庫にある、一個買えば一個おまけの巨大な容器から、ヴァニラとチョコレートの塊をじかにすくって食べながら日はテレビに釘づけだった。ナイジェリアでも観ていた番組「ベルエアのフレッシュ・プリンス」や「ア・ディファレント・ワールド」の続きを観て、「フレンズ」や「ザ・シンプソンズ」といった未知の番組を新たに発見したけれど、なんといっても心を奪われたのはコマーシャルだ。そこで見せつけられる至福に満ちた生活にイフェメルは熱烈に憧れた。どんな問題もシャンプー、車、パッケージされた食べ物で魔法のように解決しそうだ。心のなかでそれが本物のアメリカになって、秋に学校へ行くころにはそんなアメリカしか目に入らなくなっていた。発砲と銃撃を嫌というほどくり返すイヴニングニュースに最初は当惑した。ナイジェリアのNTAニュースで偉そうに構えた陸軍将校がテープカットをしたり演説をしたりするのを見慣れていたからだ。しかし、くる日もくる日も逮捕され手錠をかけられた男たちや、真っ黒に焼け焦げてくすぶる家の前で狼狽する家族や、警察の追跡を受けて大破した車の残骸や、武装強盗が店に押し入ったぼやけたビデオ映像を観ているうちに、イフェメルの当惑はやがて不安に変わっていった。ダイクが自転車で通りを遠くまで出かけているとき窓辺で音がするとパニックになった。暗くなってからゴミを持ち出すのをやめたのは、銃を持った男が外で待ち伏せしているかもしれないと思ったからだ。ウジュおばさんは「テレビばかり観てると四六時中そういうことが起きてると思うようになるわよ。ナイジェリアでどんだけ犯罪が起きてるか知ってる？　ここみたいにニュースにしないだけじゃない？」といって短い笑い声をあげた。

11

ウジュおばさんがやつれきった硬い表情で夜遅く帰ってきた。ダイクはもう寝ている時刻だ。「郵便来てない？　郵便来てない？」とくり返し訊くおばさんは危なっかしいほどぴりぴりしていて、いまにもくずおれそうな感じだ。電話に向かって低い声で、詮索する世間の視線からなにかを守ろうとするみたいに、長々と話をする夜もあった。そしてついに、イフェメルにバーソルミューのことを打ち明けたのだ。「経理士よ、離婚していて、身を落ち着けようとしてる。エズィオウェレの出身だから私たちとすごく近いの」

ウジュおばさんのことばに度肝を抜かれたイフェメルは「あ、そうなんだ」としかいえなかった。「なにをしてる人？」とか「どこの出身？」というのはイフェメルの母親がしそうな質問だけれど、それにしてもいつからウジュおばさんにとって、その人の故郷が自分たちの町の近くかどうかが重要になったんだろう？

ある土曜日に、バーソルミューがマサチューセッツ州から訪ねてきた。ウジュおばさんは胡椒入り鶏砂肝の料理を作り、顔に白粉（おしろい）をはたき、居間の窓のところに立って彼の車が到着するのを待った。ダイクは母親を注視しながら、気乗りしないようすでアクションョン・フィギュアで遊んでいた。よくわからないながら興奮していたのは母親の期待感を感じ取っていたせいだ。ドアベルが鳴るとウジュおばさんはダイクに向かって急き立てるように「お行儀よくするのよ！」といった。

カーキ色のズボンを腹部まで引っ張りあげたバーソルミューは、アメリカなまりでだらだらしゃべり、滅茶苦茶なことば遣いがそのうち理解不能になった。彼の物腰からイフェメルはピンときた。「ゴナ」とか「ウォナ」とかアメリカ風に気取ることで、田舎で貧しく育ったことを埋め合わせようとしているのだ。

彼はダイクをちらりと見て、ほとんどどうでもいいといった感じで「ああ、そう、きみの息子ね。元気？」といった。

「元気」ダイクは口ごもりながらいった。

恋愛中の相手の息子に関心をもたず、もっているふりさえしないバーソルミューにイフェメルはカチンと来た。ウジュおばさんには似合わない、ぜんぜん釣り合わない、神経にさわるほどだ。もっと知性のある男ならそのことに気づいて自分を抑えるはずだが、バーソルミューにはその気がない。自分はウジュおばさんが幸運にも手に入れた特別なごほうびだといわんばかりに偉そうな態度を取り、おばさんも彼に調子を合わせた。彼は砂肝料理を食べる前に「ではこれが旨いかどうか味見をしてみよう」といったのだ。

ウジュおばさんは笑った。その笑いのなかにはある同意が含まれていた。「ではこれが旨いかどうか味見をしてみよう」という物言いは、彼女は料理の腕がいいか、つまり良き妻となるかどうか、ということだったのだ。おばさんはその儀式にするりとはまり、彼に対しては慎ましやかだが世間に対してはそうはいかないといった笑みを浮かべて、彼の手からフォークが落ちるやさっと拾いあげて、彼にビールを注いだ。ダイクはダイニングテーブルのところから、玩具に手も触れずに黙ってそれを見ていた。バーソルミューは砂肝料理を食べてビールを飲んだ。ナイジェリアの政治を論じるところには、インターネット記事を何度もくり返し読んで遠くから情報を追いかける者に特有の異様な熱心さがあった。「クディラットの死（一九九三年に次期大統領に選ばれたアビオラの妻クディラットは九六年にアバチャ軍政下で殺害された）は無駄にはならないぞ、あれは民主化運動に活力をもたらすだけだ、彼女が生前できなかったほど！　この問題についてはオンラインの『ナイジェリア・ヴィレッジ』に記事を書いたところなんだ」と彼が話しているあいだウジュおばさんはしきりとうなずき、彼のいうことにすべて同意した。たびたびぽっかりと沈黙が広がった。みんなで観たテレビは、陳腐な筋書きの、楽しそうな場面がたくさん出てくるドラマで、ある場面で丈の短いドレスを着た若い女の子が出てきた。

「ナイジェリアの娘はああいうドレスは絶対に着ないな」とバーソルミューがいった。

「あれを見ろよ。この国には道徳の基準ってもんがない」

　イフェメルは口を出すべきではなかったけれど、バーソルミューには黙っていられないなにかがあった。三十年前に渡米してから変えていないバックシャフトの髪型に、見当ちがいの、やたらかっかする道徳観念をもった仰々しい漫画チックなやつ。故郷の村では「消えた」といわれそうな、「あいつはアメリカに行って消えてしまった、あいつはアメリカに行って帰ってこようとしなかった」と村人たちにいわれそうな人間だ。

「あら、ナイジェリアの女の子はあれよりもっと短いドレスを着てるよ」とイフェメルはいった。「中等学校のころ、友達の家で着替えるから親が知らないだけの子もいたよ」

　ウジュおばさんがこっちを向いて目を細めた。やめろという合図だ。バーソルミューはイフェメルを見て肩をすくめた。おまえなんかにいちいち返事などする価値はないといわんばかり。たがいの嫌悪感がくすぶりつづけた。その日の午後いっぱい彼はイフェメルを無視した。これからもたびたび無視するのだろう。あとからイフェメルはオンラインの「ナイジェリア・ヴィレッジ」の彼の投稿を読むことになるのだが、どれも意地の悪い執拗（しつよう）な投稿で、「マサチューセッツ州のイボ人経理士」と署名されていた。驚いたのは彼がむやみやたらと書き込んで、中身のない議論をふっかけていることだった。

何年もナイジェリアに帰っていないので、あるいはネット上のグループに加わることで慰めが欲しかったのかもしれない。ちょっとした意見が火つけ役になって非難や攻撃でサイトが炎上し、個人的侮辱の激しい応酬になっていた。イフェメルは書き手たちを想像した。アメリカのみすぼらしい家に住むナイジェリア人の、仕事で押しつぶされた生活、十二月に一週間の帰郷ができるよう一年中注意深く節約して、靴、衣服、安物の時計を入れたスーツケースをぶらさげて帰る自分が、親戚たちの目にはぴかぴかに輝く姿に見えるところを想像する。それが終ればまたアメリカに戻って、自分たちの故郷という神話についてネット上で大喧嘩するのだ。なぜなら故郷はいまやところどころぼやけた場所になってしまってはいるが、少なくともネット上なら自分がどれほど見当ちがいなことをいうようになったか気づかないふりをすることができたからだ。

マサチューセッツ州のイボ人経理士はある投稿でこう書いていた――ナイジェリア人女性はアメリカに来て無節操になった、愉快なことではないが、これはいっておかなければならない事実である。でなければアメリカのナイジェリア人の離婚率の高さと、ナイジェリアにおけるナイジェリア人の離婚率の低さの説明がつくだろうか？　デルタ・マーメイドなる投稿者が、アメリカでは女たちが法的保護下に置かれているだけで、ナイジェリアにもそういう法律があれば離婚率はおなじになるはずだ、と答えていた。それに対するマサチューセッツ州のイボ人経理士の反論は「あんたは欧米社会に洗脳されたんだ。自分をナイジェリア人と呼ぶのを恥じるべきだ」というものだった。エゼ・ヒユーストンなる人物が、ナイジェリア人男性がナイジェリアに帰国して、結婚相手に看護師や医者を探そうとするのは、たんに、アメリカに戻ると新妻がお金をたくさん稼いでくれるからで、これは人をばかにしていると書くと、それに対してマサチューセッツ州のイボ人経理士は「妻に財政的保証を求める男のどこが悪い？　女性もおなじことを求めてくるじゃないか？」と書いていた。

その土曜日に彼が帰ったあと、ウジュおばさんがイフェメルに「どう思う？」と訊いた。

「あの人、漂白クリームを使ってる」

「ええっ？」

「気がつかなかった？　顔が変な色だったよ。きっと陽焼け止めの入っていない安物を使ってるね。自分の肌を漂白する男って、ビコ（ねえ）、いったいどういうんだろ？」

ウジュおばさんは、気づかなかったわというように肩をすくめた。男の顔の緑がかった黄色い肌はこめかみのところが最悪だった。

「彼、悪くないでしょ。ちゃんと仕事にも就いている」そしてちょっと黙ってから「わたし、もう若くないの。ダイクに弟か妹をもたせてあげたいから」といった。

「ナイジェリアじゃ、彼みたいな男はおばさんに話しかける勇気さえないよね」

「ここはナイジェリアじゃないのよ、イフェム」

寝室に行く前にウジュおばさんは、いろんな不安に心揺らぎながらも「上手く行くように祈って」といった。
イフェメルは祈らなかったけれど、かりにそうしたとしても、ウジュおばさんがバーソルミューといっしょになれるよう祈るなんて耐えられなかった。ウジュおばさんが、たんに馴染みがあるものにあまんじるのが悲しかった。

マンハッタンがイフェメルを怖じ気づかせたのはオビンゼのせいだ。ブルックリンからマンハッタンまで初めて地下鉄に乗ったときは、両手が汗ばみ、通りを歩きながらひたすら観察し、吸収した。ハイヒールで走っていく妖精のような女性の、短いドレスをふわりとたなびかせる後ろ姿に見とれてつまずき、危うくころびそうになった。咳き込んで舗道の縁石に唾を吐くずんぐりした男、疾駆するタクシーに向かって手をあげる黒ずくめの少女。はてしない摩天楼が空を嘲笑うように林立していたが、ビルの窓には汚れが付着していた。なにもかもくらくらするような不完全さが、彼女を落ち着かせた。「すばらしいけれど天国ではない」とオビンゼに伝えた。イフェメルは彼もマンハッタンを見るのが待ち切れなかった。見かけたアメリカ人カップルみたいに、ふたりして手に手を取って歩いていって、店のウィンドウの前でぶらぶらして、立ち止まってレストランのドアに貼られたメニューを読んで、冷たいアイスティーのボトルを買うため屋台の店に立ち寄る。「もうすぐ」とオビンゼは手紙に書いてきた。「もうすぐ」と頻繁に言い合って、「もうすぐ」がふたりの計画に現実的な重さをあたえた。

ついに、ウジュおばさんの試験の結果が出た。イフェメルが郵便受けから取り出した封筒はとても軽くて、ごくありきたりな、均一な字体で「合州国医師免許試験」と印刷された封筒だった。それを長いあいだ手に持ったまま、良いニュースであってほしいと祈った。ウジュおばさんが部屋に入ってくるとすぐに、イフェメルはそれを高く掲げた。ウジュおばさんが息を呑んだ。「分厚い？　分厚い？」と訊いた。

「ギニ？（なに？）」とイフェメルが訊ねた。

「分厚い？」とウジュおばさんがまた訊いて、ハンドバッグを床に落として、つんのめるように突進してくる。両手を大きく広げ、顔には荒々しい期待が浮かんでいた。封筒をつかんで「やった！」と叫び、それから開封してその薄い紙を凝視し、確認した。

「ダメだったときは、分厚い封筒を送ってくるの、再受験のために」

「おばさん！　そうだと思ったよ！　おめでとう！」とイフェメル。

ウジュおばさんが彼女を抱き締めた。たがいに身体を寄せ合って相手のはずむ息を聞いていると、ラゴスでの温かい思い出がよみがえった。

「ダイクはどこ？」ふたつ目の仕事を終えて家に帰る時刻なのに、ダイクがまだ起きているみたいにウジュおばさんが訊いた。台所に行って、天井の明るい照明の下に立ち、結果をもう一度見つめる彼女の目が濡れていた。「これで、わたしはこのアメリカでホームドクターになれる」という声はほとんどささやき声になっていた。コークの缶を開けたのに手つかずだ。

あとでおばさんは「面接のためにこのブレーズをほどいてまっすぐに伸ばさなくちゃ。髪を編んだまま面接を受けちゃだめってケミがいってたから。ブレーズでいると、職業意識が低いって思われるんだって」といった。

「へえ、アメリカには髪を編んだお医者さんはいないの？」とイフェメル。

「彼らがいってることをいっただけよ。自分の国じゃないんだから。成功したければ、しなければいけないことをするまでよ」

またしてもウジュおばさんは耳慣れないナイーヴさで自分を毛布のように包んでいた。ときどき、会話をしているあいだにふとイフェメルの頭に浮かんできたのは、ウジュおばさんが故意に、自分自身のなにかを、基本的ななにかを、遠く忘れ去られた場所に置き去りにしたんだということだった。オビンゼはそれを、移住にともなう心身の不安定から来る行きすぎた感謝の念だといった。なんともオビンゼらしい説明だった。ひたすら待つ夏のあいだ彼女をしっかり繋ぎ止めていてくれたのはオビンゼだった——受話器から聞こえる彼の揺るぎない声と、航空便の青い封筒に入った長い手紙——そして夏が終りに近づくと、新たにイフェメルの胃のあたりを悩ます違和感を理解してくれたのもオビンゼだった。学校生活を開始して、本物のアメリカを知りたいと思ってはいたけれど、胃のあたりに感じる違和感と、不安と、それまで馴染んだブルックリンの夏への刺すようなノスタルジアまで加わったのだ。自転車に乗る子供たち、ぴっちりした白いタンクトップの筋骨隆々の黒人男たち、ちりんちりんと音を立ててやってくるアイスクリーム売りのヴァン、屋根のない車から聞こえるやかましい音楽、夜遅くまで沈まない太陽、そして湿気た暑熱のなかで腐って悪臭を放つものたち。イフェメルはダイクから離れたくなかった——ちらっと考えただけですでに失われた宝物という感覚が襲ってきた——それでいてウジュおばさんのアパートを出て、生活の基準や範囲を自分だけで決められる暮らしを始めたかった。

以前、ダイクがうらやましそうに、友達がコニーアイランドへ行って急斜面を走るジェットコースターに乗った写真を撮って帰ってきたんだと話していた。そこでイフェメルは出発する前の週末に「コニーアイランドへ行こう！」といってダイクをびっくりさせた。どの列車に乗るか、どうすればいいか、お金はいくらかかるか、みんなジェインから聞き出した。いい考えね、とウジュおばさんはいったけれど、お金は足してくれなかった。乗り物に乗ったダイクが怖さとスリルで金切り声をあげていた。小さな男の子が世界に向かって身も心も全開にしているのを見て、イフェメルは使ったお金のことは忘れた。ふたりはホットドッグを食べ、ミルクシェイクを飲み、綿あめを食べた。ダイクが「いっしょに女子用トイレに入らなくてもすむようになるのが待ち切れないよ」というのを聞いてイフェメルは笑いが止まらなかった。帰りの列車で、疲れたダイクは眠そうだった。「カズ、これまでいっしょにすごしたなかでサイコーの日だったね」といってイフェメルにもたれかかった。

終りつつある煉獄のほんのり苦いあまさがそれからの日々を包み、やがてダイクにさよならのキスをする日がやってきた。一度、二度、三度とキスをするあいだ、めったに泣かない子のダイクが泣いて、イフェメルも自分の涙をこらえ、ウジュおばさんが何度も何度も、フィラデルフィアはそんなに遠くないからといった。イフェメルはスーツケースを地下鉄の駅まで押していき、四十二番通りのターミナル駅まで行ってフィラデルフィア行きのバスに乗り込んだ。窓際の席に座ると――窓ガラスにだれかがチューインガムをまるめてくっつけていた――時間をかけて何度もンゴズィ・オコンクウォの社会保障カードと運転免許証を見た。ンゴズィ・オコンクウォは彼女より少なくとも十歳は年長で、細い顔をして、眉毛が小さな球で始まり弓なりの曲線を描き、あごはＶ字形をしていた。

「わたし、彼女と全然似てないよ」イフェメルはウジュおばさんからカードを渡されたときにいった。

「白人には私たちは全部おなじように見えるの」とウジュおばさん。

「ああ、そういうこと！」

「冗談いってるんじゃないのよ。アマラのいとこが去年やってきて、まだ許可証が取れないんで、ずっとアマラのＩＤで働いてるわ。アマラのこと覚えてる？　いとこのほうはとっても色が白くてほっそりしていた。ふたりは全然似てないの。でもだれも気づいてない。在宅介護の手伝いとしてヴァージニア州で働いている。いっとくけど、新しい名前は絶対に忘れちゃだめよ。忘れてしまった友達がいてね、いっしょに働いている人に名前を何度呼ばれても、自分のことだとわからなかった。それで怪しまれて、移民局に通報されてしまったんだから」

12

ギニカがいた。混雑した小さなバスターミナルに立っていた。ミニスカートに、胸は被っているけれど腹部を露出させるチューブトップを着て、イフェメルを拾いあげて本物のアメリカに投げ入れようと待ち構えていた。ギニカは以前の半分くらいにぐんと細くなって、大きく見える頭が長い首の上でバランスをとるようすが、どことなくエキゾチックな動物を思わせた。両手を広げて、さあおいでと子供を抱きとるように笑いながら「イフェムスコ！　イフェムスコ！」と歓声をあげたので、イフェメルは一瞬、中等学校時代へ引き戻された。青と白の制服を着てフェルトのベレー帽を頭にのせた女の子たちが、学校の廊下でわいわいゴシップを言い合う場面だ。イフェメルがギニカをハグした。たがいにきつく抱き合う芝居じみた抱擁だ。身を離してはまたしっかりと抱き寄せる動作をくり返すうちに、自分でも少し驚いたことに目に涙が滲んできた。「すごい！」と大きな身振りを交えながらギニカがいうと、何本も手首にはめた銀色のエメル。
「そっちこそいつから食べるのやめたの？　干し魚みたいになっちゃったねえ」とイフ
腕輪がじゃらじゃらと鳴った。「ホントにあんたなの？」

違反してるんだ、わたし」
ギニカは笑ってスーツケースをつかみ、出口のほうを向いた。「さあ、行こう。駐車
緑色のボルボが脇道の角にあった。怖い顔をした制服の女が、手に違反切符の冊子を
持って大股でこっちへやってくる。すかさずギニカは車に飛び乗り、車を発進させた。
「危なかった！」といってギニカは笑った。汚いTシャツを着たホームレスの男が荷物
を詰め込んだカートを押しながら、車のすぐそばで一休みするみたいに止まり、見ると
もなく前方をにらんでいた。ギニカは彼にちらりと目をやって車を大通りに出した。車
の窓を下ろして走った。フィラデルフィアは夏の太陽の匂いがした。焼けたアスファル
トの匂い、それに通りの角に押し込まれた屋台でじゅうじゅう肉を焼く匂いもした。屋
台のなかで褐色の肌をした外国人男女が背中をまるめている。そんな屋台で買うソース
の垂れるラム肉をピタパンで巻いたイロが好きになるにつれて、イフェメルはフィラデ
ルフィアを好きになっていくのだ。怖じ気づくような亡霊がよみがえるマンハッタンと
はちがう。ここは親しげな感じはしても田舎臭くはなく、人には親切な都会かもしれな
い。舗道には職場からランチに出かける女性たちが見えた。スニーカーを履いている。
アメリカ人が優雅さよりも快適さを優先する証拠だ。若いカップルが身を寄せ合って、

手を放したらふたりの愛も解けて消えてしまうかもしれないと心配するみたいに、ときおりキスするのが見えた。

「大家の車を借りてきたの。わたしのポンコツ車であんたを迎えにきたくなかったから。もう信じられないよ、イフェムスコ。あんたがアメリカにいるなんて！」とギニカがいった。彼女の痩せ方には見慣れないメタリックな魅力があった。オリーブ色の肌、持ちあがった短いスカートでどうにか股が隠れ、ひっきりなしに耳にかけなおすストレートヘアに混じるブロンドの筋が陽の光にきらりと光った。

「ほら大学都市に入るよ、ウェルソン・キャンパスのあるところ、シェイ・ユー・ノウ？（もしかして知ってる？）　まずあんたが行く学校を見て、それから郊外にあるわたしの部屋に行って、そのあとで夜は友達のアパートへ行こう。集まることになってるから」ギニカは急にナイジェリア英語になり、古びた時代遅れの言い方で、自分が変わっていないことを必死で示そうとした。何年も、半端ではない忠誠心でイフェメルと連絡を取り合ってきたのだ。電話をかけ、手紙を書き、本やスラックスとかいう不恰好なズボンまで送ってくれた。そしていま「シェイ・ユー・ノウ」といっている。「シェイ」なんてもうだれもいわないと、イフェメルはとてもいう気になれなかった。

ギニカはアメリカに来たばかりのころの自分の体験談を順を追って話してくれた。そこにイフェメルが必要とする巧妙な知恵がぎっしり詰まっているというように。

「高校で、ある人がわたしをボーニング（しかと）したっていったら、みんな爆笑したんだよ。ここじゃボーニングってセックスするって意味なの！　わたしはそれ、ナイジェリアじゃ怖い顔（キャリング・フェイス）で口きかないって意味だって説明しつづけなければいけなかった。それにハーフ・カースト（アフリカ人とヨーロッパ人の混血）がここじゃ悪いことばだなんて想像できる？　大学一年のとき、何人かの友人に故郷の学校でわたしが美人の人気投票で一位になったことを話してたのね。覚えてる？　わたしが勝つなんておかしかった、ザイナブが一位になるべきだった。あれはわたしがハーフ・カーストだったからよ。それについてはまだまだあってね。この国の白人たちから受けることになる侮辱、あれは嫌だわ。でもとにかく、わたしはみんなに故郷のことを話していたのよ、男子がみんなわたしを追いかけたのは、わたしがハーフ・カーストだからだって。そうしたら、わたしが自分をディスってるっていうの。だからいまでは自分のことをバイレイシャルだっていうことにしてる、だれかがハーフ・カーストっていったら怒らなくちゃいけないことになってるからね。母親が白人って人にずいぶんたくさん会ったけれど、みんないっぱい問題があるよ。アメリカに来るまでは自分が問題を抱えるのが当然なんて思ってもみなかった。正直いって、だれかがバイレイシャルの子供を育てるなら、ナイジェリアで育てなさいっていうわ」

「そうそう。あそこじゃ男の子はみんなハーフ・カーストの女の子を追いかけるもんね」

「男の子みんなじゃないでしょ、ほらあ」とギニカは顔をしかめてみせた。「オビンゼは急いでアメリカに来たほうがいい、あんたをだれかがさらわないうちに。だって、イフェムはここの人たち好みの身体をしてるもん」

「なに、それ?」

「細くて胸が大きい」

「ちょっと、わたしは細くないよ、スリムなの」

「アメリカ人は細いっていうのよ。ここじゃ細いは良いことばだから」

「それで食べるのをやめたわけ? お尻の肉がなくなっちゃったじゃない。ギニカみたいなお尻になりたいっていつも思ってたのに」とイフェメル。

「だって、ここに来てからほとんどすぐに体重を減らしはじめたんだもん、わかる? 拒食症寸前よ。通ってた高校の子がわたしのことポークって呼んだから。故郷じゃ体重が減ったら、悪いって意味だったよね。でもここじゃ、体重が減ったねっていわれたら、ありがとうっていうの。全然ちがうんだから」とギニカはちょっと憂鬱(ゆううつ)そうに、自分もアメリカに来たばかりのようにいった。

　あとからギニカの友人ステファニーのアパートで、ビール瓶を唇にあてて、アメリカなまりで口からぽんぽんことばを放り出すギニカを見ていて、イフェメルは、ギニカってそこにいるアメリカ人の友達みたいになったんだと強く感じた。日系アメリカ人のジェシカは活発な感じの美人で、自分が乗っているメルセデスのエンブレム付きのキーをもてあそんでいる。色白のテレサは大声で笑い、ダイヤのスタッズイヤリングをつけながら、足にはみすぼらしい履き古した靴だ。ステファニーは中国系アメリカ人で、あごのところで髪を内側にくるっと巻いた完璧なスウィンギー・ボブにして、ときどき自分のイニシャル付きのバッグから煙草を取り出して外へ行って吸った。珈琲色の肌に黒い髪をしたハリはインド人で、ぴっちりしたTシャツを着ている。ギニカがイフェメルを紹介すると「わたしはインド人よ、インド系アメリカ人じゃなくて」といった。みんなおなじことに爆笑し、おなじことに「むかつく！」といった。巧みな演出だった。ステファニーが冷蔵庫にホームメイドのビールがあると披露すると、だれもが「クール！」と歓声をあげた。するとテレサが気兼ねするように小声で「わたしはレギュラーがいいんだけどな、ステフ？」という。イフェメルは部屋の隅にぽつんと置かれた肘掛け椅子に座ってオレンジジュースを飲みながらひたすら話を聞いていた。「あの会社はめっちゃ悪い」「ああ、この製品にこんなにたくさん砂糖が入ってるなんて信じられない」「インターネットは世界をすっかり変えることになるよね」ギニカの質問する声が聞こえた。「口臭予防のあのミントキャンディに動物の骨から採った成分が使われてるの、知ってた？」それを聞いてみんながうめき声をあげた。暗黙の了解事項をギニカは知っていて、やり方を完璧にマスターしていた。ウジュおばさんとちがって、アメリカにやってきたときのギニカには、若さという柔軟性と流動性があったのだ。文化に馴染む手がかりを皮膚感覚で取り込み、いまではボウリングもするし、トビー・マグワイアが何者かも知っているし、重ね塗りするリップグロスも発見済みだ。ビールの瓶と缶が積みあげられていった。それぞれがソファの上で、床のラグの上で、はなやかな倦怠感を漂わせてくつろいでいる。CDプレイヤーから流れるヘビーロックがイフェメルには耳ざわりな不協和音に聞こえた。テレサの飲みっぷりがダントツで、飲み干したビールの空き缶が木の床に次々ところがるあいだに熱狂的な笑い声があがったけれど、イフェメルにはさっぱり理解できない。じつは、そんなに可笑しくなかったのだ。いつ笑うべきなのか、どういうことで笑うべきか、どうしたらわかるんだろう?


ギニカがディナーパーティに着ていくドレスを買っていた。実習生として働いている法律事務所のオーナーが開くパーティだ。

「あんたもなにか買ったほうがいいよ、イフェム」

「どうしてもってとき以外は十コボだって無駄にできないもん」

「十セントね」

「十セント」

「上着と寝具類はあげるけど、タイツくらいは必要よ。もうすぐ寒くなるから」

「なんとかする」とイフェメルはいった。そうするつもりだった。その必要があれば、ありったけの服を全部重ね着すればいい、仕事が見つかるまでは。お金を無駄にすることをひどく恐れていた。

「イフェム、わたしが払うから」

「それほどたくさん給料もらってないでしょ」

「まあそれなりに稼いではいるからさ」とギニカは機転を利かした。

「すぐに仕事が見つかるといいんだけど」

「見つかるって、心配しないで」

「わからないのは、どうしてみんなわたしがンゴズィ・オコンクウォだって思うかってこと」

「面接のとき運転免許証を見せちゃダメよ。社会保障カードだけ見せること。たぶん訊かれないと思うけど。たいした仕事じゃなければ訊かれないことだってあるし」

ギニカが先に立って衣料品のブティックに入っていった。けばけばしすぎるとイフェメルは思った。ナイトクラブみたいだ、大音量のディスコミュージックが流れて、内部は薄暗く、細い腕をした黒ずくめの若い女性店員がふたり、てきぱきとすごい速さで動きまわっていた。ひとりはチョコレート色の肌をして、長い黒髪に赤褐色のハイライト入りのかつらをつけている。もうひとりは白人で、真っ黒な髪を背中に垂らしている。その店員が近づいてきた。

「いらっしゃいませ、こんにちは？　どんな物がご入用でしょうか？」歌うような、はずんだ声だ。ハンガーから服をはずし、棚から出して広げて、ギニカに見せた。イフェメルは値札を見ながら、ナイラに換算して「あらあ！　どうしてこんなに高いの？」と叫んでしまった。衣服のいくつかを手に取って注意深く調べて、それがなにかを見ていった。下着なのかブラウスなのか、シャツなのかドレスなのか、なかにはよくわからないものもあった。

「これがぴったり、よくお似合いですよ」と店員がきらきらしたドレスのことを、たいそうな秘密でも打ち明けるみたいにいうと、ギニカが「あらそうかしら、ホント？」といった。ひどく興奮している。試着室の明るすぎる光の下で、ギニカはそのドレスを試着し、爪先立って歩いた。「すごくいいわ」

「でもそれ、形がはっきりしない」とイフェメルがいった。角張った袋に暇をもてあました人がでたらめにスパンコールを縫いつけたみたいに見えたのだ。

「ポストモダンよ」とギニカ。

ギニカが鏡の前に立ってあちこち整えているのを見て、イフェメルは自分もまた、形のはっきりしないドレスがいいというギニカの好みを共有することになるのかな、こんなふうにアメリカは人を変えるのかな、と思った。

レジでブロンドのレジ係が「だれかお手伝いしましたか？」と訊ねた。

「ええ」とギニカ。

「チェルシーですか？　それともジェニファー？」

「ごめんなさい、名前はわからないわ」ギニカはあたりを見まわして、応対してくれた店員を指差そうとしたけれど、若い店員たちはそろって奥の試着室に入ってしまって姿が見えなかった。

「長い髪をしていましたか？」とレジ係が訊ねた。

「あら、ふたりとも髪が長かったけど」

「黒い髪をしたほうですか？」

ふたりとも黒い髪だった。

ギニカが微笑んでレジ係を見ると、レジ係も微笑んでコンピュータの画面に目を向けた。じっとり沈んだ二秒が過ぎてから、レジ係が快活な声でこういった。「だいじょうぶです、あとで調べて、間違いなく、対応した者の販売点になるようにしますから」

店を出ながらイフェメルがいった。「彼女がいまいうか、いまいうかって待ってたんだけれど——二本足でしたか、目はふたつですか、それともひとつですかって。なんで、ただ、黒人でしたか白人でしたかって訊かないの？」

ギニカが吹き出した。「だってこれがアメリカだからよ。ある種のことがらには気づかないふりをすることになってるの」


ギニカはイフェメルに、家賃を節約するためいっしょに住んだらいいといったけれど、彼女のアパートは遠すぎた。メインライン地区の外れにあるため、毎日、電車でフィラデルフィアまで通うのは交通費がかかりすぎた。ギニカとウェスト・フィラデルフィアでアパートを見てあるき、台所の不潔な食器棚や、がらんとした寝室を走り抜ける鼠にびっくりした。

「スッカで住んでた寮は汚かったけれど鼠(ラット)はいなかったな」

「ここじゃ鼠はマウスっていうの」とギニカ。

　イフェメルは賃貸契約を結ぼうと思った――節約が鼠といっしょに住むことであるなら、それでもいいかと――するとギニカの友人が、格安物件、学生向き、という貸間の話を教えてくれた。黴臭いカーペットが敷かれたその四部屋のアパートはパウェルトン街のピザ屋の二階にあった。薬物中毒者がときどきクラック用パイプを落としたりする場所で、みじめったらしくひん曲がった金属片が陽の光にきらりと光ったりしていた。イフェメルの部屋がいちばん安く、いちばん狭く、隣のビルの擦り傷だらけの煉瓦壁に面していた。犬の毛がふわふわ舞っていた。ルームメイトのジャッキー、エレナ、アリソンは見た目がほとんど入れ替わり可能、全員、華奢(きゃしゃ)な体格をして腰が細く、栗色の髪はアイロンで伸ばしたみたいにまっすぐで、狭い玄関にラクロスのスティックが積みあげられていた。エレナの飼っている大きな黒い犬がぶらぶら歩きまわるところは、ぼさぼさ毛の驢馬(ろば)みたいだった。ときどき階段を下りたところに犬の糞がこんもりと出現すると、エレナが「きみねえ、まずいことになってるよ！」と叫ぶ。ルームメイトの手前、一芝居うっているみたいに、だれもが台詞を知っているお馴染みの役回りを演じるのだ。犬は屋外で飼えばいいのにとイフェメルは思った。犬の持ち場は屋外なんだから。引っ越した週のこと、エレナから、どうして犬を撫でたり、犬の頭をかいたりしないのかと訊かれて、イフェメルは「犬は好きじゃないの」と答えた。

「それって、文化的なことかな？」

「どういう意味？」

「つまり、中国じゃ猫の肉とか犬の肉とか食べるみたいだから」

「故郷のボーイフレンドは犬が大好きよ。わたしが好きじゃないだけ」

「おお」とエレナはいって、眉間に皺を寄せてイフェメルを見た。ボウリングはしたことがないとイフェメルがいったとき、ジャッキーとアリソンが見せたのとおなじ表情だ。ボウリングをしたことがないまま正常な人間になれるのかといわんばかりの顔。彼女はいま、まったく知らない人たちと冷蔵庫、トイレ、浅い親しさを共有しながら、自分の人生の外縁に立たされていた。「すごい！」「それはすごい！」としょっちゅういって、びっくりマークにまみれて暮らす人たち。シャワーではスクラブを使わない人たち。浴室には彼女たちのシャンプーやコンディショナーやジェルが散らかっているのに、スポンジは一個もない。このスポンジの不在こそがイフェメルにとっては絶対に理解できない不可解なものに思えた（母親にまつわる最初の記憶、それは浴室でイフェメルの前にバケツを置き、「ングワ（いいかい）、おまえの脚のあいだをよおく、よおく、こすること……」という場面で、母親に自分がどれだけきれいにできるかを見せるため、イフェメルはへちまをちょっとごしごしやりすぎて、それから数日、ぎこちなく両脚を広げて歩くことになったのだ）。ルームメイトの暮らしには疑問の入り込む余地なしという感じがあって、当然というその前提がイフェメルを魅了した。どんなものでも、もっと欲しいものはなんであれ――ビール、ピザ、バッファロー・ウィング、酒――「じゃあ買いにいこう」といった。この買うという行為にお金は不要といわんばかりだった。故郷ではそんなプランを立てる前にまず「お金ある？」と訊いたものだ。ピザの箱をキッチンテーブルに置きっぱなしにするため、キッチンそのものが何日もとっちらかっていたし、週末には友人たちが居間に集まり、冷蔵庫にビールのパックが積み重ねられ、トイレの便座に乾いた尿の筋が残った。

「パーティやるの。いっしょにおいでよ、面白いから！」とジャッキーがいったのでイフェメルはぴったりフィットのズボンをはき、ギニカから借りたホルターネックのブラウスを着た。

「着替えないの？」出かける前にイフェメルはルームメイトに訊いた。全員がだらしないジーンズのままだ。ジャッキーが「もう服は着てるじゃん。なにいってんの？」と笑った。その笑いはまた別の異国の病理が立ちあらわれたことを暗示していた。彼女たちはチェスナット通りにある男子寮のクラブハウスへ行ったけれど、そこでは全員が立ったままウォッカのたっぷり入ったパンチをプラスチックのカップで飲むだけで、ついにイフェメルはダンスはないのだと理解した。ここではパーティをするとは、立って飲みながら歩きまわることなのだ。パーティ会場の学生たち全員が、擦り切れた服にたるんだ襟の寄せ集めで、服はどうあっても着古しでなければと思っているようだった（数年後に、彼女のブログにこんな投稿があらわれることになる――きちんとした服を着ることでは、アメリカ文化はひどく自己充足的で、自分を提示する丁重さを軽視するだけでなく、その軽視が美徳にまでなっている。「われわれは非常に優れていて／多忙で／クールで／堅苦しさを捨てたのだから、他人に自分がどう見えるかなんてわざわざ気にかけたりしない、だからパジャマで登校してもいいし、下着のままショッピングモールに行ったってかまわないのだ」）。彼らはどんどん酔っぱらって、床にのびてしまう者が出ると、だれかが倒れている者の露出している皮膚にフェルトペンで書きはじめた。「俺をフェラってくれ！」「行け、シクサーズ（「シクサーズ」はフィラデルフィアのバスケットボールチームの愛称）！」

「ジャッキーがいってたけど、きみってアフリカから来たの？」と野球帽を被った男の子が訊いてきた。

「ええ」

「すっごくクール！」と彼がいったので、イフェメルはこのことをオビンゼに男の子の口調を真似ながら伝えている自分を想像した。オビンゼは彼女から話の脈絡をすべて聞き出して、微に入り細にわたって質問し、ときには大笑いするものだから声が受話器にびりびり響いたりした。イフェメルは彼にアリソンの一件を教えた。アリソンが「ねえ、軽く食べにいくから。いっしょにおいでよ！」というので、イフェメルは招待だと思った。故郷では招待といえばそういう意味なので、アリソンかだれかがご飯をごちそうしてくれると思ったのだ。ところがウェイトレスが請求書を持ってくるとアリソンは、それぞれがドリンクを何本注文したか、だれが前菜にイカリングを食べたかを慎重に確認しはじめ、だれも他人の食べた分を払ったりしないようにしたのだ。オビンゼはそれを聞いてすごく可笑しがり、ついに「それがきみにとってのアメリカだな！」といった。

イフェメルにとって可笑しかったと思えるようになったのは、あとから思い出したときのことで、そのときはホスピタリティの境界線上に立たされた戸惑いを顔に出すまいと必死だった。チップを払うことにも当惑した——請求額の一五から二〇パーセントのチップを上乗せしてウェイトレスに渡すなんて、なんだか限りなく賄賂っぽい、有無をいわさず効率よく賄賂を取る制度みたいだった。

13

最初、イフェメルは自分が別の人間になっていることを忘れていた。サウス・フィラデルフィアのアパートを訪ねると、ドアを開けたのは疲れ切った顔の女性で、鼻をつく強烈な尿の臭いのなかに通された。居間は暗くて換気が悪く、建物全体が何カ月も、何年も、溜め置いた尿のなかに浸かっていたのではないかというほどで、こんな悪臭のなかで毎日働くことになるのかと思った。アパートの奥のほうで男がうめき声をあげている。低い不気味な音だ。それはうめくことしかできない人間の立てる音で、彼女を怖じ気づかせた。

「あれは父です」と女性はいって、相手を値踏みする鋭い視線でイフェメルを見た。

「あなた、力は強い？」シティ・ペーパー紙の広告欄で強調されていたのは頑強であることだった。「頑強な在宅介護者。現金払い」

「強いです、仕事はこなせます」とイフェメルはいって、すぐにでも背を向けてアパートから逃げ出し、走りに走って遠ざかりたい気持ちとたたかった。

「きれいななまりね。どこの出身？」

「ナイジェリアです」

「ナイジェリア。あそこはいま戦争中じゃなかった？」

「いいえ」

「ＩＤを見せてくれる？」と女性はいって、それから運転免許証をちらりと見て「あなたの名前どう発音するの？　もう一度いって」

「イフェメル」

「えっ？」

　イフェメルはあわやパニックになるところだった。「ンゴズィです。ンは鼻音です」

「そう」女性は途方もない疲労感を滲ませながら、耳にしたふたつの異なる音を問題にするのも億劫そうだった。「住み込める？」

「住み込みですか？」

「ええ。父といっしょにここに住んでもらいます。予備の寝室はあるので。週に三日の夜勤。朝、彼を清拭してほしいの」ここで女性はちょっと黙った。「あなた、かなり細身だわね。じゃあ、これからまだふたり面接するので、それが終ったら連絡します」

「そうですか。ありがとうございます」この仕事は自分にまわってこないなと思ったけれど、そのほうがありがたかった。

「ンゴズィ・オコンクウォです」と鏡の前で何度も練習してから、シービューというレストランで次の面接を受けた。「きみのことゴズって呼んでいい？」と握手してからマネージャーが訊いたので、ええ、と答えた。でも、ええ、という前にちょっと間があいた。短い、ほんのわずかな間だったが、とにかく間があいてしまったのだ。それが、その仕事に就けなかった理由かもしれないとイフェメルは思った。

あとでギニカが「ンゴズィはトライバル・ネームで、イフェメルがジャングル・ネームで、もうひとつスピリチャル・ネームってのも加えればよかったんだよ。そういうアフリカについての侮蔑（シット）なら彼らはなんだって信じるんだから」といった。

ギニカは笑った。自分がなにをいっているかわかっている野太い笑いだった。イフェメルも笑ったけれど、そのジョークが完全に理解できたわけではなかった。急に霞がかかったような、白い蜘蛛の糸のなかを必死で手探りしているような感覚に襲われた。ものが半分見えない秋が始まっていた。それは困惑の秋、自分にはつかみ切れない意味が何層も重なっていることを思い知る秋だった。

世界はガーゼに包まれていた。物の形は見えるけれど、十分くっきりとは見えないのだ。どうすべきか知っていなければいけないのに自分にはそれがわかっていない、詳細を手のうちに収めていなければいけないのにできていない、そんな感じだとオビンゼに伝えた。すると彼は、イフェメルの順応がすごく早いことを思い出させてくれた。彼の口調はいつも落ち着いていて、いつも心が癒(いや)された。ウェイトレス、ホステス、バーテンダー、レジ係に応募して結果を待ったが仕事は決まらず、そのことでイフェメルは自分を責めた。なにかをちゃんとやっていないのかもしれない、でも、それがなんなのかわからなかった。秋になった。雨がちで、空が灰色だった。乏しい銀行口座からどんどんお金が減っていく。「ロス」で売ってるいちばん安いセーターでさえびっくりするほど高かったし、バスや列車に乗る交通費が加わり、日用雑貨の支払いをするときはディスプレーをじっと見ながら、合計額が三十ドルに達すると「そこまでにして。残りは買わない」といって節約に精を出しても、預金残高はぐんぐん減っていった。毎日、台所のテーブルに自分宛の手紙が置かれているような気がした。大文字で「下記の日付までに授業料の納入がなければ、あなたの登録は凍結されます」と印刷された授業料の請求書が入った封筒が。

彼女を震えあがらせたのはことばではなく太い大文字の書体だ。これから起きるかもしれない結果が不安だった。おぼろげだが休みなく続く不安。授業料を払わないため警察に逮捕されるとは思わなかったけれど、アメリカで授業料を払わなかったらどうなる？　オビンゼはなにも起きないといったけれど、納入計画を立てることについて大学の会計責任者に話をしてみるといい、そうすれば少なくとも彼女がなにか手を打とうとしていることになるから、といった。ランカスター街の混雑したガソリンスタンドで買った安価なテレホンカードでオビンゼに頻繁に電話をかけた。番号を出すためカードをこすって金属粉を落としているだけで、またオビンゼの声が聞けるという期待で胸がいっぱいになった。彼が気持ちを落ち着かせてくれた。彼には自分の感情をそのまま出せた。両親と話すときのように、とても元気よ、ウェイトレスの仕事がもうすぐ決まりそう、授業にも上手く溶け込んでいる、と無理に朗らかな声を装わなくてもよかった。

一日のハイライトはダイクと話すときだ。電話の向こうから、テレビでこんなのを観たとか、ゲームボーイで初めて高得点をあげたとか、声を張りあげるダイクに心が温まった。「いつこっちを訪ねてくるの、カズ？」としょっちゅうダイクは訊いた。「僕、イフェメルに世話してもらいたいよ。ミス・ブラウンのとこなんか行きたくない。トイレが臭いんだもん」

ダイクが恋しかった。こんなことダイクには理解できないと自分でもわかっていながら、それでもしゃべってしまうことがあった。ランチのとき芝生に腰をおろしてサンドイッチを食べる教授のこと、彼は自分をファーストネームでアルと呼べといって、スタッド付きの革ジャケットを着てオートバイに乗っていることまでしゃべった。初めてダイレクトメールを受け取った日、イフェメルはダイクに「なんだと思う？　今日、手紙が来たんだよ」といった。そのクレジットカードの事前承認通知には、彼女の名前が正確なスペルで、優雅なイタリック体で記されていたのだ。それで心が浮き浮きして、自分が少しだけ見える存在になって、自分の存在感が少しだけ増した。だれかが彼女を認めたのだ。

14

それからクリスティナ・トマスだ。洗いざらしたような顔立ち、淡青色の目、色褪せた髪、青白い肌のクリスティナ・トマスが笑顔で受付に座っていた。白っぽいタイツをはいた脚が死体のように見えた。暖かい日だった。イフェメルは緑の芝生に足を伸ばして座っている学生たちのあいだを歩いていった。「新入生歓迎」の看板の下でお祝いの風船が房になっていた。

「こんにちは。登録はここでいいですか?」とイフェメルがクリスティナ・トマスに訊いたとき、まだ彼女の名前は知らなかった。

「ええ。あら。あなた。外国人。留学生?」

「ええ」

「まず。最初に。留学生。課。から。手紙。を。もらって。きて。ください」

同情からイフェメルは軽く微笑んだ。クリスティナ・トマスはなにか病気を抱えているにちがいない。だからこんなにゆっくり唇をひねったりすぼめたりして、留学生課への道順を教えるのだろうと思ったのだ。ところが手紙を持って戻ると「いくつか。書類を。書き。込んで。もらわ。なければ。ならない。けれど。書き方。わかり。ますか？」とクリスティナ・トマスはいった。それで、クリスティナ・トマスがそんなしゃべり方をするのは、イフェメルのせいだ、彼女の外国なまりのせいだと知って、一瞬、自分が小さな子供になったような気がした。てきぱき動けない、よだれを垂らした子供に。

「英語は話せます」

「それはそうでしょ。ただ、どれだけちゃんと話せるか、わからないでしょ」とクリスティナ・トマスはいった。

イフェメルはひるんだ。イフェメルが書類をつかむ寸前、クリスティナ・トマスと目が合った。その張り詰めた一瞬、彼女はひるんだ。枯れ葉のように身が縮んだ。イフェメルは生まれてからずっと英語を話してきた。中等学校では討論クラブでリーダーをやっていたし、アメリカ式の鼻にかかった発音は粗野だとずっと考えていたのだから、萎縮したりひるんだりすべきではなかった。なのに、ひるんでしまったのだ。秋の冷気が訪れたそれからの数週間、イフェメルはアメリカなまりでしゃべるようになっていった。

アメリカの学校は楽だった。宿題はメールで送ればいいし、教室はエアコンが効いていて、教授たちは喜んで追試をやってくれた。でも教授が「参加」と呼ぶものはどうにも落ち着かず、なぜそれが学年試験の一部になるのかわからなかった。ひたすら学生にしゃべらせるだけで、わかりきった中身のないことばや、まったく意味のないことばで授業時間が空費されるだけなのだ。アメリカ人はきっと小学校のときから、授業では常に、とにかくなにかいうよう教えられてきたのだろう。そんなわけでイフェメルは舌を強ばらせて座っていた。まわりの学生たちはみんな悠々と席に座って、みんな知識が豊富だった。授業で扱うテーマについての知識ではなく、クラス内でどうすべきかを知っていたのだ。彼らは「知りません」とは決していわなかった。その代わり「よくわかりません」といった。それは情報は出せないにしろ知識は得ている可能性を暗示していた。それにアメリカ人はゆっくり歩いた。歩き方にリズムがなかった。直接的な命令表現を避けて、「二階のだれそれに訊きなさい」とはいわずに「二階のだれそれに訊いてはどうかな」といった。人がつまずいて転んだり、喉を詰まらせたり、不運に見舞われたときに、「ソーリー」とはいわずに「アー・ユー・オーケー?」といった。だいじょうぶではないのはわかりきっているときに、そういうのだ。そして彼らが喉を詰まらせたり、つまずいたり、不運に見舞われたときに、こちらが「ソーリー」というと、驚いて目をぱちくりさせて「おお、あなたが悪いわけじゃない」というのだ。それに「エキサイティッド」という語をやたらと使った。教授は新しい本にエキサイトし、学生は授業にエキサイトし、政治家はテレビで法律についてエキサイトし、とにかくみんなエキサイトしっぱなしなのだ。日々、耳にする表現にびっくり仰天、ぎくりとするものもあって、オビンゼの母親ならどう受け取るだろうと思った。be動詞の単数と複数をごっちゃにするし、「寝ころぶ（ライ・ダウン）」を「寝かせる（レイ・ダウン）」っていうし、「shouldn't have」は「shouldn't of」だし。「ここのアメリカ人って、英語をちゃんと話せないんだよ」とイフェメルはオビンゼに教えた。登校初日に医療センターを訪ねたとき、イフェメルは隅にある無料コンドームの容器をいささか長すぎるくらい凝視した。健康診断を受けたあと、受付の人に「ユー・アー・オール・セット！」といわれたけれど、意味がわからずにぽかんとした。「ユー・アー・オール・セット！」ってどういう意味だろうと思ったが、どうやら必要なことはすべてやったということらしかった。

　毎朝、目が覚めるとお金のことが心配になった。必要な教科書を買うと部屋代が足りなくなりそうなので、授業中は教科書を借りることにして必死でノートをとったけれど、あとからそれを読むと、何が書いてあるかわからないこともあった。クラスで友達になったサマンサは細身の女性で、「陽に焼けやすいから」と口癖のようにいって陽の光を避け、ときどき、イフェメルに教科書を家に持って帰っていい、「明日まで貸してあげる、必要ならメモを取ればいい」といってくれた。「何年か前にカレッジからドロップアウトして働いたんで、厳しいのはわかってるから」というサマンサはぐんと年上で、安心して力を貸してもらえた。イフェメルが専攻するコミュニケーション学のほかの学生たちのような、ぼんやり者の十八歳ではなかったからだ。それでも教科書を一日以上借りることはなかったし、ときには家に持ち帰るのを辞退した。人に頼まなければならないことが心苦しかったのだ。授業が終るとキャンパス内のベンチに座って、中央にある大きな灰色の彫刻のそばを歩いていく学生たちを観察することもあった。みんな思いのままにできる生活をしているように見えた。仕事が欲しいときに仕事に就けて、その頭上には、街灯柱から小さな旗が晴れやかにはためいていた。

アメリカのことをすべて理解したいというイフェメルの思いは切実だった。いますぐにでも、わけ知り顔のできる新しい皮膚をすっぽり被って、スーパーボウルであるチームを応援し、トウィンキーがなにか、スポーツの「ロックアウト」はどんな意味かを理解して、オンスや平方フィートで計測して、本当はケーキだと考えずに「マフィン」を注文して、あほらしいと思わずに「超お買得品をゲット」といいたかった。

オビンゼがアメリカの本を読んだらいいといってくれた。小説でも歴史の本でも伝記でもいいからと。最初のメールで——スッカではインターネットカフェがオープンしたばかりだった——彼は書籍リストをあげていた。まずはジェームズ・ボールドウィンの『次は火だ』。イフェメルは図書館の棚のそばに立ったまま、うんざりするのを覚悟で最初の章をざっと読んだが、そのうち椅子のところに移動して座って読みつづけ、四分の三ほど読んでしまってから読むのを中断して、書架からボールドウィンの本をかたっぱしから取り出した。自由時間は図書館ですごした。照明がすばらしく明るいのだ。ずらりとならぶコンピュータ、広くて、清潔で、風通しの良い読書スペース、そのまばゆいほどの心地よさが罪深い頽廃のように思えた。イフェメルはそれまで、あまり大勢の人の手を経たためページがなくなったり取れたりした本を読むことに慣れていた。それがいま背表紙がぴんとした本に囲まれているのだ。

　オビンゼに読んだ本の感想を書いた。慎重で贅沢な手紙がふたりのあいだに新たな親密感を作り出した。そしてついにイフェメルは書物が彼におよぼした力を理解しはじめた。彼が詩の「イバダン」ゆえにイバダン大学に憧れた理由が謎だったのだ。どうして一連のことばが人に未知の土地への切ない憧れを抱かせるのか？　革の匂いのする、未知の愉悦を約束する書物が、何列も何列もならんでいるのを発見した数週間のあいだに、下方の肘掛け椅子に膝を曲げて座ったり、上階の蛍光灯の光がページを照らすテーブル席に座るうちに、イフェメルはついに理解した。オビンゼのリストにあった本を読みながらも、手当たり次第に本を引っ張り出しては最初の一章を読んで、どの本を図書館内で一気に読むか、どの本を借り出すかを決めた。読み進むにつれて、アメリカの神話が意味をもちはじめ、アメリカの部族主義――人種、イデオロギー、宗教――が明らかになっていった。イフェメルは新たな知識によって心が癒され、励まされた。

「エキサイトしたっていったね？」と、ある日オビンゼが訊いた。彼の声が可笑しそうだった。「メディアの授業にエキサイトしたって」

「わたし、そういった？」

新しいことばがイフェメルの口からこぼれ落ちていたのだ。立ち込めていた霧が晴れていった。故郷では毎晩下着を洗って、浴室内の隅に目立たないように干したものだった。いまでは籠に積みあげておいて金曜の夜に洗濯機に放り込んだし、汚れた下着が溜まっていくのを見てもふつうのことだと思うようになった。読んだ本に鼓舞されて授業でも遠慮なく発言して、教授と意見が一致しないことになるかとはらはらしても、返ってくるのは、態度が悪いという叱責ではなくて、励ますようなうなずきだった。

「授業で映画を観るんだよ」とイフェメルはオビンゼに教えた。「ここでは映画のことを本とおなじくらい重要なものとして話すの。それで映画を観て、その感想をレポートにして、ほとんど全員がAをもらう。想像できる？　アメリカ人って真剣さが足りないよねっ」

歴史の上級クラスでムーア教授が「ルーツ」のシーンをいくつか観せた。ムーア教授は小柄で、おずおずとした、友達がいない人に特有の感情欠乏症の表情をした女性だ。暗くした教室のボードに鮮やかなイメージが映し出された。プロジェクターのスイッチを切ったとき、壁の上にぼうっと白い画面がしばらく浮かんで消えた。イフェメルが初めて「ルーツ」を観たのはスッカのオビンゼの家の居間だった。オビンゼと彼の母親といっしょにソファに沈み込むように座ってビデオを観たのだ。クンタ・キンテが鞭で打たれて奴隷の名前を押しつけられるところで、オビンゼの母親がいきなり立ちあがった。ひどく唐突に、レザー・クッションにつまずきそうになって部屋から出ていったのだけれど、赤くなったその目をイフェメルは見逃さなかった。殻を作って自分の領域に閉じこもり、プライバシーを厳守するオビンゼの母親が、映画を観て泣いたことに驚いた。いま、窓のブラインドがあがり、教室がふたたび光のなかに浸されていくと、あの土曜の午後がよみがえった。あのときイフェメルは自分には感情が足りないのかな、オビンゼの母親を見ながら自分も泣けたらいいのにと思ったのだ。

「映画における歴史的表象について話し合いましょう」とムーア教授がいった。

教室の後方から、きっぱりした女性の声が、非アメリカ人のしゃべり方でこう訊いた。

「なぜ『ニガー』がビーッという音で消されたんですか？」

するといっせいに、小さな風のようなため息が、教室内を吹き抜けた。

「そうですね、これは全国に放映されたテレビ番組の録画で、ここで話し合いたいと思ったことのひとつが、私たちが歴史をポップカルチャーのなかでどのように表象しているかであり、そのNで始まる語の使用はもちろんその重要な部分です」とムーア教授はいった。

「そこがわたしにはまったく理解できません」ときっぱりした声がいった。イフェメルは振り向いた。発言者のナチュラルヘアは男子並みのショートカットで、広い額の、肉の落ちた美形の顔は、テレビで見かける長距離走でいつも優勝する東アフリカ人の顔を思わせた。

「わたしがいっているのは『ニガー』は現に存在することばだということです。人はそれを使っています。それはアメリカの一部です。人びとに多くの苦痛を引き起こしてきたのですから、音を被せてそれを消すなんて侮辱的です」

「ええと」とムーア教授はいって、助けを求めるようにあたりを見まわした。

教室のまんなかから、ざらついた声がした。「ええと、それはこのことばが引き起こしてきた苦痛のせいで、だから**使うべきではない**のです！」**べきではない**のですがぴりぴりとあたりに響き渡った。発言者は竹のフープイヤリングをしたアフリカン・アメリカンの女子だ。

「ようするに、口にするたびにその語がアフリカン・アメリカンを傷つけるということですよね」と最前列に座った、色の白いぼさぼさ髪の男子がいった。

イフェメルが手をあげた。フォークナーの『八月の光』を読んだばかりで、それが頭にあった。「必ずしも、いつも傷つけることになるとは思いません。そのことばがどういう意図で使われるかによるし、だれがそれを使うかにもよると思います」

隣席の女子が突然、顔を真っ赤にして発言した。「ちがうわ！　だれが使おうとことばはおなじです」

「そんなのナンセンスです」ふたたびきっぱりした声がした。恐れない声。「かりにわたしの母が棒でわたしを殴るとしたら、見知らぬ人がわたしを棒でなぐるのと、それはおなじではありません」

　イフェメルはムーア教授を見た。「ナンセンス」という語はどう受け取られただろう。教授が気づいたようすはなく、むしろ、おぼろげな恐怖で強張った顔には薄ら笑いが浮かんでいた。

「アフリカン・アメリカンが使うときは別だというのは賛成ですが、でも、映画のなかで使われるべきだとは思いません、なぜなら、そうなるとその語を使うべきではない人たちがそれを使ってほかの人たちの感情を傷つけることができるからです」と肌の色の薄いアフリカン・アメリカンの女子がいった。教室に四人いる黒人の最後のひとりで、マゼンタの濃淡という落ち着かない色調のセーターを着ている。

「でもそれでは現実から目をそらすことになってしまう。以前そのように使われていたなら、そのように表象されるべきです。隠すことは問題の解決にはなりません」ときっぱりした声。

「ええと、あなたがたみんなが私たちを売り飛ばしたりしなければ、こんなふうに話をしたりすることもなかったのよ」といったのは、ざらついた声のアフリカン・アメリカンの女子で、低いながらはっきり聞き取れる声だった。

　教室は沈黙に包まれた。やがてまたあの声がした。「お気の毒ですが、でも、たとえアフリカ人が他のアフリカ人によって売られたりしなかったとしても、大西洋奴隷貿易は行われていたはずです。それはヨーロッパ人の企みだった。自分たちのプランテーシヨンに必要な労働力を探していたヨーロッパ人の問題なんです」

ムーア教授が小さな声で意見をはさんだ。「オーケー、ではここで歴史がエンタテインメントのために犠牲にされる方法について話し合いましょう」

授業が終り、イフェメルときっぱり声の持主はなんとなく相手のほうへ近づいていった。

「ハーイ。わたし、ワンブイ。ケニア出身。あなたはナイジェリア人でしょ、ちがう?」すばらしく手強い雰囲気を漂わせている。だれであれ、なんであれ、きちんと糾さずにはいられないといった感じの人だ。

「そう。わたしはイフェメル」

ふたりは握手した。こうして彼女たちは数週間のうちに、それから長くつづく友情を結ぶことになるのだ。ワンブイはアフリカ人学生協会(ASA)の会長だった。

「ASAを知らないの? 木曜の次の集会にいらっしゃいよ」と彼女はいった。

集会はウォートン・ホールの地下にある、ぎらつく照明の、窓のない部屋で開かれ、紙皿、ピザの箱、ソーダの瓶が金属板のテーブルに山と積まれて、折りたたみ椅子がいいかげんな半円形にならんでいた。ナイジェリア人、ウガンダ人、ケニア人、ガーナ人、南アフリカ人、タンザニア人、ジンバブエ人、それにコンゴ人とギニア人がひとりずつ、椅子に座って食べながら、意気盛んにしゃべっている。そのばらばらのなまりが心慰める混交をかもし出していた。彼らはアメリカ人がいったことをからかい半分に真似た。

「きみはとっても上手な英語を話すんだね」「きみの国のエイズのひどさはどう?」「アフリカで一日一ドル以下で生活するなんて悲しすぎるよな」そして彼ら自身がアフリカを嘲笑し、不条理や愚行の話を交換しながら、嘲笑しても安全だと感じていた。なぜならその嘲笑はある場所をもう一度そっくり見直したいという切望から、胸が張り裂けそうな願望から、生まれたものだったからだ。イフェメルはここなら、穏やかに、大きく自己変革できそうな気がした。ここなら自分のことを説明する必要がなかったのだ。

ワンブイはみんなにイフェメルが仕事を探していることを伝えた。長く編んだ髪を何本も垂らした、女の子っぽさ全開のウガンダ人ドロシーが、自分が働いているセンター・シティのレストランが募集中だといった。でもまず、と工学と政治学を同時専攻しているタンザニア人のムウォンベキが、イフェメルの履歴書を見て、ナイジェリアで三年間大学に通ったことは削ったほうがいいな、アメリカ人は下級労働者の学歴が高すぎるのは好きじゃないから、といった。ムウォンベキはどこかオビンゼを思わせた。あの気安さ、あの静かな強さ。集会で彼はみんなを笑わせた。よく「僕が小学校でいい教育を受けたのはニエレレ(タンザニアの初代大統領)の社会主義のおかげさ」といった。「でなければいまごろダルエスサラームで観光客向けの醜悪なシマウマを彫ってたはずだよ」新しい学生がふたり、初めて顔を見せた。ひとりはガーナ出身、もうひとりはナイジェリア出身だ。ムウォンベキが歓迎の挨拶だと称してこう述べた。

「頼むからKマートに行って五ドルだからってジーンズを二十本も買わないでくれ。ジーンズが逃亡することはない。明日もそこにあって、もっと安くなってるだろう。きみたちはいまアメリカにいるんだ、ということはつまり、ランチに温かい料理を食べられると思ってはいけない。あのアフリカ的味覚は捨てること。小金持ちのアメリカ人の家を訪ねたら、彼らは家を案内しようときみにいうだろう。われわれの故郷の家なら、だれであれ、きみの父親の寝室に近づいたら父親はかんかんに怒るが、そういうことは忘れろ。われわれの常識としてはせいぜい居間まで、どうしてもってときにトイレだよな。しかし、アメリカ人にはにっこり笑って、案内される通りに家を見てまわり、必ずどれもすてきだっていうこと。それにアメリカ人カップルが見さかいなく身体を触れ合っても驚いてはいけない。カフェで列にならびながら女子が男子の腕に触り、男子が彼女の肩に腕をまわし、肩だとか背中だとか、もみもみ、もみもみ、やるだろうが、頼むからそんな真似はしないでくれ」

ここでみんながどっと笑った。ワンブイはスワヒリ語でなにか叫んだ。

「すぐにきみたちはアメリカなまりを身につけるようになるだろう。なぜなら、電話に出た顧客サービス係から何度も『はあ？　はあ？』といわれたくないだろうから。ここにいる仲間(ブラザー)のコフィみたいに、完璧なアメリカなまりでしゃべるアフリカ人をすごいと思いはじめるだろう。コフィの両親はコフィが二歳のときにガーナからやってきたが、彼のしゃべり方に騙されないこと。彼らの家に行けばわかるが、毎日ケンケを食べている。父親は彼の成績がCになるとひっぱたいた。彼らの家にはアメリカ式ナンセンスはない。彼は毎年ガーナに里帰りする。コフィのような人たちをわれわれはアメリカン・アフリカンと呼ぶ、アフリカン・アメリカンではない、これは奴隷の祖先をもつ、われらが兄弟姉妹を呼ぶときに使う」

「Bマイナスだよ、Cじゃない」とコフィが茶々を入れた。

「われらがアフリカン・アメリカンの兄弟姉妹とは真のパンアフリカニズム（アフリカ大陸と世界に散らばるアフリカ系の人々の連帯を謳う思想）の精神で友達になるよう心がけてくれたまえ。だが忘れてはいけない、同胞たるアフリカ人との友情を維持すること、それがバランスの取れた物の見方に大いに貢献するだろう。いつもアフリカ人学生協会の集会に出てくれ、しかし必要とあらば、黒人学生連合（BSU）にも出かけてみるといい。心に留めておいてほしいのは、一般的にアフリカン・アメリカンは黒人学生連合に行き、アフリカ人はアフリカ人学生協会へ行くことだ。重なる部分もあるが、数はそれほど多くはない。BSUに行くアフリカ人は自信がないので、人の口からケニアという語が飛び出しただけですぐに『自分の出身地はケニアだ』ときみに教えるようなやつだ。われわれの集会にやってくるアフリカン・アメリカンは「母なるアフリカ」について詩を書き、アフリカ人はすべてヌビア（ナイル川中流域にあったとされる古代王国）の女王だと思うやつだ。もしもアフリカン・アメリカンがきみをマンディンゴ（もとは西アフリカのマリンケ民族のことだが、巨大なペニスをしたポルノ映画の黒人俳優の意もある）とかブーティ・スクラッチャー（原義は「尻っ掻き」）と呼んだら、そいつはきみがアフリカ人であるゆえに侮辱していることになる。アフリカについてきみを困らせるような質問をするやつもいるが、心が通じるやつもいるだろう。また、黒人でも白人でもアメリカ人よりは、韓国人、インド人、ブラジル人など、とにかく他の在留外国人のほうが楽に友達になれそうだと思うだろう。在留外国人の多くはアメリカのヴィザを取得しようとしたときのトラウマを理解しているから、それが友情を結ぶいいきっかけになるんだ」

ここでさらに笑い声があがり、ムウォンベキ自身も大声で笑った。まるで自分のジョークを初めて聞くみたいに。

集会から帰ったあと、イフェメルはダイクのことを考えた。カレッジで彼はどっちへ行くだろう、ASAかな、それともBSUかな。彼はアメリカン・アフリカンとアフリカン・アメリカンのどちらと見られるのだろう。彼が何者であるかは、いずれ自分で決めなければならないだろうが、むしろ、彼が何者であるかは周囲が決めることになるのだろうか。

ドロシーが働くレストランで受けた面接は上手くいったと思った。ホステスという仕事柄、上等のスカートをはいて出かけ、にっこり微笑み、しっかり握手した。マネージャーは見るからに、あふれんばかりの笑みを浮かべる、愛想のいい女性で、「すばらしい！　お話しできてとてもよかったわ！　すぐにご返事しますからね！」といった。だからその夜、電話が鳴ったとき、仕事が決まった知らせだと期待して、すぐに受話器を

「イフェム、ケドゥ？（元気？）」ウジュおばさんだった。

ウジュおばさんは仕事が決まったかと電話ばかりしてきた。「決まったら真っ先におばさんに電話するから」と前回の電話でいったのは昨日のことだったのに、また電話してきたのだ。

「元気よ」とイフェメルはいって「まだ仕事は決まってない」と言い足した。するとおばさんが「ダイクが困ったことになって」といった。

「えっ？」

「ミス・ブラウンの話では、あの子が女の子と洋服ダンスのなかに入ってたっていうの。女の子は三年生。明らかにあの子たち、あそこを見せ合ってたのよ」

沈黙が流れた。

「それだけ？」とイフェメル。

「それだけって、どういうこと？　まだあの子は七歳にもなってないのよ！　いったいなんなの？　こんなことのためにわたしはアメリカにやってきたわけ？」

「じつは先日、そのことについて授業で資料を読んだばかりなんだけど。それはノーマルだって。子供ってそういうことに早くから興味をもつものだって、自分ではちゃんと理解できてないけど」

「ノーマルってクワ？（なに？）　全然ノーマルじゃないでしょ」

「おばさん、子供のころは私たちも好奇心旺盛だったじゃない」

「七歳で、そんなことはなかった！　トゥフィアクワ！（とんでもないわ！）　どこであんなことを覚えたんだろ？　あの託児所に行ってからよ。アルマが辞めてミス・ブラウンのところへ行きはじめてからあの子は変わった。家での躾がなってないあそこの荒っぽい子供たちから、ろくでもないことを仕入れてくる。この学期が終ったらマサチューセッツに引っ越すことにしたから」

「あら、そうなの！」

「そこで実習を修了することにして、ダイクがもっといい学校ともっといい託児所に通えるようにする。バーソルミューがボストンからワーリントンという小さな町へ引っ越して、そこで仕事を始めるって、だから私たちにとっての再出発になる。あそこの小学校はとてもいいの。それに町の開業医がパートナーを探しているし、患者数が増えてきたからって。話をしたら、わたしが実習を終えたら彼のところで働くことに関心を示してくれた」

「ニューヨークを離れてマサチューセッツの村へ行くわけ？　そんなふうに実習を途中でやめられるの？」

「もちろん。友達のオルガなんか、ロシアから来たんだったかな？　彼女もやめるんだけど、新しいプログラムでは一年分をもう一度やらなければいけないの。彼女、皮膚科の開業医になりたいって、ここでは患者の多くが黒人で、彼女がいうには、皮膚病が黒人の皮膚じゃちがって見えるって。だから黒人の住む地域で開業することにならないよう、患者が白人の地域へ移りたがってる。彼女を責められないよ。間違いなくわたしのプログラムのほうがランクはずっと高いけれど、小さな場所のほうが仕事の機会に恵まれるってこともあるから。それに、バーソルミューにわたしが本気じゃないって思われたくないし。もう若くないのよ、わたしは。もう一度やり直してみたいから」

「本気で彼と結婚するつもりなんだ」

ウジュおばさんはからかい混じりに怒ってみせた。「イフェム、私たちはその段階はとっくに過ぎたの。引っ越したら裁判所に出かけていって結婚する。そうすれば彼も法的にダイクの父親として行動できるし」

イフェメルの耳にビービーという割り込み電話の音が聞こえた。「おばさん、かけなおすから」といって、返事を聞かずにスイッチを切り替えた。レストランのマネージャーからだった。

「残念ですが、ンゴズィさん。もっと適任の人を雇うことになりました。幸運を祈ります！」

イフェメルは受話器を下ろして母親のことを考えた。母親がしょっちゅう悪魔のせいにしたことを。「悪魔は嘘つきだ。悪魔が私たちを邪魔したがっている」イフェメルは電話機をにらんで、それからテーブルの上の請求書を見た。息が詰まりそうな緊張感が胸にこみあげてきた。

15

男は背が低く、筋肉過多の身体で、薄くなり出した髪が陽にさらされて白茶けていた。ドアを開けるなり容赦なく彼女を品定めしてにやりと笑い、「なかに入って。事務所は地下だ」といった。イフェメルは肌がちくちくし、不快感がこみあげてきた。薄い唇の顔はなんだって金次第といっているようだ。汚職や買収にすっかり馴染んでいる人間の雰囲気があった。

「とても忙しいのでね」湿った臭気が鼻につく窮屈なホームオフィスで、男は身振りで椅子を示しながらいった。

「広告を見てそう思いました」とイフェメル。広告には、「アードモアの多忙なスポーツコーチのための個人アシスタント、コミュニケーションと対人関係のスキルが必要」とあった。イフェメルは椅子に腰をおろした、というか腰を軽くのせただけだが、突然、自分はいま、シティ・ペーパーの広告を読んだあとアメリカの見知らぬ家の半地下で、見知らぬ男とふたりきりになっているんだと考えていた。男はジーンズのポケットに深々と両手を突っ込み、狭い歩幅でせかせかと行ったり来たりしながら、自分がテニスコーチとしてどれほど引っ張りだこかをまくしたてた。床に積まれたスポーツ雑誌の山につまずきそうだ。見ているだけでくらくらしてきた。男はせかせかと動きながら早口で話したが、表情は薄気味悪いほど油断がなかった。大きく見開かれた目はさっきから随分まばたきをしていない。

「いいかな。仕事はふたつある。まず事務仕事、もうひとつはリラックスの助手。事務仕事はすでに埋まった。彼女には昨日から働いてもらっている、ブリンマー・カレッジに通っていて、一週間かけて未処理の仕事を片づけてもらう。そのなかに必ず未開封の小切手があるはずだから」といって男は片手をポケットから出し、散らかり放題の机を示した。「いま必要なのはリラックスの助手だ。きみがその仕事をするつもりならやってもらう。百ドル払おう。上乗せすることも可能だ。必要に応じて働くことになる、決まったスケジュールはない」

一日に百ドル、ほぼ月極めの家賃になる。イフェメルは椅子に座り直した。「リラックスの助手、というのは具体的にどういうことですか?」

じっと男を見ながら、説明を待った。この郊外に来るのにどれだけ交通費を使ったかが気になりはじめた。

「いいか、きみは子供じゃないだろ。仕事がきついために眠れないんだ。リラックスできない。薬はやらない、だから自分にはリラックスする助手が必要だと思ったんだ。マッサージはできるだろ、僕がリラックスするのを手伝ってくれればいい。これまでにもやってもらったことはある、だが彼女はピッツバーグへ引っ越してしまった。実入りのいい仕事だ、とにかく彼女はそう思った。大学の借金を返すのに大いなる助けになったんだから」男がこれまでさんざん女たちにおなじことをいってきたのが語りのペースでわかった。十分に考えたうえでことばを口にしていた。親切な人ではない。彼がどういう意味でいっているのか完全には理解できなかったけれど、それがなんであれ、彼女は来たことを後悔していた。

　イフェメルは立ちあがった。「少し考えてからお電話してもいいですか?」

「もちろん」といって男はいきなり肉厚の肩をすくめた。苛々(いらいら)と、こんな濡れ手で粟の話がわからないとは信じられないといわんばかりに。帰りぎわもさっさとドアを閉めて、「ありがとうございました」という彼女の挨拶に返事はなかった。駅まで歩きながらイフェメルは使った交通費を悔やんだ。木々は鮮やかに色づいて、赤や黄色の葉があたりを黄金色に染めている。つい最近どこかで読んだことばが浮かんできた。「自然界の最初の緑は金色だ(アルフレッド・R・ファーガソンの詩)」ぴりっとした空気と乾いた香気に、ハルマッタンが吹くころのスッカが思い出されて、いきなり強烈なホームシックに襲われた。それはあまりに鋭く、あまりに唐突で、目に涙が滲んできた。

　仕事の面接に出かけたり、仕事の電話をかけるたびに、これが最後、うまく行く、今度こそウェイトレス、ホステス、ベビーシッターの職が決まる、と自分を鼓舞したけれど、たとえ自分は元気だと思おうとしても、心の片隅ではすでに憂いが濃くなっていた。

ギニカに「わたし、どこが間違ってるのかなあ?」と訊くと、彼女は、忍の一字よ、諦めないで、といった。イフェメルは履歴書をタイプしなおし、さらにタイプしなおし、ラゴスでウェイトレスをしていた経歴をでっちあげ、ギニカの名を雇用者として書いて彼女の子供のベビーシッターをしていたことにし、ワンブイの家主の名前を使い、面接を受けるたびににっこりと心から笑みを浮かべ、しっかり握手して、アメリカで仕事の面接を受けるにはどうすればいいか、読んだ本が薦めることをすべてやった。それでも決まらなかった。外国なまりのせいだろうか? 経験がないからだろうか? でも彼女のアフリカ人の友達はみんな仕事に就いているし、カレッジの学生はいつだって未経験で仕事に就くのだ。チェスナット通りのガソリンスタンドに行ったとき、大柄なメキシコ人の男が彼女の胸に目をやりながら「ここで助手をやりたい? 俺のために別のやり方で働かない?」といった。それからにやりと笑って、好色な眼差しをいっときも引っ込めることなく、仕事はもう埋まったと告げた。イフェメルは母親がいっていた悪魔のことをさらに頻繁に考えるようになり、ここでは悪魔が大手を振っているのかもしれないと想像した。際限なく足したり引いたりしながら、なにが必要でなにが不要かを見極め、週ごとに米と豆を料理してそこから少しずつ電子レンジで温めて昼食と夕食にした。オビンゼが送金しようかといってくれた。彼のいとこがロンドンから訪ねてきて数ポンドくれたのだ。それをエヌグでドルに両替するという。

「ナイジェリアからわたしにどうやって送金するの? それじゃあべこべじゃない」と

イフェメルはいった。それでも彼は送金してくれた。百ドルあまりを注意深くカードのあいだに折り込んで。

ギニカは忙しかった。研修生として長時間働いていて、ロースクールの試験勉強もあったのだ。それでもイフェメルの仕事探しがどうなっているかとよく電話をくれた。いつもアップビートの声でイフェメルを希望に向かって急き立てるように話した。「その女性のおかげでわたしがいまの研修をやることになったんだけど、そのキンバリーが電話してきて、ベビーシッターが辞めるんで探してるっていうの。あんたのことを話したら、彼女、あんたに会いたいって。もしも雇ってもらえたら、内緒で現金で払ってくれるから、例の偽名を使わなくてよくなるよ。明日はいつ終る？　あんたを面接に連れていくから」

「その仕事が決まったら最初の月の手当をそっくりあげる」とイフェメルがいうとギニカが笑った。

ギニカが車を停めたのは、裕福さを公言するような家の車まわしで、石造りの外装は堅牢かつ高圧的、入口にはものものしく四本の円柱がそそり立っていた。キンバリーが玄関のドアを開けた。細くて直線的な女性だ。顔にかかった豊かな金髪を両手で払う仕草が、片手ではとてもその髪を扱い切れないのだといっているようだった。

「お会いできて嬉しいわ」と彼女はイフェメルに向かって微笑み、握手するあいだもずっと笑顔だった。小さな手の骨張った指の華奢なこと。金色のセーターを着て、信じられないほど細いウエストをベルトで締めて、金色の髪をして、金色のフラットにいる女性は、この世のものとは思えない、陽の光のようだった。

「こちらは姉のローラ。訪ねてくれたの。まあ、毎日のように訪ね合ってるわね、私たち！　ローラはすぐ隣に住んでいるのよ。子供たちは明日までわたしの母といっしょにポコノスに出かけていて。とにかくお会いするのはあの子たちがここにいないときがベストだと思ったの」

「ハーイ」とローラがいった。彼女もキンバリーとおなじように細くて直線的で金髪だ。イフェメルはオビンゼに彼女たちのことを伝えるとき、キンバリーは骨細の小鳥みたいな印象がして、あっけなく砕けてしまいそうな感じだけれど、ローラは鷹のような鋭い嘴に腹黒そうな感じだったということになるのだろう。

「こんにちは、イフェメルです」

「すてきな名前だこと」とキンバリー。「なにか意味があるの？　多文化的な名前って大好き、だってすばらしく豊かなカルチャーに由来する、すばらしい意味があって」というキンバリーの顔には、「カルチャー」にはカラフルな人たちのカラフルなめずらしい世界があり、「カルチャー」という語には常に「豊かな」をつける必要があると考える人の、心優しい微笑みが浮かんでいた。彼女はノルウェーには「豊かな文化」があるとは考えないのだろう。

「意味はわからないのです」とイフェメルがいうと、ギニカの顔にちらりと面白がっている表情が浮かぶのが、見えたというか勘でわかった。

「お茶を召しあがる？」と訊きながらキンバリーが案内したキッチンは、ぴかぴかのクロムと大理石でできた、裕福な家の、なにもないスペースだった。「私たちはお茶派なの、でももちろんほかの飲み物もありますよ」

「お茶がいいですね」とギニカがいう。

「イフェメル、あなたは？」とキンバリーが訊ねた。「わたしの発音はたどたどしいわね、でも本当にとても美しい名前。本当に美しいわ」

「いいえ、正確に発音なさっています。わたしはお水かオレンジジュースをいただければ」イフェメルはあとでキンバリーが「美しい」を一風変わった言い方で使うと気づくことになる。「これから大学院出の美しい友人に会うのよ」とか「この美しい女性といっしょに都市内部（インナーシティ）をめぐるプロジェクトで働くの」と彼女がいう女性はいつも、ごくふつうの容貌ながら必ず黒人であると判明するのだ。その冬が終るころ、ある日イフェメルがキンバリーと巨大なキッチンテーブルについてお茶を飲みながら、子供たちが祖母に連れられて外出先から帰ってくるのを待っているとき、キンバリーが「おお、この美しい女性を見て」と雑誌のなかのぱっとしないモデルを指差した。特徴をあげるなら肌がとても黒いというだけのモデルだ。「彼女、驚くほど美しいと思わない？」

「いいえ、思いません」といってイフェメルは少し間を置き、「ただ『黒い』とおっしゃればいいんですよ。黒い人全員が美しいわけではないんですから」といった。

不意を突かれたキンバリーの顔に、ことばにならない表情が広がり、やがて微笑みが浮かんだ。それはふたりが本当に友達になった瞬間だったとイフェメルは考えるようになるのだけれど、でもその最初の日から、イフェメルはキンバリーが好きになった。壊れそうな美しさ、表情豊かな紫がかった目、それはオビンゼが自分の好きな人のことを表現するのによく使う「オビ・オチャ」、心のきれいな人だった。キンバリーはイフェメルに子供を扱った経験について質問し、自分が聞きたいのは語られない部分なのだというように、注意深く耳を傾けた。

「彼女はCPR（心肺蘇生法）の資格はないわけね、キム」とローラがいった。それからイフェメルのほうを向いて「そのコースを学びたいと思う？　子供の世話をすることになればとても大切なことよ」といった。

「学びたいと思います」

「ギニカの話では、あなたがナイジェリアを出てきたのは大学の教授たちがずっとストライキをしているからだそうだけれど、そう？」キンバリーが質問した。

「ええ」

ローラがわけ知り顔でうなずいた。「恐ろしい、アフリカの国々ってなにが起きているのやら」

「ところで、どうしてアメリカに来ることにしたの？」とキンバリー。

イフェメルは初めてスーパーマーケットに行ったときに感じためまいのことを語った。シリアルの棚で、故郷でいつも食べていたコーンフレークを買おうとすると、突然、目の前にものすごい種類のシリアルの箱があって、色とりどりの色んな柄のついた箱がならんでいて、くらくらするのを必死でこらえたのだと。イフェメルがこの話をしたのは可笑しいと思ったからだけれど、それはアメリカ人のエゴを無邪気にくすぐった。

ローラが笑った。「目に浮かぶわね、あなたがくらくらしそうなのが！」

「そう、この国では本当になんでもやりすぎよね」とキンバリー。「きっとお国では、すばらしいオーガニックの野菜や食べ物をたっぷり食べていたのでしょうね、でもここではちょっと事情がちがうことがわかりますよ」

「キム、ナイジェリアでそんなすばらしいオーガニックの食べ物を食べていたなら、彼女はなぜアメリカにやってくることになったの？」とローラ。子供のころ、ローラはきっと妹の愚かさを暴露するお姉さん役を演じていたのだ。常に優しく上機嫌で、大人の親戚といっしょにいたがるような子だ。

「そうね、たとえ少量の食べ物しかなくても、わたしがいっているのは、おそらくすべてがオーガニック野菜で、ここで食べてるフランケンシュタインも真っ青の遺伝子組み換えの食べ物はないはずってことよ」とキンバリーはいった。姉妹のあいだに刺々しい雰囲気が漂うのをイフェメルは感じた。

「テレビのこと、まだいってないじゃない」とローラがいって、イフェメルのほうを向いた。「キムの子供たちには、テレビはPBS（全米ネットの公共放送）しか観せてないの。だからキムがあなたを雇うとしたら、しっかりついていてなにが起きているか監視しなければいけません、とくにモーガンは要注意」

「わかりました」

「わたしはベビーシッターは使わない」ローラは「わたしは」を当然のように強調しながらいった。「わたしはフルタイムの母親で、なんでも自分で手がけるの。アシーナが二歳になったら仕事に戻ろうと思っているけれど、でもあの子を人に預けるなんて耐えられるかしら。キムも本当はそうなのよ、でもときどき忙しくなるのね、すばらしい慈善事業をやっていて、だからわたしはいつもベビーシッターのことが心配で。最後のマーサはすばらしかったけれど、その前の人はちょっとね、なんて名前だったかしら、モーガンに不適切な番組を観せたのよ。わたしは娘にテレビはまったく観せてない。テレビには暴力場面がありすぎると思うから。もう少し大きくなったらアニメを少しだけ観せるかもしれないけれど」

「でもアニメにも暴力場面はありますよね」とイフェメルがいった。

ローラは困惑顔になった。「でもアニメでしょ。子供たちはリアルなものがトラウマになるのよ」

ギニカがイフェメルに目くばせした。眉間の皺が「いわせておけ」といっていた。小学生のころ、イフェメルは銃殺隊がローレンス・アニニを殺すところを目撃したことがある。武装強盗をするアニの神話に彼女はうっとりしていた。新聞社に警告の手紙を送り、盗んだもので貧しい人に食べ物をあたえ、警察がやってきたときはすっかり姿を消しているのだ。「なかに入りなさい、子供が見るものじゃない」といった母親はなかば上の空で、イフェメルはすでに銃殺の現場をほとんど見ていた。柱に荒っぽく縛りつけられたアニの身体が銃弾を受けるたびにびくんびくんと痙攣して、やがてロープで十文字に縛られたままだらりとなった。いまイフェメルはそのことを考えていた。脳裏に焼きついてはいるが、ごくありふれたことのように思えた。

「家をお見せするわ、イフェメル」とキンバリーがいった。「ちゃんと発音できたかしら？」

部屋から部屋へ見てまわり——娘の部屋はピンクの壁にフリルのついたベッドカバー、息子の部屋にはドラムセットがあって、コーナーにある磨きあげられた木製のピアノの上には家族写真がところ狭しとならべられていた。

「あれはインドで撮った写真なの」とキンバリー。人力車のそばに彼らがTシャツ姿で立っていた。金色の髪を後ろでまとめたキンバリー、背が高くて細身の夫、小さな金髪の息子と少し年上の赤い髪の娘、全員が水の入ったボトルを手にして微笑んでいる。写真を撮るときは、セーリングでもハイキングでも、観光地を訪れたときも、たがいに身体を寄せ合い、のびやかな四肢と白い歯を見せて彼らは必ず微笑んでいた。見ているうちにイフェメルはテレビのコマーシャルを思い出した。いつも実物以上に見せる光のなかで生き、窮地に陥ることさえ傍目に見れば楽しそうな人たち。

「出会った人のなかには無一物の人もいたわ。まったくの無一物、でも彼らはすごく幸せだった」といって、キンバリーがピアノの後方から抜き出した写真には、彼女の娘がふたりのインド人女性と写っていた。女性たちの皮膚は黒っぽく荒れていて、微笑んだ顔が抜けた歯の空隙を示していた。「この女性たち、とてもすばらしかった」

　イフェメルはまた、キンバリーが貧しい人は清廉潔白だと考えていることを知った。貧困とはかすかな光であり、貧しい人たちが悪意や敵意を抱くとは思ってもみないのだ。なぜなら貧しさが彼らを聖別したのであり、偉大な聖人とは外国の貧しい人だったからだ。

「モーガンはあれが大好きなの、それはネイティヴ・アメリカン。でもテイラーは怖いって！」キンバリーが指差したのは、林立する写真のなかの小さな彫刻像だった。

「おお」とイフェメルはいったものの、モーガン、テイラー、どっちが男の子でどっちが女の子なのか一瞬わからなくなった。どちらも姓のように聞こえたのだ。

　イフェメルが帰ろうとした矢先にキンバリーの夫が帰宅した。

「やあ！　こんにちは！」といって彼は滑るようにキッチンに入ってきた。背が高く、陽に焼けて、いかにも如才がない。その髪は長めの毛足といい襟元をかすめるほぼ完璧なウェーブといい、髪のケアには細心の注意を払っていることが見て取れた。

「きみがナイジェリアから来たという、ギニカの友達かな」といって彼は微笑んだ。自分の魅力を十二分に意識しているのがありありとわかる微笑みだ。まっすぐ人の目を見つめるのは、その人に興味があるからではなく、そうすれば自分がその人に興味があると思われることを知っているからだ。

彼があらわれたときキンバリーはかすかに息を呑んだ。声色が変わった。自分の女らしさを過剰に意識する甲高い声でしゃべっていた。「ドン、あなた、早かったのね」といってふたりはキスした。

ドンはイフェメルの目をのぞき込むようにし、ナイジェリアに行き損なった話をした。シャガリ（一九七九〜八三年の大統領）が選ばれた直後で、自分は国際開発局のコンサルタントとして働いているときだったが、土壇場で旅行が取り止めになって悔しかった、なぜなら聖地へ行ってフェラの演奏を見たいと思っていたからで、と無造作に、親しげに、フェラの名前を口にした。まるでフェラは、イフェメルと彼が共有する秘密だといわんばかりに。その語り口には、首尾よく誘惑しようとする期待感があった。イフェメルは彼を凝視し、口数少なく、罠にはまらないぞと思いながら、キンバリーに奇妙な同情を覚えた。ローラのような姉とこんな夫を背負わされているなんて。

「ドンとわたしはマラウィのとても良い慈善事業に関わっているのよ、実際にはドンのほうがわたしより熱心だけれど」といってキンバリーはドンを見たが、彼はしかめっ面をして「まあ、ベストは尽くしているが、われわれが救世主ではないことはわきまえているよ」といった。

一本当に訪問旅行を計画すべきね。孤児院なの。アフリカにはまだ行ったことがないし。アフリカでやっている慈善事業でなにかするのはとっても好き」

キンバリーの表情が緩み、目がうるんでいる。イフェメルは一瞬、自分がアフリカ出身であることが申し訳なくなった。漂白した歯に豊かな髪のこの美しい女性が、こんな哀れみを、こんな絶望感を、深く掘り下げて感じなければならないなんて。イフェメルは明るく微笑んだ。キンバリーの気分が良くなってほしかったのだ。

「もうひとり、面接をするので、そのあとで連絡しますが、あなたは私たちのところに本当にぴったりだと思います」とキンバリーはいってイフェメルとギニカを玄関まで送ってきた。

「ありがとうございます」とイフェメル。「こちらで働かせていただけたらとても嬉しいです」

翌日、ギニカが電話をかけてきて、浮かない声でメッセージを残していた。「イフェム、すごく残念なんだけど。キンバリーはもうひとりのほうを雇ったわ。でも、あなたのこと心に留めておくって。あんまり落ち込まないで、そのうち上手く行くから。またあとで電話するね」

イフェメルは受話器を投げつけたかった。心に留め、い、い、い、ておく。なんでギニカはそんな空疎なことばをわざわざくり返したんだろう？「心に留めておく」なんて。

秋も終りだった。木々の枝が角のようになり、枯れ葉がときおりアパートに舞い込み、家賃の支払い期限が迫っていた。ルームメイトの小切手がキッチンテーブルに次々と重ねられていった。すべてピンクで花柄の縁がついている。無駄な装飾だとイフェメルは思った。小切手に花をあしらうなんて、小切手の真正さを奪っているようなものだ。小切手のそばにメモがあり、ジャッキーの子供じみた筆跡で「イフェメル、私たち、家賃の支払いがもう一週間も遅れている」と書いてあった。小切手を切れば口座は預金ゼロになる。ラゴスを発つ前に母親がメンソレータムの小さな瓶を手渡しながら「これをバッグに入れていきなさい、寒くなったときのために」といった。スーツケースをかきまわしてそれを探しあて、蓋(ふた)を開けて匂いを嗅いで、鼻の下に少しこすりつけた。その匂いで泣きたくなった。留守電のランプがちかちかと点滅していたけれど、聞かなかったのは、どうせまたいつものウジュおばさんからのメッセージだろうと思ったからだ。「だれかから連絡があった？　近くのマクドナルドかバーガーキングは試してみた？　広告を出していなくてもことも募集中ってこともあるんだから。来月までお金は送ってあげられない。わたしの口座もすっからかん、はっきりいって、研修医なんて奴隷仕事よ」

求職欄をインクで囲った新聞が床に散らばっていた。その一枚を拾いあげて、ぱらぱらと、すでに目を通した広告欄を見た。「エスコート」という文字がまた目に入った。ギニカがいうには「エスコートはダメよ。売春じゃないっていってるけど、売春のことだから。最悪なのは取り分が稼いだ四分の一ぽっきりだってこと。業者が残りを巻きあげる。一年生のときやってた子を知ってるの」イフェメルは広告を読んで、また、電話しようかと考えたがやめておいた。最後に受けたウェイトレスの面接の結果が来るかもしれなかったからだ。小さなレストランで、給料はなし、チップのみという条件だった。仕事を頼むときはその日のうちに電話をくれるといっていたので、夜遅くまで起きて待っていたが電話はかかってこなかった。

それからエレナの犬がベーコンを食べた。ペーパータオルの上に温めたベーコンのスライスをのせて、冷蔵庫を開けるために背を向けたすきに、犬がペーパータオルごとベーコンを呑み込んでしまったのだ。イフェメルは自分のベーコンがあるはずの、なにもない空間を凝視し、それから犬を、その得意満面の顔を凝視しているうちに、頭のなかで暮らしのフラストレーションが一気に煮えくり返った。犬が彼女のベーコンを食べてしまった。犬が彼女のベーコンを食べて、犬が彼女のベーコンを食べて、なのに彼女には仕事がないのだ。

「あなたの犬がわたしのベーコンを食べたよ」イフェメルは、キッチンの反対側でバナナをスライスして、シリアルのボウルに落としているエレナに向かって声をあげた。

「わたしの犬が嫌いなんでしょ」

「もっとちゃんと躾をしなさいよ。キッチンテーブルから人の食べ物を食べちゃいけないでしょ」

「あんたこそ、ヴードゥーでわたしの犬を殺さないでね」

「なにそれ？」

「ただの冗談よ！」とエレナ。にやにや笑うエレナ、尻尾を振っている彼女の犬。イフェメルは全身を暗い怒りが駆け抜けるのを感じた。エレナに近寄り、顔に一発お見舞いしようかと手を挙げ、そこではっとなってようやく自分を抑えて、背を向けて二階にあがった。ベッドに腰をおろして膝を抱え込み、いまやった自分の反応に動揺した。あんなふうにすぐにかっとなってしまうなんて。階下ではエレナが電話に向かって金切り声をあげていた。「神かけて誓うわ、くそ女がわたしを殴ろうとしたんだよ！」イフェメルがずぼらなルームメイトをひっぱたいてやりたかったのは、よだれを垂らした犬が彼女のベーコンを食べてしまったからというより、彼女が世界と戦闘状態だったからだ。毎朝、ひとり残らず彼女に敵対してくる顔のない群衆を想像しながら、打ちひしがれて目が覚めたからだ。明日を思い描けないことに怯えた。両親が電話してきて留守電にメッセージを残したときは消さなかった。声を聞くのはこれで最後かもしれないと思ったからだ。こうして海外で、また故郷に帰ることができるかどうかさえわからないまま暮らすのは、愛が不安に変わるのをじっと見ていることだった。母親の友達のブンミさんに電話して、呼び出し音が鳴りつづけても出る人がいないと、パニックになった。ひょっとして父親が死んで、ブンミさんはそれをどうやって彼女に伝えていいかわからないのではないかと不安に駆られたのだ。

しばらくしてから、アリソンが彼女の部屋をノックした。「イフェメル？　念のためなんだけど、あなたの部屋代、まだテーブルに置いてないよね。私たち、支払いがすごく遅れてるのよ」

「わかってる。いま書いているところ」イフェメルは仰向けにベッドに横になっていた。部屋代のことで問題を起こすルームメイトになどなりたくなかった。ギニカが先週、グロサリーを買ってくれたのもすごく嫌だった。階下からジャッキーが声を張りあげるのが聞こえた。「私たちになにをしろっていうの？　彼女の親じゃないんだからさあ」

イフェメルは小切手帳を取り出した。小切手を切る前にダイクと話をしたくて、ウジュおばさんに電話した。ダイクのあどけなさで気分を一新し、それからアードモアのテニスコーチに電話をかけた。

「いつ仕事を始めたらいいでしょう？」

「いますぐこっちへ来たら？」

「オーケー」

イフェメルは腋毛を剃り、ラゴスを発ってから一度もつけていないリップスティックを引っ張り出した。その大部分が空港でオビンゼの首筋にこすりつけられてしまったものだ。テニスコーチとは、どんなことになるのか？　「マッサージ」といったけれど、これあの言い方といい、口調といい、言外の意味が見え見えだった。ひょっとしたら、これまで彼女が本で読んだ白人男のような猟奇的嗜好の持主で、女たちに背中を羽毛で撫でさせたり、身体の上で放尿させたりするかもしれない。もちろんなんだってやるわよ、百ドルくれるなら男の上で放尿だってする。そう考えるとなんだか可笑しくなって、苦い笑いが浮かんできた。まず彼にはっきりと、自分には越えるつもりのない一線があることを伝えるつもりだった。なにが起きようと、ベストの自分を示してことにのぞむつもり最初から「あなたがもしセックスを望んでいるなら、お手伝いできません」といおう。あるいは、もう少し微妙な言い方で、もう少し遠まわしな言い方で「深入りするのは避けたいのですが」といおうか。余計な想像をしているのかもしれない。ただマッサージをしてほしいだけかもしれない。

家に着くと男の物腰はひどくぶっきらぼうだ。「入って」といわれ、寝室へ通された。ベッドしかない。ほかにあるのは壁にかかった大きな、トマトスープの缶詰の絵だけ。なにか飲むかと訊かれたが、こっちが断ることを暗に期待するおざなりな言い方で、男はすぐにシャツを脱いでベッドに横になった。前置きはなしか？　もう少しゆっくりやってくれればいいのにとイフェメルは思った。考えてきたことばにさえ見放されていた。

「こっちへ来て。温まりたいんだ」

立ち去るべきだった。パワーバランスは完全に男の手中で、彼女が家に入ってからずっと男が握っていた。立ち去るべきだった。彼女は立ちあがった。

「セックスはできません」声が身の置きどころなく、軋んだ音をたてた。「あなたとセックスはできません」もう一度いった。

「いや、それは期待してない」返事が早すぎる。

イフェメルはゆっくりとドアに向かって移動しながら、ドアがロックされているか、男がロックしたかと考えて、それから彼は銃を持っているだろうかと考えた。

「ここへ来てただ横になって。俺を温めてくれ。少しだけきみに触るが、きみが不快なことはしない。リラックスするために人との触れ合いが必要なだけだ」

ことば遣いも口調も、完璧なほど自信に満ちている。イフェメルは敗北感に襲われた。なんというさもしさ。自分は見ず知らずの男といて、男はここにいる女が帰らないことをすでに知っている。わざわざやってきたのだから帰らないことを知っているのだ。すでに来てしまったのだから、すでに自分は汚れている。イフェメルは靴を脱いで彼のベッドによじのぼった。ここにいたくなかった。彼の指が彼女の股間でせわしなく動くのが嫌だった。男の吐息とも呻きともつかない声が耳に入るのが嫌だった。なのに自分の身体が感応して濡れていくのを感じて、吐き気がした。終ったあと、イフェメルはじっと横になり、死んだように身をまるめていた。彼が無理強いしたわけではなかった。自分からここにやってきたのだ。彼のベッドに横になり、男が自分の股間に彼女の手を置かせたときは、身をまるめたまま指を動かした。いま、両手を洗浄したあとでさえ、彼から渡されたパリパリの細長い百ドル札をつかんでいてさえ、その指から粘つく感触が消えなかった。指がもう自分のものとは思えなかった。

「週に二回でどうかな？　交通費も別に出す」身を伸ばして、追い払うように彼はいった。帰ってくれといっているのだ。

イフェメルは無言だった。

「ドアを閉めて」というなり男は彼女に背を向けた。

駅まで重たい気分でのろのろと歩いた。心に泥が詰まったみたいだ。窓際の席に座って彼女は泣き出した。自分がちっぽけなボールになったように感じた。ふわふわとたったひとつ浮いている。世界は大きな大きな場所で、自分はこんなに小さく、こんなに取るに足りない存在で、むやみにあくせくしている。アパートに戻って熱湯で手を洗った。熱すぎて親指に小さな火脹れができた。衣服をすべて脱いで、まるめて部屋の隅に投げつけ、しばらくそれを凝視した。この服は二度と着ない、もう二度と触らない。ベッドに裸のまま座って、自分の人生を見つめた。黴臭いカーペットを敷いたこのちっぽけな部屋で、テーブルには百ドル札があって。身体の奥から嫌悪感がこみあげてくる。行くべきではなかった。立ち去るべきだった。シャワーをあびて全身をごしごしと洗いたかったけれど、自分の身体に触れると思うことさえ耐えられなかった。だから、できるだけ自分の身体に触れないよう気をつけながら寝巻をはおった。荷物を詰めて、チケットを工面して、ラゴスに帰ろうかとも思った。ベッドに身をまるめて泣いた。自分のなかに手を突っ込み、起きてしまったことの記憶を思い切り引き抜いてしまいたかった。メールの受信ランプがちかちかと点滅していた。たぶんオビンゼだ。いまは彼のことを考えるなんて耐えられない。ギニカに電話しようか。そして結局、ウジュおばさんに電話をした。

「今日、郊外に出かけてある男と仕事をしたの。百ドル払ってくれた」

「あら。それはよかったじゃない。でも長続きする仕事を探さなきゃだめよ。いま気づいたの、ダイクのための健康保険は別契約にしなければいけないって、このマサチューセッツの新しい病院のオファーときたらまったくナンセンス、ダイクは員数外だっていうのよ。どれだけ払わなきゃならないかを思うといまだにショックから抜け出せないわ」

「わたしがなにをしたか訊かないの？　その男が百ドル払う前にわたしがなにをしたか、おばさんは訊かないの？」そう質問しながらイフェメルはじわじわと新たな怒りに駆られ、それが指先におよんで手が震えた。

「なにをしたの？」ウジュおばさんの質問はにべもなかった。

イフェメルは電話を切った。「新着」のボタンを押した。最初のメッセージは母親からだった。電話代を節約するために早口になっていた。「イフェム、元気？　どうしているかと思って電話したの。しばらく連絡がないから。電話でメッセージを伝えて。私たちはみな元気です。神のご加護がありますように」

それからオビンゼの声がした。ことばはあたりに漂ってから彼女の頭に入ってきた。最後に「愛してるよ、イフェム」と彼はいった。電話の向こうで、そういっている声が突然ひどく遠くに感じられた。なんだか異次元世界のようだ。イフェメルは身を硬くしてベッドに横たわっていた。眠れなかった。気を紛らすことができなかった。テニスコーチを殺すことを考えはじめた。斧で頭を何度もかち割ってやろうか。筋骨隆々のあの胸にナイフを突き刺してやろうか。あいつは独り暮らしで、おそらくほかの女たちも彼の部屋へ行って、あのごつい指と噛んだ爪のために脚を広げるんだ。だれがやったかわかりはしない。やつの胸にナイフを深く沈めたまま、抽き出しを漁って百ドル札の束を探し出す、そうすれば家賃だって学費だって払える。

その夜、雪が降った。彼女にとって初めての雪。朝、窓から外の世界を見ると、駐車した車が積雪のために形のぼやけた塊になっていた。彼女が青ざめ、世界から孤絶し、ふらふらと漂う世界にたちまち闇が降りて、重たいコートを着て歩きまわる人たちがみんな、光の不在のせいでのっぺりと見えた。日々がただ過ぎていき、さわやかな空気が凍てつく寒気に変わり、息をするのも苦しかった。オビンゼが何度も電話をかけてきたが、イフェメルは電話を取らなかった。留守録のメッセージも聞かずに消した。メールも読まなかった。自分が沈んでいくのを感じた。あっけなく沈んでいき、自力で這いあがることができなかった。

毎朝、目が覚めても気力がなく、悲しくて動きも鈍く、目の前に延々と広がる一日に怯えた。なにもかもずっしりと重たかった。粘つく靄に呑み込まれ、虚無という濃霧に屍衣のように包まれていた。彼女と彼女が感じるもののあいだにギャップがあった。心になにも感じなかった。感じたいと思ったけれど、やり方がもうわからなかった。感じ取る能力が記憶から消えていた。ときどき、もがきながら無力感にうちのめされて目が覚めた。目の前にも背後にも、あたり一面、目に見えるのはいいようのない絶望感だ。ここにいても仕方がない、生きていても仕方がない、それはわかっていたが、自殺する方法を具体的に考えるエネルギーもなかった。ベッドに横になって本を読み、なにも考えなかった。ときには食べることまで忘れた。ルームメイトが部屋に戻るのを待って、真夜中に自分の食べ物を温めることもあった。汚れた皿をベッドの下に置きっぱなしにしたため、ライスと豆の油っこい残骸に緑色の黴が生えた。食べたり本を読んだりしている最中に、いきなり泣きたい衝動に駆られて涙がこぼれ、嗚咽で喉が詰まった。電話の呼び出し音のスイッチを切った。もう授業にも出なかった。日々が沈黙と雪で静まり返った。

アリソンがまたドアを叩いていた。「なかにいるの？　電話よ！　大至急だって！　そこにいるの、わかってるんだから、さっきもトイレを流す音が聞こえたわよ！」

ばたばたと叩く鈍い音だ。アリソンはこぶしではなく平手でドアを叩いているらしい。それがイフェメルを狼狽させた。「開けたくないのかな」というのが聞こえた。それから、アリソンが立ち去ったと思ったそのとき、またしてもドアを叩く音が始まった。イフェメルはベッドから起きあがった。それまでは寝転んで二冊の小説を一章ごと交互に読んでいたのだが、重たい足をひきずりながらドアまで行った。早足でふつうに歩きたかったけれど、できなかった。足が蝸牛に変わってしまった。ドアの鍵を開けた。アリソンがじろりとにらんで、受話器を彼女の手に押しつけた。

「ありがとう」気の抜けた声でいってから「すみません」と呟くように言い足した。話をすることさえ、喉からことばを絞り出して口から外へ出すことさえひどく疲れた。

「もしもし?」とイフェメルは受話器に向かっていった。

「イフェム! どうしたの? いったいなにがあったの?」ギニカだった。

「別に」

「めっちゃ心配してたのよ。あんたのルームメイトの番号がわかってホントによかった。オビンゼが電話してきたよ。ものすごく心配してた」とギニカ。「ウジュおばさんまで電話してきて、最近会ったかって」

「忙しかったの」とイフェメルは漫然といった。

ちょっと間があり、ギニカの口調がやわらいだ。「イフェム、わたしがいるじゃない、わかってるよね、ね?」

イフェメルは電話を切ってベッドに戻りたかった。「ええ」

「いいニュースよ。キンバリーから電話があって、あなたの電話番号を訊いてた。雇ったベビーシッターが辞めちゃったのよ。あなたを雇いたいって。月曜から頼みたいって。

キンバリーは最初からあなたにしたかったんだけれど、ローラがもうひとりのほうにしろってきかなかったらしいの。ほら、イフェム、あなたにも仕事ができたんだよ！　キャッシュで！　内緒で！　イフェムスコ、すごいじゃない。週に二百五十ドル払うって。前のベビーシッターより多いよ。全額キャッシュで内緒でね！　キンバリーは本当にたいした人よ。明日そっちへ迎えに行って彼女のところに連れていくからね」

イフェメルはなにもいわずに、必死で理解しようとした。ことばの意味が聞こえてくるまでにひどく時間がかかったのだ。

翌日、ギニカが何度もノックするので、ようやくイフェメルがドアを開けると、背後でアリソンが踊り場に立って詮索するようにこちらを見ていた。

「約束の時間にもう遅れそうなんだから、ほら、服を着て」とギニカはきっぱりと命令口調でいうので、従わないわけにはいかなかった。イフェメルはジーンズをひっぱりあげた。ギニカがじっと見ているのを感じた。車内では、ギニカがかけるロックミュージックがふたりの沈黙を埋めた。ランカスター街を走っていた。板を打ちつけたビルやハンバーガーの包み紙が散らばるウェスト・フィラデルフィアを出て、塵ひとつない、樹木の多い、メインラインの郊外へ入るとき、ギニカが「鬱病になってると思ってた」といった。

イフェメルは首を振って窓に顔を向けた。鬱病なんてアメリカ人がなるもの、なんでもかんでも病気のせいにして自己免責しなければならないアメリカ人がなるものだ。自分は鬱病になったわけではない。ただちょっと疲れて、ちょっと鈍くなっただけ。だから「鬱病じゃない」といった。数年後、彼女はこのことをブログに書くことになる。「病気になってもその病名を知りたがらない非アメリカ黒人の問題について」コメント欄にコンゴの女性が長い書き込みをしてきた——彼女はキンシャサからヴァージニアにやってきたが、カレッジの最初の学期で数カ月もしないうちに、朝、めまいがして、心臓が飛び出すかと思うほど動悸が激しくなり、胃のあたりに吐き気を感じて、指がぴりぴりしてきた。医者のところへ行った。医者から渡された紙にあるすべての症状に「はい」とチェックを入れたのに、パニック発作と診断されても、パニック発作などアメリカ人にだけ起きるものだとその診断を認めなかった。キンシャサではだれもパニック発作にはかからなかった。別の病名がついているわけでもなく、病名などなかったのだ。物事が存在しはじめるのは、名前がついたときだけなのだろうか?

「イフェム、これって多くの人がくぐりぬけることだから、新しい場所にあんたが順応するのはそう簡単なことじゃなかったのはわかってる、まだ仕事も決まってなかったし。ナイジェリアでは鬱病みたいなことって口にしたりしないけど、それは現にあるの。医療センターで相談してみたらいい。常時セラピストがいるから」

イフェメルは窓に顔を向けたままだ。ふたたび泣きたい衝動に駆られた。だから深呼吸をして、それが早く過ぎてほしいと思った。あの日、テニスコーチのことをギニカに話せばよかった、列車に乗ってギニカのアパートまで行けばよかった。でももう手遅れ、自己嫌悪が彼女の内部でがっちりと固まってしまった。その話を伝えるためにことばをいくつも連ねることはできそうになかった。

「ギニカ、ありがとう」イフェメルの声はかすれていた。涙が出てきた。もう抑え切れなかった。ギニカはガソリンスタンドに車を止めてティッシュを手渡し、すすり泣きがやむのを待って、それから車を発車させてキンバリーの家へ向かった。

16

キンバリーは契約金だといった。「あなたが大変だったとギニカが教えてくれたの。断ったりしないでね」

小切手を断るなんて、イフェメルには思ってもみないことだった。これで請求書の支払いができて、故郷の両親にもなにか送ることができる。送った靴を母親は気に入ってくれた。教会に行くとき履けそうなタッセルつきの先細の靴だ。母親は「ありがとう」といってから電話の向こうで大きなため息をつき、「オビンゼが会いにきたよ」といった。

イフェメルは黙った。

「面倒なことが起きたら、なんでも彼と話し合ってね」

「わかった」といってイフェメルは話題を変えた。もう二週間も停電が続いていると母親がいったとき、いきなり違和感に襲われて、故郷が遠い場所に感じられた。ロウソクの灯りで一晩すごすのがどんな感じだったか、もう思い出せなかった。「ナイジェリア・コム」のニュースももう読まなかった。見出しがどれほどありえないものでも、どういうわけかオビンゼを思い出したからだ。

とりあえず、イフェメルは自分に一カ月あたえた。自己嫌悪が消えるための一カ月、そうしたらオビンゼに電話しよう。ところが一カ月が過ぎても彼女はオビンゼに連絡しなかった。自分の心に蓋をしてオビンゼのことをできるだけ考えまいとした。彼からのメールも読まずに消した。何度も彼にメールを書きはじめ、入念にことばを選んで書いたけれど、途中で手が止まり、書いたものを削除した。なにが起きたか、彼に伝えなければならなくなる、なにが起きたか、彼に伝えると思うと耐えられそうもなかった。彼女は恥じた。しくじったのだ。ギニカが、いったいどうしたの、どうしてオビンゼに連絡しないの、としつこく訊いてきたが、イフェメルはなにもいわず、ちょっと時間が欲しいだけだと答えると、ギニカは信じられないといわんばかりに口を開けたまま絶句した。ちょっと時間が欲しい、い、い、い、い？

春まだ浅いころ、オビンゼから手紙が届いた。メールを削除するならワンクリックでよかった。一回クリックするとそれからは簡単、前のメールを読んでいなければ次のメールの内容は想像できなかったからだ。でも手紙となるとそうはいかない。それまで感じたことがないような悲しさに襲われた。ベッドにもぐって封筒を握り締めた。匂いを嗅ぎ、見慣れた手書き文字をじっと見つめた。ボーイズクオーターの机に向かって、ブーンと音を立てる小さな冷蔵庫のそばで、落ち着いたようすで手紙を書く彼の姿を想像した。手紙を読みたかった。でも、開けることができなかった。手紙をテーブルに置いた。一週間したら読もう。その気力をつけるためにせめて一週間は必要だ。返事も書こう、と自分では思った、なにもかも彼に話そう。ところが一週間後、手紙はまだそこに置かれたままだった。その上に本をのせ、さらにまた別の本を重ねて、やがてファイルや書籍に埋もれてしまった。その手紙をイフェメルが読むことはなかった。

テイラーは扱いやすかった。子供らしい子で、悪戯好きだけれどとても無邪気で、イフェメルは気がとがめながらも頭が弱いのかと思ったほどだ。でもモーガンはたった三歳上なのに、すでに思春期に特有の翳りを見せていた。実年齢より数段進んだレベルにいて、成熟期にとっぷりと浸り、大人の生活に潜む暗い内実に通じているといわんばかりに、斜に構えた目つきで大人たちを見ていた。最初イフェメルはモーガンが好きになれなかった。モーガン自身の厄介なほどふくらんだ嫌悪感、とイフェメルが思ったものに反応してしまったのだ。最初の数週間はモーガンに対してクールに、ときには冷淡に接した。鼻の頭に赤紫色のそばかすをちらほら浮かべた、あまやかされた、こんな贅沢な子供のご機嫌取りなどするまいと決心していたのだが、数カ月が経つとイフェメルはモーガンを憎からず思うようになり、その感情をモーガンには見せないよう気をつけた。断固としてニュートラルな態度で、モーガンがにらんできたらイフェメルもにらみ返したのだ。ひょっとするとモーガンがイフェメルにいわれたことをやったのはそのせいだったのかもしれない。彼女は冷淡に、無関心に、不承不承ではあったけれど、とにかくやろうとした。母親のことは決まって無視した。父親に対する観察眼は研ぎ澄まされて、毒をおびるまでになっていた。ドンは帰宅するなりさっと書斎に入るのが習慣で、自分のために当然すべてが中断されるものと考えていた。そして実際にすべてが中断した。唯一の例外は、なんであれモーガンがやっていたことだ。キンバリーはいそいそと熱心に、夫に今日一日がどうだったかを訊ね、また自分のところへ戻ってきたことが信じられないとばかりに必死で彼のご機嫌をとった。テイラーはドンの腕のなかに飛び込んだ。モーガンはテレビ、書物、ゲームから目をあげて、正体を見破らんばかりに彼をじっと見る、するとドンは刺すような娘の視線にさらされながら動揺を顔に出すまいとした。イフェメルはときどきふと思うことがあった。ドンのせいだろうか？　彼が浮気をしていて、それをモーガンが見破ったのだろうか？　ドンのような挑発的なオーラをもった男のことで、だれもが真っ先に考えるのが浮気だ。でも暗にほのめかすだけで彼は満足しているのかもしれない。とてつもなく浮ついた態度を見せながらそれ以上はやらないのかも、というのは、情事にはそれなりの労力が必要であり、彼は自分は取っても人にはあたえないタイプだったからだ。

イフェメルはベビーシッターを始めたころの、あの午後のことをよく考えた。キンバリーは外出中、テイラーは遊んでいて、モーガンは書斎で本を読んでいた。突然、モーガンが読んでいた本を置いて、落ち着き払って二階へあがり、自分の部屋の壁紙を剝ぎ取り、ドレッサーを押し倒し、ベッドカバーをぐいぐい引き剝がし、カーテンを引き下ろし、床に膝をついて強力接着剤で貼り付けてあるカーペットを引っ張って、引っ張って、引っ張っているところへイフェメルが駆けつけて彼女を制止したのだ。モーガンはその小さな金属製のロボットみたいに身をよじって、イフェメルを振り切ろうとした。その力にイフェメルはぎくりとなった。ひょっとしたらこの子、最後は連続殺人犯になってしまうかも、テレビでやっていた犯罪ドキュメンタリーの女たちみたいに、暗い道路で半裸でトラックの運転手を誘惑して、それから彼らを扼殺するのだ。ついにイフェメルが力を抜いて、おとなしくなったモーガンをつかんでいた手をゆっくり放すと、モーガンは階下に戻ってまた本を読みはじめた。

しばらくしてから、キンバリーが涙を浮かべて娘に訊いた。「ハニー、お願い、どうしたのか教えて」

するとモーガンは「部屋がなにもかもピンクってのがもう、わたし、子供じゃないから」といった。

それでキンバリーは週に二回、モーガンをバラ・キンウィッドのセラピストのところへ連れて行くことにした。彼女とドンはモーガンに対して以前にも増して腫れ物に触るような態度を取り、娘の、相手を責めるような眼差しにおどおどするようになった。

　モーガンが学校の作文コンテストで優勝したとき、ドンは彼女にプレゼントを持って帰ってきた。キンバリーが階段の下で心配そうに立っているあいだに、ドンはきらきらした紙に包まれたプレゼントを渡すために二階へ行ったけれど、またすぐに下りてきた。

「あの子は目もくれなかったよ。立ちあがって浴室に入ったきり出てこないんだ。ベッドの上に置いてきた」

「だいじょうぶ、ハニー、そのうち下りてくるわ」とキンバリーはいって、彼をハグし、背中をさすった。

　あとからキンバリーは声を忍ばせてイフェメルにいった。「モーガンったらホントに彼にきついんだから。あんなに一生懸命なのに、あの子は受け入れようとしない。その気がないのね」

「モーガンはだれも受け入れませんよ」とイフェメル。ドンが忘れてはならないのは、子供はモーガンであって、彼ではないことだ。

「あの子、あなたのいうことには耳をかすわね」ちょっと悲しそうにキンバリーはいった。

　イフェメルは「わたしは選択肢をあたえすぎたりしませんから」といいたかった。キンバリーがあんなに際限なく譲歩しなければいいのにと思ったからだ。ひょっとしたらモーガンは母親が押し返してくる手応えがほしいだけかもしれない。でもイフェメルはいった。「それはわたしがモーガンの家族ではないからですよ。愛しているわけではないので、そんなに複雑な感情を抱いていないからです。よくてお邪魔虫ですね、わたしは」

「自分のやっていることのどこがまずいのか、わからないの」とキンバリー。

「一時的なものです。通り過ぎますよ、そのうち」イフェメルはキンバリーを守ってあげたいと思った。キンバリーの盾になりたかった。

「あの子が大事に思ってるのはわたしのいとこのカートだけね。彼を崇拝してるの。一族が集まるときカートが来ないとふさぎ込むくらい。あの子と話をしにきてくれないか、彼に訊いてみるわ」


ローラが雑誌を持ってきた。

「これを見て、イフェメル。ナイジェリアではないけれど近くよね。有名人が気まぐれなのは知っているけれど、彼女はいいことをしてるじゃない」

イフェメルとキンバリーはそのページをいっしょにのぞき込んだ。細い白人女性が黒い肌のアフリカ人の赤ん坊を腕に抱いてカメラに向かって微笑み、そのまわりに小さな黒い肌のアフリカ人の子供たちがラグのように広がっている。キンバリーからは「ふうん」という反応、どう思っていいかわからないらしい。

「それに彼女、とても魅力的よね」とローラがいった。

「ええ、そうですね」とイフェメルはいったものの「おまけに子供たちのようにがりがりに痩せていますね。ただ、彼女のがりがりは自分で選んだものですが、子供たちのはそうではありません」と続けた。

はじけるような大きな笑い声がローラの口から漏れた。「あなたって可笑しいわ！その小生意気さが、わたし、大好き！」

キンバリーは笑わなかった。あとからイフェメルとふたりになったとき「ローラがあんなことといって、ごめんなさいね。小生意気なってことば、わたしは好きじゃないの。ある人たちに対して使われるけれど他の人たちには絶対に使われないから」といった。イフェメルは肩をすくめて微笑み、話題を変えた。ローラがなぜナイジェリアの情報をあんなに詳しく調べあげたのか理解できなかった。４１９詐欺事件（二〇〇四年にナイジェリアなどアフリカ諸国を中心に起きたマネーロンダリングの国際的詐欺事件）のことを質問して、アメリカにいるナイジェリア人がどれくらいの金額を毎年、母国に送金しているか教えてくれたのだ。それは優しいとはとてもいえない攻撃的な関心だった。まったく奇妙だ、好きでもないことにこんなに強い関心を示すなんて。あれは、じつはキンバリーに向けられたものだったのだろう。ローラはひねくれた方法を使ってキンバリーに狙いを定め、妹が謝るようなことを口にしていたのではないか。大きな労力を要しながら、それにしては得るものはひどく少ないように思われた。イフェメルは最初、不必要なときまで謝るキンバリーは優しいからだと思ったけれど、いまではイラっとくるようになっていた。なぜならキンバリーがくり返す謝罪には身勝手さがつきまとっていたからだ。まるで自分が謝罪すれば、世界の表面に起きた波をことごとく鎮められると思い込んでいるようだった。

ベビーシッターを始めて数カ月が過ぎたころ、キンバリーがイフェメルに訊ねた。「住み込みを考えてみない？　地階がワンベッドルームのアパートになってるの、玄関も別。もちろん家賃はなしよ」

イフェメルのワンルームアパート探しはすでに始まっていた。早くルームメイトから離れたかったし、いまではそれも可能だった。ターナー家のごたごたにこれ以上首を突っ込みたくなかったけれど、考えてみます、と答えておいた。キンバリーの声のなかに嘆願する調子が聞き取れたからだ。でも最終的に住み込みはしないと決めた。そう伝えるとキンバリーは、彼らの予備の車を使ってといってくれた。「授業が終ってからここに来るのが楽になると思うのね。古い車よ。どのみちだれかにあげるつもりだったから。路上であなたがエンストすることにならなければいいけれど」使用年数わずか数年で、車体も無傷なホンダが、路上でエンストでも起こさんばかりの口調だ。

「自分の家に乗って帰っていいなんて、そんなにわたしを信用しないでください。ある日、戻って来なかったらどうします？」とイフェメル。

キンバリーは笑った。『たいした価値はないから』

「アメリカで使える車の免許はある？」とローラが訊いた。「つまり、あなたがこの国で合法的に運転できるかってことだけれど？」

「もちろんできるわよ、ローラ」とキンバリーがいった。「運転できなければ車を受け取らないでしょ？」

「ちょっと確かめただけよ」というローラは、キンバリーは頼りなくて非アメリカ市民に対してしなければならないきつい質問ができないといわんばかり。イフェメルはふたりを観察した。見かけはそっくり、ともにひどく不幸な人たち。でもキンバリーの不幸は内面的なもので、自覚がなく、物事はかくあるべしという願望と希望によって保護されていた。彼女はほかの人たちが幸せになってほしい、そうすれば彼女自身もいつかそうなれると信じていた。ローラの不幸はそれとはちがって刺々しかった。自分がいつも不幸だと思い込んできたために、周囲の人たちがみんな不幸だったらいいと思っていた。

「ええ、アメリカの運転免許はもっています」といってから、イフェメルは免許を取る前にブルックリンで受けた安全運転講習会のことを話しはじめた。麦藁色の髪をくしゃくしゃにした痩せた白人インストラクターがいかさまをやった話だ。外国人ばかりの地下の暗い部屋は、もっと暗い階段をのぼったところに入口があって、インストラクターは講習料を全額現金で集めてから、壁のプロジェクターに安全運転の映画を映し出した。彼はときおりだれも理解できないジョークを飛ばして独りでくすくす笑った。イフェメルはその映画はなんだか変だと思った。あんなにゆっくり走る車が事故を起こして、あれほど大きなダメージを引き起こしたり、運転手の首が折れたりするかな？　映画が終ると彼は試験問題を出した。イフェメルには簡単だったので、即座に鉛筆で印をつけた。そばにいた小柄な南アジア人男性が、おそらく五十歳くらいだろう、嘆願するような目で彼女をじっと見たが、イフェメルは彼の助けてくれというようすが理解できないふりをした。インストラクターが答案用紙を集め、粘土色の消しゴムを取り出して答えをいくつか消して書き直した。全員がパス。多くの人が彼と握手して、さまざまな土地のなまりを交えながら「ありがとうございました」といって、ばらばらと帰っていった。これでアメリカの運転免許を申請できるのだ。イフェメルは自分にとってたんに面白い話であるかのように、わざとあっけらかんと話した。わざわざローラを刺激する話にするつもりはなかった。

「なんだか変な感じでした。アメリカではいかさまなんてだれもしないと思っていたものですから」とイフェメル。

キンバリーが「あらまあ、それは大変」といった。

「ブルックリンで起きたことよね？」とローラが訊ねた。

「ええ」

ローラは肩をすくめた。そんなことはもちろん、ブルックリンでは起きても、自分が住んでいるアメリカではありえないといわんばかりに。

問題になったのは一個のオレンジだった。まるい、炎のような色のオレンジを、イフェメルがランチ用に、皮を剝いて四つ切りにして、ジップロックの袋に入れて持参したのだ。キッチンテーブルで食べているあいだ、テイラーがそばに座って宿題をやっていた。

「テイラー、あなたも食べる？」とイフェメルが一切れ差し出した。

「ありがとう」といって、彼はそれを口に放り込んだ。顔が歪んだ。「まずい！　なかになにか入ってる！」

「それは種よ」彼が手のなかに吐き出したものを見てイフェメルはいった。

「種？」

「そう、オレンジの種」

「オレンジにはそんなものは入ってないよ」

「あら、入ってるわ。屑籠に捨てなさい、テイラー。学習用ビデオをかけてあげるから」

「オレンジにはそんなものは入ってないよ」とまた彼はいった。

それまでずっと、この子は種のないオレンジを食べてきたのだ。見かけも完璧、皮には傷ひとつなく、種のないオレンジばかり、だから八歳になっても種のあるオレンジなど知らなかったのだ。彼はモーガンにそのことを伝えるために書斎に駆けていった。モーガンは読んでいた本から顔をあげて、ゆっくりと、だるそうに片手をあげて髪を耳の後ろにかけた。

「もちろんオレンジには種があるの。ママが種なしの品種を買うだけ。イフェメルが正しいのを買わなかったってことよ」彼女はイフェメルにいつもの、咎めるような視線を向けた。

「わたしには正しいオレンジよ、モーガン。種のあるオレンジをわたしは食べて育ったから」とイフェメルはいってビデオをかけた。

「オーケー」とモーガンは肩をすくめた。キンバリーになら無言で、ただ不機嫌ににらみつけただろう。

ドアベルが鳴った。きっとカーペット洗浄業者だ。翌日、キンバリーとドンが友人のために資金集めのカクテルパーティを開くことになっていた。ドンはその友人について「彼が連邦議会選に立候補するなんて勝手な自己満足だな、当選するつもりなんかないのに」といったので、ドンはみずからの内面は霧のなかに置いて見ようとしないのに、他人の内面はわかるのかとイフェメルは驚いた。ドアまで行くと、がっしりした赤ら顔の男が掃除用具一式を手にして立っていた。肩からなにやら垂らし、足元に芝刈り機のようなものを立てかけている。

イフェメルを見て男は身体を強ばらせた。その顔から最初の驚きが消えて、敵愾心へと変わった。

「カーペットのクリーニングが必要ですか?」と訊いてきた。もうどうでもいいや、彼女の気が変わるってこともありか、むしろ気が変わってほしい、といわんばかり。イフエメルは痛烈な皮肉を込めてまじまじと相手を見ながら、思い込みの瞬間をたっぷりと引き延ばした。わたしをこの家の持主だと勘違いしているな、白い円柱のこの壮麗な大理石の屋敷で、まさか目にするとは思わなかった人物として。

「ええ」ついに返事はしたものの、イフェメルはどっと疲れを感じた。「ミセス・ターナーからあなたが来ることは聞いていています」

魔法使いのトリックさながら、敵愾心がさっと消えて、男はにやりと顔をほころばせた。なんだ、この女も使用人か。世界がふたたびあるべき場所におさまったのだ。

「それはそれは。どこから始めたらいいっていってましたか？」

「二階から」といって彼をなかに入れながら、こんな朗らかさがさっきの男の身体のどこにあったのかとイフェメルは思った。この人のことはずっと忘れない、干割れて剝けた唇と、そこに付着した乾いた皮膚の切れ端も、そう思った。そしてブログで「アメリカではときどき、人種が階級になる」と書き出すことになるのだ。この男が劇的に変化した話はこんなふうに締めくくられる――「彼にとってわたしがどれだけお金を持っているかは問題ではなかった。彼の考えではあくまで、あの堂々たる屋敷の持主として、わたしはその外見ゆえにふさわしくなかったのだ。アメリカでは公的な議論のなかで、『ブラック』全体がしばしば『プア・ホワイト』とひとまとめにされる。『プア・ブラック』と『プア・ホワイト』ではなく、『ブラック』と『プア・ホワイト』がひとまとめにされるのだ。まことに興味深いことだ」

テイラーは興奮していた。「手伝おうか？　手伝おうか？」とカーペット業者に訊いていた。

「いや、ありがとう、だいじょうぶ」と男はいった。「まかせて」

「わたしの部屋から始めてほしくない」とモーガン。

「なぜ？」とイフェメルは訊いた。

「そうしてほしくないだけ」


イフェメルはキンバリーにカーペット洗浄業者のことを話したかったけれど、話せばキンバリーは落ち着きを失い、自分の落ち度でもないのに謝ったりするかもしれない。ローラに対して頻繁に、過剰なほど頻繁に謝るように。

正しいことをしたいと強く思いながら、その正しいことがわからずに動揺するキンバリーを見ているのは辛かった。もしもカーペット洗浄業者のことを伝えたら彼女がどう反応するか、見当もつかなかった——大笑いするか、謝るか、受話器を引っつかんでその会社に電話して苦情をいうか。

だから、イフェメルは代わりに、テイラーとオレンジの話をした。

「種があることが悪いことだって、あの子、本当に思っていたのかしら？　可笑しいわね」

「もちろんモーガンがすぐに間違いを訂正してくれました」とイフェメル。

「おやまあ、あの子らしいわね」

「小さいころ母からよくいわれたんです、オレンジの種を呑み込んだら頭のなかにオレンジの木が生えてくるって。朝になると心配になって鏡をのぞき込んだものでした。少なくともテイラーはそんな子供時代のトラウマはなくてすみそうですね」

　キンバリーは笑った。

「こんにちは！」ローラが裏手のドアからアシーナを連れて入ってきた。ちっぽけな痩せた子供、髪の毛がひどく薄いために白っぽい頭皮が透けて見えた。遺棄された子のよう。ひょっとしたらローラの野菜ブレンドと厳格な食事のルールがこの子を栄養失調にしているのではないだろうか。

　ローラはテーブルに花瓶を置いた。「これで明日はぐんと見栄えが良くなるでしょ」

「とてもすてき」キンバリーはそういうと、身をかがめてアシーナの頭にキスした。

「これがケイタリングのメニューなの。ドンはオードブルの選び方がシンプルすぎるって。わたしにはよくわからなくて」

「彼、もっと増やせって？」といいながらローラはメニューに目を通した。

　書斎でアシーナが泣き出した。ローラがすかさず駆けつけて、あれこれご機嫌うかがいのやりとりが続いた。「これが欲しいの？　いい子ね、黄色がいい？　それとも青かしら、赤かな？　どれがいい？」

「ちょっとシンプルだって思っただけよ、言い方はとても優しかったわ」

　黙ってひとつあげればいいのに、とイフェメルは思った。選択肢を四つもあたえて、子供に決定の重荷を負わせるなんてやりすぎだ、あれでは子供時代の至福の喜びを奪うことになる。大人になることは、どのみち、すでにぼんやりと近づいてきていて、そこでは断固たる、冷酷な決定をしなければならなくなるのだから。

「ご機嫌が悪いのよ、今日は」キッチンへ戻ってきてローラはいった。アシーナの泣き声は少しおさまっていた。「耳の炎症が治ったかどうか診てもらったんだけれど、この子ったら一日中ずっとぐずりっぱなしで。そうそう、今日すてきなナイジェリア人男性と会ったのよ。行ってみると新しいドクターがいて、ナイジェリア人だったの。近づいてきて私たちに挨拶をしたのね。それで、イフェメル、あなたのことを思い出したの。インターネットで読んだんだけれど、ナイジェリア人ってこの国でもっとも教育程度の高い移民グループなのね。もちろん、国に帰れば何百万人もの人が一日一ドル以下で暮らしていることまでは書いてなかったけれど、そのドクターと会ったときその記事とあなたのことを思い出したの、この国にいるほかの特権的なアフリカ人のことも」ここでローラはちょっと黙ったので、いつものようにイフェメルは、ローラにはまだいいたいことがあるのにいわずにいるなと思った。特権的と呼ばれるなんて不思議だった。特権的というのはカヨーデ・ダ゠シルヴァみたいな人のことだ。ヴィザのスタンプでずっしり重たいパスポートを持って、夏はロンドンへ行き、泳ぐときはイコイ・クラブへ出かけ、気軽に立ちあがって「アイスクリーム食いにフレンチーズへ行こうぜ」といえる人のことだ。

「これまで、特権的なんていわれたことはありませんでした！　いい気分です」とイフェメルはいった。

「アシーナの担当の医師を彼に変えようかしら。とってもすてきだったし、とっても身だしなみが良くて、話し方も上品で。いずれにしても、ドクター・ホフマンが辞めたあと、ドクター・ビンガムにはあまり満足とはいえなかったから」というと、ローラはまたメニューを手に取った。「大学院のころ、そのドクターによく似たアフリカ出身の女性がいたわ、ウガンダだったかしら。それはそれはすばらしい人で、クラスのアフリカン・アメリカンの女性とはまったくうまが合わなかった。彼女はああいう問題を抱えていなかった」

「おそらくそのアフリカン・アメリカンの父親がブラックだという理由で投票することが許されなかったとき、ウガンダ人の父親のほうは国会議員に立候補したりオクスフォードで学んだりしていたのでしょう」とイフェメル。

ローラがイフェメルを凝視して、嘲るような困惑顔になった。「あら、なにか見落としたかしら、わたし？」

「あまりに単純な比較だと思ったものですから。もう少し歴史を理解なさらなければ」とイフェメル。

ローラの口元が歪んだ。ぐらりときた態勢を立て直そうとしていた。

「では娘を連れて、図書館でなにか歴史の本を探すことにするわ、それがどういうことかわたしに解明できるといいけれど！」といってローラはつかつかと出ていった。

キンバリーの心臓の激しい鼓動が聞こえるようだった。

「すみません」とイフェメル。

キンバリーは首を振って「ローラはきっと反撃してくるわね」と低く呟いた。混ぜ合わせているサラダから視線をあげなかった。

イフェメルは急いで二階のローラのところへ行った。

「すみません。さっきは失礼なことをいって、申し訳ありません」でもイフェメルはあくまでキンバリーのためにそういったのだ。混ぜはじめたサラダをキンバリーがどろどろにしてしまいそうな気配だったからだ。

「いいのよ」とローラは鼻先であしらうように、娘の髪を撫でつけながらいったけれど、それ以後ずっと、傷ついた者のパシュミナを彼女が脱ぎそうもないことはイフェメルにもわかった。


翌日のパーティでローラは「ハイ」と硬い挨拶をしただけで、イフェメルには話しかけなかった。屋敷内には穏やかなささやき声が満ちて、客たちがワイングラスを口元に運んでいた。みんなとてもよく似た人たちで、気のきいた無難な服を着て、気のきいた無難なユーモアのセンスの持主で、ほかのアッパーミドル・クラスのアメリカ人同様、はすばらしい（ワンダフル）」という語をやたらと口にした。キンバリーが集まりを開くときいつもするように「あなたもパーティに来て手伝ってくれるといいんだけれど、お願いできるかしら？」とイフェメルに訊いた。イフェメルは自分が手伝いになるのかどうか心もとなかった。食べ物はケイタリングで運ばれてくるし、子供たちは早々とベッドに就いてしまうのだ。それでもキンバリーのそれとない招待の裏にはどことなく必要に迫られた感じがあった。自分がそこにいると、よく理解できないながらキンバリーのささやかな支えになるらしかった。キンバリーがいてほしいというなら、そこにいようとイフェメルは思った。

「これがイフェメル、私たちのベビーシッターで友人です」とキンバリーは彼女を客たちに紹介した。

「おきれいですねえ、とても」ある男性が微笑みながらイフェメルにいった。歯がどっきりするほど白かった。「アフリカの女性たちはゴージャスです、とりわけエチオピア人が」

あるカップルはタンザニアで彼らがやったサファリについて語り「すばらしいツアーガイドがついてくれて、いま、彼の上の娘さんの教育費を私たちが払っているんですよ」といった。ふたりの女性は、マラウィで井戸を掘るすばらしい慈善事業に寄付したことを語った。ボツワナのすばらしい孤児院にも、ケニアの生活協同組合が運営するすばらしい小規模金融にも寄付したそうだ。イフェメルは彼らをじっと見つめた。そこには慈善事業に対するある種の贅沢があった。自分には共感できないし、もつこともない贅沢だ。「慈善」を当然のものと見なすこと、知りもしない人向けの慈善にふけること——ひょっとするとそれは、昨日もっていて、今日ももっていて、当然のこととして明日ももちつづけることから来ているのかもしれない。イフェメルは彼らのそこがうらやましかった。

ピンクの上着をぴしっと着こなした小柄な女性が「ガーナの慈善事業の運営責任者をしています。私たちは地方の女性と連携します。つねにアフリカ人スタッフに関心をもっています。現地の労働者を使おうとしないNGOにはなりたくないので、もしあなたが卒業後に仕事を探すことになり、アフリカに戻って働くつもりなら、電話してください」といった。

「ありがとうございます」イフェメルは突然、無性に、受け取る国ではなくてあたえる国に生まれたかったと思った。もてる者であるがゆえに、あたえたという恩恵に浴することのできる人間だったらいいのに、あふれんばかりの同情と共感をもつことができる側の人間だったらいいのにと思った。新鮮な空気を吸いたくなってテラスに出た。生け垣の向こうに、隣家の子供たちの面倒を見ているジャマイカ人のナニーが車寄せを歩いているのが見えた。いつもイフェメルの視線を避けて、挨拶を返したがらない人だ。するとテラスの反対側で人の気配がした。ドンだ。どこか人目を盗むような感じがあって、見たわけではないが携帯電話で話を終えたばかりだなとイフェメルは直感した。

「いいパーティだ」と彼が話しかけてきた。「キムと僕が友人を招いたのはたんなる言い訳でね。ロジャーは力不足だ、彼にそういったところさ、絶対に上手くいかないって……」

ドンは話しつづけた。その声には不自然なほどの快活さが塗り込められていて、イフエメルは嫌悪感がこみあげてきた。イフェメルとドンがこんなふうに話をしたことはなかった。情報過多だ、話しすぎだ。電話で彼が話していたことなどまったく聞こえなかったといってやりたかった。かりに聞くべきなにかがそこにあればの話だとしても、自分はなにも知らないし、知りたくもないといってやりたかった。

「みなさんが探してらっしゃるんじゃないかしら」

「ああ、僕たち、戻らなくちゃね」まるでいっしょに出てきたといわんばかりだ。室内に戻るとキンバリーが書斎のまんなかに、友人たちの輪から少し離れて立っているのが見えた。あたりを見まわしながらドンを探している。彼を見つけるとそのままじっと視線をそらさずに、彼女は顔の表情をやわらげた。不安から解放されたのだ。

イフェメルはパーティから早々に抜けた。ダイクが寝てしまわないうちに、話したかったのだ。受話器を取ったのはウジュおばさんだった。

「ダイクはもう寝た？」

「いま歯を磨いてるわ」それから声をひそめてこういった。「また名前のことを訊いてきたのよ、あの子」

「おばさん、なんていったの？」

「おなじこと。ここへ引っ越してくるまで、こういう質問をすることはなかったのに」

「バーソルミューの存在が大きいんじゃないのかな、それに環境も変わったし。おばさんを独り占めすることに慣れてたわけだから……」

「今回は、なぜ自分がわたしの姓なのかって訊かずに、わたしの姓なのは父親が自分を愛してなかったからじゃないかって」

「たぶん、おばさんが第二夫人じゃなかったことをあの子に話すときなんじゃないかな」とイフェメル。

「わたしは実質的な第二夫人だったのよ」むきになっていうウジュおばさんの口調には怒りさえ滲んでいて、自分の物語のことはとやかくいわせないという固い意志が感じられた。彼女がダイクに教えたのは、父親は軍政府にいたこと、自分は第二夫人であり、母親の姓を名乗らせたのはダイクを保護するためだったこと、なぜなら政府内には、悪いことをした人がいたから、父親はちがうが、というものだった。

「ほら、ダイクよ」とウジュおばさんはいつもの口調に戻った。

「ヘイ、カズ！　今日のサッカーの試合を見せたかったよ！」とダイクがいった。

「なんでそんなすごいゴールをわたしがいないときに決めるのよ？　すごいゴールって夢のなかだったりして？」とイフェメル。

ダイクは声をあげて笑った。彼はまだあっけなく笑う。ユーモアのセンスはそのまま残っているが、マサチューセッツへ引っ越してからは開けっぴろげではなくなっていた。フィルムのような皮膜にすっぽり被われて、なにを考えているかわかりにくくなった。四六時中ゲームボーイに向かって身を屈め、ときおり目をあげて母親と、あたりをちらりと見るが、その倦怠感には子供には担い切れない重さがあった。学校の成績は下がるばかり。ウジュおばさんはさらに頻繁に怒るようになった。最後にイフェメルが訪ねたとき、おばさんが彼に向かって「またやったら、そのときはナイジェリアへ送り返すからね！」と、怒っているときしか使わないイボ語でいっていたのを聞いて、これではダイクにとってイボ語が喧嘩の言語になってしまうとイフェメルは心配になった。

ウジュおばさんもまた変わった。最初は好奇心いっぱいで、新生活に期待しているようだった。「ここってすごく白い。手っ取り早く口紅を買おうと思って、モールは三十分もかかるからドラッグストアへ行ったら、白っぽい色調のものばっかり！　でも、売れない品はならべてられないものね！　それでもここは、とにかく静かで気が安まるし、蛇口の水が安心して飲める。ブルックリンじゃ絶対に飲む気になれなかったもの」

ゆっくりと、数カ月がすぎて、その口調が不機嫌に変わった。

「担任の教師がダイクのことを攻撃的だって」とある日いったのは、学校から呼び出しを受けて校長に会ったあとだった。「攻撃的だっていうのよ、こともあろうに。担任がいうには、いわゆる特別支援教育をあの子に受けさせたい、単独で、精神的問題を抱えた子供を扱う訓練を受けた者に教えさせようっていうの。その女にいってやったわよ、攻撃的なのはダイクではなく、あなたの父親なんじゃないですかって。あの子を見てください、他の子とちがって見えるせいで、他の子供がやることをあの子がやると攻撃的ということになるんだと。すると校長が『ダイクはわれわれとおなじです、他の子とちがうとは思いません』だって。なに恰好つけてるんだろ？　校長に、わたしの息子を見てくださいっていってやったわ。学校全体でああいう子はふたりしかいません。もうひとりの子はハーフ・カーストで、色がすごく白いから遠くから見ると黒人だってわからないほどです。わたしの息子はぱっと目立ちます、ちがわないなんてどうしていえるんですか？　特別支援のクラスへあの子を入れることはきっぱり断ってやった。他の子供全員を束にしたってあの子の頭の良さにはかなわないんだから。そこで彼らは今後あの子をマークしたいと思ってるのよ。ケミが警告してくれた。インディアナでは彼女の息子にそれをやろうとしたって」

それからウジュおばさんの愚痴は自分の研修プログラムのことへ移っていった。ひどくのろくて小規模で、診療記録がいまだに手書きで、埃っぽいファイルに保管されること。それから研修期間が終ると、患者たちが彼女の診察を受けるのは彼女に恩を着せることだと思っていると不平をいった。バーソルミューのことにはほとんど触れなかった。マサチューセッツの湖のそばの家に、ウジュおばさんはダイクとふたりだけで住んでいるみたいだった。

17

陽の光がまぶしい七月のある日、イフェメルはアメリカなまりを真似るのはもうやめようと決心し、そのおなじ日にブレインと出会った。しゃべり方については納得のうえだった。それまでは友人やニュースキャスターを注意深く観察して、かすかに聞き取れるt音、クリーミーにまるめるr音、文頭に「ソウ（だから）」を置いたり、滑らかに「オオ・リアリィ（あら、ほんと）」と応じたり、完璧にやってのけるしゃべり方は意識的なもので、それはあくまで意思による行為だった。唇をひねることにも、舌をまるめることにも努力が必要だった。パニックになったり、恐慌をきたしたり、火事で跳び起きたときは、アメリカ式のそんな発音のことなど念頭から消えているだろう。だからその夏の日に、ダイクの誕生日の週末にやめることにしたのだ。決心したのは、かかってきた電話会社の勧誘の電話がきっかけだった。スプリング・ガーデン通りのアパートの自室にいたときのことだ。そこは彼女がアメリカに来て初めて、本当に自分のもの、自分だけのものといえる、水漏れのする蛇口とやかましいヒーター付きのスタジオだった。引っ越して数週間は足取りも軽く、ご機嫌だった。冷蔵庫を開けても中身はすべて自分のもので、バスタブを洗っても排水溝にルームメイトの気味の悪い、見慣れぬ毛髪を見なくてもよかった。「表向きは二ブロックほど先が危険地域だ」とアパートの管理人ジャマルは念を押し、ときどき銃声が聞こえるかもしれないといったけれど、毎晩窓を開けて緊張しながら耳を澄ましても聞こえてくるのは晩夏の音――通り過ぎる車から鳴り響く音楽と、遊びほうける子供たちの興奮した笑い声やその母親たちの叫び声だけだった。

その七月の朝、週末をマサチューセッツですごすためにバッグに荷物を詰め終えて、スクランブルエッグを作っているときに電話が鳴った。発信者番号が「未登録」だったので、ナイジェリアの両親からかもしれないと思った。でもそれは若いアメリカ人男性の勧誘の電話で、長距離通話および国際通話の格安料金の売り込みだった。電話の勧誘はいつも切ることにしているのに、彼の声にはどこかガスの火を消して受話器を持ちつづける気にさせるものがあった。飛び抜けて若く、未熟で、現場に不慣れで、震え声がかすかに混じって、図々しくも馴れ馴れしく売り込むはずの顧客係が全然図々しくなかったのだ。教えられた通りのことを述べてはいても、相手を不快にさせまいと必死になっている感じだった。

お元気ですか、お住まいの街のお天気はいかがでしょうか、フェニックスはとても暑いです、と彼はいった。ひょっとすると今日が初仕事で、付け心地の悪いレシーバーを耳に突っ込み、相手が留守で受話器を取らなければいいと半分思いながらかけていたのかもしれない。イフェメルはなんだか気の毒に思って、ナイジェリアとの通話は一分につき五十七セントより安いかと質問してしまった。

「少々お待ちください、ナイジェリアを調べます」と彼がいったので、イフェメルは卵をかき混ぜる動作に戻った。

電話口に戻ってきた彼がいった——料金はおなじですが、ほかにおかけになる国はありませんか？　メキシコとか、カナダとか？

「そうね、ロンドンはときどきかけますが」ギニカが夏のあいだそこにいたのだ。

「わかりました、少々お待ちください、フランスを調べますので」

イフェメルは吹き出した。

「なにか可笑しなことでも？」

彼女はさらに笑った。イフェメルは、国際通話料金の安さを売り込んでいるのに、ロンドンがどこにあるか知らないのって可笑しいでしょ、と素っ気なくいおうとしたけれど、なにかがそれを思い留まらせた、彼の姿を想像したのだ、たぶん十八歳か十九歳、太りすぎで顔はピンク、女の子のことになると全然ぎこちなくて、ビデオゲームに夢中で、そもそも世界は矛盾だらけなのにその矛盾をかき混ぜる術を知らない。だから彼女は「テレビですごく面白い、古いコメディをやってるの」といった。

「おや、本当ですか？」といって彼も笑った。それで胸を突かれた。この青臭さ。電話からまた声が聞こえて、彼が調べてきたフランスの電話料金を告げたとき、イフェメルはお礼をいって、これまで使っていた料金より安いので通信会社の変更を考えてみるといった。

「かけ直すのはいつがいいでしょうか？　もしご承諾いただけるなら……」彼らの賃金は出来高で支払われるのだろうか。もしも自分が電話会社を変更したら、彼の取り分は増えるのだろうか？　イフェメルは考えた。負担がまったくないなら変更するつもりになっていたのだ。

「夜がいいわ」

「お名前をうかがってもいいですか？」

「名前はイフェメル」

彼はその名前を大げさなほど気を遣いながらくり返した。「フランス人の名前ですか？」

「いいえ、ナイジェリア人よ」

「ご家族がそこのご出身なんですね？」

「そう」イフェメルは卵をすくって皿に移した。「わたしはそこで育ったの」

「えっ、本当ですか？　合州国に来てどれくらいですか？」

「三年」

「わお。クール。すっかりアメリカ人のように聞こえますね」

「ありがとう」

汚辱感が全身に一気に広がるのを感じたのは電話を切ってからだ。ありがとうといってしまった、「アメリカ人のように聞こえますね」ということばを加工して、花輪のように自分の首にかけてしまった。なぜそれがお世辞になるのか、アメリカ人のように聞こえることがなぜ特技になるのか？　彼女は勝利した、いまならクリスティナ・トマスもふつうに話しかけてくるだろう、あの青白い顔をしたクリスティナ・トマスの眼差しのもとで、かつて自分は打ち負かされた小動物のように身を縮めたのだ。彼女はついに勝利した、だがそれは空疎な勝利だった。束の間の勝利が残したのは、茫漠とした、がらんどうの空間だ。いやというほど時間をかけて、自分のものではない声のピッチと存在の仕方を身につけてきたのだから。というわけでイフェメルは卵を食べ終ると、アメリカなまりを真似るのをやめることにした。その日の午後、三十番通りの駅で、アムトラックのカウンターにいる女性に向かって身を屈めて、初めてアメリカなまり抜きで話をした。

「ヘイヴァヒルまで、往復でお願いします。帰りは日曜の午後にしてください。学生割引（スチューデント・アドヴァンテイジ）をもってます」というとき、「アドヴァンテイジ」の「テ」をしっかり発音し、「ヘイヴァヒル」の「ヴァ」のあとの「r」に巻き舌を使わなかった。これが本来の自分だ。これこそ自分が爆睡中に地震が起きて、目を覚ましたときの話し方だ。それでも、もしもアムトラックの窓口の女性が、彼女のしゃべり方を聞いて、ひどくゆっくりと、嚙んで含めるように対応してきたら、そのときはミスター・アグボの発音法で話そう。中等学校の討論会のときに学んだ、気取った、やたら慎重な発声法でいってみよう。髭を生やしたミスター・アグボは擦り切れたネクタイを引っ張り、カセットプレイヤーでBBCの録音をかけてから生徒全員に何度もくり返し発音させて、ついに満面に笑みを浮かべて「その通り！」と叫んだ。発声法のほかにミスター・アグボから拝借するつもりだったのは軽く眉を吊りあげる仕草で、それが横柄な外国人のポーズらしいと思ったからだ。でも、そんな必要はまったくなかった。アムトラックの女性はごくふつうに「身分証を見せてもらえますか？」といったのだ。

そんなわけでイフェメルはミスター・アグボの発声法を、ブレインに会うまで使うことはなかった。

列車は混んでいた。見たところその車両内で空いているのはブレインの隣の席だけだった。新聞とジュースの瓶が置いてあるのは彼のものらしい。イフェメルは立ち止まり、その席に向かってジェスチャーをしたが、彼の視線は前を向いたままだ。彼女の後ろには重たいスーツケースをぶらさげた女性が続き、車掌が空席に置いた各自の持ち物はどけるようアナウンスしていた。ブレインは彼女が立っているのに気がつきながら——なんで彼女が目に入らなかったのか？——それでもなにもしなかった。そこでミスター・アグボの発声法が飛び出したのだ。「失礼ですが。これはあなたのものですか？　どけていただけないかしら？」

頭上の棚にバッグを載せて席に座ったけれど、イフェメルは身を硬くして、雑誌を抱え、身体を通路側に寄せて、できるだけ彼から距離を取った。列車が動き出したとき

「申し訳ありません、あなたが立っているのに気がつかなくて」と彼がいった。

彼の謝り方にイフェメルは驚いた。その表現がとても正直で、誠実で、もっと相手の気に障ることをしたような感じだったのだ。「だいじょうぶです」と彼女はいってにっこり笑った。

「調子はどうですか？」

「いいですよ、そちらは？」とアメリカ風に歌うような口調でいうのは学習済みだったけれど、イフェメルは「上々です、ありがとう」といっておいた。

「僕、ブレインです」といって彼は手を伸ばしてきた。

背は高そうだ。ジンジャーブレッド色の肌をして、すらりと整った体型はどんなユニフォームを着ても似合いそうだ。アフリカン・アメリカンであることはすぐにわかった。カリビアンでもアフリカンでも、そのどちらかの移民の子供でもない。必ずしも彼女はいつもいいあてることができたわけではなかった。一度などタクシー運転手に、この人はきっとガーナ出身だと思って、「ねえ、どこの出身？」と知ったかぶりの口調で質問すると、運転手が肩をすくめて「デトロイト」と答えたこともあった。でもアメリカ生活が長くなるにつれて上手く見分けられるようになった。容貌や歩き方でわかることもあったが、たいていは身のこなしや態度など、文化が人びとに刻印する細やかな特徴が決め手となった。たいていは間違いない。彼はこのアメリカに何百年も住んできた黒人男女の子孫だ。ブレインについては間違いない。

「わたしはイフェメル、どうぞよろしく」

「ナイジェリア人ですか？」

「ええ、そうですよ」

「ブルジョワっぽいナイジェリア人」といって彼はにやっと笑った。さっそく相手をからかうその調子には、びっくりするような親密さがあった、彼女を特権的と呼ぶなんて。

「あなたとおなじくらいのブルジョワっぽさですけど」いまや確実に、相手にその気があるかないかを探る男と女の会話になっていた。イフェメルは彼を黙って検分した。明るいカーキ色のズボンにネイビーのシャツ、それなりに考えて選ばれた出で立ち、鏡の前に立っても長時間見入ったりはしない男だ。ナイジェリア人のことは知っています、と彼はいった。自分はイェール大学の准教授で、おもな関心は南部アフリカですが、いまやいたるところにいるナイジェリア人のことを知らずにはいられませんから。

「アフリカ人五人にひとりがナイジェリア人ってのはどういうことだろう？」といいながらまだ微笑んでいる。彼には皮肉っぽさと優しさが同居していた。まるでいちいちことばにしなくても、本質的な冗談のいくつかは彼女と共有できると信じているらしい。

「ええ、私たちナイジェリア人はあちこち移動します。しかたがないんです。大勢すぎて場所が足りないんですから」といって彼女は、ふたりがとても近しい感じになっていることに驚いた。隔てているのは肘掛けひとつだ。彼はイフェメルが放棄したばかりのいわゆるアメリカ式英語でしゃべっていた。電話で人種調査をする者が、これは教育を受けた白人だと判断するたぐいの英語だ。

「じゃあ、南部アフリカが専門?」

「いや。比較政治学です。この国の大学院でやる政治学プログラムではアフリカだけをやることはできません。アフリカをポーランドやイスラエルと比較することならできますが、アフリカに的を絞るとなると? 彼らはそれをやらせないんです」

彼の使う「彼ら」が、暗に「われわれ」を示していたが、それは彼らふたりのことをいっているのだろう。彼の爪は清潔だ。結婚指輪ははめていない。彼とつきあうところをイフェメルは夢想しはじめた。冬のさなかにふたりが起きて、かすかに曙光の射す朝まだきのなかで寄り添いながら、イングリッシュ・ブレックファスト・ティーを飲む。彼が紅茶の好きなアメリカ人だといいな、とイフェメルは思った。彼が飲んでいるジュースは、座席のポケットに押し込んだ瓶を見ると、オーガニックのざくろとある。簡素な茶色の瓶に簡素な茶色のラベルが貼ってあるのがスタイリッシュで健康的だ。ジュースには合成物質が含まれていないし、ラベルには装飾過多の無駄なインクも使われていない。どこで買ってきたんだろう? 駅の売店で売っているものではない。ひょっとしたら彼はヴィーガンで、大企業を信用せずに、農家がやる産直マーケットで買ったオーガニック・ジュースを自宅から持参したのかもしれない。ギニカの友達にどうにも我慢できなかったのは、彼女たちもたいていこんなふうで、その正しさが自分に欠けているものを感じさせて苛立たしかったからだ。でもイフェメルはブレインの信心は許す心づもりになっていた。彼は手に図書館のハードカバーの本を持っていたがタイトルは見えなかった。ジュースの瓶の隣にニューヨーク・タイムズが突っ込んである。彼がイフェメルの持っている雑誌にちらりと目をやったとき、帰りの車中で読むつもりだったエズイアバ・イロビ（ナイジェリア出身の詩人）の詩集を出していればよかったと思った。浅薄なファッション雑誌しか読まないと思われたかも。唐突に、無性に、ユセフ・コマニャカア（ルイジアナ州生まれの詩人）がどれほど好きか、名誉挽回のために彼に伝えたい衝動に駆られた。最初に表紙を手のひらで被い、モデルの鮮やかな赤いリップを隠した。それから目の前のシートポケットに雑誌を押し込み、ちょっと鼻先で笑うように、女性雑誌ってほんとにばかげてるわね、小柄で小さな胸の白人女性のイメージを、大柄で多様な民族性の世界中の女性たちに押しつけるなんて、といった。

「でも、わたしはそういう雑誌を読みつづけるの。煙草みたいね、悪いのは知っていながら吸いつづけるところが」

「大柄で多様な民族性か」と可笑しそうにいう彼の目に、ものおじしない熱い好奇心が浮かんだ。イフェメルは魅力的だと思った。この人は、ある女性に興味をもつとクールな感じを装って無関心なふりをするタイプではなかった。

「大学院生？」と彼が訊いてきた。

「まだ学部生、ウェルソンの」

彼女の思い込みか、それとも彼の顔が曇ったのか、落胆か、驚嘆か？　「本当？　もっと年上かと思った」

「年上ですよ。ここへ来る前にナイジェリアでカレッジに何年か通ったから」彼女はシートに座り直して、会話を男と女の軽い探りあいの調子に戻す決意を固めた。「ところで、あなたも教授にしては若すぎるように見えるけれど。あなたが教える学生たちはきっと、どっちが教授か混乱するでしょうね」

「学生はたぶんいろんなことに混乱していると思う。まだ教えはじめて二年目だから」ここでちょっと間をあけて彼はさらに続けた。「大学院へ進むことは考えてる?」

「ええ、でも心配なのは大学院なんか出るともう英語が話せなくなるんじゃないかってことね。わたしの知っている大学院生は友達の友達だけれど、彼女の話を聞いていると空恐ろしくなる。テクスト相互間のモダニティをめぐる記号論的弁証法とか。まったく意味不明。ときどき、ああいう人たちってアカデミアというパラレルな宇宙に住んで、英語の代わりにアカデミック用の言語をしゃべっているんじゃないかと思うことがあるわね、現実世界で起きていることを本当は知らないんじゃないかって」

「それはまた強烈な意見だな」

「ほかに考えようがないもの」

彼は声をあげて笑った。笑わせたことがイフェメルは嬉しかった。

「いいたいことはわかるけれど、でも、僕の研究対象には社会運動、専制政治の政治経済、アメリカの投票権と代議制度、政治における人種と民族性、それに選挙資金ってのも含まれているからね。それが僕の古典的な客寄せ口上だな。いずれにしても多くはこけおどし。授業で教えていても、あのガキどもがそれをまともに考えるかどうか疑問だよ」

「あら、考えると思うけれど、きっと。わたしならあなたの授業を喜んで受けるな」口調にちょっと熱が入りすぎだ。望んだ調子にはならなかった。そんなつもりはなかったのに、学生になる役を自分に振ってしまった。会話の方向を変えたいと彼は思っているようだ。彼女を教える側になどなりたくないと思っているのかもしれない。ワシントンDCの友人を訪ねてこれからニューヘヴンに帰るところだと彼はいった。それから「それで、きみはどこへ行くの?」と。

「ワーリントン。ボストンから車で少し行ったところ。おばさんがそこに住んでるから」

「それじゃ、コネティカットに来たことは?」

「あまり。ニューヘヴンに行ったことはないけれど、スタンフォードやクリントンのモールならあるかな」

「ああ、そう、モールね」彼の口元がかすかにへの字になった。

「モールが嫌い?」

「魂の抜けた味気なさを別とすれば? あそこは完璧無比だよ」

モールのことで文句をいうなんて理解できなかった。どこへ行ってもまったくおなじ店がならんでいるからって。彼女にとってモールはその同一性が心地よかったのだ。それに注意深く選ばれた彼の服だって、どこかの店で買ったはずだ。

「じゃあ、自分で綿花を育てて服を仕立てるのね？」

彼は声をあげて笑い、彼女も笑った。イフェメルはふたりが手をつないで、スタンフォードのモールへ行くところを想像した。彼女が彼をからかいながら初めて出会った日の、この会話のこと覚えてる？ といって、彼にキスするため顔をあげるところを想像した。イフェメルは公共の交通機関で見ず知らずの人と話をしたりする性格ではなかったのに——数年後にブログを始めてからはより頻繁に話すようになるのだけれど——そのときのイフェメルは立て続けに話をした。自分の声の真新しさのせいだ。話をすればするほど、これは偶然の一致ではない、自分の声に戻ったその日にこの男性と出会ったことには大きな意味があると思うようになった。自分のジョークの落ちが待ち切れないように、彼女は笑いを抑えながら、ロンドンがフランスにあると思っていた電話の勧誘員のことを話した。彼は笑う代わりに首を振った。

「その勧誘員はちゃんとした訓練をまったく受けてないんだ。そいつは臨時雇いで健康保険も失業保険も入ってないな、絶対に」

イフェメルは「そうね」といってから神妙な顔で「彼のことが気の毒だった」といった。

「そう、数週間前に僕の学部が引っ越しをやったんだ。イェール大学がプロの引越屋を雇って、それぞれの研究室からなにもかもそっくり新しい研究室にそのままの配置で移せと彼らに命じた。そして彼らはそうした。僕の本はすべてそっくりおなじ棚のおなじ位置にならんでいた。しかし、あとでなにがわかったと思う？　何冊も本の上下が逆さになっていたんだ」その発見の意味が相手に伝わったかどうか確かめるかのように、彼はじっとイフェメルを見たので、一瞬、彼女は話の結末が見えなくなった。

「おお。引越屋さん、字が読めなかったんだ」と彼女はようやくいった。

彼がうなずいた。「なんだか、それって、完全に打ちのめされたな……」声が尻すぼみになった。

イフェメルは彼ってベッドではどうかな、と想像しはじめた。優しくて、感情的に満たされることが射精とおなじくらい大切だと考えるような、思いやりのある恋人になるかも、彼ならこの女は肉に締まりがないなんて決めつけないかも、彼なら心穏やかに毎朝目を覚ましそう。イフェメルは自分の心を読まれてしまいそうで、あわてて目をそらした。びっくりするほど鮮烈なイメージが立ちあがってきたのだ。

「ビール飲む？」と彼がいった。

「ビール？」

「そう。食堂車でビールを売ってる。きみも飲む？　買ってくるよ」

「ええ。いただくわ」

彼女は立ちあがり、自意識過剰気味になって彼を通した。彼からなにか匂いがするかと期待したけれど、匂いはなかった。コロンはつけていないんだ。ひょっとしたらコロン製造者が労働者をちゃんと待遇していないという理由でコロンをボイコットしているのかも。彼が通路を歩いていくのを目でじっと追いながら、彼女が見ていることに彼は気づいているなと思った。ビールを勧められて嬉しかった。彼が飲むのはオーガニックのざくろジュースだけかと心配だったのだが、ビールも飲むならオーガニックのざくろジュースも悪くないと思った。彼はビールとプラスチックのカップを持って戻ってくると、彼女のカップになみなみと注いだ。その泡が彼女にとってロマンスへの期待をふくらませた。ビールが好きだったことはない。それは男の飲み物で、粗野で野暮だと教わって大人になったのだ。いまブレインの隣に座って、大学一年のときにマジで酔っぱらったという彼の話に大笑いしながら、イフェメルは自分もビールが好きになれそうと思った。ビールの粗さいっぱいのところが。

彼は学部生のころの話をした。男子友愛会の入会式で精液入りのサンドイッチを食べた馬鹿な話、最初の夏休みにアジアを旅したときずっと中国のマイケル・ジョーダンと呼ばれつづけたこと、卒業したその週に母親がガンで死んだこと。

「精液のサンドイッチ？」

「マスターベーションでピタパンに射精したのを新入生に食べさせるんだ、でも呑み込まなくてもいい」

「ひどい」

「まあ、若いころにそういう馬鹿なことをやっておけば、年齢を食ったときにやらないようになるという希望的観測だな」

車掌が次はニューヘヴンですとアナウンスしたとき、イフェメルは急に喪失感に襲われた。雑誌のページを破って自分の電話番号を書きつけた。「名刺、持ってる？」

彼はポケットを探った。「持ってないな」

彼が荷物をまとめるあいだ沈黙が流れた。やがて列車がブレーキをかける鋭い音がした。彼女はピンときた、自分の電話番号を知らせたくないのか、でもそうじゃないと思いたかった。

「じゃあ、あなたの電話番号を書いてくれない？　覚えてるなら」と彼女は訊いた。へたなジョーク。そんなことばが口から出たのはビールのせいだ。

彼女の雑誌に彼は番号を書いた。「元気で」と彼。立ち去るときに軽く彼女の肩に手を触れたその目のなかに、なにかやわらかな、悲しげなものがあり、そこには、彼が書き渋ったと思ったのは勘違いだと自分を納得させるものがあった。すでに彼女と別れがたく思っているのだ。イフェメルは彼が座っていた席へ移動し、彼の身体が残した温もりに浸りながら、窓越しに、プラットホームを歩いていく彼の姿をじっと見つめた。

ウジュおばさんの家に着くと、まずやりたかったのは彼に電話することだったけれど、でも数時間待つのがいいと思った。一時間後にイフェメルは、かまうもんかと思って電話した。応答はなかった。メッセージを残した。あとからまたかけ直した。応答はない。

何度も何度もかけた。応答なし。真夜中にもかけたが、メッセージは残さなかった。まる一週間、イフェメルは電話をかけまくったが、彼は受話器を取らなかった。

ワーリントンは眠気を誘うような、自己充足した町だった。くねくねと曲がる道路がこんもり茂る森を貫き、大通りさえ、大都市からよそ者がやってくるのを恐れた住民たちが道幅を広げなかったために、曲がりくねって幅が狭かった。眠たげな家々が樹木に保護されるようにならび、週末になると青い湖にぽつぽつとボートが浮かんだ。ウジュおばさんの家のダイニングルームの窓からきらきら光る湖が見えて、静まり返った青さがこちらを見返していた。イフェメルが窓辺に立っているあいだに、ウジュおばさんはテーブルについてオレンジジュースを飲みながら不平不満を宝石のようにならべていった。それはイフェメルが訪ねていくときのお決まりの日課になっていた。おばさんは絹の財布に不平不満をすべて溜め込み、それを温め、磨きあげ、土曜日にイフェメルが訪ねていくと、バーソルミューが外出中でダイクが二階にいるあいだに、テーブルの上にそれをぶちまけて、これはこうであれはああでと光をあてるのだ。

ときどきおなじ話を二度することもあった。先日、公立図書館に行ったとき未返却の本をバッグから出すのを忘れていると、守衛が「あんたたちってのはちゃんとできることってのがないんだな」といった話。診察室へ入っていくと患者が「ドクターは来ますか？」と訊くので、自分がドクターだというと、患者の顔が能面みたいになった話。

「その午後、その患者ったら自分のカルテ類をほかの医師の部屋へ移動させたのよ！想像できる？」

「そういうことをバーソルミューはどう思っているの？」といってイフェメルは、室内に湖の風景や町を持ち込むような身振りをした。

「あの人は忙しすぎて、自分の仕事にかかりっきり。朝早く出かけて帰ってくるのは夜更け、毎日よ。まるまる一週間、ダイクが彼を見かけないこともあるわ」

「おばさんがまだここにいることが驚きだわね」イフェメルは静かにいった。「ここに」というのが、たんにワーリントンのことをいっているわけではないのは、ふたりともわかっていた。

「もうひとり子供が欲しいの。私たち、努力してるんだけど」ウジュおばさんが近くへ来て、窓辺のイフェメルの隣に立った。

木の階段をがたがたと降りる音がして、ダイクがキッチンにあらわれた。色褪せたTシャツに短パンで、手にはゲームボーイを持っている。会うたびにまた背が伸びて、さらに口数が少なくなっていくようだ。

「キャンプにそのシャツを着てくつもり？」とウジュおばさん。

「うん」ダイクの目は手のなかのちらちらする画面から離れない。

ウジュおばさんが立ちあってオーヴンをチェックした。今朝はダイクのサマーキャンプの初日で、朝食にチキンナゲットを作ってあげることになっていたのだ。

「カズ、あとでサッカーやろうね、いいだろ？」とダイクが訊いた。

「いいよ」イフェメルは彼の皿からチキンナゲットをひとつ摘んで、口に放り込んだ。

「朝食にチキンナゲットとはまたなんとも微妙、でもこれ、チキン？　それともただのプラスチック？」

「スパイシーなプラスチックさ」とダイク。

イフェメルは彼といっしょにバスまで歩いていって、乗り込むのを見送った。窓に子供たちの白い顔がならび、運転手が彼女にひどく上機嫌に手を振った。その日の午後もまたおなじ場所に立って、バスがダイクを運んでくるのを待っていた。ダイクの顔に身構えるような、どこか悲しげな表情が浮かんでいた。

「どうしたの？」彼の肩に腕をまわしてイフェメルは訊いた。

「別に。いまサッカーやらない？」とダイク。

「なにがあったか教えてくれたらね」

「なにもなかったよ」

「少しシュガーが必要かも、きみは。たぶん明日はバースデーケーキで砂糖漬けになるんだろうけど。でもちょっとクッキーでも食べようか」

「ベビーシッターやってる子供も、そうやって砂糖でまるめ込むの？　へえ、ラッキーだよな、その子たち」

イフェメルは吹き出した。そして冷蔵庫からオレオの包みを取り出した。

「ベビーシッターの子供たちともサッカーする？」

「しないよ」とイフェメルは答えておいた。テイラーとはときどき樹木の生えた広すぎる裏庭で、ボールを蹴って行きつ戻りつしたのだけれど。ダイクはときどき、彼女が世話をしている子供たちのことを訊いてくる。そのときは、彼の子供っぽい関心を大日に見て、子供たちの玩具や暮らしぶりを話してやることがあったけれど、世話をしている子供たちが彼女にとって重要だとダイクに感じさせないよう、イフェメルは注意していた。

「それでキャンプはどうだった？」

「よかったよ」ちょっと間を置き「グループリーダーのヘイリーって子がさ、みんなに陽焼け止めをあげたんだ、でも僕にはくれなかった。必要ないだろって」

イフェメルはダイクの顔をじっと見た。ほとんど表情がない。不気味なほど。なんといっていいか、イフェメルはことばに詰まった。

「その子、きみは色が黒いから陽焼け止めが必要ないって思ったんだ。でも必要だよね。色が黒くても陽焼け止めが必要なことを知らない人が多いけど。わたしが買ってあげるから、気にしないで」ひどく早口になっていた。自分のいっていることがはたして適切か、なにをいうのが適切か、どうも自信がなくて落ち着かなかった。彼を落ち込ませていたのはこれだったのかと、その顔を見れば十分にわかったからだ。

「だいじょうぶ。それって可笑しいことだし。友達のダニーなんか、大笑いしてた」

「どうしてその友達は可笑しいって思ったんだろ？」

「可笑しいからさ！」

「彼女が陽焼け止めをきみにもくれたらよかった、そうだよね？」

「そうかも」ダイクは肩をすくめながらそういった。「みんなとおなじがよかった」

イフェメルは彼をハグした。あとからイフェメルは店まで行って大きな瓶入りの陽焼け止めを買ってきたが、次に訪ねていったとき、それは洋服ダンスの上に置きっぱなしになったまま、使われた形跡はなかった。

非アメリカ黒人のためのアメリカ理解
——アメリカ式部族主義

アメリカでは部族主義（トライバリズム）がみごとに健在だ。種類は四つある——階級、イデオロギー、地域、そして人種だ。第一に階級。これはとても簡単。お金持ちの人と貧しい人だ。

第二がイデオロギー。リベラルと保守。政治問題で両者の意見が一致することはまずなくて、たがいに相手が悪いと思っている。異人種間の結婚はできるなら避けたいとしながら、まれにそういうケースが起きると、すばらしいと見なされる。第三が地域。北部と南部。ふたつに分裂して内戦になった南北戦争の結果、しつこい遺恨が残っている。北部は南部を見くだし、南部は北部を恨んでいる。最後が人種。アメリカには人種によるヒエラルキーがある。最上部は常に白人、明確にいうなら白人のアングロサクソン系プロテスタント、いわゆるＷＡＳＰで、最下部が黒人、その中間の人たちは時と場合による。アメリカ人はだれもが彼らの部族主義に通じているものとされる。ところがそれをすべて理解するにはいささか時間がかかるのだ。というわけで学部に在籍中、授業にゲストスピーカーがやってきたとき、ひとりのクラスメイトがもうひとりのクラスメイトにひそひそとささやいた。「あらぁ、彼ってめっちゃユダヤ人っぽい」そして身震いした。文字通り身震いしたのだ。ユダヤ人みたいというのは悪いことだった。わたしには意味が理解できなかった。わたしの目には、その男性は白人で、そのクラスメイトとそれほどちがわないように見えた。ユダヤ人とは、わたしにはぼんやりした、聖書にまつわるものといった感じだった。でもわたしはすぐに学んだ。アメリカの人種別階層では、ユダヤ人は白人ではあるけれど白人より数段下なんだと。ちょっと混乱した、だって麦藁色の髪をしたそばかすだらけのその女の子が、自分はユダヤ人だといっていたのをわたしは知っていたからだ。どうしてアメリカ人はユダヤ人のことがわかるのか？　どうやってそのクラスメイトは彼がユダヤ人だとわかったのか？　どこかで読んだのだけれど、アメリカのカレッジはかつて受験者に対して、母親の姓を訊ねたそうだ。応募者がユダヤ人でないことを確かめるために。理由は、ユダヤ人は入学させないことになっていたから。だからたぶん、それで区別がつくのかも？　名前から？

ここに長くいればいるほど、そのことに通じるようになっていく。

18

マリアマの新しい客はジーンズの短パンをはき、お尻にデニム地をべったり貼り付かせて、トップとおなじ色調のショッキングピンクのスニーカーを履いていた。大きなフープイヤリングが顔をかすめている。鏡の前に立って、こういうコーンロウにしてほしいと説明していた。

「横のちょうどここんところで分けてジグザグにして、でも、最初からへアピースは足さないで、ポニーテイルにするとき足して」ゆっくりと、大げさなほどはっきりとした発音だ。「いったこと、わかった？」と念を押したが、明らかにマリアマが理解していないと決めてかかる口調だった。

「わかりました」とマリアマは静かにいった。「写真を見たいですか？　そういうヘアスタイルが載ってるアルバム、ありますよ」

アルバムがぱらぱらとめくられて、ついにその客が満足して腰をおろし、擦り切れたビニールのケープがさっと首に巻きつけられて、椅子の高さが調節されるあいだ、マリアマはずっと抑えに抑えた微笑みを浮かべていた。

「これやった別の編み手さん」とその客はいった。「その人もアフリカ人だったけど、あたしの傷んだ髪を焼こうとしたんだよ！　ライターなんか取り出したんで、あたしがいうでしょ、シャンテイ・ホワイト、彼女にそんなものを持ち出して髪に近づけたりしないようにいって。それであたし、訊くじゃない、それってなんのため？　彼女がいうには、ブレーズをクリーンにするためだって、そんであたし、どういうこと？　って。するとわたしにやって見せようとして、彼女、ブレーズの一本にライター近づけようとしたんだよ、あの人にはアッタマきたわ」

マリアマは首を振った。「おお、それはひどい。燃やすのは良くないです。ここではそんなことはしませんから」

客がまたひとり入ってきた。目の覚めるような黄色いヘッドスカーフで髪を被っている。

「ハーイ。髪を編んでもらいたいんだけど」

「どんな髪に編みますか？」とマリアマが訊いた。

「レギュラーのボックス編みで、ミディアムサイズでお願い」

「長くしますか？」とマリアマが訊いた。

「あまり長くしないで、そうね、肩くらいの長さかな？」

「わかりました。どうぞお座りください。彼女がやりますから」とマリアマはハリマを身振りで示した。ハリマは後ろに座ってテレビを観ていたが、立ちあがって伸びをした。伸びをするにしてはちょっと長すぎる。あまり気乗りしないという意思表示のようだ。

女性客は腰をおろしてDVDの山を指し、「ナイジェリア映画を売ってるの？」とマリアマに訊いた。

「むかしは売ってましたけど、仕入れ先が廃業してしまって。欲しいですか？」

「いいえ。たくさんあるなって思っただけ」

「なかにはとっても良いのもありますよ」とマリアマ。

「ちょっとダメだわ、その手のは。バイアスがかかってると自分でも思うけど。わたしの国じゃ、南アフリカだけど、ナイジェリア人はクレジットカードを盗んだり、薬を売買したり、滅茶苦茶なことをするっていわれてて。映画もそういう感じなのかなって」

「南アフリカのご出身ですか？　なまりがありませんね！」マリアマは驚嘆してみせた。

女性客は肩をすくめた。「ここに来てもうずいぶんになるから。そんなにちがいはないし」

「ちがう」とハリマが急に勢いづいて、客の背後に立った。「息子といっしょにこっちに来たとき、学校でアフリカのなまりがあるからってあの子をみんなが殴ったんです。ニューアークで。あの子の顔を見せたかったです。紫タマネギみたいだった。あいつら、息子を殴って、殴って、殴って。黒人の男の子たちがめちゃめちゃに殴ったんです。いまはなまりなしで問題なしです」

「それはお気の毒ね」と女性客はいった。

「ありがとう」とハリマはにっこり笑い、その女性のアメリカ式しゃべり方の、絶妙な離れ業にほれぼれしていた。「そう、ナイジェリア、すごく腐敗してる。アフリカでいちばん腐敗した国。わたし、映画は観るけど、絶対ナイジェリアには行かない！」と手のひらをちょっと宙に浮かせるような仕草をした。

「わたしもナイジェリアの男とは結婚できないわ、自分の家族もナイジェリアの男とは結婚させない」とマリアマはいって、イフェメルにすまなそうな視線をよこした。「みんなってわけじゃないけど、たくさんの人が悪いことをする。金のために人殺しもする」

「そうね、それについてはわたしにはわからないけど」と客のほうは気乗りしない抑えた調子でいった。

アイシャは黙って傍観を決め込んでいた。あとからイフェメルに怪訝そうな顔をしてささやいた。「ここに十五年って、でもアメリカなまりがないね。なんで？」

イフェメルはそれを無視して、もう一度、ジーン・トゥーマーの『砂糖きび』を開いた。ことばを凝視しているうちに突然、時計の針を戻してこの帰郷を延期したくなった。ひょっとしたら自分はせっかちすぎたのかもしれない。コンドミニアムを売却しないほうがよかったかもしれない。彼女のブログを買い取りたいという雑誌「レタリー」の提案を受け入れて、雇われブロガーになればよかったのかもしれない。ラゴスへ戻って、帰ってきたことが間違いだと気づいたらどうしよう？　アメリカにはいつでも帰ってこられるんだからという考えは、思ったほど大きな慰めにはならなかった。

映画が終って、また雑音が消えた室内で、マリアマの客が、頭皮をジグザグに走るコーンロウの細い一筋に触りながら「ここがでこぼこ」といった。声が不必要なほど大きかった。

「だいじょうぶです、やり直しますから」マリアマはあたりが良くて口調も穏やかだったけれど、この客は厄介だと思っているのがイフェメルにはわかった。そのコーンロウには変なところは全然なかったが、これが彼女の新しいアメリカ的自我の一部なのだ。この顧客サービスという信念、この上っ面だけのぴかぴかの偽装、それを彼女は受け入れ、信奉していた。客が帰るとそんな自我は脱ぎ捨てて、ハリマやアイシャに向かってアメリカ人のことを、ひどくあまやかされて子供じみていて、なんでも思い通りになると思って、なんていうのかもしれない。でも次の客がきたら、またもや、傷ひとつないアメリカ的自我になるのだ。

客がマリアマに支払いをしながら「キュートだわ」といった。その客が帰ったすぐあとに若い白人女性が入ってきた。身体は軟体動物みたいで、陽に焼けて、髪をゆるいポニーテイルにして後ろでまとめていた。

「ハイ！」と彼女。

マリアマも「ハイ！」といって短パンの前のところで何度も手を拭いながら待った。

「髪を編んでもらいたいんだけど、わたしの髪、編んでもらえるかしら?」

マリアマはにっこりと熱心すぎる微笑みを浮かべた。「はい。どんなヘアスタイルでも。ブレーズにして垂らしますか、それともコーンロウ?」いまやマリアマは猛然と椅子を掃除している。「どうぞここへ」

女性は腰をおろして、コーンロウがいいといった。「映画に出てくるボー・デレクみたいなの? 『テン』って映画、知ってる?」

「ええ、知ってますよ」とマリアマはいった。ほんとかな、とイフェメルは思った。

「わたしはケルシー」とその女性は部屋中に知らせるみたいにいった。ちょっと度を超すほど親しげな調子だ。マリアマにどこの出身か、アメリカに来てどれくらいか、子供はいるのか、商売はどんな調子か、と訊ねた。

「商売には波がありますが、みんな一生懸命です」とマリアマ。

「でも故郷に帰るとこの商売はできないんでしょ? 合州国に来れてよかったわね、子供たちもいまじゃより良い暮らしができて、でしょ?」

マリアマは驚いたようすだった。「ええ」

「あなたの国では女性も選挙権があるの?」とケルシー。

さらに長い間があってから、マリアマが「ええ」といった。

「なにを読んでるの?」とケルシーはイフェメルの方を向いた。

イフェメルは小説のカバーを彼女に見せた。会話を始める気になれなかった。よりによってケルシーとは絶対いやだ。ケルシーにはリベラルなアメリカ人のナショナリズムが嗅ぎ取れた。自分ではアメリカについて仰々しく批判するくせに人から批判されるのは嫌がるのだ。彼らが人に期待するのは沈黙し謝意を抱くことで、出身地がどこであれ相手に、アメリカのほうがずっと良いだろうと念を押した。

「面白い？」

「ええ」

「それ小説、でしょ？　なんの小説？」

どうして「なんの小説？」なんて質問をするのだろう。それじゃまるで小説はなにかひとつのことしか書いてないみたいじゃないか。イフェメルはその質問が嫌いだった。たとえ気の滅入る自信のなさに加えて頭痛が始まらなかったとしても、嫌いだった。「特殊な好みの人でなければ好きになる本じゃないかもしれない。散文と韻文が混じってるから」

「すごいなまりがあるわね。どこの出身？」

「ナイジェリア」

「おお。クール」ケルシーの指はすらりとしていた。指輪のコマーシャルにぴったりだ。「秋にアフリカに行くの。コンゴ、ケニア、それにタンザニアにも行ってみようと思って」

「すてきね」

「準備のために本を読んできたんだけど。みんなに『崩れゆく絆』を薦められて、でもあれは高校のときに読んじゃった。とても良いけれどちょっと古風、でしょ？　つまり現代アフリカを理解する助けにはならない。『暗い河』ってすごい本を読んだところなの。それで現代アフリカのことが本当に理解できたわ」

イフェメルはちょっと鼻を鳴らすような、ふんといった音をたてたが、なにもいわなかった。

「とても率直で、わたしがアフリカについて読んだ本のなかでいちばん率直」とケルシー。

イフェメルが座りなおした。ケルシーの知ったかぶりにイラっとなった。頭痛がさらにひどくなった。その小説がアフリカのことを書いているなんてイフェメルは全然思っていなかった。それはヨーロッパについて、というか、ヨーロッパへの憧れについて書いた本で、アフリカに生まれたインド人男性の虐待された自己像をめぐる本だった。その男は自分がヨーロッパ人として生まれなかったことで、自分がその創造的な能力をあがめてきた人種の一員として生まれなかったことで、ものすごく傷ついて、ものすごく萎縮して、そのため自分の想像上の個人的無力感をアフリカへの腹立ち紛れの侮蔑に変えてしまったのだ。アフリカ人に対して知ったかぶりで高慢な態度を取ることで、たとえたんなる逃避であれ、彼はヨーロッパ人になれると思ったのだ。イフェメルは椅子の背にもたれて、このことを熟慮した口調で述べた。ケルシーはびっくりしたようすだった。ミニレクチャーを受けるとは思っていなかったのだ。それから親しげに「ああ、そうか、それであなたがなぜそんな小説を読もうとするかがわかるわ」といった。

「あら、そう、わたしにはなぜあなたが、、、それをそんなふうに読もうとしたかがわかるわ」とイフェメル。

ケルシーは眉毛を吊りあげた。イフェメルのことを、避けるに越したことはない、ちょっと頭のおかしい人間の仲間でもあるかのように。イフェメルは目を閉じた。頭上に雲が集まってくるような感覚を覚えた。気が遠くなりそう。暑さのせいかもしれない。彼女は不幸せではない人間関係を解消したところだった。楽しんできたブログを閉じて、いま彼女は自分にとってさえはっきり言語化できないなにかを追いかけていた。ケルシーのことをブログに書くこともできただろう。本を読むとき、他人は感情的になって読むのに自分は奇跡的にニュートラルに読めると、なぜか信じ込んでいるこの女の子のことを。

「ヘアを使いますか?」とマリアマが訊いていた。

「ヘア?」

マリアマが透明なプラスチックケースに入ったアタッチメントの包みを持ちあげた。ケルシーの目が大きく見開かれて、さっとあたりを見まわした。アイシャがケースからそれぞれのブレーズに編み込む小さなパーツを取りあげ、ハリマが包みから外装をはずしている。

「あらあ。そういうことなんだ。編んだ髪のアフリカン・アメリカンの女の人たちって、たっぷり髪があるんだと思ってた！」

「いいえ、アタッチメントをつけるんですよ」とマリアマは微笑みながらいった。

「たぶん、次のとき。今日は自分の髪だけでやろうかな」とケルシー。

彼女の髪に時間はかからなかった。コーンロウが七列、それでなくても細い髪は、編み目がもうゆるみはじめていた。「すごい！」仕あがると彼女はいった。

「ありがとうございます」とマリアマ。「どうぞまたいらしてください。次はちがうヘアスタイルにできますから」

「すごい！」

イフェメルは鏡のなかのマリアマをじっと観察しながら、自分の新しいアメリカ的自我について考えた。鏡をのぞき込んで初めて、そこに一瞬の恥じらいとともに、自分ではないだれかを認めたのはカートといるときだった。

カートは最初の笑い声で恋に落ちたといいたがった。どんな出会いだったのかと人から訊かれるといつも、ほとんど知らない人から訊かれたときでさえ、キンバリーがふたりを引き合わせたときのことを彼は語った。キンバリーが、こちらがメリーランドから訪ねてきたいとこで、こちらがさんざん噂してきたナイジェリア人のベビーシッターよといったとき、深い声とゴムバンドからほつれた細いブレーズに惹きつけられたとカートはいった。でも恋に落ちたのは、テイラーが青いケープと下着姿で書斎に駆け込んできて「おれはキャプテン・アンダーパンツだ！」と叫び、イフェメルがのけぞって大笑いしたときなのだ。声をあたりに響かせながら、肩を揺すり、胸を大きく上下させて彼女は笑った。それは、笑うときは心から笑う女性の笑いだった。ふたりだけのときイフェメルが笑うと、カートはからかいながら「そいつに僕、まいったんだよね。それで僕がなに考えたかわかる？　あんなふうに笑うなら、ほかのことはどうなんだろって思ったのさ」といったりした。ほかにも、僕がノックアウトされたのを知りながら――どうして知らんぷりできたんだい？――白人男は好みじゃないから無視してたのかなともいった。じつをいうとイフェメルは彼がその気だと気づかなかったのだ。男たちの欲望はいつだってピンときたのに、カートの場合、最初は気づかなかった。イフェメルはまだブレインのことを思って、ニューヘヴン駅のホームを歩いていく彼の姿を夢想しながら、叶わぬ憧れでもんもんとしていたのだ。ブレインにただ心惹かれただけではなく、すっかりとりこになって、イフェメルの心のなかで彼は絶対に手に入らない完璧なアメリカ人パートナーになっていた。そうはいっても、列車でのあの衝撃的出会いにくらべればささやかながら、それ以後も夢中になった相手はいて、倫理学の授業で出会ったエイブには見込みがないと諦めたばかりだった。白人のエイブ、イフェメルにとても好意をもったエイブ、彼はイフェメルのことを聡明で愉快で魅力的だとさえ思っていたが、女として見ていなかった。イフェメルはエイブに興味津々、彼のことをもっと知りたかったのに、それとなく彼女がかける誘いはどれも彼にとっては好意の域を出なかった。エイブは黒人の男友達をイフェメルとつきあわせようとした。エイブにとって彼女は見えない存在だったのだ。このことがあって彼女は一目惚れに見切りをつけた。それでカートを見過ごすことになったのかもしれない。でもそれはある午後、テイラーとキャッチボールをしているときに、テイラーがやけに高いボールを投げて隣家の桜木のそばの茂みに落ちてしまうまでのことだった。

「あれは迷宮入りだね」とイフェメルはいった。前の週にもフリスビーがそこに姿を消していたのだ。カートが中庭の椅子から立ちあがると（彼はイフェメルの一挙手一投足をじっと見ていたんだとあとから告白した）、プールにダイビングするみたいにひょいと茂みに跳び込んで、黄色いボールをつかんで出てきた。

「イエイ！　カートおじさん！」とテイラーはいった。でもカートはボールをテイラーに渡さずに、イフェメルの前に突き出した。その目のなかに、わかってほしいと切々と訴えるものがあった。彼女はにっこり笑って「ありがとう」といった。そのあと、テイラーのためにビデオをかけてからキッチンで水を飲んでいると、カートが話しかけてきた。「これできみを夕食に誘ってもいいところまで来たかな、でもいまとなっては、僕にできることならなんでもいいや。一杯おごらせてもらえる？　アイスクリームでも食事でも、映画もありかな？　今夜はどう？　この週末に、僕がメリーランドに帰る前に」

魅入られたように彼がイフェメルを見ている、頭をかすかに低くして。イフェメルは自分のなかではらりとほどけていくものを感じた。なんてすてきなんだろう、こんなに求められるなんて、それも、手首にしゃれたメタルバンドをはめて、デパートのカタログに載るモデルみたいな、あごが割れたこんなハンサムな男性から。イフェメルは自分のことが好きだという彼が好きになりはじめた。「ものすごく繊細な食べ方だね」と旧市街のイタリア料理店で初めてデートしたとき彼はいった。フォークを口に運ぶその仕草にとくに繊細なものがあったわけではないのに、彼がそう思うのが嬉しかった。

「だから、僕はポトマック生まれの裕福な白人男だけれど、人から当然そうだろうと思われているほど阿呆ではない」という言い方に、イフェメルは、彼は以前もおなじことをいったことがあるなと感じた。そういえば好感をもたれることを知っているのだ。

「ローラはいつも、僕のママは神様よりもお金持ちっていうけれど、それってどうなんだろうな」

彼は自分のことをそんなふうに嬉々として語った。彼女に知っておいてほしいことを、いっときに全部伝えると決めているみたいだった。彼の家族は百年前からホテル業を営んできた。自分は一族から逃げ出すためにカリフォルニアのカレッジへ進んだ。卒業してからラテンアメリカやアジアを旅した。なんとなく故郷に帰る気になっていったのは、たぶん父親が死んだからかもしれないし、不幸な恋愛関係のせいだったかもしれない。それで一年前にメリーランドへ戻って、家業を継ぐ気はなかったからソフトウェアのビジネスを始めて、ボルチモアにマンションを買って、日曜ごとにポトマックまで出かけて母親とブランチをいっしょに食べることにした。整然とした簡潔さで彼は自分のことを語ったが、そこには自分が楽しみながら話をすれば当然、彼女もその話を楽しむものという前提があった。そんな少年のような情熱に彼女は魅了された。その引き締まった身体で彼がおやすみのハグをしたのは、彼女のアパートの前だった。

「きっかり三秒以内に僕はきみにキスすることになるよ。行くところまで行くかもしれない本気のキスだ、だから、そうならないほうがいいと思ったら、いますぐ後ろにさがって。それもありだから」

イフェメルは後ろにさがらなかった。そのキスは激しくそそる、未知のものを呼び覚ますようなキスだった。終ってから彼は切羽詰まったように「キンバリーにいわなくちゃ」といった。

「キンバリーになにをいうの？」

「僕たちがデートしてるって」

「私たち、デートしてるの？」

大きな声で彼が笑い、彼女も笑ったけれど、イフェメルには冗談のつもりはなかった。彼は開けっぴろげに、とうとうとしゃべった。皮肉が彼の頭に浮かぶことはないのだ。彼女はうっとりして、ほとんど面喰らう思いで彼のリードにまかせた。あるいは、ふたりがデートしていると彼があんなに自信満々にいったために、その一度のキスのあと本当にデートすることになったのかもしれない。

翌日のキンバリーの挨拶は「こんにちは、熱々カップルさん」だった。

「ということはあなたのいとこがベビーシッターをデートに誘うのを許可するんですね？」とイフェメル。

キンバリーは声をあげて笑い、それからある仕草をした。それがイフェメルを驚かせ、感動させた。キンバリーが彼女をハグしたのだ。ふたりはぎこちなく身体を離した。書斎のテレビにオプラの姿が映り、観客がいっせいに喝采するのが聞こえた。

キンバリーはそのハグに自分でもちょっと驚いたのか「あら、わたしがいいたかったのは、わたしは本当に……ハッピーってこと、あなたがたふたりのために」

「ありがとうございます。でも一度デートしただけで、まだ決定的なところまで行ってませんから」

キンバリーはくすくす笑った。一瞬、まるでハイスクールの女友達が男の子をめぐるゴシップ話をしているような感じだった。ときどきイフェメルは、順調にことが運んでいくかに見えるキンバリーの人生の場面場面で、その水面下に一瞬さっと悔恨が走り抜けるのを感じた。それは現在彼女が憧れるものへの悔恨にとどまらず、過去に彼女が憧れたものへの悔恨でもあったのだ。

「あなたに今朝のカートを見せたかったわ。あんなカート、これまで見たことがなかったもの！　ものすごく興奮して」

「なんで？」モーガンがキッチンの入口に立っていた。思春期に差しかかろうとするその身体が敵意で強ばっていた。その後ろでテイラーが小さなプラスチックのロボットの脚をまっすぐに伸ばそうとしている。

「そうね、ハニー、それはカートおじさんにじかに訊いてみなきゃね」

カートがキッチンに入ってきた。恥ずかしそうに笑いながら、髪をちょっと濡らして、さわやかな軽いオーデコロンの匂いを漂わせている。「やあ」と彼はいった。前夜イフェメルに電話してきて、眠れないと彼は訴えた。「ひどく陳腐な言い方だけど、僕はもうきみのことでいっぱい、きみを吸い込んでるみたいだよ、わかる？」というのを聞いたイフェメルは、恋愛小説を書く作家たちは間違っている、真のロマンチストは女ではなく男だと思った。

「なぜあなたがそんなに興奮しているのかモーガンが訊いてるわよ」とキンバリー。

「そうか、モーグ、僕が興奮しているのは新しいガールフレンドができたからさ、すごく特別な人、きみも知ってるかな、たぶん」

イフェメルはカートが肩にまわしてきた腕をどけてくれたらいいのにと思った。お願いだから、婚約発表じゃあるまいし。モーガンがふたりをじっとにらんでいる。イフェメルはモーガンの目からカートを見てみた――世界中を旅してきた恰好いいおじさん、感謝祭のディナーではめっちゃ可笑しな冗談をいうおじさん、彼女を理解できるほど若くて、それでいて母親に彼女を理解させる努力のできるしっかり大人でクールな人。

「イフェメルがガールフレンドなの?」とモーガンは訊いた。

「そう」とカート。

「すっごいむかつく」モーガンは本当に気分が悪そうだ。

「モーガン!」とキンバリー。

モーガンはくるりと背を向けて、ずんずん二階へ行ってしまった。

「彼女はカートおじさんに片思いしてるんだ、それをベビーシッターが横取りしてしまった。これはなかなか厄介ね」とイフェメル。

テイラーはそのニュースを聞いたのと、ロボットの脚をまっすぐにできたことでご機嫌らしく「カートおじさんはイフェメルと結婚することになって、赤ちゃんができるんだよね?」といった。

「あのさ、おまえね、僕たちはこれからたくさんいっしょにすごして、たがいに知り合おうとしてるところ」

「あれ、そう」とテイラーはちょっと浮かない顔になったけれど、ドンが帰宅するとその腕に飛び込んで「イフェメルとカートおじさんが結婚して赤ちゃんができるんだよ!」といった。

「ほう」とドン。

彼の驚いたようすを見てイフェメルは倫理学クラスのエイブを思い出した。つまりドンは、彼女のことを魅力的で面白いと考え、カートのことを魅力的で面白いと考え、それでいて、このふたりがともにロマンスという繊細な糸で絡み合うことは思いもよらなかったのだ。

黒人女性とつきあったことはなかった、とカートがいったのはボルチモアの彼のペントハウスでふたりが初体験したあとで、自嘲気味に頭を振る仕草が、こんなことはとうにやっておくべきだったのに、なぜ自分はやらなかったんだろうといっているようだった。

「それじゃ、これは画期的事件だね」とイフェメルは祝杯をあげるふりをした。

以前、ドロシーがASAの集会で新しいオランダ人のボーイフレンドを紹介したあとで、ワンブイがいったこと――「わたしは白人男はダメだわ、裸になったときの姿が怖くて、あの青白さ。しっかり陽焼けしたイタリア人止まり。あるいはユダヤ人、黒っぽいユダヤ人までかな」カートの薄い色の髪と白っぽい肌、背中の赤褐色のほくろ、胸にまばらに生える金色の細かな毛を見た瞬間、イフェメルはワンブイの意見には賛成できないと強く思った。

「あなたはすごくセクシー」とイフェメル。

「きみはもっとセクシーだよ」

これまで女の人にこんなに強く魅了されたことはない、こんなに美しい身体を見たことはない、完璧な胸に完璧なお尻、と彼はいった。イフェメルには面白かった。カートが完璧な尻と考えるものは、以前オビンゼが平らな尻と呼んだもので、胸は並の大きさだし、すでに少し垂れ気味だとイフェメルは思っていた。でも彼のことばが、不必要なほど贅沢な贈り物のように嬉しかった。カートは彼女の指を吸いたがり、乳首からの蜜を舐め、アイスクリームを彼女の腹になすりつけたがった。裸になってただ肌と肌を合わせるだけでは足りないとばかりに。

あとになって彼がだれかを演じる遊びをしたがったとき——「きみがフォクシー・ブラウンになるってのはどう」といって——完璧なほどその人物になりきる彼の演技力に、この人は可愛い人だなと思い、イフェメルも、彼が喜ぶのが嬉しくて相手に合わせて演じたけれど、そんなことで彼がこれほど興奮できるのが理解できなかった。よく、裸で彼の隣に横たわりながら自分がオビンゼのことを考えているのに気づいた。カートの感触を必死でオビンゼのそれとくらべまいとした。カートには中等学校時代のボーイフレンドだったモフェのことは話したけれど、オビンゼのことは一言もいわなかった。オビンゼについてあれこれ話すのは、神聖なものへの冒瀆のように感じられたのだ。彼を「むかしの」ボーイフレンドと軽々しくいってみてもなんにもならないし、なんの意味もなかった。沈黙のままひと月、ふた月と過ぎていくうちに、その沈黙は石化して、硬化して、もう打ち砕くことができない、かさばる塑像になっていった。それでも彼女は、何度もオビンゼにメールを書こうとした。でも、いつも決まって中断し、いつも決まってそのメールは、やっぱり送るのはやめようと思った。

カートといると、彼女は心のなかで、結び目が解けて心配事から解放された女になれた。陽光をあびて温まった苺の味を口中に感じながら雨のなかに駆け出す女になれたのだ。「ドリンク」が暮らしを構成する一部となった。モヒート、マティーニ、ドライなホワイト、フルーティなレッド。彼といっしょにハイキングに出かけ、カヤックを漕ぎ、彼の一族の別荘の近くでキャンプをした。こんなことをするとはそれまで思ってもみなかったことばかりだ。彼女はより軽くなり、贅肉が落ちて細くなった。いままではカートの「ガールフレンド」で、その役割に滑り込むのは、実物以上に見せるお気に入りのドレスに身を包むようだった。以前よりたくさん笑うようになったのは彼が頻繁に笑ったからだ。彼の楽観主義が彼女を盲目にした。カートは次々と計画を立てた。「いいことを思いついたよ！」と口癖のようにいった。色鮮やかな玩具にこれでもかと囲まれた子供を見ているようだった。「プロジェクト」を実行するよういつも励まされつづける子供、ありきたりなアイデアをいつもすばらしいといわれつづける子供。

「明日パリへ行こう！」と、ある週末に彼がいった。「オリジナリティが全然ないのはわかってるけど、きみが行ったことがないなら、きみにパリを案内できるなんて最高だよ！」

「朝起きてパリへ直行というわけにはいかないの、わたしは。ナイジェリアのパスポートだから。ヴィザの申請をしなければならないの、銀行取引明細書と健康保険証と、パりに居座ってヨーロッパの重荷になるつもりはないと証明するための書類もごちゃごちゃつけて」

「そうか、それは忘れてたな。オーケー、じゃあ次の週末にしよう。今週はヴィザとかそういうのを処理して。明日、僕の銀行取引明細書をもらうから」

「カートったら」イフェメルはちょっと怖い顔になって、彼に頭を冷やさせようとしたけれど、こんな高所から街を見下ろして立っているせいか、彼女はすでに彼の興奮の渦に巻き込まれていた。カートはアップビートで、疲れ知らずだった。それは彼のようなアメリカ人だけがなれるたぐいのもので、イフェメルはそこに、あっぱれと思いながらも胸がむかつく幼児性があると思った。ある日、彼らはサウス通りを歩いていた。カートがフィラデルフィアの最良部分だというものを彼女が見たことがないのならと、自分の手を彼女の手に滑り込ませてタトゥーのパーラーや髪をピンクにした少年たちのグループの前をぶらぶら歩いていったのだ。「コンドーム王国」の近くでカートは小さなタロットショップに彼女を引っ張ってするりと入った。黒いヴェールを被った女性が彼らに「おふたりの前途には光が見えます、長くつづく幸福が待っています」というと、カートが「僕たちにも見える！」といって彼女に十ドル余計に手渡したのだ。あとから、彼のあふれんばかりの情熱が、イフェメルにとって誘惑の魔手となり救いようのない明るさとなり、それを打ち砕き押し潰したい思いに彼女を駆り立てたとき、このときの記憶がカートとの最良の思い出になっていくのだ。これから確実に夏を迎える日に、サウス通りのタロットショップにいたときの彼が、あんなにハンサムで、あんなに幸せそうな、心の底から信じることのできる人の姿が。カートが信奉するのは良い前兆と、ポジティヴな思考と、映画のハッピーエンドと、トラブルとは無縁の確信だった。なぜならそう信奉することを選ぶまでもなく、彼はそういったことを深く考え抜いた経験がなかったからだ。彼はただ単純に信じていた。

19

カートの母親には冷酷な優雅さがあった。髪は艶やかで、肌は手入れが行き届き、趣味の良い贅沢な衣装が趣味の良い贅沢さをかもし出していた。いかにもチップを出し惜しみする資産家といった感じだ。カートが「お母さま」と呼ぶところには伝統や形式への古めかしいこだわりが感じられた。日曜日になると彼らはいっしょにブランチを食べた。ホテルの絢爛豪華(けんらんごうか)なレストランで慣例のように食事をするのをイフェメルは楽しんだ。そこには孫を連れた銀髪のカップル、襟の折り返しにブローチをとめた中年女性など、しゃれた衣装の人たちがあふれていた。黒人は彼女以外、堅苦しい制服を着たウェイターしかいない。ふわふわの卵料理やサーモンの薄いスライス、新鮮な半月形のメロンを食べながら、イフェメルはカートとその母親を観察した。ふたりともまばゆいばかりの金髪だ。カートが話し、母親はうっとりと耳をかたむける。母親は息子を溺愛していた――もう子供はできそうもないと思ったころに遅く生まれた子供は、魔術師であり、いかなる策術にも常に彼女はいいなりだった。彼女にとって息子はエキゾチックな人種を連れ帰る冒険者だったのだ――日本人の女の子、ベネズエラの女の子とつきあったりしてきたが、そのうちちゃんと身を固めるだろう。息子が好きだというならだれであれ大目に見るが、自分が好感をもつ義務はないと母親は思っていた。

「わたしは共和党員なの、家族全員がそう。社会福祉には強く反対しますが公民権は強く支持します。私たちがどのような共和党員かということはきちんと心得ておいてね」初顔合わせのとき、それが回避できない最重要事項だといわんばかりに彼女がいったことだった。

「ではわたしがどのような共和党員かをお知りになりたいですか？」とイフェメルは訊いた。

母親は最初驚いた表情を見せたが、やがてその顔にひきつった微笑みが広がった。

「あなたって可笑しい」

一度などイフェメルに、唐突に「睫毛がきれいね」と思いがけないことばをかけておいて、驚いた相手が「ありがとうございます」というのが聞こえなかったように、ベリーニを一口すすったこともあった。

ボルチモアへ帰る車のなかで、イフェメルは「睫毛？　なにか褒めるものをきっと一生懸命探したんでしょうね！」といった。

カートは声をあげて笑った。「ローラによれば、僕の母親は美人が嫌いなんだそうだ」

ある週末にモーガンが訪ねてきた。

キンバリーとドンは子供たちをフロリダへ連れていこうとしたが、モーガンが嫌だといったのだ。そこでカートがその週末はボルチモアに来たらどう、と提案した。カートは船遊びを計画し、イフェメルは彼がモーガンとふたりきりになる時間を作ったらいいと思った。「イフェメルは、来ないの？」とモーガンは訊いてしょんぼりしている。「みんないっしょに行くんだと思ってた」いっしょにという語にモーガンがこんなに熱意を込めるのを聞いたことがなかった。イフェメルは「もちろんわたしも行くわよ」といった。彼女がマスカラとリップグロスをつけるのをモーガンはじっと見ていた。

「ここに来て、モーグ」といってイフェメルはモーガンの唇にグロスを塗ってやった。「唇を閉じてムパッてやる。よし。ほらとってもきれいになったでしょ、ミス・モーガン？」モーガンが笑った。桟橋の上をイフェメルとカートがそれぞれモーガンの手を取って歩いていく。モーガンはふたりと手をつないで嬉しそうだ。それを見てイフェメルは、ときどきちらりと考えるように、カートと結婚することを考えた。悠々自適の生活で、彼が彼女の家族や友達と仲良くなって、彼女が彼の家族と──母親を除いて──仲良くなる。結婚をめぐって彼らは冗談を言い合った。イフェメルが婚資をめぐる儀式について教えてから、つまり、イボ人はやし酒を持参したり教会で式を挙げたりする前に婚資の儀式をするのだと教えてから、カートがしきりと冗談にしたのは、自分はナイジェリアへその婚資を払いにいって、彼女の先祖の住む土地へ行き、父親と叔父たちと膝を交えて語り、ただで彼女を貰い受けるまで執拗に粘るというものだった。そこでイフェメルもそのお返しに、ヴァージニアの教会で花嫁が通路を歩いていくところを冗談にした。「花嫁の入場です」と告げられると、彼の親戚が恐怖に目を大きく見開いて、小声でささやくように言い合うのだ——なぜベビーシッターがウェディングドレスを着ているのかしら。

ふたりはカウチで身をまるめていた。イフェメルは小説を読み、カートはスポーツ番組を観ていた。試合にすっかり夢中になっている彼が、彼女は可愛いと思った。目を細めて、じっと見入っている。コマーシャルが入ったとき彼をからかった。なんでアメリカン・フットボールって固有のロジックがないのよ、ただただ体重過多な男たちが次々と人の上に飛び乗ってるだけじゃない？　それになんで野球選手はあんなに時間をかけて唾を吐いて、それからいきなり、不可解に走り出したりするの？　彼は笑ってもう一度、ホームランとタッチダウンについて説明しようとしたが、彼女は興味を示さなかった。理解すればもうからかえなくなるからだ。だからイフェメルはまた小説に目をやって、次のブレイクで彼をからかう準備をした。

カウチはやわらかかった。彼女の肌はほんのりほてっていた。学校では必須単位以外の科目も取って成績評価の平均をアップさせた。リビングルームの高窓の外には内港が下方に広がり、水面がちらちらと光をゆらめかせていた。充足感が彼女を圧倒した。それはカートがあたえてくれたものだった。充足感という、安楽というこの贈り物。ふたりの生活に自分はなんとあっけなく馴染んだことか。パスポートがヴィザのスタンプでいっぱいになり、ファーストクラスの席でフライトアテンダントの熱心な気遣いを受け、滞在するホテルには羽根のような寝具があった。ささやかな品々を彼女は秘かに溜め込んだ――朝食のトレーから失敬したジャムの瓶、コンディショナーの小瓶、編んだスリッパ、特別にやわらかいときはフェイスタオルまで。自分は古い殻から抜け出したのだ。冬も好きになりかけていた、車の屋根に凍りついていきらきら光る雪、カートが買ってくれたカシミアのセーターの贅沢な温もり。彼は店内でまず値段を見たりしなかった。彼女のために日用品や教科書を買い、デパートの商品券を送ってくれ、彼女をショッピングに連れていった。ベビーシッターをやめたらどうかとカートはいった。毎日働かなくてもすめば、ふたりでもっといっしょにすごせるというのだ。でも彼女はそれを断り、「仕事はしていなくちゃ」といった。

彼女はお金を節約して、もっと家に送金した。両親に新しいフラットに引っ越してほしいと思ったのだ。すぐ隣の集合住宅に武装強盗が入ったからだ。

「どこかもっといい住宅地のもっと広いところ」とイフェメル。

「私たちはここでだいじょうぶ」と母親はいった。「それほどひどくないから。通りに面したところに新しい門ができたし、午後六時以降はオカダも禁止された、だから安全よ」

「門?」

「そう、キオスクのそばに」

「どのキオスク?」

「キオスクのこと覚えてないの?」と母親が訊いた。イフェメルはことばに詰まった。記憶がセピア色になっていた。キオスクをもう思い出せなかった。

父親がついに職を見つけた。新設された銀行の人材部次長だ。父親は携帯電話を買った。母親の車のために新しいタイヤを買った。そして徐々に、またナイジェリアをめぐる独り言をつぶやくようになった。

「オバサンジョは善人とはいえないが、この国で良いことをしたのは認めなければな。企業家精神を活発にしたんだから」と彼はいった。

両親に直接電話するのは奇妙な感じだった。呼び出し音が二度鳴って、すぐに父親が「ハロー?」と応じるのだ。イフェメルの声を聞くと父親は大声になり、ほとんど叫ばんばかり。国際通話のときいつもそうなるのだ。母親はベランダに電話を持ち出すのが好きで、隣近所にはっきりと聞こえるように話した。「イフェム、アメリカのお天気はど、う?」

母親はお気楽な質問をしてお気楽な答えにご満悦だった。「なにもかもうまくいってる?」といわれると、うまくいってるというしかなかった。父親はイフェメルが口にした授業のことを覚えていて、細かなことを質問してきた。カートのことには触れないよう慎重にことばを選んだ。カートのことは話さないでいるほうが面倒がなかった。

「就職の見通しはどうだ?」卒業が間近に迫っていた。学生ヴィザが切れてしまう。

「就職カウンセラーの割りあてがあって、来週その面談がある」

「卒業生全員にカウンセラーが割りあてられるのか?」

「そう」

父親は感じ入ったような声をあげた。「アメリカってのはずいぶんと行き届いたところだな。仕事の口もたくさんありそうか」

「うん。学生がいい仕事に就けるようにしてくれるよ」とイフェメル。本当ではなかったけれど、それが父親が聞きたがっていることなのだ。就職相談の部屋は風通しの悪い部屋で、机の上にファイルの山が見捨てられたように積まれ、相談員はやけに多いものの、持参した履修書を見て文字フォントや書式を変えろといったり、応募してもまったく返事の来ない古すぎる募集情報を紹介するだけという噂だった。初めて行ったとき、ルースというキャラメル色の肌をしたアフリカン・アメリカンの女性相談員が「どんなことをしたいの?」とイフェメルに訊いた。

「仕事が欲しいんです」

「ええ、でもどういう種類の？」と訊くルースはちょっと訝しげな表情だ。

イフェメルはテーブル上の自分の履修書を見た。「コミュニケーション学専攻でしたので、コミュニケーションに関するものならなんでも、メディアとか」

「強い希望はある？　理想の仕事とか？」

イフェメルは首を振った。力が抜けた。強い希望などなかったし、自分がなにをしたいのかよくわからなかった。関心は漠然としていて多岐にわたった。雑誌の出版、ファッション、政治、テレビ。どれもはっきりしたイメージが浮かばない。学校で行われた求職求人フェアに行ってみると、不恰好なスーツを着た学生たちが真面目な顔になり、いかにも仕事のできそうな大人のふりをしていた。リクルーター自身も大学を出てあまり時間が経っていない、若者をキャッチするために送り込まれた若者たちで、「成長のチャンス」とか「適材」とか「利益」について語ったけれど、彼女がアメリカ市民ではないと気づくとあたりさわりのないことしかいわなかった。つまり、もしも彼女を雇うと、雇った者は移民をめぐる書類処理という暗いトンネルに下りていかなければならなくなるのだ。「専攻を工学とかにすればよかったのかな」とイフェメルはカートにいった。「専攻がコミュニケーション学なんて掃いて捨てるほどいるってことか」

「僕の父さんがいっしょに仕事をしていた人を知ってるから、助けてくれるかもしれない」とカートがいった。ほどなく彼は、イフェメルがボルチモアの繁華街にあるオフィスで面接を受けることになった、仕事は広報活動だといった。「面接さえうまくこなせば仕事はきみのものだ。まあ、この業界のもっと大きなところの人たちも知ってるけど、ここの長所は、きみに就労ヴィザを手に入れてくれることで、そうすればグリーンカード取得への道が開ける」

「ええっ？　どうやってそこまで？」

彼は肩をすくめた。「いくつか電話しただけさ」

「カート。本当に。お礼のいいようもないわ」

「いくつか考えがあるんだ、僕には」少年のように嬉しそうに彼はいった。

それは良い知らせだったが、どこか醒めた気持ちが彼女を包んだ。ワンブイはグリーンカード取得目的の結婚のために、アフリカン・アメリカン男性に払う五千ドルを貯めようと不法就労の仕事を三つもかけもちしていたし、ムウォンベキは一時ヴィザで雇ってくれる会社を見つけようと必死になっていた。そんなときに彼女は、ピンクの風船よろしく重荷から解放されて、外部の諸事情による推進力でふわりと浮かびあがろうとしているのだ。感謝の気持ちでいっぱいになりながらも、イフェメルは小さな憤りを感じていた――カートって、いくつか電話をかければ世界を仕切り直したり、物事の位置をずらして自分の思い通りに配置換えができるんだ。

ボルチモアでの面接についてルースに話すと、「わたしにいえること？　編んだ髪をまっすぐにすること。だれもいわないけれど、じつをいうとこれは大問題。私たちとしてはあなたにその仕事をゲットしてほしいから」といった。

ウジュおばさんがむかし似たようなことをいったとき、イフェメルは笑い飛ばした。いまでは笑い飛ばせないのは十分承知していた。だから「ありがとうございます」とルースにいった。

アメリカに来てからずっとイフェメルは長いエクステンションを加えて髪を編んできたので、いつもそれがどれほど高くつくかに驚いた。どのヘアスタイルも三カ月はもたせた。ときには四カ月もたせたりしたが、そうすると頭皮が我慢できないほどかゆくなり、新たに伸びた髪の根元からブレーズが始まる部分までほぐれたままになってしまった。だからリラクサーで髪をまっすぐにするのは新たな冒険だった。編んだ髪をほどき、頭皮をひっかかないよう注意しながら、頭皮を保護することになる汚れをそのままにしておいた。リラクサーには多種多様な商品が開発されていた。ドラッグストアの「エスニック・ヘア」部門には箱がずらりとならび、信じられないほどストレートなきらきらの髪をした黒人女性の笑顔の横に、穏やかさを約束する「植物性」とか「アロエ」といった語が書かれていた。イフェメルは緑色の箱をひとつ買った。浴室で、保護用ジェルを髪の生え際から慎重に塗りつけ、ビニールの手袋をはめて、クリーミーなリラクサーをセクションに分けた髪にたっぷりと塗りはじめた。その臭いで中等学校時代の理科実験室を思い出した。だから浴室の窓を力いっぱい押し開けた。窓は開かないことがよくあったのだ。慎重に時間を計測して、きっかり二十分後にリラクサーを洗い流した。ところが髪はちりちりに密生したまま、変化はなかった。そのリラクサーは効果（テイク）がなかったのだ。「テイク」という語を使ったのはウェスト・フィラデルフィアのヘアドレッサーだ。「プロに任せていただかなければ」とそのヘアドレッサーは別のリラクサーを塗り直しながらいった。「みなさん、節約のためにご自宅でなさいますが、節約にはなりませんね」

最初は軽く焼ける感じだけだったが、ヘアドレッサーがリラクサーを洗い流すあいだ、イフェメルが仰向けになってプラスチックのシンクに頭をあずけていると、頭皮のあちこちから針で刺すような痛みが立ちあがり、身体のあちこちへ走って、また頭部へ戻ってきた。

「ちょっとひりひりしますが」とヘアドレッサーはいった。「でも、ほらとてもきれいですよ。わあ、ほら、白人女性のスウィングする髪になりました！」

髪は立ちあがらずに、まっすぐさらりと垂れさがり、横分けになり、あごのところでカーブしてややボブ風に仕あがっている。勢いがない。自分とは思えない。店を出るときは悲しくなっていた。ヘアドレッサーが毛先をアイロンでまっすぐにしているときの焦げる臭い、死んではいけない有機物が死んでいく臭い、イフェメルを喪失感が襲った。イフェメルを見たカートが不審そうな顔になった。

「ねえ、きみ、それが好きなの？」

「あなたが好きじゃないのはわかるわ」

彼はなにもいわなかった。手を伸ばしてイフェメルの髪を撫でた。そうすればその髪が好きになれるみたいに。

イフェメルは彼の手を払った。「いたっ。気をつけて。リラクサーでちょっと火傷してるから」

「ええっ?」

「そんなにひどくない。ナイジェリアではしょっちゅう使っていたし。これを見て」

イフェメルは耳の後ろのケロイドを見せた。皮膚が少しだけ赤っぽくなって盛りあがっていた。中等学校二年のときにウジュおばさんが熱した鏝(こて)でイフェメルの髪をまっすぐにしようとして火傷した痕だ。「耳をしっかり前へ引っ張って」とウジュおばさんは何度もいった。だからイフェメルは耳を強く押さえて、息をとめていた。コンロから下ろしたばかりの赤く熱した鏝で火傷をするんじゃないかとどきどきしながら、それでいて髪がまっすぐスウィングするようになるんだとわくわくしていた。そしてある日、その鏝で火傷をしたのだ。イフェメルがちょっと動き、ウジュおばさんの手がちょっとぶれて、熱した金属が彼女の耳の後ろの皮膚を焼いた。

「それはひどい」といってカートは目を剝いた。彼はイフェメルの頭皮がどれだけダメージを受けているかちょっとだけ見るといってきかなかった。「これはひどい」

カートの強い不快感がいつも以上に彼女を不安にした。そのときほどカートに親近感を覚えたことはなかった。ベッドにそっと腰掛けて、顔を彼のシャツに埋めると柔軟剤の匂いがして、彼がそっと、まっすぐにしたばかりの彼女の髪を分けた。

「どうしてこんなことをしなければいけなかったの？　きみの髪はゴージャスなブレーズだったのに。それにきみがこのあいだ髪をほどいて、そのまんまにしたときなんか、もっとゴージャスだったし、あふれんばかりにクールだったよ」

「あふれんばかりにクールな髪も、ジャズバンドのバックで歌うコーラスガールの面接ならオーケーだけれど、今度の面接ではプロっぽく見えなきゃいけないでしょ。それにプロってのはまっすぐな髪がベストってことだし、かりにカールのかかった髪でいくとしても、それは白人みたいなカールでなくちゃならない、ゆるいカールか、せいぜいスパイラルカールまでで、キンキーはダメよ」

「きみがこんなことをしなければいけないなんて絶対に間違ってる」

　夜は、寝心地のいい姿勢を探りあてるのに一苦労だった。二日後、頭皮にかさぶたができた。三日後、膿が滲んだ。カートは医者に診せたがったがイフェメルは笑って、そのうち治るからといった。そして実際に治った。イフェメルが就職の面接を難なく終えると、その女性は彼女の手を握り、この会社に「すばらしくぴったりです」といった。もしも自分が生い茂るもじゃもじゃ髪の、神からあたえられた光輪さながらのアフロヘアで会場に入っていったら、この女性はおなじように感じただろうか、とイフェメルは思った。

　どうやって仕事を手に入れたかは両親にいわなかった。父親は「おまえは必ず他に抜きん出ると思っていた。アメリカは成功をめざす者のためにチャンスを作る。ナイジェリアは彼らからもっと学ぶものがあるな」といい、母親のほうは、イフェメルが数年後にアメリカ市民になれるかもといったとき、歌を歌いはじめた。

非アメリカ黒人のためのアメリカ理解
——WASPはなんに憧れるのか？

ハンク教授には客員教授の同僚がいる。朝食に反セム主義（十九世紀以降の人種説に基づく、ユダヤ人への敵意や偏見）をグラス一杯飲むようなヨーロッパの国から来た、なまりの強いユダヤ男だ。そこでハンク教授が公民権について話すうちに、ユダヤ男が「黒人はユダヤ人のような苦しみは受けていない」という。ハンク教授は「おやおや、これは抑圧のオリンピックかな？」と答える。

ユダヤ男にはそれが理解できなかったが、「抑圧のオリンピック」というのは頭のいいリベラルなアメリカ人が、相手に愚かしいと思わせて相手を黙らせる常套句だ。しかし抑圧のオリンピックは続いているのだ。アメリカの人種的マイノリティ——黒人、ヒスパニック、アジア人、そしてユダヤ人——はみんな白人たちから屈辱（シット）を受ける。それぞれにちがう屈辱だが、屈辱に変わりはない。それぞれ秘かに自分が最悪の屈辱を受けていると考えている。というわけで「被抑圧者」の統一リーグというのはない。とはいえ、他の者たちはみんな、自分は黒人よりはましだと思っている、なぜなら、そう、彼らは黒人ではないからだ。たとえばリリがいい例だ。彼女は珈琲色の肌に黒い髪の、スペイン語を話す女性で、ニューイングランドの町に住むわたしのおばさんの家を掃除してくれる。彼女は無礼千万な人だ。敬意を払うということがなく、掃除は手を抜くが、要求だけはする。おばさんは、リリは黒人のために働くのが好きではないのだと考えている。彼女をついにクビにする前に、おばさんは「ばかな女ね、自分を白人だと思っている」といった。つまり白いということは憧れの対象なのだ。もちろん、だれもが憧れるわけではないけれど（コメンテーターの方々にお願いしますが、どうかわかりきったことをコメントしないでくださいね）、それでもマイノリティの多くがWASPの白さへの矛盾した憧れ、もっと厳密にいうなら、WASPの白さがもたらす特権への憧れを抱いている。たぶん青白い肌なんて本当は好きではないけれど、店に入っていくとき守衛野郎につきまとわれたりしないほうがいいに決まっているのだ。偉大な作家フィリップ・ロスがいうように「キリスト教徒の白人を憎みながらキリスト教徒の白人女のあそこは舐める」というわけだ。さて、アメリカでだれもがWASPになりたいと憧れるなら、いったいWASPはなんに憧れるのか？　だれか知ってる？

20

イフェメルはボルチモアが大好きになっていた。支離滅裂さが魅力なのだ。通りは往年の栄華が色褪せて、週末に橋の下にあらわれる農夫たちの産直市場では、新鮮な葉物野菜やぷりっとした果物に高潔な精神があふれている——でもそれは初めてフィラデルフィアに抱いた恋心にはおよばなかった。あの都市はその穏やかな抱擁のなかで歴史になっていた。ところが、ここに住むのだ、ただカートを訪ねるだけではなく、と思ってボルチモアに到着したときは、寄る辺なくて好きになれそうもないと感じた。建物はたがいにもたれ合うような色褪せた列を作り、荒れ果てた街角では、ふくれたジャケットのなかで背中をまるめた人たちや、うらぶれた黒人たちがバスを待ち、あたりの空気には憂鬱な靄がかかっていた。駅の外で待つタクシーの運転手はたいがいエチオピア人かパンジャブ人だ。

彼女が乗ったタクシーの運転手はエチオピア人で「あんたのなまりがどこかわからないな。どこの出身?」と訊いてきた。

「ナイジェリア」

「ナイジェリア?　アフリカ人には全然見えない」

「なぜアフリカ人に見えないの?」

「あんたのブラウスがぴちぴちすぎるからさ」

「それほどぴちぴちじゃないわよ」

「トリニダードとかその辺の出身かと思った」とバックミラーをのぞき込む運転手の顔が、承服できない、心配だといっていた。「うんと注意しなければいけないよ、さもないとアメリカがあんたを堕落させる」数年後にイフェメルはブログに「アメリカにおける非アメリカ黒人を構成するメンバー内の分裂について」を書いたとき、このタクシー運転手のことを書いたが、だれか他人が経験したこととして書き、自分がアフリカ人かカリビアンかを特定されないよう注意した。読者はイフェメルがどちらか知らなかったからだ。

　カートにタクシー運転手のことを話した。運転手が大真面目でいったので頭にきたこと、駅のトイレに行ってピンクの長袖ブラウスがそんなにぴちぴちなのかどうかチェックしたことも話した。カートは笑いころげた。それは彼が友人に話すお気に入りの話になった。「彼女、本当にトイレに行ってブラウスをチェックしたんだ！」友人たちも彼とおなじように陽気で富裕な、物事のちらちら光る表層を見て生きる人たちだった。イフェメルは彼らが好きだったし、彼らも自分を好きなことは勘でわかった。彼らにとってイフェメルが興味深かったのは、彼女のようにぶっきらぼうに自分の気持ちを口にするのがめずらしかったからだ。彼らはイフェメルになんらかの期待をし、あるところまでは大目に見た、彼女が外国人だから。一度、バーでいっしょに座っていると、カートがブラッドに話しながら「ブローハード（おおぼらふき）」といっているのが聞こえた。イフェメルはそのことばに、その救いがたいアメリカ性に、どきっとした。ブローハード。自分には決して思い浮かばないことばだ。これを理解してから、イフェメルはカートとその友人たちには、自分には絶対に知りえないものがあることを悟った。

イフェメルはチャールズ・ヴィレッジにアパートを確保した。古い木の床張りで寝室は一部屋だけだ。でもカートといっしょにこれまで通り住むことになりそうだし、衣類の大半は彼の鏡つきウォーク・イン・クローゼットに収まっていた。週末だけでなく毎日カートと顔を合わせることになったいま、彼の新たな面を知ることになった——彼にとってじっとしていることが、次になにをしようかと考えたりせずにただじっとしていることがどれほど難しいか、ズボンを脱ぐと床の上に放り出して掃除の女性がやってくるまで何日でもそのままにしておくことにどれほど慣れ切っているか。彼らの生活はカートが立てる計画でぎっしりで——一晩だけコスメル島へ、長い週末はロンドンへ——金曜の夜に、仕事を終えた彼女がタクシーを走らせて空港で彼と合流することもあった。「これってすごくない？」と口癖のように訊くので、イフェメルはいつも、うん、それってすごい、といった。彼は常に、あとなにをすればいいかを考えていたが、彼女は自分にはそんなことはまれだ、なぜなら自分はこうするようにではなく、こうあるように育てられたからだと伝えた。でもすかさず、どれも好きだと付け加えたのは、それが本当に好きだったし、相手がどれほどそういう返事を聞きたがっているかもわかっていたからだ。ベッドで、彼は不安いっぱいだった。「あれは好き？　僕といて楽しい？」としょっちゅう訊いた。ええ、とイフェメルはいった。本当だった。でも彼女のいうことを彼が必ずしもいつも真に受けていないのは察しがついたし、真に受けたとしても、それは彼が再度イフェメルの肯定が必要になるまでのことだった。彼の内部には、エゴよりは軽いけれど、自信のなさよりさらに暗いなにかがあって、それが絶え間なく、つやつやになるまで磨かれてワックスをかけられたがっていた。

そのうちこめかみのところで髪が抜けはじめた。髪にリッチでクリーミーなコンディショナーをたっぷりつけて、首筋に水滴が垂れて流れるまでスチーマーの下に座っていた。それでも生え際が日に日に後退していった。

「化学薬品だよ」とワンブイはいった。「リラクサーになにが入ってるか知ってる？あの成分は殺傷能力ありなんだから。髪を切って自然にまかせるほうがいいって」

ワンブイの髪はいま短いドレッド、イフェメルはそれが好きになれなかった。貧弱で冴えなくて、ワンブイのきれいな顔にちっとも映えない。

「ドレッドはいやなの」

「ドレッドにしなくてもいいのよ。アフロのを被ればいいし、それとも前みたいなブレーズにすれば？　ナチュラルヘアならいろいろできるじゃない」

「髪を切るなんてできない」

「髪をまっすぐにするのは監獄に入るみたいなものよ。あなたは檻に入ってる。その髪に支配されてるもの。今日までカートとつきあってきたのはこのまっすぐな髪に我慢したいからじゃないでしょ。送ってくれたあの写真、髪に被り物をしてボートに乗ってたよね。あなたはいつも自分の髪に本来やっちゃいけないことをしようとあくせくしている。髪を自然のままに戻してちゃんとケアすれば、いまみたいに抜け落ちたりしないから。手伝ってあげるからいますぐ切っちゃいなさい。くよくよ考えることないから」

ワンブイは自信たっぷり、とても説得力があった。イフェメルは鋏を見つけた。ワンブイが彼女の髪を切った。二インチだけ残したのは、リラクサーを使ったあとに新たに伸びた部分だからだ。鏡をのぞき込んだ。大きな目と大きな頭。良くいって、少年のよう。悪くいえば、昆虫みたい。

「めっちゃ醜悪、自分でも気持ち悪い」

「きれいだよ。あなたの頭の形がこれですごく目立って。こんなふうに自分を見るのに慣れていないだけだよ。そのうち慣れるから」とワンブイはいった。

イフェメルはまだ自分の髪をじっと見ていた。なにをしてしまったんだろ？　どうにも中途半端だ。短くてつんつんで、まるで髪そのものが、ちゃんとやってよ、もっと、なにかやることがあるでしょ、といってるみたいだった。ワンブイが帰ってから、カートの野球帽を目深に被ってドラッグストアへ行った。オイルとポマードを買い、一つひとつ順番に、まず濡れた髪に、次に乾いた髪に試して、思いがけない奇跡を起こしたかった。なんでもいい、自分の髪が好きになれるなにかが起きてほしかった。ウィッグを買うことも考えたけれど、あれを被ると常時、頭から外れて飛んでいかないかとはらはらすることになる。ちりちりに巻いた髪をゆるめるテクスチャライザーも考えた。もじゃもじゃを少しだけ伸ばすのだ。でもテクスチャライザーはリラクサーと変わらない。ちょっとマイルドなだけだから、雨は避けなければいけない。

カートは「くよくよしないで。十分にクールで勇敢に見えるよ」といった。

「自分の髪が勇敢になんか見えてほしくない」

「僕がいったのは、スタイリッシュだってこと、シックだってことさ」ちょっと間を置いてから「きれいに見えるよ」ともいった。

「男の子みたい」とイフェメル。

カートはなにもいわなかった。彼の表情には、顔には出さないけれど面白がっている感じがあった。イフェメルがなんでこんなに取り乱しているのかわからないが、それは口に出さないほうがいいと思っているらしい。

翌日、彼女は病欠の電話を入れて、またベッドに這い込んだ。

「バーミューダでもう一日余計にいようっていったときは病欠の電話を入れなかったのに、髪のためなら電話するんだね？」枕で身体を支えながら身を起こして、カートが笑いをこらえながら訊いた。

「こんなんじゃ外へ出られない」彼女は隠れるようにシーツの下に潜り込んだ。

「思ってるほど悪くないさ」

「ついに悪いって認めたわね」

カートは笑った。「ばれたか。こっちへおいでよ」

彼はイフェメルをハグしてキスした。それから下の方へ身を滑らして彼女の足を撫ではじめた。イフェメルはその温かい圧感が、指の感触が好きだった。それでもリラックスできなかった。浴室の鏡に映った自分の髪にぎょっとなった。寝癖がついて歪んで、ひどいものだ。頭にウールのモップがのっているみたいだ。携帯に手を伸ばしてメッセージを送った。「この髪が大嫌い。今日は仕事にも行けなかった」

数分後にワンブイから返事が来た。「ネットでここを見ること。ハッピリー・キンキー・ナッピー・コム。このナチュラルヘアのコミュニティ。なにか名案がひらめくかも」

カートにそれを見せた。「ウェブサイトにしては、すっごくばかばかしい名前よね」

「そうだね、でもいい考えかもしれないよ。ときどきチェックしてみたら」

「いまやる」イフェメルはそういって起きあがった。カートのラップトップが机の上に開きっぱなしになっていた。近づこうとすると、カートのようすが急変した。突然の緊張。蒼白になり、パニックになって、彼はラップトップへ向かった。

「どうしたの？」

「なんてもないからね。メールはなんの意味もないからね」

　イフェメルはじっと彼を見つめて、どういうことかと頭をめぐらした。カートは彼女がコンピュータを使うとは思っていなかったのだ。使ったことがほとんどなかったからだ。彼は浮気をしていた。これまで考えたことがなかったなんて、自分でもなんだか笑えた。イフェメルはラップトップを持ちあげ、がっちりつかんだけれど、カートは取り返そうとはしなかった。突っ立ってじっと見ているだけだ。カレッジのバスケットボールのページの隣に、ヤフーのメールページが縮小されていた。メールをいくつか読んだ。添付された写真を見た。その女性からのメールは――アドレスが「スパークリング・パオラ・123」――強烈にきわどかったけれど、一方、カートのメールは間違いなく相手に続けさせる程度のきわどさだった。「ぴっちりした赤いドレスに踵のうんと高いハイヒールであなたのために夕食を料理してあげる、だからワインを一本持ってくるだけでいいわ」とその女性は書いていた。カートの返事は、「赤はきみにすごく似合いそうだな」だった。女性は彼と同年齢で、彼女が送ってきた写真では、ひどくすてばちな感じで、髪を安っぽいブロンドに染め、目元にきつい青を入れたメイクで、トップは過剰なローカット。イフェメルは驚いた、こんな女にカートが魅力を感じるなんて。以前の白人のガールフレンドは清潔感あふれる顔の良家のお嬢さまだったのに。

「デラウェアで会ったんだ」とカート。「いっしょに行こうってきみを誘った会議のこと覚えてるだろ？　彼女、すぐに僕をナンパしてきて。それからつきまとわれてさあ。

放っておいてくれないんだよ。僕にはガールフレンドがいるって知っているくせに」

イフェメルは写真の一枚を凝視した。白黒の写真だ。のけぞらせた女の頭から、長い髪が後ろに流れるように垂れている。女は自分の髪が好きで、カートも気に入ると思っているんだ。

「なにもないから」とカートはいった。「全然。メールだけだから。僕につきまとって。きみのこと彼女にいったのに、やめないんだ」

イフェメルは彼を見た。Tシャツと短パンで、自己正当化を自信たっぷりにやってのける。この人には子供のように――無分別に――なる資格があるわけか。

「あなただってメールを返しているじゃない」

「だって、彼女がやめようとしないからさ」

「ちがう、あなたがやめたくないからよ」

「なにも起きてない」

「そういうことじゃない」

「ごめん。きみがカッカするのはわかるけど、これ以上泥沼に入りたくない」

「あなたのガールフレンドはみんな長い流れるような髪をしている」イフェメルの口調に強い非難がこもっていた。

「えっ？」

土妻の合わないことをいっているのは自分でもわかっていたが、わかっていても気持ちは少しもおさまらなかった。これまで見ていた以前のガールフレンドの写真が彼女の気持ちをさらに煽った。まっすぐな髪を真っ赤に染めた、ほっそりした日本人。らせん状に肩にかかる髪をしたオリーブ色の肌のベネズエラ人、朽ち葉色の髪がすばらしくウエーブした白人女性。そしてこの女か。見てくれなんぞどうでもいいが、長いストレートの髪をしている。イフェメルはラップトップをぱたんと閉めた。自分がちっぽけで醜く感じられた。カートがしゃべっていた。「もう連絡するなって彼女にいうから。もう絶対にこんなことはないから、約束する」カートの口調はどこか、悪いのはその女で、自分には責任がないというふうにイフェメルには聞こえた。

イフェメルは背中を向けて、頭にカートの野球帽をぐいと被り、持ち物をバッグに放り込んで立ち去った。

あとでカートがやってきた。たくさん花を抱えて、ドアを開けたとき顔が見えないほどの花だった。自分は許すんだろう、彼を信じているから、それはわかっていた。スパークリング・パオラなんて彼にとってはちょっとした冒険のひとつなんだ。彼女とはそれほど深くつきあっていなかったにしろ、その女の注意を引く程度の努力は続けたのだ、飽きるまでは。スパークリング・パオラは彼にとって、小学校で教師が宿題のページに貼ってくれる銀色の星マークみたいなものだったんだ、浅い、束の間の快楽のもと。

外出したくなかったけれど、自分のアパートの親密さのなかでふたりだけでいたくなかった。生々しい感情が消えなかった。だから髪を布に包んで散歩に出た。カートはやけに気を遣い、しきりに約束をして、ならんで歩いたけれど、チャールズ通りと大学の公園道路の角までずっと歩いてまたアパートに戻るまで、ずっと彼女に触れようとしなかった。

三日間、イフェメルは病欠した。そしてついに仕事に復帰したが、髪はとても短いアフロ、櫛(くし)を入れすぎてオイルをつけすぎたアフロだった。「まるで別人ね」同僚はみんな、ちょっとためらいがちにそういった。

「なにか意味があるの？　なんていうか、政治的な？」とエイミーが訊いた。エイミーはチェ・ゲバラのポスターを自分の席の壁に貼っていた。

「ないわ」とイフェメル。

カフェテリアでは、カウンターの内外を取り仕切る、胸の豊かなアフリカン・アメリカンのミス・マーガレットが——ふたりの守衛をのぞくとその会社に雇われている唯一の黒人だ——「あんた、どうして髪を切ったの？　レズビアンなの？」と訊いた。

「いいえ、ミス・マーガレット、全然ちがいます」

数年後に会社を辞める日、イフェメルは最後のランチをしようとカフェテリアへ入っていった。ミス・マーガレットが意気消沈(フォーク)して訊ねた。「辞めるんだって？　残念だわねえ、ハニー。ここじゃもっと黒人をちゃんと人間扱いしなくちゃねえ。あんた、その髪がなんか問題だったの？」

ハッピリー・キンキー・ナッピー・コムを見ると、背景には鮮やかな黄色を使い、メッセージボードに投稿があふれ、ページ上部で黒人女性の縮小写真がちかちかしていた。彼女たちの髪は長く垂らしたドレッド、小さなアフロ、大きなアフロ、ツイスト、ブレーズ、量感いっぱいの賑やかなカールとコイルだ。そこではリラクサーのことを「クリーミーなクラック」と呼んでいた。自分の髪を本来の姿ではないものとして装うのは終り、雨が降ると走ったり、汗をかくのをびびったりするのも終り。彼女たちは写真を褒め合い、コメントの最後に「ハグ」と書いていた。ナチュラルヘアの女性を絶対に掲載しない黒人向け雑誌を批判し、潤滑剤に使われる鉱物油で毒性が強くなってナチュラルヘアの水分補給にはならないドラッグストアの商品に不満を述べていた。レシピを交換し合い、自分たちのくるくる巻いた、もじゃもじゃの、縮れた、たっぷりした髪がふつう、というヴァーチャル世界を自分たちで作りあげていた。イフェメルはこれはありがたいと狂喜してその世界に飛び込んだ。自分とおなじように短い髪の女たちはその髪型に、TWA（ティーニー・ウィーニー・アフロ）、とってもちっちゃなアフロという名前をつけていた。女たちが長々と書き込む助言からイフェメルはシリコン入りのシャンプーは避けること、流さずにすむコンディショナーを濡れた髪に使うこと、サテンのスカーフを被って寝ることを学んだ。キッチンで自家製のヘアケア製品を作って「すぐに冷蔵庫に入れること、保存料不使用」と明記して発送してくれる女たちに注文を出した。カートが冷蔵庫を開けて、「ヘアバター」と書かれた容器を掲げ、「これ、僕のトーストにつけてもだいじょうぶかな？」と訊いた。カートは魅せられたように容器をすべて指でとんとんと叩いた。彼はハッピリー・キンキー・ナッピー・コムの投稿も読んだ。「これ、すごいね！　黒人女性の運動みたいだ」

ある日、産直市場でりんごのトレーの前でカートと手をつないで立っていると、ひとりの黒人男が通りかかって「そんなジャングル頭のあんたをなんで彼が好きか、考えたことあるのか？」と低く呟いた。彼女は立ち止まり、一瞬、耳にしたことばを空耳かと思い、それから振り向いて男を見た。大げさにリズムをつけて歩く歩調には男の気まぐれな性格が透かし見えた。注意を払う価値のない男。なのにそのことばが気になってしかたがなかった。それが新たな疑念へ通じるドアをこじあけてしまったのだ。

「あの人がいったこと聞こえた？」カートに訊いてみた。

「いや、なんていったの？」

イフェメルは首を振った。「なんでもない」

イフェメルは意気消沈して、その夜カートが試合を観ているあいだに、ヘアケア製品を売る店へ車を走らせ、シルクのストレートヘアのウィーヴの小さな束を指で撫でてみた。そのとき思い出したのは「ジャミラ1977」というハンドルネームを使った投稿だった――「まっすぐな髪のウィーヴが好きなシスタたちは大好き、でもわたしは二度と馬の毛を自分の頭に乗せるつもりになれない」——そこでイフェメルは店を出ながら、早く戻って、ログインして、ボードにそのことを書き込みたいと思った。「ジャミラのことばで、神があたえてくれたものほど美しいものはないと思い出しました」と書いた。すると何人もの人が返信を書き込み、親指を上に向ける「イイネ」を押して、彼女がアップした写真がとても好きだといってくれた。これまで神のことをこんなに大げさに語ったことはなかった。ウェブサイトに投稿するのは教会で証言するのに似ていた。賛同の大きなエコーが元気を取り戻させてくれたのだ。

早春の、とりたてていうこともないある日のこと——その日は特別な光に彩られたわけではなく、なにか重要なことが起きたわけでもなく、よくあるように、時間がただ彼女の疑念を変貌させたのかもしれないが——彼女は鏡をのぞき込み、自分の密生した弾力のあるみごとな髪に深く指を差し込んだとき、もう他の髪型など想像できないと思った。なんのことはない、イフェメルは自分の髪が大好きになっていたのだ。

なぜ黒い（ダーク）肌の黒人女性は——アメリカ人も非アメリカ人も
——バラク・オバマが大好きなのか

多くのアメリカ黒人が誇らしげに、自分には「インディアン」の血が混じっているという。ありがたいことに完全にニグロではない、という意味だ。自分たちが黒すぎることはないという意味なのだ（はっきりさせておくと、白人が黒い(ダーク)というときはギリシア人かイタリア人のことだけれど、黒人が黒い(ダーク)というときはグレイス・ジョーンズ（ジャマイカ系アメリカ人の女優、モデル。一九七〇年代にウォーホルの作品に登場した）のことなのだ）。アメリカの黒人男性は、つきあう黒人女性が半分中国系とかチェロキーが少しとか、エキゾチックな血が混じっているのが好きだ。彼らは女性の肌が明るい(ライト)のが好きなのだ。しかし、アメリカ黒人が「明るい(ライト)」と考えているのはなにかに注意して。こういう肌の「明るい(ライト)」人たちは、非アメリカ黒人の国々では、たんに白い(ホワイト)と呼ばれるだけなのだ（おお、それに肌の黒い(ダーク)アメリカ黒人男性たちは、肌の明るい(ライト)男性を妬んでいる、それでレディをいとも簡単に落とせるからと）。

わが同胞たる非アメリカ黒人よ、ここで悦に入ったりしないように。だって、このでたらめは、われわれカリブ海諸国やアフリカ諸国にもあるのだから。アメリカ黒人ほどひどくはない、とおっしゃるかな？　そうかも。でも似たり寄ったりだ。ところでエチオピア人はどうだろう、彼らはそういう黒人ではないと思っている？　そして西インド諸島の人びと（スモール・アイランダーズ）はしきりと自分たちの祖先は「混血」だといいたがるだろうか？　でも脱線するのはやめておこう。ようするに、肌の色が薄いことがアメリカ黒人の社会では価値があるとされているのだ。でもだれもが、もうそうじゃないというふりをする。紙袋テスト（検索してみてください）の日々は過ぎ去ったのだから、前向きに行こうという。でも、いまだって、エンタテイナーや公人として成功しているアメリカ黒人の大半は肌の色が明るい。とりわけ女性がそうだ。多くの成功したアメリカ黒人の男性は白人女性を妻にしている。ありがたくも黒人女性を妻にする人たちは肌が明るい（さもなければ「ハイ・イエロー」として知られる）色の妻をもつ。これが、黒い肌の女性たちがバラク・オバマを愛する理由だ。彼は型破りをやった！　彼は自分の同類と結婚した。彼は世界がどうやら知らないことを知っている。つまり色の黒い黒人女性はサイコーだとわかっているのだ。オバマに勝たせたいと彼女たちが思うのは、たぶん、そうすればついにだれかが美しいチョコレート色のベイビーを、莫大な予算をかけたロマンチック・コメディにキャスティングすることになるからで、それがニューヨークにある三つの芸術気取りの劇場だけでなく、全国の劇場で上演されることになるからだ。ご存じのように、アメリカのポップカルチャーでは美人で肌の黒い女性は、見えない存在だ（他のグループで同様に見えない存在なのはアジア人男性だ。でも少なくとも彼らはとびきり聡明にはなれる）。映画には、色の黒い女性は太った気の良いマミー役か、たくましくて厚かましい、ときに怖いような脇役として登場する。白人女性が恋を見つけているときに、彼女たちは知恵と個性の大盤振る舞いをしなければならない。彼女たちはホットで、美しく、欲しがられる女性なんかになってはいけないのだ。というわけで色の黒い黒人女性たちはオバマがそれを変えてくれるといいなあと思っている。ああ、それに色の黒い黒人女性たちは、もちろん、ワシントンを一掃してイラクから手を引くことその他もろもろをも期待しているのだ。

21

日曜日の朝だった。ウジュおばさんが取り乱して、張り詰めたようすで電話してきた。

「この子ったら！　これを見てほしいわ、教会にこんなもの着ていきたいなんて。わたしが出してやった服は着ないっていう。ちゃんとした服を着ていかないと、必ずなにかいわれるのはわかってるのに。あの人たちは自分がみすぼらしくても問題にしないくせに、私たちがそう見えたら放っておかないんだから。おなじように、学校のことでもずっとあの子にいってきたのよ、おとなしくしてろって。このあいだも、授業中におしゃべりをしたっていわれたの、あの子はやることが終ったからしゃべってたんだっていう。おとなしくしなければいけないのは、あの子自身の意思というのがいつだって特殊なものに見られるからなのに、あの子にはそれがわかってないのよ。お願い、いって聞かせてやって！」

イフェメルはダイクに受話器を持って自分の部屋に行けといった。

「ママはこのひどく不恰好なシャツを着ろって」ダイクの声は生気がなく無感情だった。

「そのシャツがクールじゃないのは想像がつくけれど、ダイク、ママのために着てあげて？　いいでしょ？　教会にだけ。今日だけよ」

イフェメルにはわかった。きっとバーソルミューが彼のために買ってきた、くそ面白くもないストライプのシャツだ。いかにも彼が買いそうなシャツ。それで、ある週末に会ったバーソルミューの友人のことを思い出した。メリーランドから訪ねてきたナイジェリア人のカップルで、ソファの隣に座っているふたりの男の子はそろってボトムアップの堅苦しいシャツを着て、両親が抱く移民特有の窒息しそうな熱望の檻に閉じ込められていた。イフェメルはダイクにあんなふうになってほしくなかったけれど、馴染めない土地でなんとかやっていこうとしているウジュおばさんの心配も理解できた。

「教会ではたぶん知ってる人には会わないよ。それに二度とそれを着なくてすむように、お母さんに話をしてあげるから」イフェメルはなんとかダイクをなだめて、母親が履けという編みあげ靴ではなくスニーカーを履いていいという条件つきで納得させた。

「この週末、そっちへ行くね。ボーイフレンドのカートを連れていくから。きみもついに彼と顔を合わせることになるよ」とダイクに伝えた。

ウジュおばさんに対してカートは、イフェメルが少し戸惑いそうな滑らかな例の調子で、熱心に気遣い、愛嬌をふりまいた。ワンブイや友人たちといっしょに先日夕食をしたときも、カートは手ずからこっちのワイングラスを充たし、あっちのグラスに水を注いだ。愛嬌がある、とはあとから女友達のひとりがいったことばだ——あなたのボーイフレンドはすごく愛嬌があるよね。それでイフェメルはふと、自分は愛嬌が好きではないんだと思った。人を眩惑したり演じたりしなければと思う、カートのような愛嬌は。カートがもっと、もの静かで内省的だといいのにと思った。彼がエレベーターで乗り合わせた人と話し出したり、見知らぬ人にお世辞をいったりすると、イフェメルは息を詰めて、彼は人目を惹くのが好きなやつだと思われてる、間違いないと思った。ところが人はみんなにっこり微笑んで返事をし、あれこれ訊ねられるままにしていた。ウジュおばさんもそうだった。「カート、このスープ食べてみて。イフェメルは作ってくれなかったでしょ。揚げたプランテンは食べた？」

ダイクはじっと観察しながら、ほとんど口をきかず、礼儀正しくきちんと話をした。カートが冗談をいったり、スポーツの話をしたり、必死で気に入られようとしても、ダイクは態度を変えなかった。そのうちカートがとんぼ返りでもするんじゃないかとイフェメルは気が気ではなかった。とうとうカートが「ちょっとバスケットボールやらない？」といった。

ダイクは肩をすくめた。「オーケー」

ふたりが出て行くのをウジュおばさんがじっと見ていた。

「あの行儀の良さってすごいわね、あなたが触れたものはみんな芳香を発しはじめるみたいじゃない。本当に好きなんだね」ウジュおばさんはそういってから、顔をくしゃくしゃにして「そんな髪なのに」と言い足した。

「おばさん、ビコ（お願い）、この髪のことは放っておいて」

「ジュートみたい」ウジュおばさんがイフェメルのアフロに手を入れた。

イフェメルは頭を引いた。「どの雑誌を開いても、どの映画を観ても、ジュートみたいな髪の美人が登場したらどうなる？　おばさんも、この髪を褒めるようになるよね」

ウジュおばさんは嘲るように笑った。「わかったわかった、立派な英語でいいたいようにいってなさい、でも、わたしは本当のことをいってるだけよ。ナチュラルへアってのはぼさぼさでだらしない感じだもの」少し間を置いてから「あんたのいとこが書いた作文、読んだ？」とウジュおばさんはいった。

「ええ」

「どうして自分が何者なのかわからないなんていうんだろう？　あの子、いつから葛藤を抱えるようになったのよ？　おまけに自分の名前が問題だって？」

「話をしたほうがいいと思うよ、おばさん。彼がそう感じているなら、それが彼の感じ方なんだから」

「あんなことを書くのは、ここではそういうふうに教えられるからだと思う。だれも彼も葛藤を抱えているって、アイデンティティがどうのこうのって。だれかが殺人を犯したら、それは彼が三歳のときに母親がしっかり抱き締めてやらなかったからだとか。人がたちの悪いことをやったら、それはその人が闘いつづけている病気なんだとか」ウジュおばさんは窓から外をながめた。カートとダイクが裏庭でドリブルをしながらバスケットボールをやっていて、はるか遠くにはこんもりとした森が広がっている。イフェメルが前回訪ねたとき、朝早く目が覚めてキッチンの窓を見ると、二頭の鹿が優雅にギャロップしていくのが見えた。

「わたし、疲れちゃった」というウジュおばさんの声は低かった。

「どういう意味?」と訊いたものの、またバーソルミューの愚痴話が始まるなと察しはついた。

「私たちって共稼ぎでしょ。家に帰ってくるのは同じ時刻、それでバーソルミューがなにをするかわかる? 居間に座ってテレビをつけて、今夜はなにを食べるのかってわたしに訊くだけ」ウジュおばさんが顔をしかめると、ずいぶん体重が増えたことにイフェメルは気づいた。あごが二重になりはじめ、鼻孔にもふくらみがついている。「あの人、わたしに給料を渡せって。あほらしい! それが結婚だろっていうの、自分は家族の長なんだからって。わたしが兄さんに送金するときは自分の許可を取ってからにしろって。彼の車の代金をわたしの給料から払えって。わたしはダイクのために私立学校のことを考えているの、公立学校じゃなんだかんだひどいことばかりだから、なのにバーソルミューったら、お金がかかりすぎるっていう。なによ、かかりすぎるって! 彼の子供たちはカリフォルニアで私立校に通ってるくせに。それでいてダイクの学校で起きている厄介事には、われ関せずって感じよ。この前も、行ってみると、ホールの向こうから補助教員がわたしを大声で呼びつけたの。ひどいでしょ。失礼きわまりないよね。他の親御さんにはそんなふうにホールの向こうから呼びつけたりしないの。だから近くまで行って文句をいってやったわ。ここの人たちは人を攻撃的にする、さもないと自分の尊厳さえ守れないから」ウジュおばさんは首を振った。「バーソルミューはダイクがいまだに、おじさん、としか呼ばないこともどうでもいいと思ってるし。ダイクが彼のことを、とうさん(ダッド)って呼ぶようにがんばってみてといっても知らん顔。あの人が望んでいるのは、わたしが給料をすべて渡して、土曜日に衛星放送でヨーロピアン・リーグ戦を観ているあいだに、わたしが胡椒のきいたモツ料理を作ることだけ。なんでわたしの給料を渡さなければいけないのよ？　わたしの医科大の授業料を彼が払ったわけ？　彼、新しい事業を始めたいのにローンでお金を貸してもらえなくて、自分の信用は悪くないんだから、それは差別のせいだ、訴えてやるって。おまけに、おなじ教会へ通うもっと信用のない人がローンを組んでるのを知ってしまった。ローンを組めなかったのはわたしが悪いわけ？　ここに来るようだれかに強制されたわけ？　ここでは黒人は私たちだけになるって彼は知らなかったとでも？　それが有利だって自分で思ったから来たんじゃないの？なんでもかんでも金、金、金。わたしの仕事上の決定にまで口出ししようとする。経理士に医学のなにがわかるっていうの？　わたしは快適に暮らしたいだけよ。子供のカレッジの授業料くらい自分で払えるようにしたいだけ。ひたすらお金を貯めるためにもっと長時間働く必要はないの。アメリカ人みたいに船を買おうなんて思ってないんだから」ウジュおばさんは窓から離れて、キッチンテーブルのところに座った。「なんでこんなところに来てしまったか、もうわからない。このあいだなんか、薬剤師から、わたしのなまりが理解不能っていわれるし。薬局に電話したら彼女、本当にわたしのなまりが理解不能っていったんだから。そのおなじ日に、だれかがまとめて送りつけたみたいに、ある患者がね、身体中にタトゥーを入れた役立たずの無精者がわたしに向かって、出てきた故郷(くに)へ帰れっていったのよ。そいつったら横になったまま苦しいもんだからもっと痛み止めを出せって、それをわたしが拒否した、それだけの理由でよ。こんなばかばかしいこと、もうやってられない。ブハリとババンギダとアバチャのせいよ、あいつらがナイジェリアを滅茶苦茶にしたんだ」

奇妙なことに、ウジュおばさんはかつての国家元首について頻繁にそんなふうに語り、毒のある口調でその名前を引き合いに出しながら、将軍のことは決して口にしなかった。

カートとダイクがキッチンに戻ってきた。ダイクは目を輝かせ、軽く汗をかき、口数が多くなっていた。屋外のバスケットボールの練習場で、カートのスター性をまる飲みしたのだ。

「水飲む、カート?」とダイクが訊いた。

「カートおじさんって呼びなさい」とウジュおばさん。

カートが笑った。「それともカズン・カートかな。カズ・カートってのはどう?」

「カズン(いとこ)じゃないもん」とダイクはいって微笑んだ。

「きみのいとこと結婚したらそうなるな」

「どれくらいの額を僕たちに申し出るかによるよ」とダイク。

みんな爆笑。ウジュおばさんも嬉しそうだ。

「飲み物を持って外へ行こうか、ダイク？」とカートが訊いた。「まだやり残したことがあるだろ！」

カートがイフェメルの肩にそっと手を触れて、彼女のご機嫌をうかがってから、また外へ出ていった。

「おお、ナエジ・ギ・カ・アクワ（まるで壊れ物みたいな扱いだわね）」ウジュおばさんの声には賛嘆が滲み出ていた。

イフェメルがにっこりした。カートは確かに彼女を卵みたいに扱った。彼といると、自分が壊れやすく、とても大切なものに感じた。帰りがけにイフェメルは自分の手をカートの手に滑り込ませて強く握った。誇らしかった――彼といっしょにいることが、彼の恋人であることが。

ある朝、ウジュおばさんは起きて浴室に行った。バーソルミューがちょうど歯を磨き終ったところだった。ウジュおばさんが歯ブラシに手を伸ばしたとき、シンクの内側に歯磨きペーストがべったりと付着しているのが目に入った。口内をきれいにするための一回分はゆうにある。排水口からずいぶん離れた場所にべったり付着して、やわらかくなり、溶けかかっていた。げんなりした。それにしても、歯を磨いて最後にこんなにたくさん歯磨きペーストをシンクに落としたままにしておけるとは、いったいどういう人なんだろう？　見えなかったのか？　シンクに落ちたので、さらにブラシに押し出したのか？　あるいはそのまま、ほとんどなにもついていないブラシで磨いたのか？　ということは彼の歯はきれいに磨けていないということだ。でも彼の歯なんてどうでもよかった。問題はシンクに落ちた歯磨きペーストの塊だ。これまで毎朝、いったい何度、歯磨きペーストを流してシンクを掃除してきただろう。でも今朝はいやだ。今朝という今朝はもう限界。ウジュおばさんは彼の名前を何度も大声で呼んだ。どうかしたのか、と彼が訊いた。どうかしたのは歯磨きペーストだとおばさんは答えた。彼はおばさんを見てぶつぶつと、急いでたんだ、もう遅刻しているといった。おばさんは自分だって仕事に出かけなければならないし、忘れているといけないからいっておくけど、自分は彼よりたくさん稼いでいるのだといった。結局、おばさんが彼の車の代金を払っていたのだ。彼は怒鳴り散らして階下に下りていった。ウジュおばさんはこの時点でちょっと黙ったので、イフェメルはバーソルミューがコントラスト・カラーのシャツを着て、これでもかというほど折り目をつけたズボンをやたら引っ張りあげて、X脚で、どかどかと出ていくところを想像した。電話の向こうのウジュおばさんの声はいつになく平静だった。

「ウィローって町にコンドミニアムを見つけたの。とてもすてきな門のある家で、大学の近く。ダイクとわたしは週末に引っ越すから」

「あらっ、そうなんだ！　おばさん、ずいぶん急ね？」

「努力したのよ。もうたくさん」

「ダイクはなんていってる？」

「森のなかに住むのはずっと嫌だったって。バーソルミューのことは一言もいわないけれど。ウィローは彼にもいいと思う」

イフェメルはその町の名前が気に入った。ウィロー。新たに一から出直すような感じがいいと思ったのだ。

わが同胞たる非アメリカ黒人へ
――アメリカではあなたは黒人なのよ、ベイビー

親愛なる非アメリカ黒人へ、アメリカに来るという選択をするなら、あなたは黒人になる。議論はやめなさい。自分はジャマイカ人だとか、ガーナ人だとかいうのはやめなさい。アメリカにとってはどうでもいいことだから。あなたが自分の国では「黒人」でなかったからってなに？　いまあなたはアメリカにいるの。われわれは全員かつてのニグロ社会へ入るためのイニシエーションを受ける。わたしのイニシエーションは大学の学部の授業で、黒人の今後の展望について述べるようにいわれたときだった。わたしにはなんのことだかさっぱりわからなかった。それでなにかをでっちあげた。だから認めること――あなたが「自分は黒人ではない」というのは、アメリカの人種をめぐる階級で黒人が最下位にあることを知っているからにすぎないのだと。そんなもの、あなたは嫌だから。さあ否定するのはやめよう。黒人であることが白人であることの特権をすべてもつとしたらどう？　それでも「わたしを黒人と呼ばないで、トリニダードの出身なんだから」というかな？　そうは思えない。だからあなたは黒人なのよ、ベイビー。さてここで黒人になるための取引がある。つまり、「ウォーターメロン（細長い西瓜で、黒人を連想させる侮蔑的なニュアンスがある）」とか「タール・ベイビー（米南部で黒人が語り継いだ「狐と兎の物語」に出てくる、タールで作った人形）」といったことばが冗談に使われたときは、それがなんについていわれているかまったくわからなくても、向かっ腹を立てていると態度で示さなければいけない――あなたが非アメリカ黒人であれば、ひょっとしたら知らないということもあるかもしれない（学部生のとき白人のクラスメイトがわたしに西瓜が好きかと訊ね、わたしは、ええ、と答え、ほかのクラスメイトは、オオ・マイ・ゴッド、それはひどく人種差別主義的だといい、わたしにはなんのことかわからなくて「待って、どういうこと？」といった）。白人ばかり住む地区でひとりの黒人が会釈したら、会釈を返さなければいけない。それは黒人の会釈と呼ばれている。黒人たちにとって「きみは独りじゃないからね。わたしもここにいるんだから」と伝える方法なのだ。あなたがすばらしいと思っている黒人女性のことを語るときは、必ず「強い」という語を使うこと。だって、アメリカでは黒人女性はそういう存在ということになっているから。もしもあなたが女性なら、自分の国でやってきたように、自分の気持ちをそのまま口にしてはいけない。なぜならアメリカでは、気の強い黒人女性は恐ろしい存在だから。もしあなたが男性なら、超がつくくらい態度をまるくすること、絶対に興奮しすぎてはいけない。さもないと、あなたが銃を取り出すのではないかとだれかが不安になるから。テレビを観ていて「暗に人種差別的な中傷表現」が使われているのを耳にしたら、即座に腹を立てなければいけない。たとえ「でもなんで、いいたいことをそのままいわないんだろ?」と思ってもだ。たとえ、どの程度腹を立てるべきか、そもそも腹を立てるべきかどうか、自分で決められるほうがいいと思っても、とにかくひどく立腹しなければいけない。

犯罪が起きたと報道されたら、それをやったのが黒人でないように祈り、それをやったのが黒人だと判明したときは、数週間は犯罪現場からしっかり遠ざかっていること。さもないと呼び止められて調書を取られかねない。もしも黒人のレジ係があなたの目の前の非黒人に対してサービスを手抜きしたら、その人に靴がすてきだとかなにかお世辞をいってサービスの手抜きを補うこと。なぜならレジ係の罪はあなたの罪だから。もしもあなたがアイヴィーリーグに通っていて、若い共和党員が、おまえはアファーマティヴ・アクションで入っただけだ、といったら、ハイスクール時代からの完璧な成績をひけらかしてはいけない。その代わりに、アファーマティヴ・アクションで最大の恩恵を受けているのは白人女性だと、ものやわらかに指摘すること。もしもレストランで食事することになったら、チップを奮発すること。さもないと次に入る黒人客がひどいサービスを受けることになる。だって黒人のテーブルを担当するウェイターたちは文句たらたらなんだから。というわけで、黒人は彼らにチップをあたえない遺伝子をもっているので、どうかその遺伝子をねじ伏せてほしい。もしもあなたが自分に起きた人種差別的なことについて非黒人に語るときは、口調が激しくならないよう気をつけること。不平はいわない。鷹揚に許す調子で。できれば、笑い話にする。絶対に怒らないこと。黒人は人種差別では怒らないことになっているから。さもないと共感は得られない。といっても、これはリベラルな白人に対してだけあてはまることだ。保守的な白人に対しては、間違っても自分に起きた人種差別的な出来事を話したりしないように。なぜなら保守的な白人はあなたに向かって、あなたこそが本物の人種差別主義者だというだろうし、となると、あなたは混乱のあまり口をあんぐり開けることになってしまうからだ。

22

ある土曜日のこと、ホワイト・マーシュにあるモールでイフェメルはカヨーデ・ダ＝

シルヴァを見かけた。雨が降っていた。建物のなかで、入口近くに立って、カートが車をまわしてくるのを待っていたら、カヨーデとばったり出くわしたのだ。

「イフェムスコ！」

「あらっ。カヨーデじゃないの！」

　ふたりはハグし、相手を観察して、ここ何年も会っていない人たちの噂話を伝え合い、ふたりしてナイジェリアのころの声とナイジェリアのころの自分に戻って、大声で、気を高ぶらせて、話の途中に「おっ」をやたら加えてしゃべった。彼は中等学校を終えてすぐにインディアナの大学へ進み、数年前に卒業していた。

「ピッツバーグで働いてたんだけど、シルヴァー・スプリングへ新しい仕事を始めるために引っ越したところでさ。メリーランドがすごく気に入ったよ。グロサリーストアやモールでナイジェリア人に会うし、どこへ行ってもナイジェリア人がいるし。故郷に帰ったみたいだ。でもそんなこと、きみはとっくに知ってるかな」

「ええ」イフェメルは知らなかったけれどそういった。彼女の知っているメリーランドはとても狭くて、交際範囲もカートのアメリカ人の友人に限られていた。

「とにかく俺、きみを探し出す計画を立てていたからさ」イフェメルをじっと見る彼は、まるで彼女の細部をまるごと吸い込み、記憶して、この出会いについて話をするときにそなえているみたいだ。

「本当？」

「そう、ザ・ゼッドのやつとは先日も話をしたばかりで、きみのことが話題になってボルチモアに住んでるそうだっていうんで、じゃあ俺のところと近いから会えるかもと思ってたら、ほらこれできみがオーケーだってわかったんで彼にようすを伝えられるな」

イフェメルの全身に麻痺するような感覚が走った。「あら、まだ連絡し合ってるの？」と呟き声になった。

「ああ。去年、彼がイギリスへ行ってからまた連絡し合うようになったんだ」

イギリス！　オビンゼがイギリスにいる。イフェメルは自分から距離を作って彼を無視し、自分のメールアドレスと電話番号を変えたくせに、それでもこのニュースに深く裏切られたような気がした。彼がイギリスにいる。彼の人生にもイフェメルのあずかり知らぬ変化が起きていたのだ。彼がイギリスにいる。ほんの数カ月前にイフェメルとカートはグラストンベリー・フェスティバルのためにイギリスへ行って、そのあとロンドンで二日ほどすごしたばかりだった。オビンゼがそこにいたかもしれない。オクスフォード通りを歩きながらオビンゼとばったり出くわしていたかもしれないのだ。

「それでいまはどうなってるの？　正直いって、きみたちがもう連絡し合ってないっていあいつがいったときは信じられなかったよ。だろ！　俺たちみんな結婚式の招待状が来るのをいまかいまかと待ってたのにさっ！」

イフェメルは肩をすくめた。自分の内部で散り散りになってしまったものをなんとか寄せ集めなければならなかった。

「それで、どうしてたの？　どんな暮らしなの？」とカヨーデが訊いた。

「元気にやってる」イフェメルは素っ気なく答えた。「いまボーイフレンドが車をまわしてくるの待ってるの。あら、ホントに彼が来たわ」

カヨーデの物腰にさっと引くものがあった。興奮が一気にさめていた。イフェメルが話を中断させることにしたのを彼のほうも十分察知したからだ。彼女はすでに歩き出していた。振り向きながら「じゃあね」といった。電話番号を交換し合い、もっと長く話をして、期待通りに対応するものと思われていたのだ。しかし彼女の内部では感情が嵐のように吹き荒れていた。オビンゼのことを知ったことで、オビンゼのことを呼び起こしてしまったことで、カヨーデを責めていた。

「ナイジェリアで友人だった人とばったり会ったわ。ハイスクール時代から会ってなかった人」とイフェメルはカートにいった。

「へえ、そうか。それはいい。ここに住んでるの、彼？」

「DCに」

カートはもっと話を聞きたそうにイフェメルを見た。いっしょに一杯やらないかとカヨーデを誘って彼女の友人となら友達になりたいと思い、いつものようにできるかぎり礼儀正しくしたかったのだ。この表情が、これから起きることを期待する彼の顔つきがイフェメルを苛つかせた。彼女は静けさが欲しかった。ラジオさえうるさかった。カヨーデはオビンゼになんていうのだろう？　ハンサムな白人男とBMWのクーペでデートしてたぜ、髪をアフロにして、赤い花を耳の後ろにはさみ込んで。オビンゼはそれをどう受け取るだろう？　イギリスでなにをしているんだろう？　鮮やかな記憶がよみがえってきた、天気の良い日で——オビンゼの思い出のなかではいつも決まって太陽がさんさんと照っていて、彼女はそれが信じられなかった——友達のオクウディバがビデオを彼の家に持ってくると、オビンゼは「イギリスの映画？　時間の無駄だよ」といった。彼にとって観る価値のあるのはアメリカの映画だけだった。なのにいまオビンゼはイギリスにいる。

カートがイフェメルを見た。「彼と会って困ったことでもあるの？」

「ないわ」

「ボーイフレンドかなんかだった？」

「全然」窓の外を見ながらイフェメルはいった。

その日、あとからイフェメルはオビンゼのホットメール・アドレスにメールを送ることになるのだ。「シーリング、なんて書いたらいいのかわからないけれど。今日、モールでカヨーデにばったり会ったの。ずっと連絡を取らなくてごめんなさい、なんていまさらいうのは、われながらばかみたいに思えるけれど、でも、ごめんなさい、わたしは本当にばかだと思います。なにが起きたか、洗いざらい話すつもりでいます。ずっと逢いたいと思っていました。いまもそう思っています」しかしオビンゼから返事は来ないのだ。

「きみのためにスウェーデン式マッサージの予約をしたからね」とカート。

「ありがとう」とイフェメルはいった。それから低い声で、自分が不機嫌なことの埋め合わせに「あなたってとってもスウィートハート」と言い足した。

「スウィートハートなんかになりたくない。きみが命をかけて本気で愛する人になりたいよ」そのことばに込められた力にイフェメルはどきっとした。

第三部

23

ロンドンではあっというまに夜になる。朝の空気のなかにすでに前触れのように漂い、午後になると灰青色の夕闇が降りてきて、ヴィクトリア朝風の建物はどれも悲嘆の気配に包まれる。最初のそんな数週間、オビンゼが驚いたのは寒さだった。重さのない威嚇するような寒さが鼻腔をからからにし、不安を募らせ、頻尿感で彼を悩ませた。いつも急いで舗道を歩き、硬く身を引き締めて、いとこが貸してくれた灰色のウールのコートのなかに手を入れた。コートの袖は指先まで呑み込むほどあった。ときどき地下鉄の駅の外で立ち止まり、ときには花屋や新聞売りのそばで、すれちがう人たちを観察した。ずいぶん早足に歩いていく。この人たちには、急いで到着しなければならない目的地があり、人生にも目的がある、なのに自分にはそれがなかった。彼らの姿を目で追いながら、失った憧れとともに考えた——「おまえたちは働ける、合法的で、目に見える存在だ、だが、それがどれほど恵まれたことか、自分ではわかっていない」

地下鉄の駅で、結婚を斡旋するというアンゴラ人たちと会ったのは、イギリスに到着してからちょうど二年と三日すぎたときだった、とオビンゼは数えつづけた。

「話は車のなかでやろう」前もって彼らのひとりから電話でいわれていた。黒い旧型メルセデスはやたら細かいところまでメンテナンスされ、フロアマットが掃除機をかけたせいで波打ち、レザーシートはつやつやに磨かれていた。ふたりの男は濃い眉毛が近接して合体しそうなほどで、顔つきがそっくりだったにもかかわらず、ただの友達だといった。服装もそっくりで、革のジャケットに長い金鎖をつけていた。頭頂を水平にカットした髪が山高帽をのせたみたいで驚いたが、レトロな髪型はヒップなイメージ作りの一部だったのかもしれない。彼らはこの仕事は前にもやったことがあるという者の威厳を匂わせて、偉そうに話した。そこにはかすかな恩着せがましさもあった。いずれにしても、オビンゼの運命は彼らの手中に握られていたのだ。

「ニューカッスルでやると決めたぞ、あそこなら知り合いもいるし、今日日ロンドンはホットすぎて、結婚件数がやたら増えてるしな、っていうか、俺たち、面倒に巻き込まれたくないからさ」と片方がいった。「なにもかも上手くいくから。あんたは目立たなくしてればいい、な？　結婚の手続きが終るまでは人目を惹いちゃだめだ。パブで喧嘩なんかするなよ、いいな？」

「これまで喧嘩が得意だったことはないな」オビンゼは皮肉っぽく答えたが、アンゴラ人たちはにこりともしなかった。

「金を持ってきたか?」もうひとりが訊いた。

オビンゼは二百ポンド渡した。すべて二十ポンド札で、二日かけてATMから引き出した金だ。本気だと示すための頭金だった。あとから、女に会ってから、さらに二千ポンド渡すことになっていた。

「残りは前払いにしてもらうぞ、いいな? あれこれ準備のために少しそこから使うことになるが、残りは女に行く。だからさ、ここから俺たちがくすねたりしないことはわかってもらわなきゃな。いつもはもっと請求するんだが、こいつはイロバの穴埋めだからさ」と最初の男がいった。

オビンゼは彼らのいうことを、そのときも信じてはいなかった。その女の子、クレオチルデに会ったのはそれから数日後、ショッピングセンターのマクドナルドの店でだった。窓から通りの向かいに地下鉄駅の湿っぽい、薄ら寒い入口が見えた。アンゴラ人たちとテーブルにつき、急ぎ足で行き来する人たちをながめながら、どれが彼女なのかとオビンゼが思っているあいだも、アンゴラ人はそろって携帯になにかささやいている。たぶん別件の結婚手続きの交渉でもしているのだろう。

「こんにちは、みなさん!」

彼女を見て驚いた。濃い化粧であばたを隠した女、たくましくてわけ知りの女だろうとオビンゼは思い込んでいたのだ。ところがあらわれたのは眼鏡をかけた、純情可憐そうな、オリーブ色の肌の、ほとんど子供のような女の子で、はにかみながら彼に笑いかけ、ストローでミルクシェイクを吸いあげていた。大学の新入生みたいだ。無垢か、馬鹿か、その両方か。

「これをやることがどういうことか、ちゃんとわかっていてほしい」とオビンゼは彼女にいって、それから相手が怯えてしまうかもしれないと不安になって言い足した。「とても嬉しいよ、きみにはそれほど迷惑はかけない——一年以内に書類手続きがすんだら離婚しよう。でも、まずきみに会って、これをやってもいいときみが思ってることを確かめたかったんだ」

「ええ」

オビンゼは彼女を見ながら、次のことばを待った。彼女はストローをもてあそび、はにかみながら、目を合わせないようにしている。この状況にではなく彼に反応していることに気づくまで、ちょっと時間がかかった。彼女はオビンゼに惹かれていたのだ。

「ママを助けたいと思って。家が大変だから」ことばの端々に非イギリス人であることを示すなまりがうかがえた。

「彼女、俺たちとおんなじさ」というアンゴラ人の片割れは、すでに伝えてあることをオビンゼがあえて質問したみたいに苛々していた。

「クレオ、おまえのこと詳しく話してやれよ」もうひとりのアンゴラ人がいった。

クレオ、というところがぎこちなかった。オビンゼはピンときた。その名を口にする彼の調子と、それを聞く彼女の調子、その顔にかすかな驚きが浮かんだのだ。あえて装っている親密さだ、アンゴラ人は彼女をこれまでクレオと呼んだことなどなかったのだ。なんであれ、これまで呼びかけることさえなかったのかもしれない。こいつら、どうやって彼女と知り合ったんだろうと彼は思った。EUのパスポートを持っていて金が必要な若い女たちのリストでも持ってるのかな？　クレオチルデが自分の髪を、量感のある巻いたコイルのような髪を押しあげて、眼鏡をかけ直した。まるで自分のパスポートや免許証を出す前に覚悟を決めるみたいに。オビンゼは書類を調べた。二十三歳より若いと思い込むところだった。

「きみの電話番号、教えてくれないかな？」とオビンゼ。

「なにかあったら俺たちに電話をくれ」ほとんど同時にアンゴラ人たちがいった。でもオビンゼは自分の番号をナプキンに書いて彼女のほうへ押しやった。アンゴラ人たちが狡猾そうな視線で彼を見た。彼女はあとから電話で、ロンドンにもう六年も住んでいて、ファッションスクールへ行くためのお金を貯めているといった。アンゴラ人たちは、彼女はポルトガルに住んでいるといっていたのに。

「会うことにしない？　僕たちがもう少し知り合うようにしたほうが楽にことが運ぶと思うんだけど」

「ええ」という返事にためらいはなかった。

　彼らはパブでフィッシュ・アンド・チップスを食べた。木製のテーブルの両サイドに薄い汚れがこびりついていた。彼女はファッションへの思い入れをとうとうとしゃべり、ナイジェリアの伝統的衣装について質問した。ちょっと大人っぽく見えた。頬にきらさらしたチークをつけ、カールした髪の輪郭もくっきりしている、そう気づいたオビンゼは、彼女、外見に気を遣ってきたんだと思った。

「書類が手に入ったらなにをするの？」と彼女が訊いた。「ナイジェリアからガールフレンドを連れてくる？」

オビンゼは彼女の率直さにぐっときた。「ガールフレンドはいない」

「アフリカには行ったことがないの。とっても行きたいけど」彼女が口にする「アフリカ」がなんとも切なそうだ。外国人が憧れるみたいに、その語にエキゾチックなものへの興奮を込めていた。彼女のアンゴラ黒人の父親がポルトガル白人の母親を捨てたのは彼女がまだ三歳のときで、それ以来、父親とは会っていないし、アンゴラにも行ったことはないのだと、肩をすくめてシニカルに眉毛を吊りあげながらいった。どうってことないの、といいたげだ。その努力が彼女の性格とは裏腹にいかにも取ってつけたようで、それがどれほど彼女を悩ませているかが伝わってきた。彼女の人生には厄介事があるのだ、オビンゼはそれをもっと知りたいと思った。むっちりした形のいい身体に触ってみたいということもあったが、面倒なことになるのを警戒した。結婚が終るまで待とう、彼らの関係のビジネス絡みの面が終るまで待とう。そのことは言わなくても彼女も理解しているようだ。だからそれからの数週間、会って話をするたびに、移民局で面接のときに訊かれる質問にどう答えるかを練習したり、サッカーのことをしゃべったりするうち、ふたりのあいだに抑えた欲望が高まっていった。近くに身を寄せながら、相手の身体に触れずに立っているときや、地下鉄の駅で電車を待ちながらアーセナルを応援する彼とマンチェスター・ユナイテッドを応援する彼女が相手をからかい合うときに、目をそらさずに相手をじっと見つめる眼差しのなかにそれは募っていった。彼がアンゴラ人に二千ポンドをキャッシュで払ったあと、五百ポンドしかもらっていないと彼女はいった。

「いっとくけど。あなたがもうすっからかんだってのはわかってる。わたし、あなたのためにこれをしたいの」と彼女はいった。

彼女がオビンゼを見つめていた。潤んだ目が言外のものを滲ませていた。彼女のおかげでオビンゼはまた、ありのままの自分でいられると感じ、自分がどれほどシンプルで混じり気のないものに飢えていたかを思い知った。彼女にキスしたかった。上唇がリップグロスのせいで下唇よりも明るいピンクできらきらしている。彼女を抱き締めて、どれほど深く感謝しているか、伝え切れないほどだといいたかった。彼女は彼の厄介事の大鍋をかきまわそうとすることもなく、面前で自分の力をこれ見よがしに発揮することもなかった。イロバの話によれば、ある東ヨーロッパの女が市役所で結婚の手続きをする一時間前になってから、相手のナイジェリア男にさらに千ポンド払ってくれなければここから立ち去るといったそうだ。男はパニックになって、友達にかたっぱしから電話をかけはじめた。金をかき集めるために。

「なあ、あんたにはなんだかんだやってやったろ」クレオチルデにいくら渡したんだと問いただしたとき、アンゴラ人から返ってきたのはそれだけだった。どれほど自分たちが必要とされているかを知り尽くしている者の口調だった。とどのつまりオビンゼを弁護士事務所に連れていったのは彼らで、低い声のナイジェリア人が回転椅子に座ったまま、その椅子を後ろに滑らせてファイルキャビネットに手をのばしながら「ヴィザが切れても結婚していることは可能ですから、結婚することが実際、いまのあなたの唯一の選択肢です」といったのだ。彼の名前とニューカッスルの住所を使って、水道とガスの請求書を六カ月分さかのぼって支払ったのは彼らで、運転免許証を「工面」してくれそうなブラウンという名の、謎めいた男を探し出したのも彼らだった。パーキングにある鉄道駅でオビンゼはブラウンに会った。オビンゼは取り決め通り改札口の近くに立っていた。行き交う人の群れのなかで。あたりを見まわし電話が鳴るのを待ちながら。ブラウンが自分の電話番号を教えるのを拒否したからだ。

「だれかを待っているのかな?」ブラウンがそこに立っていた。細身の男だ。冬用の帽子を眉毛まで深く下ろしている。

「ああ。オビンゼだ」ばかな暗号で話さなければならないスパイ小説の登場人物になった気分だった。ブラウンは静かなところへ彼を連れていって封筒を渡した。なかに顔写真つきの彼の免許証が入っている、一年ほどだれかの所有物だったかすかに使用感のある本物だ。たかがプラスチックのカード一枚だが、その重さはポケットにずしりときた。

数日後、彼はそれを持ってロンドンのある建物に入っていった。外部は教会のように屋根が尖って荘重に見えたが、内部はみすぼらしく、慌ただしく、ごったがえしていた。標示はホワイトボードに走り書きされている。「出生届と死亡届はこちら。婚姻届はこちら」オビンゼは慎重にどっちつかずの表情を崩さず、デスクの後ろの登録係に免許証を渡した。

女性がひとり、ドアへ向かって歩いていく。連れに向かって大声でしゃべりながら。「なんて混みようなの、ここは。みんな偽装結婚よ、全部そうなんだから、いまはブランケット（当時の内務大臣で全盲）が見張ってるしね」

ひょっとしたら彼女は死亡届を出しにきたのかもしれない、そのことばは深い悲しみから吐かれた痛烈な物言いにすぎなかったのかもしれない。しかし彼はパニックにも似たいつもの胸苦しさがこみあげてくるのを感じた。登録係が彼の免許証を調べていた。時間がかかりすぎる。一秒一秒が引き延ばされて凝固していく。みんな偽装結婚よ、全部そうなんだから、ということばがオビンゼの頭のなかで鳴り響いていた。ついに登録係が顔をあげて用紙を押してよこした。

「結婚許可の申請ですね？　おめでとうございます！」頻繁にくり返される機械的な快活さだ。

「ありがとう」といってオビンゼは顔をほころばせようとした。

デスクの後ろにホワイトボードが立てかけてあり、予定されている結婚の場所と日付が青色で書き出されていた。最終行の名前が彼の目を惹いた。「オコリ・オカフォーとクリスタル・スミス」オコリ・オカフォーは中等学校と大学時代のクラスメイトだ。ノアーストネームが姓みたいな名前のせいで、ずっとからかわれていたもの静かな少年だった。大学でたちの悪いカルトに加わり、その後、長びくストライキのあいだにナイジェリアを離れたはずだ。いまここに名前の幽霊となった彼がいて、イギリスで結婚しようとしている。たぶん書類上の結婚だろう。オコリ・オカフォー。大学ではみんな彼のことをオコリ・パパラッチと呼んでいたんだ。ダイアナ妃が死んだ日、講義の前に学生たちが寄り集まって、朝方ラジオで聞いたことを話していた。何度も「パパラッチ」という語が出た。みんな知ったかぶりで自信たっぷりだった。ついに、ちょっと間があいたとき、すかさずオコリ・オカフォーが質問した。「でもさ、正確なところだれがパパラッチなわけ？　オートバイ乗り？」そこでたちまちオコリ・パパラッチというニックネームをもらってしまったのだ。

その記憶が一筋の閃光となってオビンゼを、世界は自分の意志でどうにでも曲げられると信じていたころに引き戻した。建物を出ながらメランコリーに襲われた。大学の最終学年の年、アバチャ将軍が死んだといって人びとが通りで踊り狂った年、彼の母親が「そのうちふと見ると自分の知ってる人は全員死んでいるか海外へ出てしまっているかも」といった。うんざりした口調だった。彼らは居間に腰をおろして、茹でたトウモロコシとウベ（梨）を食べていた。オビンゼは、その声のなかに敗者の悲しみを聞き取った。カナダやアメリカに教職をもとめて出ていく友人たちが、彼女に大きな個人的失敗を立証してみせているようだった。一瞬、オビンゼは自分もそんな計画を抱いていることで母親を裏切っている気がした。アメリカで大学院の学位をとり、アメリカで働き、アメリカに住む、それは長いあいだ温めてきた計画だった。もちろんアメリカ大使館がどれほど理不尽かはよく知っていた——あろうことか副学長までが会議に出席するためのヴィザを拒否されたのだから——しかし、オビンゼは自分の計画に疑問を抱いたことは一度もなかった。どうしてあんなに自信満々だったのだろうと後に考えることになるのだが。ひょっとしたら、大勢の人たちのように、ただ海外へ行きたいわけではなかったからかもしれない。いまでは南アフリカへ行こうとする者もいて、それが可笑しかった。彼にとってはいつだってアメリカだったし、ひたすらアメリカだったのだ。憧れは何年もかかって育まれ、養われたものだった。国営テレビに流れた「アンドリュー・チェッキング・アウト」のCMを子供のころに観て、それが彼の憧れに形をあたえたのだ。登場人物のアンドリューが恰好つけてカメラをにらみ「それじゃ俺はずらかる（メン、アイム・チェッキング・アウト）ぜ。道路は良くない、灯りもない、水もない。これじゃ、ソフトドリンクのボトル一本買えやしない！」アンドリューがずらかっているあいだに、ブハリ将軍の兵士たちが通りで大の男を鞭で打ち、大学講師たちは賃上げストライキをして、彼の母親はもうオビンゼに飲みたいときにいつでもファンタを飲ませてくれなくなり、日曜日だけ許可を得てから、と決めたのだった。というわけでアメリカは許可なしでいつ飲んでもいいファンタの瓶がずらりとならぶ場所になった。彼は鏡の前に立ち、アンドリューの台詞をくり返した。「それじゃ俺はずらかるぜ！」のちにアメリカに関する雑誌や本や映画や古本を漁っているうちに、彼の憧れはいささか神秘的な様相をおびていき、アメリカは彼の運命の土地になった。オビンゼは自分がハーレムの通りを歩くところを、アメリカ人の友人たちとマーク・トウェインの良さについて語り合ったり、ラシュモア山をじっと見つめたりしているところを夢想した。大学を卒業してからの日々、彼はアメリカに関する知識ではち切れそうになって、ラゴスのアメリカ大使館にヴィザを申請したのだ。

面接官がブロンドのあご髭を生やした男であればベスト、それはもうわかっていた、だから列を進みながら、マイクに向かってあげるきんきん声で有名な小柄な美人の白人女にあたらないことを祈った。その恐るべき人物は祖母たちでさえ侮辱するという噂だった。ついに彼の番が来て、ブロンドのあご髭男が「次の人！」といった。オビンゼが進み出て、ガラスの下から申請書一式を提出した。男は申請書をちらりと見るなり、親切そうに「残念ですが、あなたには資格がありません。次の人！」といった。オビンゼは茫然自失。それから二、三カ月のあいだに三度もそこへ行った。そのたびに書類をちらりとも見ずに「残念ですが、あなたには資格がありません」といわれ、そのたびにオビンゼは信じがたさに茫然自失して、空調のきいた涼しい大使館の建物からきつい太陽光線のもとへ出たのだった。

「テロリズムの恐怖のせいよ」と母親はいった。「アメリカ人はいま若い外国人男性を目の敵にしているから」

　仕事を見つけなさい、一年後にまた試したらいい、と母親はいった。職探しの成果はなかった。ラゴスやポートハーコートやアブジャまで足を運んで適性試験を受け、こんなの簡単だと思い、面接を受け、質問にも淀みなく答えたのに、そのあとは長い沈黙が続くばかり。仕事にありついた友達もいた。自分より成績はずっと悪かったし、話だって下手なやつらだ。雇用者たちは自分の話のなかにアメリカ願望を嗅ぎつけるのだろうか、いまも執拗にアメリカの大学のウェブサイトを見ていることが勘でわかるのだろうか。彼は母親と暮らし、彼女の車を運転し、多感な若い学生たちと寝たり、インターネットカフェのオールナイト・スペシャルを利用してネットサーフィンをしたり、ときには母親を避けて何日も自室にこもって本を読みふけったりした。母親の穏やかな善意の励ましが嫌で、彼女が前向きになろうと必死で努力しているのがうっとうしかった。オバサンジョ大統領が権力を握ったのだから事情は変わっていくでしょ、携帯電話の会社や銀行が成長して人材を求めていて、若い人にも車のローンを組むそうよ、というのもうっとうしかった。それでも、たいていは放っておいてくれた。彼の部屋のドアをノックさえしなかった。家政婦のアグネスに、鍋の料理を彼のために少し残しておいて、彼の部屋の汚れた皿を片づけてやって、というくらいだった。そんなある日、母親が浴室のシンクに彼宛のメモを残した。「ロンドンで開かれる研究会のシンポに招待されています。そのことで話をしましょう」なんのことだかさっぱりわからなかった。講義が終って帰宅する母親をオビンゼは居間で待った。

「かあさん、ンノ（お帰り）」

母親は息子の挨拶にうなずき、部屋のまんなかのテーブルにバッグを置いた。そして静かに「わたしの英国ヴィザに研究アシスタントとしてあなたの名前を書いて申請しようと思うの」といった。「あなたには六カ月のヴィザが出るはず。ロンドンではニコラスのところに泊まるといい。自分の人生を試してみることね、なにができるか。そこからアメリカに行けるかもしれないし。あなたの心がここにないのはわかっているから」

オビンゼは母親をまじまじと見た。

「こういうことって、近ごろよくやってるのはわかってるの」そういって母親はソファの彼の隣に腰をおろした。さりげなく聞こえるよう努力してはいたものの、そのことばのいつにない素っ気なさに苦悩がにじみ出ているのを彼は感じた。母親は混乱世代に属していた。ナイジェリアがどうなったか理解できずに成り行きにまかせる人たち。人づきあいを避け、他人をあてにせず、嘘をつこうとせず、学生からのクリスマスカードさえ自分の信用を損なうかもしれないと受け取らず、出席したどの委員会でも一コボにいたるまで経費を計算する女性だ。そしていま彼女は、真実を述べることがあたかも自分たちには手の届かない贅沢になったように振る舞っていた。それは彼女が息子に教えてきたあらゆることに反するものだったが、それでも、真実がこの状況では本当に贅沢になってしまったことが彼にも理解できた。母親が息子のために嘘をついたのだ。だれかが彼のために嘘をついたなら、これほど重たくはならず、あるいは取るに足りないことで終っただろう。しかし母親が息子のために嘘をつき、彼はそれで英国に六カ月滞在できるヴィザを取得した。それで旅立つ前からオビンゼはすでに自分を敗者のように感じていたのだ。母親にはもう何カ月も連絡していなかった。連絡しなかったのは母親に伝えることがなかったからだ。だから伝えるべきことができるまで待ちたかった。イギリスに来て三年になるが、母親とはほんの数度しか話していない。その緊張した会話のあいだでさえ、なんで彼がちゃんとやれていないのかと母親が思っているのが想像できた。だが彼女は詳しいことはなにも訊かなかった。息子が話したいと思うことを聞くのをひたすら待っていたのだ。あとになって故郷に帰ったとき、自分のそんな勝手な決めつけと、母親への無理解にわれながらげんなりして、その償いをしよう、関係を修復しよう、と決心して母親と多くの時間をすごしたものの、最初に彼が試みたのは、親子が距離を置くための境界線を引くことだったのだ。

（下巻へ続く）

本書は、二〇一六年十月に、単行本として刊行されました。
文庫化にあたり、上下巻に分冊しました。

Chimamanda Ngozi ADICHIE:
AMERICANAH
Copyright © 2013, Chimamanda Ngozi Adichie
All rights reserved
Japanese translation rights arranged with Chimamanda Ngozi Adichie
c/o Wylie Agency (UK) LTD.

アメリカーナ 上

二〇一九年一二月一〇日 初版印刷
二〇一九年一二月二〇日 初版発行

著者 チママンダ・ンゴズィ・アディーチェ
訳者 くぼたのぞみ
発行者 小野寺優
発行所 株式会社河出書房新社
〒一五一―〇〇五一
東京都渋谷区千駄ヶ谷二―三二―二
電話〇三―三四〇四―八六一一（編集）
〇三―三四〇四―一二〇一（営業）
http://www.kawade.co.jp/

ロゴ・表紙デザイン 粟津潔
本文フォーマット 佐々木暁
印刷・製本 中央精版印刷株式会社

落丁本・乱丁本はおとりかえいたします。

本書のコピー、スキャン、デジタル化等の無断複製は著作権法上での例外を除き禁じられています。本書を代行業者等の第三者に依頼してスキャンやデジタル化することは、いかなる場合も著作権法違反となります。

Printed in Japan ISBN978-4-309-46703-0

なにかが首のまわりに

C・N・アディーチェ　くぼたのぞみ〔訳〕　46498-5

異なる文化に育った男女の心の揺れを瑞々しく描く表題作のほか、文化、歴史、性差のギャップを絶妙な筆致で捉え、世界が注目する天性のストーリーテラーによる12の魅力的物語。

さすらう者たち

イーユン・リー　篠森ゆりこ〔訳〕　46432-9

文化大革命後の中国。一人の若い女性が政治犯として処刑された。物語はこの事件に否応なく巻き込まれた市井の人々の迷いや苦しみを丹念に紡ぎ、庶民の心を歪めてしまった中国の歴史の闇を描き出す。

オン・ザ・ロード

ジャック・ケルアック　青山南〔訳〕　46334-6

安住に否を突きつけ、自由を夢見て、終わらない旅に向かう若者たち。ビート・ジェネレーションの誕生を告げ、その後のあらゆる文化に決定的な影響を与えつづけた不滅の青春の書が半世紀ぶりの新訳で甦る。

服従

ミシェル・ウエルベック　大塚桃〔訳〕　46440-4

二〇二二年フランス大統領選で同時多発テロ発生。極右国民戦線のマリーヌ・ルペンと、穏健イスラーム政党党首が決選投票に挑む。世界の激動を予言したベストセラー。

パタゴニア

ブルース・チャトウィン　芹沢真理子〔訳〕　46451-0

黄金の都市、マゼランが見た巨人、アメリカ人の強盗団、世界各地からの移住者たち……。幼い頃に魅せられた一片の毛皮の記憶をもとに綴られる見果てぬ夢の物語。紀行文学の新たな古典。

お前らの墓につばを吐いてやる

ボリス・ヴィアン　鈴木創士〔訳〕　46471-8

伝説の作家がアメリカ人を偽装して執筆して戦後間もないフランスで大ベストセラーとなったハードボイルド小説にして代表作。人種差別への怒りにかりたてられる青年の明日なき暴走をクールに描く暗黒小説。

著訳者名の後の数字はISBNコードです。頭に「978-4-309」を付け、お近くの書店にてご注文下さい。